Die Schwester des Highlanders

Haywood Smith

Die Schwester des Highlanders

Deutsch von Angela Schumitz
und Heinz Tophinke

Weltbild

Originaltitel: *Highland Princess*
Originalverlag: St. Martin's Paperbacks

Weltbild Buchverlag –Originalausgaben–
Deutsche Erstausgabe 2006

Dieses Werk wurde im Auftrag von St. Martin's Press, L. L. C., durch die Literarische Agentur Thomas Schlück GmbH, 30827 Garbsen, vermittelt.
3. Auflage 2007

Projektleitung und Redaktion: Julia Kotzschmar
Übersetzung: Angela Schumitz, Heinz Tophinke
Umschlaggestaltung: Hauptmann und Kompanie Werbeagentur GmbH, München
Umschlagabbildung: Copyright © Pino Daeni via Agentur Schlück, Garbsen
Satz: AVAK Publikationsdesign, München
Druck und Bindung: CPI Moravia Books s.r.o., Pohorelice

Gedruckt auf chlorfrei gebleichtem Papier

ISBN 978-3-89897-274-1

Dieses Buch ist Mama gewidmet,
Anne Crane Pritchett,
meiner Vertrauten, meiner heiteren Reisegefährtin,
meiner Schwester in Christus
und vor allem meiner Freundin.

Danksagung

Immer wenn mein Leben besonders schwer ist, schickt mir der liebe Gott einige ganz besondere Leute, die mir mit meiner Last zur Seite stehen. Eine von diesen Personen ist Betty Cothran. Ohne sie wäre ich niemals in der Lage gewesen, dieses Buch zu schreiben, und deshalb möchte ich ihr noch einmal ganz offiziell meinen Dank aussprechen für ihre Freundschaft, ihre Geduld, ihre Ermutigung und ihre brillante Kritik. Danke, Betty! Ohne dich hätte ich es nicht geschafft.

Auch meinem Schwager Ron Carlsson möchte ich Dank sagen. Er liebt meine Bücher und kauft sie gerne als Geschenke für seine weltweiten Reisen. Mit Ron an meiner Seite, wie könnte da etwas schief gehen? Ich bin international!

Mein Dank geht ferner an Kay Grier, Stephanie Hauck, Carmen Green, Jill Jones, Victoria Barrett, Delia Parr, Bonnie Bruce, Betsy Allen, Susan Carlsson und Lisa Cross. Alle diese Frauen sind Sonnenstrahlen in einer manchmal dunklen und schmerzlichen Welt, und ich habe das Privileg, sie Freundinnen nennen zu dürfen.

Wie immer geht mein Dank auch an Jennifer Enderlin, meine Lektorin, meinen Werbeleiter Walter Halee und unseren Verleger Matthew Shear, der dafür sorgt, dass St. Martin's Paperbacks der Verlag ist, für den zu arbeiten am schönsten ist.

Im Lande Kaledonien (heute bekannt als Schottland),
im Zeitalter der Fürstinnen

1

Juni, auf dem Kampfplatz der Burg Pitlanric

Der Odem Gottes blies warm über die heidebedeckten Hügel von Kaledonien und trieb unter dem azurblauen Gewölbe des Himmels kleine Wolken von Westen nach Osten. Doch Bera achtete nicht auf die Sonne oder den Himmel. Ihre ganze Kraft war auf das sich windende Muskelpaket unter ihrer Klinge konzentriert.

Sie hatte ihn geschlagen, den letzten und stärksten der Zwölf!

Nun ja, beinahe. Wenn dieser große Einfaltspinsel es endlich zugeben und sich geschlagen geben würde.

»Gib auf!« Bera spannte die Beine noch fester um Angus' mächtige Brust und drückte die Spitze ihres Schwerts sachte etwas stärker auf seine Kehle. Sie beugte sich näher zu ihm, so dass sich die doppelten Glieder ihrer silbernen Fürstinnenkette in ihren Nacken gruben, doch sie spürte den Schmerz nicht. Und es kümmerte sie auch nicht, dass sie von dem Wettstreit mit Schmutz, Schrammen und blauen Flecken übersät und durchgeschwitzt war. Das Einzige, was sie fühlte, war die erlösende Kraft des Kampfes.

Die Nachmittagssonne verschwand abrupt hinter den Wolken eines aufziehenden Sturms, und eine frische Bö ließ die Farne und das Heidekraut erzittern, die die weiten Hügel jenseits des Kampfplatzes bedeckten.

Ein Sturm.

Ein gutes Omen, bedeutete es doch, dass Lachna, ihre Beschützerin, die Mutter der Stürme, gekommen war, um ihr zuzusehen.

Auch Beras Brüder verfolgten die Szene. Alle elf rückten sie, untereinander murmelnd, näher. Sie wusste, sie würden sich nicht einmischen. Ohne Zweifel genossen sie es, ihren ältesten Bruder so zu sehen, wie sie es alle einer nach dem anderen selbst erlebt hatten: beschämt und besiegt von ihrer einzigen Schwester, der Jüngsten von ihnen allen.

»Du sollst aufgeben, habe ich gesagt!« Lange konnte es Bera gegen Angus' überlegene Größe und seine tierische Stärke nicht mehr aushalten. »Ich habe dich geschlagen, so ist es nun mal. Gib es doch zu!«

»Du hast mich nicht geschlagen«, knurrte ihr ältester Bruder. »Ausgestrickst hast du mich wie ein glitschiger Aal!« Noch einmal versuchte er vergeblich, sich zu befreien. »Klammerst dich an meinem Kopf fest wie ein Tintenfisch! Unter Kämpfen verstehe ich etwas anderes!«

»Nenn es, wie du willst, ich habe dich geschlagen.« Ihre Muskeln schmerzten von der übergroßen Anstrengung. Sie richtete den Blick zu den Sturmwolken und bat ihre Geistmutter um Hilfe. *Sturmmutter, verleihe mir die Kraft des Sturmes.*

Die Sturmmutter antwortete mit einem leisen Donnergrollen und einem Windstoß, der Beras Haut an den Stellen, die nicht von ihrem kurzen Kampfgewand bedeckt waren, angenehm kühlte.

Dadurch ermutigt, drückte sie die Spitze ihrer Klinge noch fester auf den Hals ihres Bruders – und durchstach seine Haut. »Gib auf, sage ich!«

Angus versuchte, mit seinen riesigen Fingern nach der Waffe zu greifen; er bekam sie jedoch nicht richtig zu fassen. Aber als er etwas Klebrig-Warmes spürte, zog er die Hand zurück und erstarrte verblüfft, als er sah, dass es rot von seinen Fingern tropfte.

Blut war vergossen worden.

Unter den anderen Brüdern, die die Situation aufmerksam beobachteten, wurde ein angespanntes Murmeln laut. Bera spürte, wie ein plötzliches Gefühl der Angst sie wie ein Pfeil durchbohrte, doch diese Angst bestärkte sie mehr in ihrem Tun, als dass sie sich davon schwächen ließ. Was als eine Herausforderung begonnen hatte, war nun zur blutigen Fehde geworden.

Jetzt konnte sie nicht mehr aufgeben, auch wenn ein Zittern in ihrem Körper ihr sagte, dass ihre Muskeln die Anstrengung nicht mehr lange durchhalten würden. »Gib auf!«, wiederholte sie noch einmal mit einer Gewissheit, die sie jedoch nicht in ihrem Herzen fühlte.

Sie spürte, wie ihr Bruder zögerte, wie er unnachgiebig Alternativen überlegte. Doch dann gab er zu ihrer großen Überraschung plötzlich nach. »Also gut, verdammt noch mal!«, knurrte er.

Der Triumph ließ Beras Kraft wiederkehren. Jetzt, da sie gesiegt hatte, wollte sie ihn nicht einfach davonkommen lassen. »Sag es!«, forderte sie laut.

»Unverschämtes kleines Ding, du!« Angus' bleiche Haut verfärbte sich vor Wut, doch dann sprach er die Worte aus, die zu hören Bera so oft geträumt hatte: »Ich gebe auf!«

Sie sprang sofort auf und ging auf sicheren Abstand zu ihm.

Ihre anderen Brüder begannen, übermütig zu grölen und zu johlen, aufeinander einzuschlagen und sich zu knuffen, wie es Männer eben taten.

»Gute Arbeit!«, rief Evan. »Ich hab gewusst, dass du es schaffst!«

»Ach, halt die Klappe, Evan!«, schimpfte Angus und rappelte sich auf. »Sie hat zehn Jahre gebraucht, um das zu schaffen. Bei dir waren es nur sieben!« Er blickte sie alle finster an und stapfte dann mit aller Würde, die er aufbieten konnte, in Richtung Burg.

»Mein Preis!«, rief Bera ihm nach. »Du hast mir den Hengst versprochen!«

Angus drehte sich nicht um, sondern deutete lediglich zu

seiner Linken, wo sein Zwillingsbruder Airell gerade den nervösen, stichelhaarigen Fuchs herbeiführte.

Mit einem Jubelschrei reckte Bera ihr Kurzschwert dem heranziehenden Sturm entgegen. »Tundarr gehört mir!«

Auf ihren Freudenausbruch hin bäumte sich der mächtige Hengst auf, doch Airell beruhigte ihn rasch wieder. Er blieb in sicherer Entfernung vor Bera stehen und erkannte ihren Sieg mit einem halben Lächeln und einem kurzen Nicken an. Ein Lob hörte sie von ihren zwölf großen Brüdern nur selten, da machte auch Airell keine Ausnahme. »Du hast ihn gewonnen, Kleine, aber kannst du ihn auch reiten?« Allem Anschein nach schien er daran sehr zu zweifeln.

»Ich werde mit jedem Pferd fertig!«, erwiderte sie, gereizt durch den verniedlichenden Spitznamen, den ihre Brüder einfach nicht aufgeben wollten. Mit ihren sechsundzwanzig Jahren war sie schließlich eine Frau mittleren Alters und längst kein Kind mehr. »Vor allen Dingen, nachdem ich den Mann besiegt habe, der sein Herr ist.« Sie trat auf das Pferd zu.

»Der sein Herr war.« Kegan, der am besten aussehende ihrer Brüder, gesellte sich zu ihnen. Doch sein Blick fiel sogleich auf etwas hinter Bera. »Pass auf, Kleine«, warnte er sie. »Im Augenblick dürfte der Hengst deine geringste Sorge sein.«

Bera drehte sich um und stellte fest, dass Angus es sich anders überlegt hatte – anstatt sich geschlagen zu geben, kam er, die blauen Augen fast so schwarz wie sein Haar und das Gesicht zorngerötet, mit großen Schritten auf sie zu.

Evan musste sich auch dieses Mal wieder einmischen. »Manchmal ist es besser zu fliehen, als den Kampf aufzunehmen«, meinte er vorsichtig. »Im Augenblick würde ich zu Letzterem raten.«

»Ein guter Rat.« Airell drückte ihr die Zügel in die Hand und bückte sich, damit sie von seinem Rücken aus auf das riesige Pferd springen konnte.

Bera überlegte nicht lange. Doch der Hengst stellte die

kleine Reiterin, die er nicht gewöhnt war, sofort auf die Probe. Er gebärdete sich wild und kämpfte gegen die Zügel an.

»Das hat mir jetzt noch gefehlt!« Mit aller Macht versuchte Bera, den Hengst gefügig zu machen, doch er wusste ebenso gut wie sie, dass sie weder die Kraft noch die Körpermasse aufbrachte, um seinen Willen zu brechen.

Wie immer musste sie sich auf eine List und ihre Schnelligkeit verlassen. Angus hatte sie schon fast erreicht, und in seinen Augen funkelte die reine Mordlust.

»Du wirst mir gehorchen, Pferd!« Mit einer raschen Bewegung drehte sie ihr Schwert um, packte es an der Klinge und versetzte dem aufsässigen Tier mit dem Knauf einen Schlag zwischen die angelegten Ohren. Bera bedauerte diese brutale Maßregelung sehr, doch sie half ihr, Tundarrs Aufmerksamkeit auf sich zu lenken.

Das Streitross legte die Ohren schief und schwankte kurz, was bei Beras Brüdern eine Lachsalve zur Folge hatte – mit Ausnahme eines Einzigen.

Angus blieb abrupt stehen. Ein Krieger seiner Statur wäre eher gestorben, als dass er ein Wort der Klage über eine Niederlage geäußert hätte, aber das Streitross eines Mannes – das war eine andere Sache. Kein Fürst von Caledon, der etwas auf sich hielt, würde wortlos zusehen, wie jemand sein Pferd abstrafte, und deshalb richtete Angus all seinen Zorn auf diesen geringeren Affront. »Du wagst es, meinen Hengst zu schlagen?«, schrie er Bera an. »Das lasse ich dir nicht durchgehen!«

Als würde es auf die Stimme seines früheren Herrn reagieren, begann das Pferd erneut zu buckeln.

»Das ist jetzt mein Pferd!«, konterte Bera. »Und deshalb muss es mir gehorchen!« Im Nu drehte sie ihr Schwert wieder um und schlug mit der flachen Klinge auf den gebeugten Hals des rebellischen Hengstes. Und nun gehorchte er zumindest so weit, dass sie ihn auf den grauen Regenvorhang zutreiben konnte, der sich über das Hochland ausbreitete und alles bedeckte.

»Ho!« Sie spornte das Tier zum Galopp an in der Hoffnung, dass es sich verausgaben und dann ruhiger würde.

»Er mag keinen Sturm!«, rief Angus hinter ihr her.

»Wenn ich mit ihm fertig bin, dann schon!«, schrie sie zurück.

Jetzt, da sie Mensch und Tier gleichermaßen gebändigt hatte, begann sie die Kosten ihres Sieges zu spüren – ihre Haut war übersät mit blauen Flecken und Schrammen. Aber das machte ihr nichts aus, schließlich hatte sie gewonnen.

Doch ihre schmutzige Tunika war feuchtkalt und beengend; am liebsten hätte sie sich ausgezogen, damit die Sturmmutter sie reinigen konnte. Ja, nackt wollte sie sich an dem Sturm weiden, ihren Sieg ungehindert feiern.

Tundarr kannte in diesen Bergen jeden Pfad ebenso gut wie sie; Bera brauchte sich nur dem Tempo und der Kraft überlassen, mit der sich der Hengst unter ihr bewegte. Sobald sie sich seinem Rhythmus anvertraut hatte, sprang sie auf und galoppierte triumphierend im Stand auf die Regenwand zu.

Unbekümmert lockerte sie die Lederriemen, mit denen ihre braunen Zöpfe am Kopf befestigt waren, und kämmte sich mit den Fingern durch das lange Haar – den letzten äußeren Rest ihrer Weiblichkeit –, bis es frei im Wind flatterte.

Wenn sie nur auch ihren Körper noch befreien könnte! Ihre Tunika wie auch das Gewand darunter beengte sie sehr.

Plötzlich kam Bera auf den Gedanken, dass sie doch gar keine Kleidung tragen musste, wenn sie es nicht wollte. Schließlich kämpften und trainierten die meisten männlichen Krieger von Kaledonien nackt.

Ihre Brüder hatten nur mit Rücksicht auf Beras Schamgefühl mit dieser alten Tradition gebrochen, doch im Augenblick fühlte sie alles andere als Scham. Sie hatte sie alle, einen nach dem anderen, besiegt. Weshalb also sollte sie jetzt ihre Einschränkungen dulden?

Der Hengst gehörte ihr, dies war ihr Tag, ihr Sturm ... die ganze weite Welt lag ihr zu Füßen.

Sie nahm beide Zügel in die linke Hand und ließ ihr Schwert sicher durch das geflochtene Leder gleiten. Mit der freien Hand öffnete sie ihren Gürtel und schleuderte ihn fort. Dann zog sie das durchgeschwitzte Überkleid über den Kopf, nahm die Zügel in die andere Hand, damit sie es ausziehen konnte, und warf es hinter sich. Schließlich legte sie auch noch das Tuch ab, das ihre Scham bedeckte, und ließ es fallen. Nun war sie wirklich frei, gerade rechtzeitig, bevor die ersten schweren Regentropfen auf ihre Haut klatschten.

Während die Sturmmutter sie reinwusch, wandte Bera das Gesicht zum Himmel, schloss die Augen und verschmolz mit dem galoppierenden Hengst unter ihr.

Eine halbe Meile entfernt drängte sich Currans Pferd unruhig näher an die niedrige Klippe, die ein wenig Schutz vor dem Sturm bot. Es war nur eine kleine Bewegung, doch sie reichte aus, um ihn sofort aus dem leichten Schlaf zu reißen, den er sich bei jeder sich bietenden Gelegenheit genehmigte.

Hatte Voltan trotz des Sturms etwas gehört?

Curran spannte sich an, froh über seinen Helm und das Kettenhemd – trotz des Regens, der die eiserne Rüstung sogar rosten ließ, während er auf seinem Pferd saß. Ein Mann in seinem Metier konnte keine Risiken eingehen. Nur seiner steten Wachsamkeit war es zu verdanken, dass er diesen Sommer bereits neunundzwanzig Jahre alt geworden war; die meisten Söldner gingen schon um einiges früher in die Anderwelt hinüber. Und auch jetzt konnte er es sich nicht leisten, leichtsinnig zu sein.

Er war auf dem Weg zu einer Anstellung, die ihm eine Riesensumme einbringen würde. Lord Drust hatte ihm für die Ausbildung seiner Truppen eine phantastische Summe versprochen, und Curran war nur mehr wenige Tagereisen von seinem Ziel entfernt.

Er schloss die Augen und versuchte, durch das Geräusch des Regens zu lauschen, der seinen schweren, schwarzen Umhang durchnässte.

Ah! Er hatte tatsächlich etwas gehört: ein Pferd, ein großes Pferd, das sich rasch von Norden näherte.

Mit einem wohl platzierten Schlag seiner Linken signalisierte er Voltan, still zu sein, während seine Rechte wie automatisch das Schwert zog.

Irgendetwas an diesen Hufschlägen war seltsam – sie waren zu schnell und zu leicht für ein Pferd mit dem Gewicht eines Reiters.

Ein Pferd ohne Reiter also?

Wohl kaum.

Er lenkte Voltan hinter einen Felsen am Fuß der Klippe. Vor dem vom Regen verdunkelten Gestein waren sein schwarzes Streitross und sein gleichfarbener Umhang nicht zu erkennen, und so konnte Curran es wagen, über den Rand des Felsens zu spähen, um zu sehen, wer oder was auf ihn zukam.

Nur um sicherzugehen, hielt er jedoch trotzdem das Schwert griffbereit, und so wartete er, unbeweglich wie der Stein, der ihn verbarg.

Nach einer Weile tauchten Pferd und Reiter aus dem Regen auf, nur etwa fünfzig Schritt von ihm entfernt.

Doch bei diesem Anblick erstarrte Curran. Zum erstenmal in all seinen Jahren als Söldner erschrak er so, dass er sich nicht mehr rühren konnte.

Der Reiter war eine Frau, und sie war splitternackt und stand auf einem galoppierenden Hengst! Die dunklen Strähnen ihres losen, wilden Haars flatterten im Wind; einige klebten an der hellen Haut ihres muskulösen Körpers.

Currans Männlichkeit regte sich so heftig, dass er über seinen Gedanken an schiere Lust beinahe jegliche Vorsicht vergessen hätte.

Beinahe.

War das eine heidnische Göttin, die aus den alten, überlieferten Sagen in die Welt zurückgekehrt war?

Tlaguh vielleicht, die Herrin des Donners ... oder Murgan, die Gottheit des Krieges?

Vollendet und mit größter Gelassenheit stand sie auf dem Rücken ihres riesigen Streitrosses, die Zügel in der Linken und die Rechte mit einem Schwert himmelwärts gestreckt.

Sicherlich konnte keine normal Sterbliche so reiten, wie es dieses Wesen tat.

Aber Göttinnen hatte sich Curran immer irgendwie ... stattlicher vorgestellt. Diese hier war rank und schlank wie ein junger Mann – bis auf ihre Brüste, die rund und fest waren wie die eines jungen Mädchens. Sein Blick folgte dem Verlauf einer ihrer nassen Strähnen, die aufreizend über einer Brust lag und dann weiter nach unten fiel, bis in das dunkle V zwischen ihren Beinen, was ihm sogleich einen erneuten Schock der Lust versetzte, der ihn fast aus dem Sattel gehoben hätte.

Göttin oder nicht, das spielte keine Rolle; er musste sie einfach haben!

Aber in dem Augenblick zwischen Impuls und Tat hielt er unvermittelt inne. Was, wenn sie weder eine Göttin noch eine Frau war, sondern eine böse Erscheinung – eine geisterhafte, körperlose Verführerin, die nur geschickt worden war, um ihn ins Verderben zu stürzen?

Finde es heraus!, drängte ihn seine Männlichkeit. Folge ihr!

Doch sein Selbsterhaltungstrieb gewann die Oberhand. Erst einmal blieb er an seinem Beobachtungsposten stehen.

Bera war voller Leidenschaft geritten, doch plötzlich hatte sie in Tundarrs Galopp ein leichtes Zögern bemerkt, das von dem unvermittelten Gefühl begleitet wurde, dass jemand sie beobachtete.

Sie öffnete die Augen und bemerkte, dass das Land flacher

geworden war. Sie hatten die Schwarze Klippe erreicht, die südliche Grenze ihres Herrschaftsbereichs. Tundarr hatte die Ohren zurückgelegt, und seine Nüstern bebten.

Hatte er jemanden wahrgenommen, oder lag das nur am Sturm?

Sie spähte durch den Regen auf die dunkle Klippe, sah oder hörte aber nichts Ungewöhnliches.

Es muss der Sturm sein, der ihn beunruhigt, sagte sie sich. »Ruhig, Tundarr, ganz ruhig.« Sie setzte sich wieder auf den Hengst und brachte ihn sanft dazu, im Kreis zu traben, damit er sich langsam abkühlen konnte. Von der Anstrengung war sein breiter Rücken warm geworden und fühlte sich an ihrer nackten Haut wunderbar an. »Du brauchst keine Angst zu haben. Lachna wird uns nichts tun. Dafür hat sie mich viel zu gern.«

Sie beugte sich nach vorn. »Deine Angst beleidigt sie nämlich«, vertraute sie ihrem Pferd an. »Und wenn du ihr nicht vertraust, dann wird sie zornig.« Pferde mussten über diese Dinge Bescheid wissen, denn die Geister der Erde, der Luft und der anderen Elemente konnten mit ihnen ebenso launisch sein wie mit den Menschen. »Also, hab keine Angst«, wiederholte sie ruhig. »Zusammen sind wir vor jedem Sturm sicher.« Sie ließ den Hengst im Schritt gehen.

Tundarr blieb jedoch nervös, er schien ihr nicht glauben zu wollen. Sie streichelte ihn am Hals. »Die Göttin wird ihren Feuerspeer nicht auf uns schleudern. Sie ist meine Geistmutter, die mir Gott gab, als meine leibliche Mutter starb.«

Seltsam, wie die Bewegung seines Rückgrats an ihrem Unterleib Wellen der Lust durch ihren ganzen Körper schickte. Das hatte sie nicht mehr gespürt, seit sie … seit sie als Vierzehnjährige zur Frau geworden war – unmittelbar vor der Nacht, die alles verändert hatte.

Sie hatte nicht daran denken wollen, doch selbst diese kurze Erinnerung reichte schon aus, um das Entsetzen wieder aufsteigen zu lassen, das sie längst vergraben gehabt hatte. Jeder mit Hass erfüllte Geschmack und Geruch, jede widerliche Berührung, jedes Gefühl des Ekels kam so lebhaft und impulsiv wieder zurück, dass sie vor Abscheu keuchte.

Der saure Gestank des Alkohols im Atem ihres Vaters, der plötzliche Schmerz, als er sie durch die Luft schleuderte, die Schreie ihrer Mutter, die versuchte, Bera zu beschützen, das Wutgebrüll ihres Erzeugers und das abscheuliche Geräusch seiner Fäuste, die auf ihre Mutter einschlugen. Der Geruch von Blut.

Wie konnte dies alles noch so frisch und gegenwärtig sein, nach zwölf langen Jahren?

Und warum konnte sie sich noch immer an jedes bösartige Gefühl und Geräusch erinnern, nicht aber an das liebevolle, müde Gesicht ihrer Mutter, bevor er es zerschunden hatte?

Schuld und Kummer wallten in ihr auf, doch Bera hatte schon vor langer Zeit die letzten Tränen über diese Nacht geweint. Sie und ihre Brüder hatten ihre Mutter gerächt, doch sie zahlten alle noch immer den Preis für das, was sich damals ereignet hatte.

Jetzt verdarb ihr der Vater sogar vom Grab aus noch ihren Moment des Glücks.

Dieser Tag sollte ein Tag des Triumphs werden. Nun war er ein Tag des Schmerzes.

Fest an die Klippe gepresst, beobachtete Curran, wie die Nackte auf einmal die Schultern fallen ließ. Dann sank sie auf den Widerrist ihres Pferdes und ließ die Zügel schießen.

Was war geschehen? Irgendetwas hatte ihren Stolz und ihre Selbstsicherheit so plötzlich zunichte gemacht, wie der Wind eine Kerzenflamme auslöschte.

Doch er hatte keine Zeit mehr, seinen Gedanken über sie nachzuhängen, denn gerade jetzt, wo der Regen nachzulassen begann, löste sich über ihm mit lautem Geprassel ein Steinhagel aus der Klippe.

Die Frau richtete sich sofort kerzengerade auf und spähte

in Richtung des Geräusches. Curran konnte das blanke Entsetzen fast spüren, das sie durchlief, als sie ihn sah.

Mit einer blitzartigen Bewegung riss sie ihr Schwert hoch und trieb den Hengst zur Flucht an. Während sie in dem zurückweichenden Sturm Schutz suchte, bemerkte Curran zum ersten Mal die dicke Silberkette um ihren Hals. Seine Lust verschwand schlagartig.

Wie hatte er das nur übersehen können? Seine nackte Göttin trug das Zeichen einer königlichen Fürstin von Kaledonien. Sie war der Feind!

Er beobachtete, wie sie im grauen Regen verschwand, und freute sich, sie los zu sein.

Dann wandte sich Curran ostwärts, nach Burghead.

Lord Drust wartete mit einem Auftrag für den Schwarzen Krieger.

Dreißig Meilen weiter südöstlich, in der steinernen Festung Burghead, verbarg Fürstin Diedre ihren Abscheu, als ihr vertrottelter Gemahl die beiden Männer anbrüllte, die mit den Hüten in den Händen vor ihm standen.

»Was soll das heißen, das Schaf gehört euch?«, donnerte Lord Drust. Er war rot vor Zorn, und seine Glubschaugen drohten ihm fast aus den Höhlen zu fallen. »Ihr habt doch selbst gesagt, dass es tot ist! Wer will denn schon ein totes Schaf!«

Ein hungernder Schafhirte natürlich! Diedre hielt den Blick sittsam gesenkt, als sie aufstand, um sich ihrem geistig trägen Gatten zu nähern. »Bitte verzeiht mir die Störung, mein Gemahl, aber dürfte ich Euch die Stickerei zeigen, die ich soeben beendet habe?«

»Stickerei?«, fuhr Drust sie an. »Ich bin hier mit den Aufgaben eines Lord beschäftigt, und Ihr wagt es, mich mit Stickereien zu belästigen!«

Diedre verbarg ihren Abscheu hinter einem nichts sagenden Blick der Überraschung. Dieser alte Trottel war so strohdumm, dass er sich nicht einmal an dieses einfache Zeichen erinnern konnte! Diedre mimte die zerknirschte Reuige; sie kniete vor ihm nieder und ergriff mit ihrer zierlichen Hand seine riesige, mit Narben übersäte Pranke. »Ich bitte Euch, vergebt mir, mein Gemahl, denn ich lebe nur für Eure Gunst. Nur ein Wort der Anerkennung von Euch, und ich bin es zufrieden.«

Die beiden Bittsteller beobachteten heimlich die Szene, ganz offenbar voller Neid darauf, dass ihr grausamer Herr eine so unterwürfige, gehorsame Gemahlin hatte.

Hätten sie nur gewusst ...

Diedres Griff war wesentlich fester, als es den Anschein hatte. »Ich bitte Euch, vergesst nicht, mein Gemahl, wie sehr ich Euch liebe. Liebt Ihr auch mich?« Ihr einnehmendes Lächeln wurde ungekünstelt, als sie ihre Nadel tief in die empfindliche Stelle zwischen zweien seiner fleischigen Finger stach.

Drust heulte vor Schmerz auf und wollte seine Hand zurückziehen, doch Diedre hielt sie fest. Die Bestie, wie sie ihren »Lordgemahl« für sich zu bezeichnen pflegte, verdiente eine Lektion dafür, dass er vergessen hatte, wie die Dinge standen, und dafür, dass er sie vor Untergebenen getadelt hatte.

Die beiden Zeugen der Szene traten erschrocken einen Schritt zurück, doch Diedre zog ihre Nadel wieder aus Drusts Hand heraus und küsste mit einem strahlenden Lächeln seinen Handrücken. »Seht, wie sehr mein Lordgemahl mich liebt. Er ruft es in den Himmel. Ich bin vor allen Frauen gesegnet.«

Drust ließ sich mit verstörter Miene, die dicken Lippen zu einer monströsen Schnute geschürzt, auf seinen Stuhl zurückfallen. »Wofür war das denn?«, knurrte er. Doch dann flackerte in seinen winzigen Augen ein schwaches Verstehen auf. »Ah«, schnaufte er, »die Stickerei.«

Diedre drehte sanft seine Hand um und tat, als würde sie

die Innenfläche küssen. Die beiden Schafhirten wandten sich angesichts dieser intimen Geste verlegen ab, so dass nur Diedre und Drust sahen, dass sie nicht seinen Handteller küsste, sondern verführerisch das Blut von seiner Fingerwurzel ableckte.

Hin und wieder musste sie mit der Bestie schlafen, aber das war in Ordnung, so lange sie ihren anderen Vergnügungen nachgehen konnte. Nur für den Fall – Diedre warf ihm einen lasziven Blick zu, dann beugte sie sich zu ihm und flüsterte ihm feucht ins Ohr: »Gebt einem jeden von ihnen ein Lamm, aber das tote Schaf sollen sie direkt in unsere Küchen bringen. Wir können es den Sklaven zu essen geben.« Sie unterdrückte einen Schauder und berührte mit der Zunge den Rand seines Ohrs. »Die beiden Hirten werden enttäuscht sein, aber sie werden Euch für klug halten.«

Drust schielte vor Lüsternheit, als sie von ihm abließ. »Ein Lamm für jeden von euch«, murrte er den beiden Männern zu und warf dann einen bösen Blick auf einen von ihnen. »Du! Bring das tote Schaf in meine Küchen! Sofort! Und damit basta!«

Die beiden beeilten sich fortzukommen, und Drust wollte sich schon gierig auf Diedre stürzen, doch sie wich ihm geschickt aus.

»Heute Nacht, mein Geliebter, werde ich Euch Freude und Qual bereiten«, säuselte sie und log dann: »Und Ihr, bitte ich, werdet mir noch eine Tochter schenken.« Diedre wollte zwar noch eine Tochter, aber von jedem anderen Mann, nur nicht von Drust. Deshalb trank sie täglich das fette und blutige Gebräu aus der getrockneten Gebärmutter und den Eierstöcken von Schweinen – damit ihre eigene Gebärmutter nicht eintrocknete. Denn sie wollte unbedingt noch eine Tochter wie ihre schöne Alma.

Nicht eine wie ihre acht begriffsstutzigen Söhne mit ihren dicken Lippen, die sie wegen der unverkennbaren Ähnlichkeit mit ihrem Vater kaum ansehen konnte. Hätte sie ihre acht Söhne nicht ausgetragen und selbst geboren, sie hätte niemals geglaubt, dass sie an ihnen irgendeinen Anteil hatte. Sie waren das Abbild ihres Vaters, und ein Drust auf dieser Welt war nach Diedres Meinung bereits einer zuviel.

Sie setzte ihr hübschestes Lächeln auf und überließ die Bestie für den restlichen Nachmittag sich selbst. Es gab viel zu tun, und wenn alles verlässlich vonstatten gehen sollte, dann musste es unter ihrer Aufsicht geschehen.

2

Sechs Monate später – Dezember, in der Burg Pitlanric

Wikinger hin oder her, Bera hielt es einfach nicht mehr aus, noch länger in der Burg eingepfercht zu sein.

Vier Monate waren vergangen, seit plündernde Wikinger den Großteil ihrer Lebensmittel und die Hälfte ihres Viehs gestohlen hatten. Die letzten drei dieser von Hunger und Ängsten erfüllten Monate waren quälend langsam verstrichen. Beras neun älteste Brüder hatten sich nach Burghead aufgemacht, um mit Lord Drust ein Bündnis zu schließen, doch sie waren durch einen Verrat zu Gefangenen geworden.

Bera hatte genug von all dem Rauch und Lärm und dem Gestank zu vieler Körper, die auf zu engem Raum zusammengedrängt waren. Aber am meisten verfolgten sie die Gesichter ihrer Nichten und Neffen. Selbst bei den älteren und kräftigeren hatte der Hunger die Wangen einsinken und ihre Augen trüb werden lassen, und die ständige Angst hatte das Spiel der Kinder zum Verstummen gebracht und jegliches Lachen aus der Burg vertrieben.

Wilde Spiele mit den Kindern waren Beras größte Freude gewesen. Jetzt gab es keine Spiele mehr. Und die Babys … wie gern hatte sie die Babys im Arm gehalten, aber in letzter Zeit waren doppelt so viele von ihnen gestorben als sonst.

Halb krank vor Kummer und Sorge beschloss Bera, sich wenigstens eine oder zwei Stunden aus dem Staub zu machen, denn sonst, befürchtete sie, würde sie keinen Funken Selbstachtung mehr aufbringen.

Nichts würde dagegen sprechen.

Sie hatte es bereits bis zum äußeren Korridor geschafft, doch dort fiel eine nur allzu bekannte Stimme über sie her.

»Na, wo wollt Ihr denn hin, Hoheit?«

Moina. Ausgerechnet Moina musste sie bei ihrem Versuch, sich zu verdrücken, erwischen.

»Liebe Moina.« Bera drehte sich um, blickte Angus' behäbiger, rechthaberischer Frau in die Augen und wurde fast von Mitleid überwältigt. Auch an Moina waren die Beschwernisse der letzten Zeit nicht spurlos vorübergegangen. Ihre einstige Körperfülle war unübersehbar geschrumpft.

»Tundarr muss geritten werden«, erklärte Bera leichthin, wobei ihr wohl bewusst war, dass der Hengst den meisten der Ehefrauen mehr am Herzen lag als sie. Den Hengst konnte man schließlich essen. Aber wenn man es sich recht überlegte, dann hätte Moina vielleicht auch aus ihr liebend gerne einen Eintopf gekocht ... »Wenn er Wochen lang innerhalb der Palisaden eingepfercht bleibt, wird er nur mit jedem Tag fauler und eigensinniger.«

»Ja«, stimmte Moina zu Beras Überraschung zu. »Zeit für ein wenig Disziplin, na klar.« Sie fixierte Bera aus kleinen Augen. »Wie alle eigensinnigen, arroganten Wesen muss man ihn immer wieder mal in seine Schranken weisen.«

Sie wussten beide, dass sie nicht von dem Pferd sprach. Moina ließ keine Gelegenheit aus, an Beras »unnatürlichem« Status innerhalb der Familie herumzumäkeln. Deshalb machte sich Bera auf eine weitere von Moinas nicht enden wollenden, schonungslosen Strafpredigten gefasst.

»Pferde abrichten ... das ist Kriegerhandwerk, kaum der richtige Zeitvertreib für eine Fürstin«, bemerkte sie sarkastisch. »Boyd, Connal oder Cusantin sind besser dafür geeignet, den Hengst meines Gemahls zu reiten.«

»Es ist mein Hengst«, korrigierte Bera sie süßlich. »Ich habe ihn gewonnen, als ich deinen Gemahl besiegte, weißt du noch?« Die anderen Frauen hatte sich Moina gefügig gemacht, doch mit Bera war es ihr nicht gelungen.

Moina rechnete mit ihr ab. »Wie ich schon sagte, den Hengst zu reiten, solltet Ihr lieber den Männern überlassen.«

»Den Männern?« Bera gab sich überrascht. »Also Moina, ich bin schockiert! Ich wäre ja wirklich eine armselige Fürstin, wenn ich einen meiner drei verbliebenen Brüder einem Risiko aussetzen würde, während neun bereits in Drusts Burg gefangen gehalten werden.« Sie blickte der Frau in die kleinen Augen und lächelte. »Nein. Das könnte ich niemals tun. Wenn sich jemand außerhalb dieser Mauern begibt, dann am besten schon ich selbst.«

Eine dritte Stimme wurde in dem düsteren Korridor laut. »Meine guten Schwestern? Stimmt etwas nicht?« Die Frage triefte vor geheuchelter Sorge.

Perfekt. Bera unterdrückte ein Stöhnen. Das war Fenella.

Evans Gemahlin hatte Bera noch nie zum Narren halten können. Sie spielte zwar die Unterwürfige, doch am liebsten hätte sie Beras Leber vornehm von einem Tablett verspeist – in winzigen Stückchen, wie es einer Lady geziemte.

Bera drehte sich um und sah, wie Fenella auf sie und Moina zugeschwebt kam – mit einer Grazie, um die sie jede Frau, selbst Bera, nur beneiden konnte. Aber solche Äußerlichkeiten täuschen nun einmal. Evans blasse, wunderschöne Frau und Angus' fülliges, ungeschlachtes Weib mochten absolut gegensätzlich aussehen, aber in Wahrheit waren sie aus ein und demselben Holz geschnitzt: Beide waren verschlagen, reizbar und ehrgeizig. Und beide hassten die einzige Schwester ihres jeweiligen Gemahls.

Bera hatte unter den zwölf Frauen ihrer Brüder auch Verbündete – die lahme Olwyn, die süße Lavena, die praktische Melva, die energische Ula und die muntere Lyonesse. Aber Moina und Fenella waren, was sie anbelangte, pures Gift. Und nun saß sie in dem engen Korridor zwischen den beiden fest.

»Unsere Fürstin möchte den Schutz der Palisaden gerne verlassen.«

Moina warf Fenella einen deutlich anklagenden Blick zu. »Um *ihren* Hengst auszureiten.«

Fenellas makelloses Gesicht bekam kleine Sorgenfalten. »Cusantin, Boyd und Connal haben doch ganz klar gesagt, dass Frauen und Kinder den Schutz von Pitlanric nicht verlassen dürfen.« Sie richtete den Blick aus ihren blauen Augen auf Bera. »Das ist doch zu unserem eigenen Besten.«

Blödsinn, dachte Bera. Das glaubt ihr beide doch ebenso wenig wie ich!

Doch sie wollte den Frauen ihren Ärger nicht zeigen, sie würden sie sonst nur noch mehr piesacken. Deshalb lächelte sie nur.

Bleib kühl, sagte sie sich. Nutze deinen Ärger, verwandle die Hitze in Eis. So lange du dich unter Kontrolle hast, können sie dir nichts anhaben.

Sie streifte die Kapuze ihres dunkelgrünen Umhangs ab und richtete sich würdevoll zu ganzer Größe auf, so dass ihre Silberkette die beiden Frauen deutlich an ihren fürstlichen Rang erinnerte. »Ich werde nicht lange wegbleiben.«

»Aber Ihr dürft überhaupt nicht hinaus«, erwiderte Fenella mit ungewohnter Kühnheit. »Ich bin Euch nicht zufällig über den Weg gelaufen, Bera. Man hat mich geschickt.«

Bera versteifte sich. Nur mit ihrem Namen angesprochen zu werden – eine solche Anmaßung hätte Fenella niemals gewagt, es sei denn …

Es sei denn?

»Ich habe eine Nachricht.« Zum ersten Mal, seit Fenella als Evans Gemahlin zu ihnen gekommen war, zeigte sie offen ihre bösartige Schläue. »Die Brüder möchten mit Euch sprechen« – sie legte eine effektvolle Pause ein – »und zwar im Turmzimmer.«

Im Turmzimmer? Dieser hoch über dem Lärm und der Geschäftigkeit der Burg gelegene Raum war ausschließlich Angelegenheiten von großer Bedeutung vorbehalten.

Plötzlich erschien Bera der Korridor kälter und enger, und

eine unbestimmte Furcht erfasste sie. War Lord Drust etwa des Wartens auf ein Lösegeld müde geworden?

Hatte er ihre Brüder gar getötet?

Der bloße Gedanke erfüllte sie mit solchem Entsetzen, dass sie ins Wanken geriet. Ihr Herz schlug heftig, sie musste sich bemühen, das Gleichgewicht nicht zu verlieren. »Dann werde ich natürlich sofort gehen«, sagte sie bedrückt.

Irgendwie schaffte sie es, einen Fuß vor den anderen zu setzen.

Bitte, lass sie nicht tot sein, betete sie auf dem Weg zum Turmzimmer. *Alles, nur das nicht. Lass sie nicht tot sein.*

Sie waren nicht tot, aber auch das, was tatsächlich geschehen war, traf Bera völlig unvorbereitet.

»Bitte setz dich, Bera«, wiederholte Boyd schon zum zweiten Mal. »Lass uns über diese Sache ganz vernünftig ...«

»Nein!« Sie wollte sich nicht setzen. Am liebsten hätte sie allen dreien eine ordentliche Tracht Prügel verpasst! Die Fäuste auf den Tisch abgestützt, beugte sie sich nach vorn, bis ihre Nase fast die ihres Bruders berührte. »Wie könnt ihr es wagen, so etwas zu tun? Und noch dazu, ohne mich zu fragen!« Sie suchte in seinen einstmals fröhlichen blauen Augen nach einem Zeichen dafür, dass dies ein Scherz war, aber sie fand nichts dergleichen. In den letzten drei Monaten waren sie alle gealtert, vor allem Boyd.

»Wir hatten keine andere Wahl«, wiederholte er.

Bera wandte sich Connal und Cusantin zu, die die Dachbalken studierten, als würde dort ihre Zukunft geschrieben stehen.

»Schaut mich an, ihr Feiglinge!«

Diese Beleidigung wirkte; die beiden Zwillinge fixierten sie mit warnendem Blick. »Das könnt ihr einfach nicht machen!«, schrie Bera sie an. »Unser Grundbesitz – unsere Stellung innerhalb der königlichen Verwandtschaft, alles was wir sind und haben – kann nur durch mich weitergegeben werden, einzig und allein durch mich, die Fürstin. Wollt ihr unser eigen Blut verschachern?«

Connal wandte sich ab, doch sein Zwillingsbruder warf ihr einen grimmigen, resignierten Blick zu, der jedoch auch viel Mitgefühl erkennen ließ. »Wir haben keine andere Wahl, Bera. Und das weißt du auch.«

Es *musste* eine andere Möglichkeit geben. »Ich bin eine Fürstin von Kaledonien, nicht irgendein Weib, das man dem nächstbesten Krieger, der unsere Brüder befreien kann, als Lockvogel vorsetzt!«

Connal stand auf, wie immer verzweifelt, wenn es in der Familie zu einem Konflikt kam. »Ich werde in der Gießerei gebraucht«, meinte er und schickte sich an zu gehen. Dieser Mann konnte furchtlos gegen eine ganze Wand aus Wikingern anrennen, aber wenn es zu einem heftigen Wort zwischen Bruder oder Schwester kam, suchte er das Weite.

»Nein, Conn.« Cusantin zog seinen Bruder auf dessen Stuhl zurück. »Du bleibst jetzt hier und siehst dieser Sache ins Auge. Wenigstens so viel schulden wir ihr.« Er wandte sich mit sichtlicher Anteilnahme an Bera. »Wir mussten eine schmerzliche Entscheidung treffen, Kleine, aber wir haben keine andere Möglichkeit gesehen.«

Zermürbt vom Verrat ihrer Brüder sank Bera auf den leeren Stuhl, der ihnen gegenüberstand. Sie hatten sie als Preis versprochen – hatten ihre Hand jedem Mann angeboten, der ihre Brüder befreien konnte, und sie hatten ihr nicht einmal vorab Bescheid gesagt. Sie hatten es einfach getan!

»Drust will Lebensmittel, Vieh, Gold und unsere bedingungslose Unterwerfung«, erklärte Boyd, als ob das für sie einen Unterschied gemacht hätte. »Verdammt, Angus ist doch überhaupt nur zu ihm gegangen, weil er wegen Lebensmitteln über ein Bündnis mit ihm verhandeln wollte!« Er schüttelte den Kopf. »Wir haben nicht einmal genug, um unsere Kinder satt zu bekommen, und das weiß Drust – von Gold ganz zu schweigen! Sogar die Hälfte unseres Zuchtviehs haben wir schon gegessen!« Sein ansonsten schönes Gesicht wurde noch hagerer. »Dieser Bastard will uns versklaven, und wenn er das schafft, ich wette, dann wird er unsere Frauen und Kinder hungern lassen, ohne sich dabei irgendetwas zu denken.«

Connal und Cusantin nickten mit grimmigen Mienen.

»Das haben wir jetzt schon ein Dutzend Mal durchgekaut«, fügte Cusantin leise hinzu. »Wir können Drusts Forderungen nicht erfüllen. Und wir können unsere Frauen und Kinder nicht schutzlos hier lassen und versuchen, die anderen auf eigene Faust zu befreien.«

»Bera, du selbst hast die Worte diktiert, die Pater Maclin schrieb, um König Bred um Hilfe zu bitten«, erinnerte Boyd sie. »Als wir das taten, wussten wir, dass die Chancen, Hilfe zu bekommen, sehr gering waren.«

»Ja. Die Clanfürsten sind zu sehr damit beschäftigt, sich gegenseitig zu bekämpfen.« Cusantin legte die Hände flach auf den Tisch. »Wie wir befürchtet haben, wird keiner von ihnen gegen Drust zu Felde ziehen. Er hat einfach zu viel Macht.«

»Und keiner der Fürsten wollte mich«, warf Bera aufsässig und voller Sarkasmus ein. Sie kannte die Wahrheit – warum sie nicht aussprechen?

»Wie hat sie denn das herausgefunden?« Connal blickte vorwurfsvoll auf Cusantin. »Ich habe es ihr bestimmt nicht gesagt!«

Cusantin brachte ihn mit einem Ellbogenstoß zum Schweigen, aber jetzt war es schon ausgesprochen.

»Ich bin kein Einfaltspinsel«, entgegnete Bera. »Es war ja schließlich nur sinnvoll, meine Hand erst einmal den Clanfürsten anzubieten, bevor ihr den Beschluss gefasst habt, mich zu verschachern wie ein Sklavenmädchen.«

»Ja, wir haben es versucht«, räumte Boyd ein. »Ehrlich, aber ...«

»Diese Clanfürsten, hör mir bloß mit denen auf!«, fiel

Conn ihm zornig ins Wort. »Schwächliche Körnerfresser sind das, heißen unsere Schwester ein zänkisches Weib und eine Teufelin – bloß weil sie kämpfen kann! Pah, wenn ich die Möglichkeit hätte, die Burg zu verlassen, denen würde ich es zeigen!«

»Halt den Mund, Conn!« Cusantin funkelte ihn zornig an. »Merkst du denn nicht, dass du so nur alles noch schlimmer machst? Sie hat schließlich Gefühle, du Hornochse!«

»Ach, lass ihn doch in Ruhe!«, fuhr Bera ihn an. »Es stimmt doch, oder etwa nicht?« Sie konnte fast alles aushalten, aber nicht das Mitleid ihrer Brüder. »Ich kenne doch die Geschichten, die sie über mich erzählen. Alle und jede. Dafür sorgen schon Moina und Fenella.«

Boyd brachte das Gespräch wieder auf ihr ursprüngliches Thema zurück. »Bera, dieses Angebot ist nur zum Besten der Familie gemacht worden. Du musst den heiraten, der unsere Brüder befreit, wer immer es ist.« Er musterte sie mit Mitgefühl, aber auch absoluter Entschlossenheit. »Wir haben unser Wort gegeben. Unsere Ehre steht auf dem Spiel.«

Bera suchte verzweifelt nach einem Ausweg. »Was, wenn ich schon verheiratet wäre? Dann hättet ihr eine andere Lösung finden müssen! Weil ihr dann gar keine andere Möglichkeit gehabt hättet.«

»Es hat keinen Zweck, sich zu fragen, ›was wäre wenn‹, Bera«, hielt Boyd ihr entgegen. »Du bist nicht verheiratet, und damit basta.« Er sagte nicht, dass die Schuld daran, dass sie unverheiratet war, bei ihr selbst lag. Das konnte er sich sparen.

Bera sank in sich zusammen. »Ich wollte immer heiraten. Es ist meine Pflicht. Ich war nur noch nicht so weit.« Sie würde es nie sein, und das wussten sie alle. Einerseits sehnte sie sich danach, ihren rechtmäßigen Platz in der Familie für den Fortbestand des Geschlechts einzunehmen – ihre Söhne würden das Recht haben, König zu sein, und in ihren Töchtern würde Kaledoniens Zukunft liegen – doch andererseits, und das wog schwerer, hatte sie sich zu sehr an ihre Unabhängigkeit gewöhnt.

Krieger riskierten häufig ihr Leben, doch sie lebten auch aus dem Vollen. Ehefrauen hingegen mussten tagein, tagaus dieselbe stumpfsinnige Arbeit leisten, und ihr Leben war bestimmt vom Willen ihres Mannes, der Sorge um die Kinder und dem Überleben der Familie.

Selbst wenn ihr Gemahl ein Fürst wäre, Bera würde lieber tausend Schlachten kämpfen, als eine von tausend Ehefrauen zu werden.

Als hätte er ihre Gedanken lesen können, bemerkte Boyd plötzlich: »Ich fürchte, wir haben dir keinen Gefallen getan, als wir dir erlaubten, unverheiratet zu bleiben.« Die Zwillinge nickten. »Man muss allerdings zugeben, dass du uns bei guter Laune gehalten hast.«

»Und auf der Verliererseite auch«, konterte sie in der Hoffnung, humorvoll zu klingen.

Doch die verzweifelte Entscheidung ihrer Brüder war alles andere als das. Wenn nicht ein Wunder geschah, dann saß sie in der Falle.

»Verdammt. Ich hätte nie zulassen dürfen, dass diese wilden Geschichten über mich die Runde machten.«

Bera schloss kurz die Augen.

»Zuerst war ich ja sogar froh darüber. Sie haben es mir leichter gemacht, die Freier zu verjagen, die Angus auf Moinas Drängen hin immer daherbrachte.«

Boyd und Cusantin nickten angesichts dieser Erinnerung nur mit schiefer Miene, doch Conn platzte heraus: »Wisst ihr noch, dieser Pockennarbige! Puh, was war das für ein ekliges Wiesel ... Damals habe ich dir gesagt, der ist nur gekommen, weil er gehört hatte, dir seien anstelle der Brüste zwei Hörner gewachsen. Aber als er dann sah, dass du auch nicht anders warst als jede andere Fürstin, verlor er ganz schnell das Interesse.«

»Nun halt mal die Luft an, Conn!«, polterte Boyd. »Willst

du sie vielleicht beleidigen? Wenn du so weitermachst, wird sie gleich in Tränen aufgelöst aus dem Zimmer stürzen!«

»Ich stürze nicht in Tränen aufgelöst aus Zimmern!«, gab Bera zurück. Sie mochten sie zwingen, ihr das Joch der Ehe aufzuerlegen, aber lieber würde sie sich nackt fesseln und kopfüber in einen Silberkessel werfen lassen, um zu ertrinken, als sich zu gebärden wie ein zartes, doch intrigantes Frauenzimmer.

»Dieses nutzlose eklige Wiesel!«, schimpfte Conn noch einmal über den eben erwähnten Freier. »Kein Wort mehr übers Heiraten – nicht einmal, nachdem wir ihn total mit unserem besten Malzschnaps abgefüllt hatten!« Er schnaubte verächtlich. »Für nichts und wieder nichts war das.«

Bera wandte sich frustriert Boyd zu. »Conn hätte sich einen solchen Plan nicht ausdenken können!«, sagte sie vorwurfsvoll. »Und Cusantin auch nicht. Es bleibt also nur einer, und zwar du!« Sie beugte sich zu ihm. »Das Ganze war deine Idee, hab ich Recht?«

»Nein.« Zu ihrer Überraschung kam die Antwort von Conn. »Wir waren es alle, Kleine. So sehr wir dagegen waren – wir mussten es tun, zum Besten der Familie.«

Bera sank auf ihren Stuhl zurück.

Heirat.

Sie hatte miterlebt, was die Ehe aus ihrer Mutter und anderen Frauen gemacht hatte. »Ich kenne meine Pflicht, und ich werde sie erfüllen. Aber nicht so!« Die Verzweiflung zwang sie, das Unaussprechbare anzusprechen. »Muss ich euch daran erinnern, weshalb ihr mich von den Frauen abgesondert und als Kriegerin ausgebildet habt? Nichts von alledem hat sich verändert.«

»Doch, das hat es«, konterte Boyd. »Du warst eine gelehrige Schülerin. Kein Mann, nicht einmal ein Krieger, könnte dich missbrauchen. Wenn er es versuchte, würden wir ihn töten.« Er verzog den Mund zu einem schiefen Lächeln. »Wenn er es versuchte, könntest du ihn töten.«

»Edle Absichten, und sicher ehrlich gemeint!«, fauchte sie. »Aber was wart ihr für eine Hilfe, als Vater vor unseren Augen unsere Mutter ermordete? Wer hat sie da beschützt?« Doch sie hatte die Worte kaum ausgesprochen, als sie wusste, dass sie zu weit gegangen war. Sie sah den Schmerz in den Augen ihrer Brüder, auf ihren hageren Gesichtern. »Lieber Gott, das war unverzeihlich von mir, absolut ungerecht«, stöhnte sie. »Ich würde alles geben, wenn ich es zurücknehmen könnte.« Zutiefst beschämt sank sie auf ihren Stuhl zurück. »Bitte, verzeiht mir.«

Cusantin schlug sich an die gerunzelte Stirn, als wolle er die hasserfüllten Worte, die ihm in den Sinn gekommen waren, auslöschen, und Conn schnaufte kräftig, um sich Luft zu machen, doch in Boyds Stimme schwang eine starke Verletzung mit. »Es liegt in Gottes Hand, Bera. Das Angebot steht. Wenn jemand darauf eingeht, dann musst du ihn heiraten.«

Einen Fürsten heiraten zu müssen, wäre schon schlimm genug gewesen. Aber ihre Unabhängigkeit einem namenlosen, gierigen Abenteurer zu opfern ... Die Galle stieg Bera hoch.

Doch plötzlich sah sie einen Hoffnungsschimmer. »Wartet! Es gibt noch einen Ausweg!«

Ihre Brüder betrachteten sie voller Skepsis.

»Ich könnte selbst nach Burghead gehen und sie befreien!« Sie wandte sich Boyd zu, dem Ältesten der drei. »Wenn Heimlichkeiten jemals angebracht waren, dann jetzt. In ganz Caithness gibt es nicht genügend Krieger, um Drust mit Gewalt zu besiegen. Aber ich könnte mich in seine Burg einschleichen und unseren Brüdern zur Flucht verhelfen.«

»Du bist alles, was wir noch haben, Bera. Einem solchen Risiko können wir dich nicht aussetzen«, hielt Boyd dagegen.

»Aber ich kann es tun, das versichere ich euch!« Verzweifelt wandte sie sich an die Zwillinge. »Ihr wisst es doch. Es kann funktionieren! Niemand würde so etwas von einer Frau erwarten.« Sie blickte erneut Boyd in die Augen. »Gebt mir wenigstens diese eine Hoffnung. Mehr verlange ich nicht. Versprecht mir, dass ich mir meinen Gemahl selbst aussuchen darf, wenn ich sie befreien kann.«

Bera wusste, dass sie sich mit dem Glauben, sie könne ihre Freiheit behalten, selbst etwas vorgemacht hatte, doch sie konnte ihren Traum von Unabhängigkeit – von Sicherheit – nicht so leicht loslassen. Sie starrte einen der Brüder nach dem anderen mit lodernden Augen an. »Wenn ihr das nicht tut, dann weiß ich nicht, was ich tun werde.«

Sich selbst töten. Weglaufen.

Die Blicke der drei Brüder besagten klar und deutlich, dass sie nicht daran dachten, Bera auch nur einen Fuß außerhalb der Palisaden setzen zu lassen. Aber um sie zu beschwichtigen, erklärte sich Boyd einverstanden. »Also gut. Solltest du es irgendwie schaffen, sie zu befreien, dann darfst du dir deinen Gemahl selbst auswählen. Aber du musst mir dein Ehrenwort geben, dass du nichts ohne unsere Zustimmung unternimmst.« Er musterte sie argwöhnisch. »Schwöre es, Bera, für das Wohlergehen der Familie.«

»Ihr schwört zuerst!«, forderte sie und schlug zur Besiegelung des Schwurs mit der Hand auf den Tisch.

Die Brüder rutschten unruhig auf ihren Stühlen hin und her, doch nach einer langen Pause legte ein jeder eine Hand auf ihre und brummte ein unwirsches »Ich schwöre es«.

»Und jetzt du!«, herrschte Boyd sie an.

»Alles zu seiner Zeit.« Bera zog ihre Hand heraus, machte einen Satz nach hinten, und noch ehe die Brüder sie zurückhalten konnten, rannte sie zur Tür. »Alles zu seiner Zeit!«, rief sie noch einmal über die Schulter zurück.

Sie würden sie niemals erwischen. Bera kannte Orte innerhalb der Burg, die noch nicht einmal die Ratten entdeckt hatten. Außerdem wusste sie genau, wann und wo sie alles, was sie für ihr Vorhaben brauchte, bekommen konnte.

Und sie hatte auch schon einen ersten Plan im Kopf.

Nur schade, dass sie Tundarr nicht würde mitnehmen können. Denn der hätte wirklich seinen Auslauf gebraucht.

Vier Tage später, in der Festung Burghead

»Eine Frau, sagst du.« Diedre nahm das gefaltete Tuch, das die Magd ihr gebracht hatte, und breitete es aus. Die Vorderseite zeigte einen meisterhaft gewebten Stier vor einem prächtig gestalteten Hintergrund. Noch nie hatte sie etwas so kunstvoll Gewebtes gesehen.

Und die Rückseite ... sie schien mit der vorderen eine Einheit zu bilden, obwohl sie ein völlig anderes Muster aufwies. Selbst unter den ausländischen Abgesandten am Königshof hatte sie nie eine derart künstlerische, wundervolle Arbeit gesehen.

Eine solche Weberin zu ihrem Haushalt zu zählen, würde ihr und Burghead zweifellos großes Ansehen bringen. »Hol mir diese Weberin her«, befahl sie der Magd.

Malisande eilte auf den Flur hinaus. Als sie zurückkam, begutachtete Diedre noch immer das Stück Tuch.

»Die Weberin, Mylady.«

Diedre blickte auf – und sah einen Umhang von solcher Schönheit, dass alles andere im Raum, einschließlich ihrer kostbaren Wandteppiche, dagegen verblasste.

»Bei Mutter Erde!«, rief sie verzückt. »Du hast den Nachthimmel auf die Erde geholt und ihn mit Kette und Schuss auf immer festgehalten!« Sie konnte nicht anders, sie musste diesen wundervollen Umhang aus nächster Nähe betrachten und berühren, deshalb stand sie auf und trat neben die Weberin. Die weiche Wolle war fest, aber dennoch geschmeidig, und je näher man hinschaute, desto feiner und verschlungener wurde die Anordnung der Symbole und Hintergründe. Der Himmel war ein dichtes Muster miteinander verwobener dunkelblauer, schwarz umrahmter Knoten und die weißen Sterne spiralig gewundene Kraftmedaillons, von denen goldene und gelbe Pfeile ausstrahlten. Um die Schultern illustrierten prachtvolle Mondsymbole die Phasen dieses Planeten.

Die Wirkung war bezaubernd ... und gewaltig. Der Rechnung ihres Volkes nach begann jeder Tag mit dem Einbruch der Dunkelheit, und der Mond bestimmte die Zyklen der Monate und Jahre. »Ich will diesen Umhang haben!«, erklärte Diedre voller Begeisterung. Sie vergaß sogar, die Weberin dafür zu tadeln, dass sie ihre Kapuze nicht abgenommen hatte. »Nenne mir deinen Preis!«

Zwei grobe schwielige Hände schoben sich aus dem Umhang hervor und zogen den Stoff enger. »Mein Mantel ist nicht verkäuflich«, erklärte eine eigenartig alterslose Stimme aus dem Schatten der Kapuze heraus. »Aber ich könnte für Eure Hoheit noch einen weben. Natürlich nur, wenn ich gutes Essen, guten Lohn und die zum Weben nötigen Dinge bekomme. Und einen sicheren Platz, an dem ich ungestört arbeiten kann.«

»Das sollst du alles haben«, stimmte Diedre allzu hastig zu, überlegte dann aber doch noch einmal. »Vorausgesetzt, dass du es warst, die dieses Wunder geschaffen hat.«

»Es ist mein Werk«, versicherte die Weberin ruhig und selbstbewusst.

»Wir werden sehen«, konterte Diedre. »Du wirst mir bis morgen etwas weben. Als Probe.« Sie winkte mit einer kurzen Bewegung ihre Zofe zu sich. »Malisande wird dich beobachten. Wenn mir deine Arbeit gefällt, darfst du einen Umhang für mich machen.«

»Eine solche Probe ist nur recht und billig«, antwortete die Weberin. »Ich werde also heute Nacht für Euch weben.« Sie verbeugte sich, doch ihre nächsten Worte waren alles andere als demütig. »Und ich kann der Fürstin versprechen, dass sie an meiner Arbeit Gefallen finden wird.«

Diedre richtete sich auf. »Wir werden sehen.« Sie versuchte, das Gesicht unter der dunklen Kapuze zu sehen.

»Wieso nimmst du in meiner Gegenwart nicht die Kapuze ab? Bist du verunstaltet?« Sie trat erschreckt zurück. »Du bist doch nicht etwa eine Aussätzige?«

»Oh nein, große Herrin.« Die Weberin zog ihre Kopfbedeckung ein wenig zurück und gab für einen kurzen Moment den Blick auf ihr Gesicht frei – leicht zusammengekniffene Augen, eine unscheinbare Miene, rotbraunes, straff zurückgekämmtes Haar. »Meine Augen sind schwach nach so vielen Jahren am Webstuhl. Das Licht tut ihnen weh, deshalb trage ich immer die Kapuze.«

Das überzeugte Diedre zwar nicht, doch sie gab sich damit zufrieden, denn ihre Neugier war einfach zu groß. Bestimmt würde es interessant werden, das Geheimnis dieser Weberin zu lüften und festzustellen, wer sie wirklich war. »Na gut. Ich erlaube dir, die Kapuze aufzubehalten. Aber mein Gemahl wird eine solche Unhöflichkeit nicht hinnehmen. Wenn du Lord Drust kommen hörst, dann entblöße dein Haupt und verneige dich.«

»Das werde ich tun, Eure Hoheit«, erwiderte die Weberin – zu schlagfertig, zu glatt, kam es Diedre vor.

Eine seltsame Stille umgab diese verdeckte Gestalt – irgendetwas an ihr erschien Diedre unstimmig. Ihr Instinkt gebot ihr, auf der Hut zu sein. »Wie heißt du eigentlich?«, fragte sie.

»Alle nennen mich die Weberin. Das ist Name genug.«

»Ich bin hier die Herrin«, erinnerte Diedre die Fremde mit kalkulierter Milde. »Wenn ich dich nach deinem Namen frage, musst du ihn mir sagen.«

Die Weberin verbeugte sich tief. »Verzeiht mir, Mylady, aber dann muss ich Euch bitten, mich gehen zu lassen, da ich nicht geben kann, was ich nicht habe.«

Weshalb sprach sie so in Rätseln? Erneut ließ Diedres Instinkt sie aufhorchen. Doch dieser Umhang … sie musste ihn einfach haben.

»Na ja, lassen wir's gut sein. Die Weberin also«, lenkte sie ein. »Reden wir lieber über den Umhang, den du mir anfertigen wirst.«

Die Weberin nickte. »Zuerst muss ich die Fürstin studieren, um zu sehen, ob sie Sonne oder Mond ist. Der Umhang wird ein Talisman sein, ein Abbild der Seele der großen Herrin.«

Eine böse Vorahnung ließ Diedre erschaudern; unter ihrem Ärmel machte sie das Zeichen gegen den bösen Blick. »Heißt das, du bist eine Zauberin, eine Anhängerin der alten Sitten und Gebräuche?«

»Nein«, erklärte die Weberin. »Ich beobachte lediglich jene, für die ich ein Interesse habe. Und ich halte die Wahrheit fest.«

Nur eine Närrin hätte eine Fremde ins Herz ihres Haushalts vorgelassen, und eine solche war Diedre sicher nicht. Sie verstand es sehr wohl, Risiken abzuwägen. Und diese Weberin war mit Sicherheit nicht, was sie zu sein vorgab. Wenn sie tatsächlich ein so wunderbares Kleidungsstück angefertigt hatte, warum hatte dann nie jemand von ihr gehört? Eine solche Künstlerin wäre doch landauf, landab berühmt gewesen.

Doch das größte Risiko war auch der zwingendste Grund, der Weberin den Aufenthalt in Burghead zu erlauben. Das Letzte, was Diedre wollte, war, dass irgendjemand die Geheimnisse ihrer Seele erkannte oder, schlimmer noch, festhielt. Doch die Aussicht darauf, ein solches Bildnis zu sehen, zu tragen gar ...

Welche Frau konnte da widerstehen?

»Also gut.« Aber sie wollte diese Person gut im Auge behalten. »Du sollst eine Kammer hier in der Nähe bekommen und die Erlaubnis, mich aufzusuchen, jedoch nur, wenn es mir passt, und nur, nachdem du dich hast durchsuchen lassen.«

»Natürlich, große Herrin.« Bera verbeugte sich erneut, doch gleichzeitig dachte sie über den scharfen Verstand nach, den sie in der vorsichtigen Manier der Fürstin entdeckt hatte. Andere mochten die kunstvoll dargebotene Illusion weiblicher Sanftheit dieser Frau für bare Münze nehmen, doch Bera erkannte eine Seelenverwandte rasch. Diedre war so wenig eine sittsame und gehorsame Gemahlin wie Bera eine demütige Weberin war.

Sich in die nächste Nähe eines solch trügerischen Gegners zu begeben …

Ihr Ziel konnte sie deshalb zwar nach wie vor erreichen, doch ihre Brüder aus Burghead zu befreien, würde dadurch noch schwieriger – und gefährlicher – werden, als Bera es sich vorgestellt hatte. Sie hatte gehofft, die Gönnerschaft der Fürstin zu gewinnen und sie dann für ihre Zwecke manipulieren zu können, aber nun … Bera war sich nicht mehr sicher, wer hier wen manipulieren würde.

Jemand klopfte an die Tür, und Malisande öffnete. Eine Dienerin reichte ihr ein silbernes Tablett mit einem mit Edelsteinen verzierten Kelch, der bis zum Rand mit etwas gefüllt war, das wie Blut aussah. Malisande brachte ihn ihrer Herrin, machte einen Knicks und kostete dann. Das trübe Gebräu verbreitete einen üblen Geruch, der die Zofe erschaudern ließ, als sie den Kelch an die Lippen setzte.

Die Fürstin beobachtete einige Minuten lang stumm die Szene, dann stürzte sie den gesamten Inhalt des Kelchs hinunter, tupfte sich geziert die Lippen ab und warf dann einen strengen Blick auf Bera.

Was war das?, wunderte sich Bera, fasste sich jedoch rasch wieder. »Ich habe einen Beutel mit einem kleinen Webstuhl und meine speziellen Spulen und genügend Wolle mitgebracht, um mein Können zu zeigen. Eure Wachen haben ihn mir abgenommen.«

»Du bekommst ihn wieder.« Die Fürstin nahm ihre Stickerei zur Hand und tat, als würde sie sich darauf konzentrieren, doch Bera bemerkte, dass sie verstohlen noch immer jede ihrer Bewegungen genau beobachtete.

Ein seltsames Muster, das die Stickerei der Fürstin aufwies.

»Wenn ich die Probe bestehe«, sagte Bera, »werde ich einen großen Webstuhl und Wolle brauchen, die beste Qualität.«

»Bewilligt. Wenn du die Probe bestehst«, murmelte Diedre und stickte eifrig vor sich hin, oder tat zumindest so.

Ihre größte und wichtigste Forderung hatte sich Bera für zuletzt aufgespart. Sie schickte ein inniges Stoßgebet zu ihrer Mutter im Himmel und nahm dann all ihren Mut zusammen. »Meine Farben sind ein Geheimnis, das nur ich allein kenne«, erklärte sie. »wenn ich die Wurzeln und Kräuter, die ich brauche, nicht in den Vorräten der Burg finde, muss ich sie außerhalb der Palisaden suchen.«

Ein kurzes Hochziehen der Augenbrauen und ein leichtes Zusammenpressen der Lippen verrieten den Ärger, den diese kühne Bemerkung der Weberin bei der Fürstin hervorrief.

Bera merkte, dass sie zu weit gegangen war, doch die Suche nach Zutaten zum Färben war eine perfekte List, um die besten Fluchtwege von Burghead zu finden. Mit angehaltenem Atem wartete sie die Reaktion der Fürstin ab.

Zu ihrer unendlichen Erleichterung erklärte sich Diedre auch damit einverstanden. »Nun gut. Wenn du die Burg verlassen musst, werde ich meinen Lordgemahl bitten, dir eine Wache mitzugeben.«

Jetzt würde sie also auch in der Lage sein, die Waffen in die Burg zu bringen, die sie außerhalb der Palisaden versteckt hatte. »Große Herrin, Eure Großmut kennt keine Grenzen.«

Die Fürstin musterte sie mit überraschender Offenheit. »Du brauchst mir nicht zu schmeicheln, Weberin. Jene, die die Wahrheit sagen, sind mir am allerliebsten.«

»Meine Herrin ist in der Tat sehr weise.« Bera verneigte sich tief, von wirklicher Achtung erfüllt.

»Du verlangst viel, Weberin«, sagte die Fürstin und beugte sich wieder über ihre Stickarbeit. »Trage dafür Sorge, dass mein Umhang so viel Umstand wert ist.« Eine lange Pause entstand, ehe sie Bera entließ. »Du kannst jetzt gehen. Malisande bringt dich zu deiner Kammer.«

Bera zog sich respektvoll rückwärts gehend zurück und folgte der Zofe dann hinaus.

Auf dem Flur händigte die Wache Malisande Beras wunderschön gewebten Beutel aus. »Keine Waffen«, erklärte der Mann, »nur ein Wollkamm, etwas Garn und ein Haufen Spulen.« Er hob den Sack hoch, so dass die Spulen aneinander klapperten.

So weit, so gut. Er hatte die silberne Kette nicht gefunden, die am Boden des Beutels ins Futter eingenäht war.

Die Magd wog den Beutel in der Hand. »Schwer.« Sie öffnete ihn und griff hinein. »Ah, die Spulen.« Zufrieden übergab sie ihn der Weberin. »Folge mir zu den Küchen. Wenn du gegessen hast, zeige ich dir deine Kammer.«

Zum ersten Mal, seit sie diesen dunklen, bösen Ort betreten hatte, atmete Bera etwas leichter, doch sie hielt ihre Sinne geschärft.

Sie hatte sich in der Drachenhöhle eingenistet. Jetzt galt es, ihre Brüder zu finden und zu befreien – unter den wachen Augen des Drachen.

Und wenn sie richtig vermutete, dann war der Name des Drachen nicht Drust, sondern Diedre.

Während der Nacht webte Bera unter Malisandes wachen Blicken eine kunstvolle Sonnendecke, mit deren Hilfe sie sich einen Platz zu Füßen des Drachen errang.

3

Curran steckte sein Schwert ein, das dicht über Murdocs Kehle geschwebt hatte, und half dem auf dem gefrorenen Boden von Burghead Liegenden auf die Beine. »Ihr werdet mit jedem Tag besser«, erklärte er. Von allen Clanoberhäuptern verdiente Murdoc den größten Respekt – und vor ihm musste man sich am meisten in Acht nehmen. »Noch ein paar Runden wie diese, dann werde ich es sein, der auf dem Rücken liegt.«

»Euer Wort in Gottes Ohr«, brummte Murdoc mit so viel Gleichmut, wie es einem Krieger möglich war, nachdem er von einem gut einen halben Zentner leichteren Gegner besiegt worden war. Er ergriff Currans Unterarm und zog sich daran hoch. Wegen seines gefütterten Wamses war er trotz der Dezemberkälte und des Windes, der stetig über die Halbinsel fegte, auf der Burghead lag, schweißnass vor Anstrengung. »Diesen Gegenstoß habe ich noch nie gesehen. Wo habt Ihr den gelernt?«

»Auf dem Weg von König Breds Hof in Scone hierher«, antwortete Curran, ebenfalls schwer atmend. »Diese Lektion hätte mich fast das Leben gekostet.« Er nahm seinen eisernen Helm und den Hals und Schultern bedeckenden Kettenpanzer ab und sog die frische kalte Luft ein. »Aber der Strauchdieb, der ihn gegen mich einsetzte, lebte nur einen Herzschlag länger, als ich brauchte, um ihn zu lernen.«

Murdoc lachte heiser. »Dann ist er also nicht idiotensicher.«

»Kein Streich ist sicher«, erwiderte Curran mit einem kalten Lächeln. »Er war größer, aber ich war der Schnellere … und Schlauere. Deshalb starb er, und ich blieb am Leben.«

»So wie ich heute gestorben wäre, wenn wir im Ernst miteinander gekämpft hätten«, bemerkte Murdoc nüchtern und ging an den Gruppen vorüber, die unter der harten Führung der anderen Clanoberhäupter trainierten.

Curran begleitete ihn, erpicht darauf, mögliche kleine Anzeichen von Argwohn auszukundschaften. Murdoc war Drusts stellvertretender Kommandant und der Einzige der Clanfürsten, der womöglich klug genug war, auf die Wahrheit zu kommen: dass der Schwarze Krieger ihre Kampfkünste zwar verbesserte – immerhin war er dafür eingestellt worden –, aber nicht so weit, dass sie ihn besiegen konnten. Denn letzten Endes würde er gegen sie kämpfen müssen, das wusste Curran.

Vor zwei Monaten hatte er für Drust eine Botschaft nach Scone gebracht, allerdings nicht mit der Absicht, jemals wieder nach Burghead zurückzukehren. Doch als er in Scone von der Belohnung erfuhr, welche die Familie von Drusts Gefangenen ausgesetzt hatte, war er mit einem Plan zurückgekommen. Murdocs Argwohn zu erregen, konnte er sich nicht leisten, also spielte er das Spiel mit.

Ein gutes Stück von den Kriegern entfernt blieb Murdoc stehen und betrachtete sie mit einem grimmigen, prüfenden Blick. »Unsere Männer sind die stärksten und wildesten in ganz Albion. Sie werden zum Krieg erzogen und bekommen von Kindesbeinen an Rindfleisch und Bier. Schon als Jungen essen sie rohes Fleisch. Das ist kostspielig, aber es macht sie groß und stark.« Stolz, ja sogar Zuneigung schwang in seiner Stimme mit. »Schon zu Beginn ihrer Ausbildung fürchten sie nichts und niemand. Ich habe gesehen, wie sie in ihrem Kampfesrausch getöteten Feinden mit den bloßen Händen den Kopf abrissen.« Seine Augen wurden schmal, und der Ton seiner Stimme sank zu einem zutraulichen Murmeln: »Sie gehorchen unserem Herrn, ohne Fragen zu stellen, genau wie ich auch.« Eine bedeutungsschwangere Pause entstand zwischen den beiden Männern.

Curran war klug genug, nichts zu erwidern. Murdoc wollte auf etwas hinaus – etwas Wichtiges ... und Gefährliches, wenn Currans Instinkt ihn nicht trog, und das war nur äußerst selten der Fall.

Lange Sekunden verstrichen, ehe Murdoc schließlich sagte, worauf er hingearbeitet hatte. »Aber wo wir einmal dreihundert waren, sind wir jetzt nur noch hundertachtzig. Allein im letzten Jahr sind sieben unserer besten Clanfürsten voller Heldenmut in die Anderwelt hinübergegangen.« Er seufzte schwer. »Was für sie ja ganz gut sein mag, aber für uns Hiergebliebene ist es verdammt hart.« Sein durchdringender Blick aus grauen Augen heftete sich auf Curran. »Unser Herr nimmt sich, was er will, ohne einen Gedanken an die Kosten.«

Ohne einen Gedanken an irgendetwas nickte Curran stumm und ohne eine Miene zu verziehen. Drust war wie ein tollwütiger Wolfshund: riesengroß, bösartig und äußerst unberechenbar. Murdoc hingegen ...

Weshalb vertraute er sich Curran an, der für ihn doch ein Fremder war? Versuchte er, Currans Loyalität zu testen? Oder noch schlimmer – plante er, Drust zu stürzen und suchte nach einem Verbündeten?

Wie auch immer, Curran hatte bereits viel zu viel mitbekommen. Aber nur ein Dummkopf würde einen Mann von Murdocs Rang und Einfluss beleidigen. Der einzig sichere Ausweg aus einer solchen Situation war, sich unparteiisch zu verhalten und nichts zu sagen, was später gegen ihn verwendet werden konnte.

Murdoc ging weiter, Curran hielt sich an seiner Seite. »Unsere Zahl ist begrenzt, aber die unserer Feinde nicht«, fuhr der Clanführer fort. »Wir brauchen die Kampfkünste, die Ihr uns lehrt, diese Taktiken und Strategien. Unsere Verluste zeigen, dass brutale Gewalt nicht immer das beste Mittel ist.« Er starrte auf den kalten, hart gefrorenen Boden. »Lord Drust hat einen hervorragenden Ratgeber, aber neuerdings befolgt er keine klugen Ratschläge mehr. Oft setzt er sich sogar vollständig darüber hinweg, zum Schaden all seiner Gefolgsleute.«

»Es ehrt mich, dass Ihr mir mit solcher Offenheit begegnet«, erwiderte Curran, »vor allem hinsichtlich Angelegenheiten von großer Bedeutung.« Innerhalb der Palisaden, in Hörweite der Wachen, hielt er an, und auch Murdoc blieb stehen. »Die Treue, die Ihr Euren Männern entgegenbringt, ist sehr lobenswert«, fuhr Curran fort. »Sie können sich glücklich schätzen, einen solchen Vorgesetzten zu haben.« Er gab sich unbekümmert. »Ich werde darauf achten, die Trainingselemente, die Ihr erwähnt habt, mehr zu beachten«, sagte er mit absoluter Überzeugung, obwohl er nicht im Entferntesten daran dachte, dies zu tun. »Was mich angeht – mein wichtigstes Anliegen ist es ...« Er rang sich ein Grinsen ab und klopfte Murdoc auf die kräftige Schulter. »Es ist schon fast dunkel, und ich bin durchgefroren und so hungrig, dass ich einen ganzen Ochsen verspeisen könnte!«

Der plötzliche Themenwechsel behagte dem Clanführer gar nicht, doch er blieb gelassen, und die Anspannung in Currans Brust lockerte sich, wenn auch nur ein wenig.

»Heute Abend gibt es kein Bankett«, fuhr er mit gezwungener guter Laune fort. »Was meint Ihr – sollen wir nicht in die Küchen gehen und nachsehen, ob wir etwas warmes Bier und ein gutes Essen auftreiben können?«

Nach einer angespannten Pause erhellte sich Murdocs Miene. »Ja, warum eigentlich nicht.« Sie machten sich gemeinsam zu der willkommenen Wärme der Kochfeuer auf. »Warmes Bier und einen guten Eintopf ... und danach eine willige Sklavin, die mir das Bett anwärmt.«

Eine *willige* Sklavin? Curran spürte Empörung in sich aufsteigen, doch er beherrschte sich. Eine Sklavin oder eine Magd sollte die Wahl haben, willig zu sein oder nicht, aber welche Wahl hatte eine solche Kreatur schon? Keine, genau wie seine Mutter nie eine gehabt hatte.

Seine Kinder würden bessere Bedingungen haben als sie, schwor er sich zum tausendsten Mal.

Wenn er diesen Auftrag zu Ende brachte, die Gefangenen befreite und die Hand ihrer königlichen Schwester gewann.

Er folgte Murdoc in die Küchen und spürte sofort die unnatürliche Spannung dort, noch bevor er die geheimnisumwobene Weberin erblickte, über die schon seit Tagen alle munkelten. Sie stand in der hintersten Ecke, rührte in einem dampfenden Kessel, und an der Wand war übergroß, fast bedrohlich, ihr Schatten zu sehen.

Die Männer blieben beide abrupt stehen, als sie die Gestalt erblickten.

Curran hatte die Geschichten über den wunderschönen Umhang der Weberin als Übertreibung abgetan, doch dies war einer der seltenen Fälle, in denen die Wirklichkeit selbst beschönigende Gerüchte übertraf. Das tanzende Licht der Küchenfeuer ließ die Symbole auf dem phantastischen Kleidungsstück der Weberin leuchten und funkeln und verlieh ihr damit einen unglaublichen Zauber.

Kein Wunder, dass alle anderen in den Küchen in ein beklommenes Schweigen versunken waren.

War es wirklich nur ihr Umhang? Die Präsenz dieser Weberin gab Curran das Gefühl, als sei er uneingeladen in das Allerheiligste eines uralten heidnischen Tempels eingedrungen.

Seine Neugier war geweckt; er gab jedoch Desinteresse vor und schlenderte zu dem Tisch nächst dem Feuer … und der Weberin. »Bring mir warmes Ale und einen Eintopf«, wies er eine der Mägde an. Er ließ sich auf einer der klobigen Bänke nieder und legte den Helm und seinen Schulterpanzer neben sich. Es fiel ihm schwer, dabei nicht zu stöhnen – Murdoc mochte verloren haben, aber er war ein guter Schüler, das spürte Curran immer deutlicher.

Er blickte zur Tür und sah, dass Murdoc dort stehen geblieben war und eines der Küchenmädchen sich gerade schamlos an ihm rieb – zweifellos begierig darauf, in einem richtigen Bett zu schlafen, auch wenn Murdoc mit darin liegen würde.

Murdocs riesige Hände umfassten die kräftigen Oberarme der Magd, und dann hob er sie hoch und begrub das Gesicht zwischen ihren üppigen Brüsten. »Aarrrhhh!«, röhrte er, doch ihr Busen erstickte seine Stimme halb, und sie kreischte vor Vergnügen und zeigte ihre geschwärzten, verkrüppelten Zähne.

Murdoc holte Luft und verzog das Gesicht, als er das Gebiss der Magd sah. »Pfui! Lass den Mund zu, Weib, und wir kommen gut miteinander aus.« Er warf sie über die Schulter wie ein erlegtes Wild und sagte so, dass es alle hören konnten: »Was mich interessiert, ist ja sowieso nicht ihr Maul!« Damit wandte er sich zum Gehen und griff der Frau noch unter den Rock, die daraufhin erneut lustvoll kreischte. »Bringt mir das Essen auf meine Kammer!«, rief er einer anderen Magd zu und verschwand.

Curran starrte ins Feuer. Große Empörung konnte er wegen dieser Szene nicht empfinden; immerhin hatte die Frau angefangen. Aber er hatte allzu oft den Hunger, die Angst und die Verzweiflung gesehen, die eine Sklavin dazu trieben, ihren Körper zu verkaufen – für ein paar Stunden Wärme und die Essensreste ihres Herrn.

Aber zu wünschen, die Welt wäre anders, war töricht. Die Welt war so, wie sie war und wie sie immer gewesen war. Curran konnte nur die Dinge verändern, die ihn betrafen – und das würde er auch, aber nicht heute Nacht.

Er beobachtete die Weberin aus dem Augenwinkel. Eine Sklavin war sie nicht, so viel war sicher. Er bemerkte ihre stolze Haltung und dachte, sie könne eine freigelassene Sklavin sein – oder vielleicht eine mittellose Witwe. Zumindest hatte sie ein sehr sicheres Auftreten.

Der fröhliche, ausgelassene Typ war sie jedenfalls nicht. Aber das war er schließlich auch nicht. Eitles Vergnügen war nur eines von vielen Dingen, auf die man als Söldner verzichten musste, um zu überleben. Aber das alles war es wert – auch die langen und einsamen Jahre als ein Instrument des Todes –, wenn er das Ziel erreichte, das ihn bewogen hatte, nach Burghead zurückzukehren.

Sein Blick schweifte wieder zu dem glühenden Holzkohlenfeuer. Bald würden auch die restlichen Männer kommen, doch im Augenblick genoss er die Stille. So verstrichen einige friedvolle Minuten, bis zwei Sklavinnen schüchtern näher kamen und sich mit niedergeschlagenem Blick verbeugten.

»Möchte der Herr, dass wir ihm helfen, sein Kettenhemd auszuziehen? Wir können es säubern und ölen, und auch den Helm.«

»Ja, danke.« Er setzte sich auf und zog das schwere Hemd etwas hoch. Dann nahm er das Schwert vom Gürtel, damit die Frauen den dicken Lederriemen entfernen konnten. Sie kamen ihrer Aufgabe flink und schweigsam nach, ohne je den Blick davon abzuwenden.

Curran fragte sich, ob er in ihren Augen denselben Groll finden würde, den er einst gehegt hatte. Denselben versteckten Hass, der noch immer in ihm schlummerte und sich nur regte, wenn er sich vor Bestien wie Drust verbeugen und ihnen schöntun musste.

»Wenn der ehrbare Ritter bitte die Arme hochheben würde«, murmelte die ältere der beiden Frauen verschämt.

Er kam ihrer Bitte nach, und sie streiften ihm das Kettenhemd ab.

Wie immer spürte er erst jetzt, wie sehr das große Gewicht dieses Hemdes jede Bewegung erschwerte. »Ah, das ist besser«, seufzte er zufrieden. Aber noch ehe er sich bei den Frauen bedanken konnte, waren sie samt Helm und Hemd verschwunden.

Curran rieb die Kratzer und Schrammen, die das Kettenhemd auf seinen Handrücken hinterlassen hatte.

»Etwas zu essen, der Herr?« Ein weiteres der namenlosen

Sklavenmädchen näherte sich und setzte eine krustige Brotschüssel mit einem dicken Linseneintopf vor ihm auf dem Tisch ab. »Und zu trinken.« Sie stellte den Krug mit heißem Bier daneben, verbeugte sich rasch und huschte wieder fort.

»Danke schön!«, rief Curran ihr nach.

Die junge Sklavin drehte sich um, blickte ihn mit erschrockener Miene an und machte sich eilends aus dem Staub, als habe er geflucht, anstatt sich bei ihr zu bedanken. Keiner der Sklaven hatte sich daran gewöhnen können, dass er sie mit Anstand behandelte, obwohl er sich nun schon seit Monaten in Burghead aufhielt.

Doch aus dem Augenwinkel sah er, dass die geheimnisvolle Weberin ihr Rühren unterbrochen hatte. Erst nach einem Augenblick, in dem sie ihn stumm beobachtet hatte, nahm sie ihre Arbeit wieder auf.

Curran tat, als habe er nichts bemerkt und wandte sich seiner kräftigen Mahlzeit zu. Als er aufgegessen hatte, lehnte er sich zurück und hielt wieder die Füße ans Feuer. Er hatte noch keine rechte Lust, sich in sein kaltes Bett inmitten des Gestanks und Tumults der Kriegerquartiere zurückzuziehen.

Wieder spürte er, dass es seine Aufmerksamkeit zu der schweigsamen Weberin hinzog wie Eisenspäne zu einem Magneteisenstein.

Seltsam, aber sie gab keinen Laut von sich und machte keine unnötige Bewegung.

Höchst ungewöhnlich für eine Frau. Die sehr aufrechte Gestalt unter den Falten ihres Umhangs verborgen, bewegte sie ihren großen Holzlöffel in eleganten Achterschleifen und unterbrach diese Bewegung nur manchmal, um dicke Strähnen gelber Wolle aus dem Färbebad hochzuziehen und den Farbton zu begutachten.

»Fürstin Diedre ist also ein Sonnenwesen«, kommentierte Curran schließlich, den Blick noch immer ins Feuer gerichtet.

Die Weberin rührte unbeirrt weiter.

Durch ihr Schweigen noch neugieriger geworden, drehte er sich um und versuchte, ihr unter dem Schatten der Kapuze verborgenes Gesicht zu erkennen. »Bist du vielleicht taub«, fragte er sie freundlich, »oder einfach nur unhöflich?«

»Ich bin weder taub noch unhöflich, guter Sir«, erwiderte eine warme, tiefe Stimme. Und nach einem langen Schweigen fügte sie hinzu: »Niemand hat mich etwas gefragt.«

Curran musste lächeln. Sie hatte Recht; er hatte eine Feststellung getroffen, keine Frage gestellt. »Ja«, sagte er. Er hatte das Gerede gehört, warum sie immer ihren Umhang trug und die Kapuze aufhatte: Sie habe Pockennarben, sei verunstaltet, habe entsetzliche Narben, sie sei eine alte, hagere Zauberhexe, deren Körper mit altüberlieferten, symbolischen Tätowierungen übersät sei.

Aus irgendeinem Grund glaubte er das alles nicht. Aber natürlich war er neugierig.

Und deshalb riskierte er es jetzt auch, ein Gespräch mit ihr zu beginnen – etwas, das er normalerweise tunlichst vermied. Alle im Raum Anwesenden beobachteten sie und lauschten jedem Wort, das zwischen ihnen fiel, das wusste er. Aber diese Weberin hatte etwas an sich … etwas Undefinierbares, das in ihm das Gefühl wachrief, sie schon einmal irgendwo gesehen zu haben.

Das war natürlich dumm. Er hatte bisher nicht mehr von ihr gesehen als ihre Hände, große, praktische Hände, die mehr wie die Hände eines jungen Mannes aussahen als die einer Frau – aber das machte ihn nur noch neugieriger.

Jetzt studierte er diese Hände. Die Adern traten nicht sehr stark hervor, sie hatten auch keine Pockennarben oder Runzeln; sie wirkten wie Hände, die viel zupackten, und offenbar davon hatten sie einige kleine Narben bekommen. Doch ihr Griff an dem Holzlöffel war fest, trotz der zierlichen Handgelenke.

»Dann werde ich dir also eine Frage stellen«, sagte er. »Was bringt dich nach Burghead?«

»Dieselbe Frage könnte ich Euch stellen«, hielt sie dagegen, ohne ihre fast königliche Haltung zu verändern.

Schlau, diese Frau. Und frech noch dazu. Curran fragte sich, wie alt sie wohl war. Und ob auch sie – ebenso wie er – nicht war, was sie zu sein vorgab. »Jeder weiß, warum ich hier bin«, erwiderte er beiläufig. »Ich bin sicher, du hast das Gerede gehört, genauso wie ich den Klatsch über dich mitbekommen habe.«

»Ich höre keinen Klatsch«, erklärte sie ruhig. »Was wird denn gesagt?«

»Dass ich hier bin, um Lord Drusts Krieger zu trainieren, und das stimmt auch«, log er. Dann improvisierte er. »Und dass du nicht wirklich eine Weberin bist, sondern eine geheimnisvolle Fremde, die gekommen ist, um Fürstin Diedre in ihren Untergang zu locken.«

»Ach was. Ihr lügt.«

Curran versteifte sich, unwillkürlich griff seine Hand nach dem Schwert. Woher wusste sie, dass er, was den Grund seines Hierseins anbetraf, gelogen hatte? Niemand außer ihm kannte die Wahrheit. Doch sie hatte so schnell reagiert, mit solcher Gewissheit gesprochen. »Es ist gefährlich, einen Krieger der Lüge zu bezichtigen«, sagte er bedächtig.

Die Weberin blieb unbeeindruckt. »Ihr habt gelogen. Gebt es zu.« Curran wollte sie schon nach draußen schleppen, um ihr die Wahrheit mit Gewalt zu entlocken, doch in diesem Moment fuhr sie ironisch fort: »Man hat viel über mich gesagt, seit ich hier bin, aber nicht das.«

Sie hatte also das gemeint, was er über *sie* gesagt hatte, nicht, was er über sich selbst erzählt hatte. Curran war so erleichtert, dass er beschloss, großmütig zu sein. Die Weberin sollte für ihre Anmaßung nicht büßen müssen. Stattdessen zwang er sich zu einem Lächeln. »Ah. Du hast mich ertappt. Ich gestehe, das habe ich erfunden.«

Entspanne dich. Lehne dich zurück. Lass sie nicht wissen, wie nahe sie der Wahrheit kam.

Er wechselte das Thema. »Färbst du diese Wolle für Fürstin Diedres Umhang?«

»Ja.« Es war nur ein Wort, eine einzige Silbe, und auch noch ganz einfach gesagt. Und doch schaffte sie es irgendwie, mit dieser einen Silbe sowohl Missfallen als auch eine gewisse Überlegenheit auszudrücken.

Curran wurde unwillkürlich zornig. Kein Krieger hätte von einer einfachen Weberin eine derartige Respektlosigkeit hingenommen.

»Ich möchte etwas wissen«, sagte er mit mehr Nachdruck. »Wird das ein Sonnenumhang?«

»Guter Sir«, erwiderte sie mit demselben, leicht geringschätzigen Übermaß an Höflichkeit, »Ihr werdet es erfahren, falls und wenn es Fürstin Diedre gefällt, dies kundzutun.« Sie überprüfte den Farbton der Wolle. »Bis dahin aber würde ich Euch bitten, Euch um Eure eigenen Angelegenheiten zu kümmern. Fragen können gefährlich sein, besonders in diesem Haushalt.«

War das eine Drohung?

Curran stand ungläubig auf.

Es war eine Drohung!

Mit einem einzigen Schritt stand er unmittelbar neben ihr.

Doch sie wich nicht zurück und versuchte auch nicht zu fliehen. Sie packte den großen Holzlöffel mit beiden Händen, wie einen Stock, ging in Schrittstellung, verlagerte das Gewicht auf die Fußballen und erwartete seinen Angriff. Genau so, wie er es gelernt und inzwischen so vielen anderen beigebracht hatte.

Wieder überraschte sie ihn.

Dann kam ihm der rettende Einfall, der das Geheimnis der Weberin lüftete.

Natürlich. »Du bist also gar keine Frau«, überlegte er laut. Nur ein Krieger würde so reagieren, wie es die Weberin getan hatte – ein kleiner, aber gut ausgebildeter Krieger.

Sie blickte aus zusammengekniffenen Augen zu ihm auf.

»Warum sagt Ihr so etwas?«, fragte sie ärgerlich. »Natürlich bin ich eine Frau!«

Curran trat näher zu ihr. »Deine Reaktion hat dich verraten«, flüsterte er. »Und jeder hier im Raum hat es gesehen. Sie beobachten uns alle schon die ganze Zeit und lauschen auf jedes Wort von uns.«

Daran erinnert, wechselte die Weberin – der Weber? – sofort wieder von einer abwehrenden zu der vorherigen gelassenen Haltung.

Curran setzte sich wieder auf die Bank, doch seine Neugier war nicht gestillt, sondern nur noch stärker geworden. Weshalb würde sich ein junger Mann – oder ein kleiner Krieger – in eine derart tückische Situation begeben?

Er erkannte die Wahrheit mit ernüchternder Klarheit: aus demselben Grund, aus dem auch er beschlossen hatte, nach Burghead zurückzukehren, anstatt in Scone zu bleiben, nachdem er dort vor zwei Monaten eine Botschaft für Drust abgeliefert hatte.

Er hatte Konkurrenz!

Von der anderen Seite des Kessels aus blickte Bera auf den Schwarzen Krieger und wünschte sich nichts mehr, als dass es eine Möglichkeit gäbe, das Färben zu beschleunigen.

Alles war sehr rasch schief gelaufen, und nun starrte der legendäre Krieger sie an mit Augen, die so schwarz waren wie die Kleidung, die er immer trug – und einem Blick, der geradewegs durch den Umhang zu dringen schien, unter dem sie sich verbarg. Irgendwie wünschte sie sich, er könnte sie tatsächlich so sehen, wie sie wirklich war. Dann hätte er wenigstens diesen absurden Gedanken aufgegeben, sie sei ein Junge.

Warum hatte sie sich von ihm in ein Gespräch verwickeln lassen? Warum nur, warum? Das war dumm und unachtsam, und das war sie beides nicht.

Doch der Schwarze Krieger hatte so gut ausgesehen, wie

er dort gesessen hatte, mit seinen leuchtend blauen Augen, dem starken, schönen Gesicht, das von Kälte und Wind gerötet war, seinem goldblonden Haar, das im Feuerschein leuchtete wie bei einem nordischen Gott. Seit er hier war, hatte sie ihn nur gelegentlich kurz zu Gesicht bekommen, doch schon das hatte genügt, um ihre Phantasie anzustacheln.

Viele Barden, hier wie zu Hause, hatten den erbarmungslosen Heldenmut und die geradezu übermenschlichen Großtaten des Schwarzen Kriegers besungen, aber auch seine raue, männliche Schönheit. Die Wahrheit war, dass sie, seit er zum ersten Mal die Küchen betreten hatte, auf ihn nicht weniger neugierig war als er offenbar auf sie. Aber dennoch hätte sie sich nicht dazu hinreißen lassen dürfen, mit ihm eine Unterhaltung anzufangen, und wenn er noch so gut aussah.

Bera blickte finster auf die Wollknäuel, die in der leuchtend gelben Farbe kochten.

Der Schwarze Krieger war ein kluger Kopf. Er hatte aus der Farbe geschlossen, dass Fürstin Diedre ein Sonnenwesen war, und das war sie – jedoch nicht wegen ihrer unfehlbar ausgeglichenen Art, wie jedermann zu glauben schien. Denn unter der sorgfältig aufrechterhaltenen Pose der ruhigen, »unterwürfigen und gehorsamen« Lady verbarg die Fürstin nicht nur einen immensen Groll, sondern auch großen Scharfsinn.

Diedre bedeutete »die Wütende«, und diesem Namen wurde sie trotz ihres eher zurückhaltenden Auftretens ganz und gar gerecht.

Dies war es, was Bera in den Umhang einweben wollte, während sie einen Plan zur Befreiung ihrer Brüder ersann. Doch sie hatte nicht vor, diese Arbeit bis zum Ende zu führen. So Gott es wollte, würden sie und ihre Brüder aus Burghead verschwunden sein, bevor die ganze Wolle gefärbt und die eigentliche Webarbeit begonnen hatte.

Das Letzte, was sie brauchen konnte, war allerdings, dass

der Schwarze Krieger auf den Gedanken kam, sie für einen Jungen zu halten! Aber wie ihn vom Gegenteil überzeugen, ohne alles noch schlimmer zu machen?

Wenn er nicht so arrogant gewesen wäre und mit ihr gesprochen hätte, als sei sie für ihn eine Vertraute oder Verwandte ...

Beras Sinnen wurde unterbrochen, denn plötzlich tauchte eben der Mann, über den sie nachgedacht hatte, neben ihr auf. Sein ganz in Schwarz gekleideter Körper schirmte sie vollständig von den anderen im Raum ab. »Es tut mir Leid, Weberin, aber ich muss die Wahrheit wissen, oder ich schlafe nicht einen Augenblick. Und ich brauche meinen Schlaf.«

Unbemerkt von den anderen ließ er seine Hand unter ihren Umhang und zwischen ihre Beine gleiten, und noch ehe sie etwas dagegen unternehmen konnte, erforschte er mit einer geübten Bewegung ihren Unterleib. Bera stockte der Atem; doch schon im nächsten Augenblick trat er zurück, verbeugte sich höflich und lächelte etwas gequält. »Bitte verzeiht mir, gute Lady. Das beantwortet mir wenigstens eine Frage. Allerdings habe ich noch viele weitere.«

Bera bebte vor Wut. Ihre Hände umklammerten den Holzlöffel so fest, dass ihre Fingerknöchel weiß hervortraten. Sie musste sich beherrschen, um das Stück gehärtetes Eichenholz nicht auf dem Kopf des unverschämten Schwarzen Kriegers zu zerbrechen. Dieser Schurke! Er verdiente den Tod für sein schändliches Benehmen! Sie schickte ein stummes Gebet zum Himmel mit der Bitte, niemand möge sie dieser Freude berauben.

Der gut aussehende Krieger blickte zu ihr hinab. »Bis zum Wiedersehen, gute Lady.« Damit verließ er unter dem Geflüster und den Mutmaßungen des Küchenpersonals den Raum.

Mit pochenden Schläfen zwang sich Bera, weiter in ihrem Kessel zu rühren. *Eines Tages*, tröstete sie sich. *Eines Tages kannst du ihn töten!*

In der nächsten Stunde gab sie sich ausgiebig einem befriedigenden Tagtraum aus Zerstückelung, Ausweidung, Folter und Enthauptung hin.

Curran schlief in dieser Nacht bestens, und er träumte von der Weberin.

Er folgte ihr über offenes Gelände in einen dichten Nebel hinein. Dann löste sich der Nebel auf, und so wie es nur in Träumen geschehen kann, wurde die Weberin zu seiner Sturmgöttin, die nackt auf ihrem Streitross ritt, und er verfolgte sie, sein ganzer Körper bebend vor Lust. Über große, bedrohliche Klippen, durch riesige Farngestrüppe, steile, enge Schluchten hinunter – wieder und wieder kam er fast bis in Reichweite ihres dicken, rotbraunen Haars, das wild und frei hinter ihr flatterte, aber jedes Mal wieder entkam sie ihm.

Als er schwer atmend in der Dunkelheit aufwachte, spürte er einen starken Schmerz in den Lenden, und das Bild seiner Sturmgöttin stand ihm noch immer lebhaft vor Augen.

Die nächsten zehn Tage verstrichen für Bera ohne besondere Vorkommnisse. Nach ihrer Begegnung mit dem Schwarzen Krieger wagte sie sich nur noch dann zum Färben in die Küchen hinunter, wenn sie wusste, dass er mit seiner Arbeit beschäftigt war. Die übrigen Stunden des Tages verbrachte sie mit Spinnen, der Ausarbeitung der Muster für Fürstin Diedres Umhang und dem Umbau des großen Webstuhls, der ihr in ihrer Kammer kaum mehr Platz zum Schlafen ließ.

Schon nach einigen Audienzen bei der Fürstin hatte sie alles in Erfahrung gebracht, was sie für die Herstellung des Sonnenumhangs benötigte, doch sie stattete Diedre weiterhin Besuche ab, damit sich diese wie auch die Wachen an ihr unangemeldetes Kommen und Gehen gewöhnten.

Am Ende eines solchen Aufenthalts befahl die Fürstin, ohne von ihrer unaufhörlichen Stickerei aufzusehen, ihrem Pagen: »Lass den Gefangenen Evan zu mir bringen.«

Evan! Bera erstarrte; am liebsten hätte sie sich in die Wand verkrochen, damit Fürstin Diedre sie nicht mehr bemerkte.

Evan lebte. Und er würde hierher kommen, in diesen Raum!

Mit klopfendem Herzen dankte sie dem Gott, der ihr die Gelegenheit schenkte, ihren Bruder zu sehen – und bat ihn, dass Evan sie nicht erkennen möge.

Bera hatte ihren Umhang geheim gehalten, aber Evan war ein sehr achtsamer Mensch.

Vielleicht würde er ihren Webstil erkennen und sie dadurch irgendwie verraten.

Dann wäre in der Tat alles verloren.

Selbst wenn er nur eine Bemerkung zu dem Umhang machte, würde das auf ihre Person aufmerksam machen, und dann würde die Fürstin ihr sicher befehlen, den Raum zu verlassen.

Doch Bera hätte sich keinerlei Gedanken zu machen brauchen.

Als Evan kam – er war mager und schmutzig, aber wenigstens gesund –, warf er lediglich im Vorbeigehen einen kurzen Blick auf die Fremde mit der Kapuze und wandte sich dann der Fürstin zu.

»Eure Hoheit.« Er verbeugte sich wie jemand, der für Diedre echte Ergebenheit empfand.

»Setz dich.« Diedre sprach den Befehl leise aus, fast wie eine Einladung. Evan ließ sich ohne zu zögern auf den gepolsterten Schemel neben der Fürstin nieder und blickte zu ihr auf.

Was ging hier vor?

Wusste Evan, dass die Fürstin hinter allem stand, was geschehen war?

Wahrscheinlich wusste er es nicht, denn er sah aus, als sei er von Diedre hingerissen …

Bera betrachtete die beiden heimlich unter dem Rand ihrer Kapuze hervor. Die Fürstin blickte mit unverkennbarer

Zärtlichkeit zu Evan hinab, und dieser erwiderte ihren Blick voller Sehnsucht. Nein, es war keine Sehnsucht. Es war Lust.

Sie hörte unwillkürlich auf zu atmen.

Dies war offensichtlich nicht das erste Mal, dass Evan gerufen worden war. Aber weshalb hatte die Fürstin ihn überhaupt holen lassen? Und warum Evan, warum nicht einen der anderen?

Sie erkannte, weshalb Evan womöglich versuchen wollte, die Fürstin zu verführen. Eine solche Liaison würde für ihn wohl nicht nur einen einzigartigen Einfluss auf seine königliche Geliebte bedeuten, sondern ihm auch die Macht an die Hand geben, Diedre zu vernichten, indem er Drust über ihre Untreue in Kenntnis setzte.

Andererseits war Diedre viel zu berechnend und selbstbeherrscht, um sich auf eine solche Liebelei einzulassen.

Doch als Bera sah, wie die beiden sich anblickten, war sie nicht mehr ganz so sicher.

Noch nie hatte sie zwei Menschen gesehen, die so sehr voneinander entzückt waren.

Die Fürstin streichelte zärtlich seine Wange. »Sing für mich, Evan«, bat sie ihn mit unbedachter, verletzlicher Miene. »Wenn du für mich singst, dann kann ich es beinahe ertragen.«

Bera wurde zornig. Er hatte ihr vorgesungen? Wie hatte Diedre das geschafft? Niemand, nicht einmal Bera, hatte Evan je zum Singen verleiten können, nicht, seit seine Ehe mit Fenella gescheitert war.

Aber es bedurfte lediglich eines Wortes von der Drachenfürstin, und er tat es.

Unfähig zu akzeptieren, was sie sah und hörte, beobachtete Bera ihren Bruder, wie er mit geschlossenen Augen sang, und lauschte seiner tiefen, klaren Stimme.

Leise, verführerisch begann er mit der Geschichte von der Empfängnis des heiligen Finan, beschrieb ausführlich und in poetischen Worten die Schönheit der Mutter des Heiligen und wie sie ihre Kleider ablegte, um nackt in den Loch Léin zu steigen.

Bera bemerkte überrascht, wie Evans Vortrag Diedres Sehnsucht Note für Note, Takt für Takt, Wort für Wort in offenkundiges Begehren verwandelte. Als er beschrieb, wie der prachtvolle rotgoldene Lachs zwischen die Beine der Frau schwamm und sie schwängerte, glühten Beras Wangen vor Verlegenheit darüber, solche Worte aus dem Mund ihres eigenen Bruders zu hören.

Als Evan dann davon sang, wie ein Stern vom Himmel kam, in den Mund der Frau eindrang, ihren Busen mit goldenem Licht erfüllte und ihre Brüste wie feinsten Schnee leuchten ließ, kannte die Fürstin kein Halten mehr. Ihr Blick heftete sich auf den seinen, sie schleuderte ihre Stickerei von sich. »Lass uns allein!«, befahl sie Bera, die Stimme heiser vor Verlangen. »Und sag den Wachen, dass mich niemand stören darf. Niemand betritt den Raum!«

Weit davon entfernt, neugierig zu sein, was wohl als Nächstes kam, tat Bera, wie ihr geheißen war. Doch als sie sich an der Tür noch einmal umdrehte, konnte sie nicht umhin zu sehen, wie sich ihr Bruder und die Drachenfürstin voller Leidenschaft in die Arme sanken.

Entsetzt zog sie mit einem Ruck die Tür hinter sich zu. »Ihre Hoheit hat strikten Befehl gegeben, dass niemand sie stören darf, nicht einmal ihre Zofe.« Unter dem Schutz ihres Umhangs richtete sie sich groß vor den Wachen auf. »Ist das klar?«

»Und wer bist du, dass du uns Befehle erteilst?«, forderte einer der Männer sie heraus.

Bera zögerte nicht. Sie packte ihn an der Gurgel, stieß ihn heftig gegen die Wand und drückte zu, bis er keine Bewegung mehr machte. Auf die Zehenspitzen gestellt, flüsterte sie ihm dann ins Ohr: »Ich bin nur die Weberin Ihrer Hoheit, aber in diesem Fall bin ich auch der Botschafter Ihrer Hoheit, der die Befehle deiner Fürstin übermittelt. Du würdest gut daran tun, dir das zu merken und diesen Befehlen Gehorsam zu leisten, sonst könnte es dich den Kopf kosten!«

Bis der andere Faulpelz sich so weit gefasst hatte, dass er imstande war zu protestieren, hatte Bera ihr Opfer bereits wieder losgelassen. »Lasst Ihre Hoheit von niemandem stören!«, wiederholte sie. »Nicht einmal von Lord Drust!«

»Drust?«, keuchte der Wachmann. »Aber …«

»Wessen Zorn fürchtest du mehr?«, fragte sie zurück. »Den deines Herrn … oder den deiner Herrin?«

»Uhh! Erinnerst du dich noch an Hastin?«, fragte der zweite Mann seinen Kollegen. »Ein kleiner Ausrutscher, und …« Er verzog das Gesicht und verdeckte unwillkürlich seine Männlichkeit. »Böse Geschichte, das.«

Der andere zögerte und überlegte und nickte schließlich. »Und Torg. Drei Tage hat es gedauert, bis er endlich starb, und er hat ununterbrochen gebrüllt wie am Spieß.« Er warf einen missgünstigen Blick auf Bera. »Irgendwie hat sie Recht, meine ich.«

»Genau«, bestätigte Bera. »Also tut, wie man euch geheißen hat.« Damit machte sie kehrt und ging zu ihrer Kammer. Wenigstens würde ihr Bruder vor Eindringlingen sicher sein. Was Bera allerdings nicht wusste, war, wie sicher er in den Armen der Fürstin sein würde.

Sie zuckte zusammen. Ein kleiner Ausrutscher, und Evan würde enden wie Hastin.

Sie fragte sich, ob er dann immer noch so tief würde singen können.

Spät am Abend, als bis auf die Wachen alles schlief, flocht Bera ihre Haare und steckte sie hoch. Dann setzte sie eine zerlumpte Mütze auf und zog die zerrissene Tunika und die Schuhe eines verstorbenen jungen Sklaven an.

Bisher hatte diese Verkleidung gut funktioniert. Die wenigen Male, die sie bei der Suche nach ihren Brüdern erwischt worden war, hatten die Wachen den buckligen »Sklaven-Jungen« mit seinem Gejammer, er sei von seinem Lager aufgescheucht worden, um für einen der Wachtposten etwas gegen Ausfluss zu holen, ohne weiteres gleich wieder laufen lassen.

Jetzt lag die Burg in Stille und Dunkelheit. Bera vollendete ihre Verwandlung; dann ging sie zu dem großen Haufen Wolle und Garn in der Ecke. Vorsichtig griff sie hinein, bis sie den Beutel spürte, den sie dort versteckt hatte. Sie zog ihn heraus und hielt ihn an die winzige Flamme ihrer Öllampe.

Gut. Der grobe Stoff wies keine Löcher auf, und der Weinschlauch war dicht geblieben. Sie öffnete den Beutel. Das Brot war alt, aber sie sah keine Anzeichen von Schimmel darauf, und auch die Pastinaken, die sie sich vom Mund abgespart hatte, waren noch gut.

Die Fürstin hatte mit keiner Wimper gezuckt, als Bera sie um Sonderrationen zum Verzehr in ihrer Kammer gebeten hatte. Bera war sich nicht sicher, ob ihr dabei der versprochene Umhang geholfen hatte oder der Umstand, dass sie dünn war, jedenfalls hatte Diedre sofort den entsprechenden Befehl erteilt.

Heute Nacht würde sie ihre Brüder finden, sagte sie sich. Es musste einfach sein. Sie hatte überall gesucht, mit Ausnahme des Verlieses, und dort wollte sie heute Nacht hingehen.

Sie konnte den Gedanken nicht ertragen, dass ihre Brüder womöglich schon tot waren, dass ihre Leichen in einem flachen Grab lagen oder dass man sie gar wie Abfall fortgeworfen hatte – Aas für die verwilderten Hunde der Moore.

Nein, sagte sie sich. Sie würde sie finden, und alle würden am Leben sein!

Sie steckte noch zwei kostbare dünne Eisenstäbe zum Aufbrechen von Türschlössern in den Beutel. Dann schob sie ihn unter ihr Überkleid und befestigte ihn mit einem geflochtenen Wollgürtel, den sie sich um die Hüften band. Im Schatten der Öllampe begutachtete sie ihren »Buckel«, dann blies sie in ihrer Kammer das Licht aus und schlich auf den von Fackeln erleuchteten Korridor hinaus.

Sie schaffte es, unbemerkt in den steinernen Turm zu gelangen, doch drinnen, in den dunklen, engen Fluren, stellten sich ihr die Nackenhaare auf. Der entsetzliche, bedrückende Geruch menschlichen Elends hing dort in der Luft – es war das Elend ihrer Brüder. Der Gedanke daran, dass sie in einer winzigen, dreckigen Zelle zusammengepfercht waren und in ihren eigenen Exkrementen dahinvegetieren mussten, trieb ihr heiße Tränen in die Augen, doch sie kämpfte tapfer und voller Stolz dagegen an.

Jetzt war für Gefühle keine Zeit. Jetzt ging es einzig und allein darum, ihre Brüder zu finden.

Zwanzig vorsichtige Schritte später wurde es ein wenig heller, und sie hörte Schnarchgeräusche.

Danke, heiliger Columban!

Offenbar schlief der Wächter. Und wachte hoffentlich nicht auf.

Sie kroch vorwärts.

Jedes kleinste Knacken ihrer Gelenke, jedes leiseste Scharren der Füße steigerte sich in ihren Ohren zu betörendem Lärm. Um die Ecke fand sie den Wächter auf dem kalten Steinboden ausgestreckt, als wäre es ein weiches Moosbett. Mühelos schlich sie an ihm vorbei.

Hinter dem Posten führte eine sehr schmale gewundene Treppe nach unten zu einer Tür mit schweren Beschlägen und einem riesigen Schloss. Von der untersten Stufe blickte sie zu einer Holzdecke volle fünfzehn Fuß über ihrem Kopf hinauf und sah die einzige Öffnung, einen waagrechten Lüftungsschlitz, der so schmal war, dass Bera zweifelte, ob sie ihren Kopf hindurchstecken konnte, sofern sie ihn überhaupt erreichte.

Sie musste es versuchen. Vielleicht waren ihre Brüder ja auf der anderen Seite dieser Tür. Sie musste ihnen etwas zu essen bringen.

Sie versuchte, nicht daran zu denken, dass sie im Inneren der Erde eingeschlossen war, doch schon jetzt schienen die Wände bedrohlich immer näher zu rücken. Beherzt holte sie ihren Beutel unter dem Umhang hervor und befestigte ihn mit den Zugbändern an ihrer Schulter.

Dann kletterte sie mit gegrätschten Beinen mühsam wie in einem Kamin nach oben. Bera wünschte, ihre Beine wären länger, denn sie musste sie mit aller Kraft strecken. Sie betete um göttlichen Schutz und kämpfte sich mit eisernem Willen zu dem Lüftungsschlitz voran. Jedes Mal, wenn sie einen Fuß höher setzte, wurden ihre Beine schwächer und der Gestank unerträglicher, aber schließlich hatte sie den Steinsims erreicht.

Es war mehr als eng, doch sie konnte Kopf und Schultern ein Stück weit durch den Schlitz quetschen. »Wer ist da?«, flüsterte sie.

In dem Dunkel weit unter ihr bewegte sich etwas, und der strenge Geruch nach Exkrementen und ungewaschenen Körpern wurde noch stärker. Doch den Geruch dieser Körper kannte Bera.

Sie hatte sie gefunden!

»Wer da?«, zischte eine raue Stimme.

Angus führte wie immer das Wort.

Der Klang seiner Stimme ließ Hoffnung in ihr aufwallen. »Eine, die neun Brüder sucht, um sie zu befreien!«

Eine spürbare Aufregung brachte die Körper in Bewegung.

»Im Augenblick sind wir bloß acht«, wisperte eine weitere bekannte Stimme. »Einer ist weg, bei einem Schäferstündchen.«

Das war Kegan, und sogar jetzt machte er noch Scherze!

»Halt die Klappe, du Dummkopf!«, zischte Fidach. »Wir wissen doch gar nicht, wer das ist!«

»Selber Dummkopf!«, gab Kegan zurück. »Kennst du deine eigene Schwester nicht mehr? Das ist Bera!«

»Bera!« Roy, streitsüchtig wie eh und je, spuckte ihren Namen mehr aus, als dass er ihn aussprach. »Was in aller Welt machst du denn bloß hier?« Sie spürte mehr als sie es sah, dass er aufgestanden war.

»Wir haben eigentlich Boyd oder Connal oder Cusantin erwartet!«

»Jaja«, konterte Becan gereizt und versetzte Roy einen hörbaren, dumpfen Stoß. »Ich hab's euch hundert Mal gesagt: Die Männer sind unabkömmlich. Schlimm genug, dass nur drei da sind, die unsere Familien beschützen können. Es wäre unser sicherer Untergang, nur zwei zu Hause zu lassen.«

Nur zwei? Bera wurde wütend. »Und was ist mit mir?«, flüsterte sie viel zu laut. »Mich zählst du wohl gar nicht mit?«

»Verdammt, Bera!« Angus klang entsetzt. »Nicht so laut! Da draußen ist eine Wache. Du tust uns keinen Gefallen, wenn sie dich auch noch erwischen!«

Sie sprach etwas leiser weiter. »Einem jeden von euch hab ich's gezeigt, in eure haarigen Hintern habe ich euch getreten, und ihr zählt mich nicht einmal mit, wenn es um den Schutz ...«

»Aber Kleine, nun hör doch auf!« Sie konnte das Lächeln in Airells Stimme hören. »Das regeln wir alles später.« Er wurde ernst. »Wie willst du uns von hier wegbringen?«

Plötzlich war ihr Verdruss verflogen. »Ich arbeite daran«, antwortete sie.

Durch den Gestank drang ein enttäuschtes Murmeln zu ihr.

»Ist einer von euch verletzt?«, fragte sie und schämte sich, das nicht gleich als Erstes gefragt zu haben. Zu ihrer Erleichterung war die Erwiderung nur ein leises Gelächter.

»Wir haben uns nicht kampflos ergeben«, meinte Angus, »aber es ist alles einigermaßen verheilt. Wir sind nur schwach vom Hunger, und weil wir Tag und Nacht eingepfercht sind.«

Hunger! Wie konnte sie das vergessen? »Wartet, ich habe etwas zu essen. Und Wein.«

»Keine Eile«, sagte Airell. »Wir haben noch nicht alles aufgegessen, was du uns letzte Nacht gebracht hast.«

»Letzte Nacht?« Bera verlor fast das Gleichgewicht.

»Und davor«, fügte Angus hinzu. »Aber warum hast du uns so lange nicht gesagt, dass du das warst?«

Weil sie es nicht gewesen war!

»Das erkläre ich euch alles später, wenn wir frei sind«, antwortete sie und rätselte, wer außer ihr noch an der Befreiung ihrer Brüder arbeitete.

Jemand hatte das Angebot ihrer Brüder angenommen. Aber darüber konnte sie sich jetzt keine Gedanken machen. Die Zeit lief ihr davon.

Sie nahm den Beutel, ihren »Buckel«, von der Schulter, zwängte sich dann wieder durch den Lüftungsschlitz und schob den Beutel ebenfalls durch. »Es ist so dunkel da drinnen. Könnt ihr mich sehen?«, fragte sie.

»Ja.« Kegans Stimme war heiser vor Rührung. »Und das Essen auch.«

»Ich will niemanden von euch treffen ...«

»Bei sämtlichen schwangeren Nonnen von Dalraida«, schimpfte Roy, »lass das Zeug einfach fallen, Weib!«

»In dem Beutel sind zwei Eisenstäbe, damit könnt ihr versuchen, das Schloss von eurer Seite aufzubekommen! Also esst sie nicht auf!«, scherzte sie und ließ den Beutel fallen. Gemessen an der Zeit, bis er die Hände ihrer Brüder erreichte, musste der Boden der Zelle mehrere Fuß tiefer liegen als die Tür.

»Gebt zuerst Orrin etwas«, hörte sie Kegan sagen.

Orrin. Da er taub war und man wegen der Dunkelheit nichts sah, konnte er nicht wissen, dass sie hier war. Das nächste Mal wollte sie einen Feuerstein und eine Kerze mitbringen.

Sie rauften sich nicht um das Essen, doch Bera spürte die

angespannte Ungeduld, als die Brüder die kostbare Nahrung unter sich aufteilten. Ihr Schweigen war bedrückender als alle Worte.

Sie hungerten tatsächlich. Der einzige Grund, warum sie das, was ihr Rivale ihnen gebracht hatte, nicht bereits aufgegessen hatten, war wahrscheinlich, dass sie das Wenige, das sie hatten, rationierten.

Gleich nachdem Bera neben dem Gestank den feinen Geruch von Wein wahrnahm, endete auch das Schweigen.

»Ah, Himmelsnektar«, murmelte Fidach. Sie hörte, wie sie den Schlauch herumreichten. Jeder, der trank, ließ danach einen leisen Laut der Freude vernehmen, sogar Orrin. Und in dieser Freude lag Hoffnung.

Sie würde sie befreien, und das schon bald. Sie musste es tun. Nur ein guter Plan dafür fehlte ihr noch …

»Ich muss jetzt gehen, aber ich komme wieder.«

»Warte!«, flüsterte Kegan. »Streck deinen Arm aus!«

Bera kam der Aufforderung nach und spürte gleich darauf den leeren Beutel auf ihrem Ellbogen landen. »Sobald ich kann, bringe ich wieder etwas«, flüsterte sie und versuchte dabei, ihre Stimme nicht tränenerstickt klingen zu lassen.

Sie wusste, dass sie gehen musste, auch wenn ihr Herz noch so sehr bleiben wollte.

»Pass auf dich auf, Kleine.« Wie immer war es Airell, der sich liebevoll um sie sorgte. »Lass dir von denen nicht wehtun.«

»Gnade dem Tölpel, der versucht, mir etwas anzutun!«, gab sie beherzt zurück. Doch dann kam ihr der Gedanke, dass, falls etwas schief ging, dies am Ende die letzte Nacht gewesen war, in der sie mit ihren Brüdern gesprochen hatte.

»Gott sei mit dir, Kleine«, murmelten die anderen.

Abschiede waren ihr noch nie leicht gefallen, aber dieser … Sie zwang sich, entschlossen zu klingen. »Gott mit euch.« Dann zwängte sie sich aus dem Schlitz heraus und begann ihren beschwerlichen Abstieg.

Erst als sie wieder die Sicherheit ihres Lagers erreicht und ihren Beutel samt der Verkleidung versteckt hatte, erlaubte sie sich, die Tränen fließen zu lassen.

Bitte, gesegneter heiliger Columban, betete sie, *durchkreuze die Pläne meines Rivalen und hilf mir, meine Brüder wieder nach Hause zu bringen. Mach, dass wir alle zusammen nach Hause gehen können.*

Doch das Schicksal der Brüder lag nicht in den Händen des heiligen Columban. Es lag in Beras Händen, und sie hatte noch keinen Plan. Noch nicht.

4

Zeit aufzustehen. In der Burg ist schon viel los.

Bera verkroch sich tiefer unter ihren Umhang und die Decke. Es konnte noch nicht Morgen sein. Sie hatte doch eben erst die Augen geschlossen; sie fühlten sich an wie zugeklebt.

Wer immer dein Rivale ist, er ist wahrscheinlich schon auf, stichelte ihr praktischer Verstand. *Und du … liegst faul im Bett, während er daran arbeitet, schon jetzt, deine Brüder zu befreien, bevor du dazu kommst. Und zudem wirst du seine Belohnung dafür sein – du!*

Dieser Gedanke ließ sie senkrecht in die Höhe schnellen, und dabei schlug sie sich kräftig den Kopf am Rahmen des großen Webstuhls an, der inzwischen ihre Kammer fast vollständig ausfüllte.

»Aua!« Sie rieb sich den Schädel. Als der Schmerz allmählich abklang, merkte Bera, dass ihr vom Streifzug der letzten Nacht alles wehtat, als hätte Angus ihr eine Tracht Prügel verabreicht.

Sie war hier so rasch verweichlicht. Zu viel Brot, nicht genug Fleisch, zu wenig Bewegung. Bera beschloss, ihren Körper ab sofort wieder kampftauglich zu machen.

Doch erst einmal aß sie etwas altbackenes Brot und ein Stück Käse und trank dazu abgestandenes Bier. Das Frühstück, das später aufgetischt wurde, wollte sie für ihre Brüder aufheben.

Nachdem sie ihre Notdurft verrichtet hatte, spritzte sie sich etwas eiskaltes Wasser ins Gesicht, um die Augen richtig aufzubekommen. Die Erfrischung machte zwar ihren Körper quicklebendig, doch ihr Denken schleppte sich dahin, als seien sämtliche in Kaledonien aufgerichteten Steine darauf gehäuft.

Nach dem Auffinden des Verlieses war sie zu aufgewühlt gewesen, um gleich einschlafen zu können; sie hatte stundenlang wach gelegen, nach einem Plan gesucht und sich darum bemüht, in der bedrückenden Wirklichkeit, mit der sie konfrontiert worden war, einen Hoffnungsfunken zu finden. Eine harte Wirklichkeit, in der Tat. Burghead war praktisch uneinnehmbar, von innen ebenso wie von außen. Überall gab es Wachen, und das Verlies schien ausbruchsicher – es sei denn, man hatte einen Schlüssel. Wie sollte sie da ihre Brüder ohne Hilfe freibekommen?

Teile das Problem auf, hatte Evan ihr immer geraten. *Setze Prioritäten. Was muss als Erstes geschehen, und wie kannst du es bewerkstelligen?*

Bera listete die vor ihr liegenden Aufgaben auf: das Wichtigste war, einen Fluchtplan für ihre Brüder zu erstellen, doch ebenso dringend galt es, ihren Rivalen ausfindig zu machen und ihm das Handwerk zu legen. In der Zwischenzeit musste sie ihre Brüder mit Essen und Wein stärken, ohne sich dabei erwischen zu lassen, und das alles musste sie neben dem Spinnen und Färben der Wolle zustande bringen, aus der schließlich ein Umhang für die Fürstin werden sollte.

Deprimiert putzte sie sich mit einem abgewetzten Zweig die Zähne und spülte den Mund aus.

Zum ersten Mal, seit sie sich verzweifelt und zu übereilt auf diese Aufgabe gestürzt hatte, fragte sie sich, ob sie durch ihr Kommen nach Burghead nicht alles noch schlimmer gemacht hatte. Vielleicht hatte Moina Recht gehabt; vielleicht war es tatsächlich selbstsüchtig von ihr, immer alles nach ihren Vorstellungen tun zu wollen.

Sie hatte so sicher geglaubt zu wissen, was sie tun müsse, sobald sie hier war, doch diese befestigte Halbinsel schien uneinnehmbar, von innen wie von außen. Kampferprobte Krieger patrouillierten jeden Fuß der zerklüfteten Küste, und eine

Reihe schwer bewachter Tore machte eine Flucht über Land praktisch unmöglich.

Sie war ganz allein; sie hatte keine Pferde, keine Waffen, keine Boote für ihre Brüder, und – so schwer es ihr auch fiel, das einzugestehen – sie musste auch einmal schlafen und sich ein wenig ausruhen. Schon jetzt verlangten ihre nächtlichen Streifzüge ihr sehr viel ab.

Nein. Sie durfte nicht über die Hindernisse nachdenken. Irgendwie würde sie schon einen Weg finden. Sie musste es. Das Leben und die Zukunft ihrer gesamten Familie hing von ihr ab.

Bera beendete ihre morgendliche Routine und räumte ihre Kammer auf. Als sie damit fertig war, kündigten sich durch das geölte Pergament in ihrem Fenster die ersten Strahlen der Sonne an.

Sie nahm das Pergament ab und sog die frische, feuchte Seeluft ein. Hoch oben am wolkenlosen Winterhimmel behaupteten sich die hellsten der Morgensterne noch immer gegen die wachsende Macht der Sonne. Irgendwie war es tröstlich, diese Sterne zu sehen, dieselben, die auch in Pitlanric jeden neuen Morgen begrüßten. Ermutigt atmete sie noch einmal tief ein und ließ die Luft langsam ausströmen.

Aber ist es nicht seltsam, sagte sie sich, *dass man einer gewöhnlichen Weberin eine eigene Kammer mit einem Fenster zugesteht – noch dazu so nahe bei Diedres Gemächern?*

Das war eigenartig ... und beunruhigend. Bera ließ das Pergament fallen.

Sie hatte von Anfang an gespürt, dass dies ein Ort des Verderbens war. Oberflächlich betrachtet erschien Burghead wie jede andere Ansiedlung eines großen Clanfürsten, doch unter dieser Fassade herrschten Intrige und Böswilligkeit und wanden und umschlangen sich wie ein Knäuel giftiger Vipern in einem Eimer. Sie musste ihre Brüder hier herausbekommen, bevor das Böse sie alle zugrunde richtete.

Ein erschütternder Gedanke kam ihr in den Sinn: Was,

wenn ihr geheimnisvoller Konkurrent bereits einen Fluchtplan ausgearbeitet hatte? Und was, wenn sie sich zusammentäten …?

Dann würde sie ihm in die Hände arbeiten und ihren eigenen Misserfolg herbeiführen!

Aber dennoch würde sie ihre Brüder befreien. Und nur darauf kam es jetzt an. Sie durfte jetzt nicht an sich selbst denken.

Wenn ihre Brüder dadurch wieder unbeschadet nach Hause kämen, würde sie auch den Teufel höchstpersönlich heiraten.

Bera zog ihren Umhang an und setzte die Kapuze auf. Es war seltsam, was das für eine Wirkung hatte. Wenn sie nicht auf dem Kampfplatz, wenn sie einfach nur Bera war, stieß sie sich immer wieder an Möbeln an, ließ irdenes Geschirr fallen oder verschüttete etwas. Doch sobald sie den Umhang überstreifte, wurde sie zur mysteriösen Weberin, die in königlicher Stille und anmutig wie ein Geist von Raum zu Raum schwebte.

Und diese schweigsame, lautlose Weberin war es auch, die nun ihren Spinnrocken und einen Bausch frisch gekämmter, blutrot gefärbter Wolle an sich nahm und sich auf den Weg machte.

Nach einigen Schritten draußen auf dem Korridor bemerkte sie etwas am Ende des dunklen Flurs. »Wer da?«, rief sie, den Dolch in der Hand.

Keine Antwort.

Es war klein, was immer es war, in der Ecke zusammengeduckt wie ein Igel.

Langsam, vorsichtig näherte sie sich und erkannte schließlich, dass es ein Kind war – ein zitterndes, zu Tode verängstigtes, in Lumpen gekleidetes kleines Mädchen. Bera kauerte sich auf den Boden, behielt den Dolch jedoch in der Hand. »Schon gut«, tröstete sie die Kleine. »Ich tue dir nichts.«

Ein schmutziges Gesichtchen blickte sie von der Seite an.

Bera spürte einen Stich im Herzen, als sie die Furcht in den haselnussbraunen Augen sah.

Dann fiel ihr der Umhang ein, den sie trug. »Hab keine Angst wegen meiner Kleidung, mein Kind. Ich bin nur eine Weberin, keine Zauberin.«

Die kleine, zusammengekauerte Gestalt entspannte sich ein wenig.

»Wie heißt du denn?«

»Osann«, antwortete das Mädchen mit dünner Stimme.

»Da am Ende des Gangs ist meine Kammer«, sagte Bera leise. »Dort bist du in Sicherheit, und wir können miteinander reden. Willst du mit mir kommen?«

Osann blickte nach links und rechts, bewegte sich ansonsten jedoch nicht. Wollte oder konnte sie es nicht?

»Ich habe ein paar Brötchen und etwas Käse. Wir könnten etwas zusammen essen.«

Die Angst kämpfte gegen den Hunger an, und der Hunger siegte. Das kleine Mädchen stand auf. Doch sie schien große Angst davor zu haben, entdeckt zu werden, deshalb legte Bera schützend ihren Umhang um sie.

Osann mochte etwa sechs Jahre alt sein, aber sie war klein und sehr abgemagert. Ihre winzigen Füße waren in Lumpen geschlagen, das braune Haar war wohl eine Ewigkeit nicht mehr gewaschen und gekämmt worden, und ihre Kleidung hätte wahrscheinlich sogar ein Sklave weggeworfen.

»Ich möchte deine Freundin sein«, erbot sich Bera, doch Osann blickte nur stumm und mit Argwohn im Blick zu ihr auf. Armes Kind. Seine Augen waren die einer alten Frau.

In der Kammer angekommen, bestaunte Osann fast ehrfürchtig Beras Webstuhl, die Garne und die bunte Wolle.

»Das sind meine Websachen«, erklärte Bera, während sie für das kleine zarte Mädchen etwas Brot und den Käse holte.

Wenigstens als sie das Essen sah, reagierte Osann wie ein normales Kind. Ihre Miene erhellte sich, und wunderschöne Grübchen erschienen auf ihren Wangen. »Oh, vielen Dank!«, sagte sie leise und wiegte das Essen in ihrem Schoß, als sei es ein kostbarer Schatz. »Isst du nichts?«, fragte das ausgezehrte Kind. »Es ist doch genug für uns beide!«

Die Hochherzigkeit des hungernden Kindes versetzte Bera einen Stoß ins Herz. »Vielen Dank, meine Kleine, aber ich habe gerade etwas gegessen. Iss du nur, und dabei unterhalten wir uns ein wenig.«

Osann schob sich ein Stück Brot in den Mund und erschauderte vor Freude. »Mmmm. So weich«, sagte sie mampfend. »Und gar nicht verschimmelt!«

»Das war aber gefährlich, so nahe bei der Kammer der Fürstin zu spielen«, meinte Bera mitfühlend. »Deine Familie hätte sich bestimmt Sorgen gemacht, wenn sie gewusst hätte, dass du so etwas Gefährliches tust.«

»Ich habe keine Familie«, erwiderte Osann und steckte sich das nächste Stück Brot in den Mund.

»Du hast gar niemanden?«, fragte Bera gerührt.

Osann schüttelte den Kopf. »Ich hatte nie einen Papa. Meine Mami starb ...« Bera merkte, wie der kleine Kinderverstand forschte und kämpfte und sich dann geschlagen gab. »Irgendwann vor langer Zeit. Ich versuche, mich an sie zu erinnern, aber es wird immer schwerer.«

»Wer nahm dich auf, als deine Mutter starb?«

Die alten Augen in dem Kindergesicht blickten zu Bera auf, als habe sie gerade etwas sehr Dummes gesagt. »Niemand.«

Ein Kind konnte nicht ganz allein auf sich gestellt überleben. »Und was arbeitest du?«

»Ich habe keine Arbeit.« Osann biss ein winziges Stückchen Käse ab und genoss mit geschlossenen Augen den für sie offenbar seltenen Geschmack.

Jeder Mensch hatte irgendeine Arbeit zu tun, selbst ein Kind. »Aber wie überlebst du denn dann?«

»Ich verstecke mich«, erklärte Osann unumwunden.

Das Leben, das sie beschrieb, war mehr als trostlos. Eines Tages würde man sie entdecken. Und dann misshandeln.

Bera mochte sich nicht ausmalen, was dann alles auf das Mädchen zukommen würde.

»Ich könnte eine Leibdienerin gebrauchen«, sagte sie spontan. »Wenn ich die Erlaubnis der Fürstin bekomme, möchtest du dann meine Leibdienerin werden?«

Osann bekam große Augen, doch sie blieb argwöhnisch. Kein Wunder.

»Deine Arbeit wäre nicht schwer, und du bekommst dann auch genug zu essen«, sagte Bera in einem Tonfall, als versuche sie, ein verwundetes Tier aus seinem Versteck zu locken. Osann hatte sich in mehrfacher Hinsicht versteckt, und Bera wusste, dass es dem Kind schwer fallen musste, Vertrauen zu ihr zu fassen. »Wir könnten dir sogar neue Kleider besorgen. Na, wie wäre das?«

Osann nickte, als würde sie erwarten, gleich aufzuwachen und festzustellen, dass dies alles nur ein Traum gewesen sei.

»Wunderbar. Ich gehe gleich jetzt zur Fürstin.« Bera holte ihre Wolle und den Spinnrocken. »Warte hier auf mich. Hier stört dich niemand.« Sie gluckste. »Ich glaube, sie haben alle Angst vor meinem Umhang. Hast du auch Angst davor?«, fügte sie nach einer Pause hinzu.

»Nein, Mylady.«

»Gut für dich. Du bist tapfer. Das gefällt mir.« Bera verließ die Kammer und schloss die Tür hinter sich.

So früh hatte sie die Fürstin noch nie besucht; deshalb würde dies ein hervorragender Test sein, ob sie inzwischen schon so wenig auffiel wie Diedres Katzen. Sie glitt den Korridor hinunter, und die Wachen ließen sie in die Höhle des Drachen ein, ohne sie eines Blickes zu würdigen.

Noch besser war, dass auch die Fürstin selbst, die an ihrem Arbeitstisch saß und schrieb, keinerlei Notiz von ihr nahm. Wegen Osann wollte Bera sie später fragen. Als sie an der Fürstin vorbeiging, sah sie die komplizierten Zeichen, mit denen sich Diedre beschäftigte. Latein.

Vor Jahren hatte sie Pater Maclin gedrängt, ihr Latein beizubringen, obwohl dessen Frau sich offen dagegen aussprach. Doch eine gute Schülerin war Bera nie geworden. Die verwirrende Schrift war ihr zu schwierig gewesen, und so hatte sie sich schließlich mit den altüberlieferten Ogam-Zeichen begnügt.

Doch dass Diedre die Sprache der Könige und Herren gemeistert hatte, überraschte Bera nicht. Für die unbarmherzige Willkür und den verzehrenden Ehrgeiz der Drachenfürstin schien sie ein sehr passendes Medium zu sein.

Bera setzte sich stumm auf ein Kissen an ihrem üblichen Platz und begann zu spinnen. Sobald sie in dem immer gleichen Rhythmus dieser Tätigkeit befangen war, kehrten ihre Gedanken wieder zu dem zurück, der an der Befreiung ihrer Brüder arbeitete. Jemand hatte Boyds Angebot angenommen, aber wer?

Sicherlich keiner der Clanfürsten; sie hatte genug gehört, um zu wissen, dass diese alle über Ländereien verfügten; zudem waren sie alle verheiratet.

Einer der Krieger also?

Vielleicht, aber das waren fast zweihundert Männer, und ihre Treue zu ihrem Regenten war legendär. Ein jeder von ihnen hatte in blinder Ergebenheit zu Drust sein Leben wieder und wieder aufs Spiel gesetzt.

Dennoch mochte einer von ihnen den Wunsch hegen, seine Stellung durch die Heirat mit einer Fürstin zu verbessern. Aber wie sollte sie unter so vielen einen Verschwörer ausfindig machen?

Sie beschloss, unter den Kriegern zuletzt nachzuforschen.

Am ehesten kam wohl ein Fremder in Frage – jemand, der erst in letzter Zeit nach Burghead gekommen war. Doch die Einzigen außer ihr, auf die dies zutraf, waren der Schwarze Krieger und Owen, der Barde.

Den Schwarzen Krieger schloss sie sofort aus. Wozu sollte er Land und eine Gemahlin brauchen? Aus welchem Grund sollte er sesshaft werden und sich dem alltäglichen Überlebenskampf widmen wollen? Sein tödliches Gewerbe hatte ihm bereits mehr Wohlstand und Ruhm eingebracht, als sie ihm jemals hätte bieten können. Und was den Rang anbetraf – kein Mann, der diesbezüglich einen Ehrgeiz hatte, würde sich je als schmählicher Söldner verdingen.

Nein, der Schwarze Krieger konnte es nicht sein.

Wie schade, ging es ihr zur eigenen Überraschung durch den Kopf, war ihr doch das Zusammentreffen mit ihm an den Küchenfeuern noch äußerst lebhaft in Erinnerung. Und dann kam ihr gleich ein noch unerhörterer Gedanke: Wie wäre es, wenn sie ihn behandeln würde, wie er es mit ihr gemacht hatte? Seine Männlichkeit zu berühren, ihr Gewicht in der Hand zu wiegen?

Allein schon der Gedanke daran verursachte ihr eine beunruhigende Empfindung von Fülle in der Schamgegend.

Bei allen guten Geistern! Hatte sie den Verstand verloren? Der Mann musste sie verhext, in seinen Bann gezogen haben!

Zugegeben, er war der am besten aussehende und faszinierendste Mann, den sie je getroffen hatte. Aber er war auch ein kaltblütiger Mörder, niemandem treu außer sich selbst, ein Mensch ohne Seele und erst recht ohne ein Herz. Sich mit ihm zusammenzutun hieße, sich den Teufel zum Verbündeten zu machen.

Der Gedanke jagte ihr einen Schauer durch den Körper, und sie beeilte sich, einen Spruch gegen bösen Zauber zu zitieren. Dann lenkte sie ihre unsteten Gedanken auf den wahrscheinlicheren Verdächtigen zurück: Owen, den Barden. Er war ein etwas kleinwüchsiger Mann, schon vom Äußeren her weit davon entfernt, ein fahrender Ritter zu sein. Doch seine dunklen, tief liegenden Augen waren von einer eigenartigen Intensität, erst recht, wenn er mit seinen Balladen und Erzählungen große Helden aus Gegenwart und Vergangenheit zum Leben erweckte und von den alten Zeiten erzählte.

Er konnte es wirklich sein.

Sie wollte dieser Sache später am Tag nachgehen. Denn

jetzt galt es erst einmal, ihren Feuerfaden zu spinnen … und einen Plan zur Befreiung ihrer Brüder zu ersinnen.

Eine knappe Stunde war verstrichen, als sich draußen auf dem Flur plötzlich harte Schritte näherten, dazu grobe Klagen, Kinderweinen und das Murren und Fluchen von Männern. Dann pochte es kräftig an der Tür.

Malisande stand schweigend auf, um nachzusehen, wer gekommen war.

Bera hörte Gemurmel vor der Tür, dann kam Malisande wieder herein, ging mit einem argwöhnischen Blick auf Bera zu ihrer Herrin und flüsterte ihr etwas ins Ohr.

Die alabasterfarbene Stirn der Drachenkönigin legte sich einen Augenblick lang in Falten. »Ach du lieber Gott. Kann das wirklich schon einen ganzen Monat her sein?« Sie legte ihre Handarbeit beiseite und rückte ihren Schleier zurecht. »Nun gut. Lass sie herein.«

Acht ungeschlachte Krieger unterschiedlichen Alters – und alle ähnelten unverkennbar Drust – traten ein, gefolgt von ihren kleinäugigen, grämlichen Frauen und schmutzigen, lärmenden Kindern und deren Ammen, so dass am Ende kaum mehr Platz im Raum war.

Doch niemand kam in Beras Nähe. Vielleicht lag es an ihrem Umhang; aber selbst die Kinder schienen sich zu fürchten, ihr zu nahe zu kommen.

Bera tat, als sei sie ganz in ihr Spinnen versunken, doch sie beobachtete genau, wie Diedres Söhne und ihre Familien der Herrin ihres Clans widerwillig ihre Aufwartung machten.

Die Fürstin nahm diese Achtungsbezeigung als ihr gebührend entgegen, doch in ihrem Blick sah Bera kein Zeichen der Zuneigung, sondern eher eine kaum verhüllte Verachtung für die Söhne, die sie geboren hatte.

Zuletzt kam noch eine hochschwangere, stille junge Frau mit traurigem Blick, deren Erscheinen bei den anderen Besuchern sofort eine Aura der Feindseligkeit entstehen ließ.

Diedre hingegen warf einen Blick auf ihre Tochter und

blühte auf. Sie öffnete ihre Arme. »Alma, meine Liebe. Wie schön.«

Alma blickte beunruhigt auf ihre Brüder und deren Familien, die sich anschickten zu gehen. Dass ihre Mutter sie so unübersehbar bevorzugt behandelte, war ihr ganz offensichtlich nicht angenehm.

Sie war Diedres Herzblatt. Die Wandlung der Fürstin war verblüffend: Zum ersten Mal, seit Bera sie kennen gelernt hatte, erschien Diedre ihr glücklich. »Setz dich, Liebste, und erzähle mir, wie es dir geht und wie du dich fühlst.«

Malisande brachte einen Stuhl und stellte ihn nahe neben die Fürstin, und Alma, die durch ihr Kind sehr in ihren Bewegungen eingeschränkt war, legte eine Hand aufs Kreuz und plumpste dann auf die Sitzfläche. »Oh Mutter, ich kann kaum mehr atmen. Und seit wir uns das letzte Mal sahen, habe ich nicht mehr länger als zwei Stunden am Stück geschlafen.«

»Meine Ärmste!« Diedre ergriff Almas Hand. »Ja, ich weiß noch gut, wie das ist.« Sie legte den Kopf schief und betrachtete Alma voller Zärtlichkeit. »Aber es wird jetzt nicht mehr lange dauern.«

Alma rutschte auf ihrem Stuhl hin und her. »Ich möchte dieses Baby jetzt einfach nur noch loswerden können.«

Beim Mithören dieses vertraulichen Gesprächs fühlte sich Bera wie eine Spionin – und erinnerte sich dann, dass sie genau das war.

Die beiden Frauen lachten kurz zusammen. »Hattet Ihr bei meiner Geburt Angst, Mutter?«, fragte Alma danach.

»Ja.« Für einen kleinen Augenblick sah Diedre jung und verletzlich aus wie ein Mädchen. »Jede Frau, die auf sich hält, hat beim ersten Baby Angst.« Sie lächelte. »Vielleicht macht Gott es uns deshalb in der letzten Zeit so beschwerlich, dass wir froh sind, wenn wir endlich entbinden können und keine Angst mehr davor haben.«

»Ihr findet immer die richtigen Worte.« Alma stand mühsam auf. »Verzeiht mir, Mutter, aber ich muss mich verabschieden. Mein Rücken schmerzt so sehr, ich glaube, ich muss mich hinlegen.«

»Malisande!«, rief Diedre. »Sieh zu, dass Ihre Hoheit unbeschadet ins Bett kommt, und dann gehst du zum Apotheker und holst ihr etwas von meinem speziellen Beruhigungstee.«

»Jawohl, Hoheit.« Die beiden Frauen verließen den Raum; Bera war wieder mit Diedre allein.

Ohne die Weberin zu beachten, nahm die Fürstin wieder ihre Handarbeit auf.

»Eure Hoheit«, begann Bera.

»Ja?« Wie gewöhnlich blickte Diedre nicht einmal auf.

»Mir ist der Gedanke gekommen, dass ich wesentlich schneller arbeiten könnte, wenn ich etwas Hilfe hätte, ein Kind vielleicht.«

Jetzt blickte Diedre sie an, doch ihre Miene verriet eindeutige Skepsis. »Einen Diener? Für eine Weberin?«

»Nein, große Herrin, keinen richtigen Diener«, beeilte sich Bera zu berichtigen. »Ich habe heute Morgen ein verstoßenes Kind aufgefunden. Sie ist sehr abgemagert und würde wohl bald sterben, wenn sie niemand aufnimmt. Da dachte ich, wenn ich mein Essen mit ihr teile, könnte sie sich nützlich machen.«

»Ein Mädchen?«

»Ja, Eure Hoheit. Ich würde sagen, sie ist erst vier oder fünf Jahre alt, höchstens sechs. Sie ist so zart, dass man es gar nicht genau sagen kann.«

»Und warum willst du ausgerechnet so ein schwächliches Kind?«, hielt Diedre ihr argwöhnisch entgegen. »Wie könnte denn so jemand etwas anderes sein als eine Belastung?«

»Sie ist sehr klug, Eure Hoheit. Sie könnte Dinge für mich besorgen, während ich am Webstuhl sitze. Und ich könnte ihr beibringen, meine Spulen vorzubereiten.«

»Du isst ohnehin schon so viel wie zwei erwachsene Männer«, konterte Diedre und nahm ihre Stickerei wieder auf. »Ich werde dir nicht noch mehr Rationen zugestehen.«

»Das würde ich auch gar nicht erwarten«, sagte Bera, erleichtert darüber, dass Diedre die Einzelheiten einer solchen Abmachung von sich aus angesprochen hatte. Das bedeutete, sie würde zustimmen. Jetzt musste Bera also nur mehr warten.

Sie begann schweigend wieder zu spinnen.

Diedre sagte eine ganze Weile nichts, aber schließlich erklärte sie sich einverstanden. »Na gut. Du kannst dir das Kind nehmen. Aber vergiss nicht, es gehört mir.«

»Natürlich, Eure Hoheit. Eure Hoheit sind äußerst hochherzig.« Bera konzentrierte sich wieder auf ihr Spinnen.

Die Sonne stand schon ziemlich hoch, als Diedre das nächste Mal etwas sagte. »Genug, Weberin. Ich erwarte einen Gast. Pack deine Wolle zusammen und lass mich allein.«

»Wie Ihr wünscht, Hoheit«, antwortete Bera, doch sie ließ sich beim Zusammenlesen ihrer Dinge viel Zeit in der Hoffnung, dass der Gast vielleicht wieder Evan sein würde.

Bitte, lieber Gott, lass es Evan sein. Ich wäre schon dankbar, wenn ich ihn nur eine Sekunde sehen dürfte. Bitte.

Doch der hoch gewachsene Mann an der Tür war nicht Evan. Es war der Schwarze Krieger.

Bera konnte nicht anders – sie musste ihn einfach ansehen. Seine breiten Schultern, die schlanke Taille und die schmalen Hüften, seine ganze Gestalt faszinierte sie. Breitbeinig stand er da, wie bereit zum Kampf.

Ein leiser Schauer durchlief sie – ob aus Angst, Abscheu oder einer ganz unbegreiflichen Anziehung, wusste sie selbst nicht zu sagen.

»Lasst ihn ein!«, wies die Fürstin die Wachen an der Tür an.

Er war so groß, dass er sich beim Eintreten bücken musste. Als sie ihn derart gedemütigt sah, fragte sich Bera unwillkürlich, ob der Türstock deshalb so niedrig war, weil Diedre es so wollte. Auch Drust würde hier eintreten müssen wie ein demütiger Bittsteller.

Doch als der Söldner seine eindrucksvolle Gestalt wieder zu voller Größe aufrichtete, verflog bei Bera jeglicher Gedanke an die Fürstin.

Er schien zu groß zu sein, zu groß und zu klobig für diesen mit Stoffen drapierten, so weiblich gestalteten Raum. Seine helle Wikinger-Farbe und die pechschwarze Kleidung wirkten in dem Gewirr aus Farbtönen und Mustern so deplatziert wie eine glänzende Eisenklinge, die aus einem Blumenbeet hochragte. Allein seine Präsenz strahlte schon Kraft aus … und Gefahr.

Sein scharfer Adlerblick aus kalten blauen Augen schweifte durch den Raum.

Als sie bei den Küchenfeuern miteinander sprachen, hatte sie sich nicht vor ihm gefürchtet. Sogar als er ihr Gewalt angetan hatte, war sie nicht verängstigt gewesen, sondern lediglich wütend. Aber ihn jetzt zu sehen … Diedre mochte ein Drachen sein, aber dieser Mann war ein zum Leben erwachter Schatten. Nur bestand er nicht aus Fleisch und Blut, sondern aus Eisen und Eis – und er war umgeben von der Aura des Todes.

Als würde er spüren, was sie dachte, fixierte er sie mit einem derart durchbohrenden Blick, dass sie beinahe ihren Spinnrocken fallen ließ. Bera wünschte, sie wäre gegangen, sobald sie dazu aufgefordert worden war. Es ärgerte sie zu sehen, dass Fürstin Diedre lächelte – unverkennbar deshalb, weil der stumme Austausch zwischen ihrer Weberin und ihrem gedungenen Mörder sie amüsierte.

Verstimmt ging Bera auf die Tür zu und versuchte, die Nähe des Söldners zu meiden, doch als sie ihn passierte, wandte er sich mit einem wollüstigen Grinsen zu ihr um und verbeugte sich übertrieben vor ihr. »Ah. Die Lady Weberin.«

Mit hochrotem Gesicht verließ sie den Raum, ohne den Schwarzen Krieger weiter zu beachten.

Curran wollte absolut nicht, dass die Weberin hinausging. Ihr Gespräch bei den Küchenfeuern hatte mehr Fragen aufgeworfen, als es Antworten erbracht hatte; seine Neugier war angestachelt. Außerdem bereitete es ihm kein Vergnügen, mit der Fürstin allein zu sein; lieber hätte er sich nackt in eine Bärenhöhle werfen lassen.

Er griff an den Knauf seines Schwerts und erwog das Risiko. Lord Drust war auf der Jagd; sollte er unerwartet früh zurückkommen und sie allein in einem Raum vorfinden … Falls Currans Verdacht bezüglich Fürstin Diedre jedoch richtig war, würde das überhaupt keine Rolle spielen.

Die Hand noch immer an seinem Schwert, beobachtete er stumm, wie die Fürstin ihren Arbeitstisch verließ, sich auf dem prächtigen, pelzbehangenen Thron beim Feuer niederließ und wieder ihre Handarbeit aufnahm.

»Ihr habt mich herbestellt«, begann Curran. »Weshalb?«

Sie tadelte ihn nicht für seine Unhöflichkeit. Sie runzelte nicht einmal die Stirn. Sie stickte einfach vor sich hin und schien ganz vergnügt. »Mein guter Lordgemahl hat mir von Eurer Direktheit berichtet. In der Schlacht ist das sicher eine bewundernswerte Eigenschaft.« Sie legte eine endlos lange Pause ein, ohne ihn auch nur eines Blickes zu würdigen. »Aber wenn Ihr mit Euren Herrschaften redet, könnte das als Respektlosigkeit missverstanden werden.«

»Eine Warnung, die ich wohl beherzigen werde, Eure Hoheit.« Curran betonte die letzten Worte, denn er war sich mehr denn je sicher, dass er in diesem Augenblick vor dem wahren Regenten von Burghead stand.

Endlich geruhte sie ihn anzusehen und zeigte auf einen niedrigen Schemel zu ihren Füßen. »Bitte, setzt Euch. Ihr habt hart gearbeitet und unsere Krieger gut trainiert.«

Curran kochte das Blut in den Adern, doch er verbarg seine Wut. »Ich ziehe es vor zu stehen, besten Dank.« Lieber würde er aufrecht in den Stiefeln sterben als wie ein Kind zu Füßen einer kaledonischen Fürstin sitzen.

Diedre war von seinem Verhalten nicht angetan. »Ich bitte Euch, Sir. In meiner Gegenwart Platz zu nehmen ist eine Ehre. Sich jedoch zu weigern ... wirklich, eine solche Beleidigung lässt sich gar nicht ermessen.«

Curran hasste Intrigen, und die Kammer der Fürstin war voll davon. Aber so wurde das Spiel nun einmal gespielt, also setzte er sich.

Das Resultat war schlimmer, als er erwartet hatte. Sein Schwert und sein Kettenhemd schleiften auf dem Boden, und die Knie hatte er fast unter dem Kinn, so dass seine Geschlechtsteile sichtbar wurden. Außerdem wusste er nicht, wohin mit den Armen. Trotz seiner Wut zeigte er der Fürstin jedoch eine Miene des Gleichmuts – aber sie hatte auch noch die Bosheit zu lachen!

»Sehr nobel von Euch, Sir!«, stieß sie zwischen ihrem melodiösen Gekicher hervor.

Ihr Lachen passte zu ihrer sorgfältig aufgebauten Fassade weiblicher Tugendhaftigkeit, doch es widersprach völlig dem manipulativen Wesen, das er von ihr kannte. Angewidert zwang er sich, Ruhe zu wahren.

Curran konnte Frauen nicht ausstehen, die versuchten, Abbilder weiblicher Tugendhaftigkeit zu sein. Ebenso wenig mochte er die elegante, feminine Art, die Diedre mit ihrem kleinen spitzen Kinn, den feinen Lippen, ihrer hohen Stirn und ihren leicht hervortretenden Augen verkörperte. Er bevorzugte Frauen, deren starke Persönlichkeit ihren Blick feurig leuchten ließ. Frauen, die ehrlich waren und das Leben voll ausschöpften.

»Steht wieder auf«, drängte ihn die Fürstin. »Ihr sollt meinen Stuhl haben, und ich nehme einen anderen.«

Sie standen gleichzeitig auf, und Currans Zorn wich zum Teil einer widerwilligen Bewunderung. Wie geschickt sie manipulieren konnte – hatte sie ihn doch nur gedemütigt, um dann seinen Stolz zu retten, indem sie sich selbst noch mehr demütigte. Das durfte er nicht vergessen.

»Setzt Euch, Sir. Nehmt Platz. Ihr habt es Euch verdient.« Sie zeigte auf ihren Thron und holte sich selbst einen anderen Stuhl.

Curran tat, wie ihm geheißen wurde, allerdings nicht ohne eine gewisse Beklommenheit. Wenn jemand ihn so sah ... Kaum dass er Platz genommen hatte, zog die Fürstin einen leichten Stuhl ohne Lehnen neben seine ausgestreckten Beine und setzte sich ihm so nah gegenüber, dass sie sein Kinn hätte berühren können. Zu nahe.

Instinktiv kreuzte er auf der Höhe der Knöchel die Beine und lehnte sich zurück. Es war lange her, seit jemand, Mann oder Frau, es gewagt hatte, ihm so nahe zu kommen.

Die Fürstin blickte ihm tief in die Augen. »Nur wenige Krieger besitzen diese Art der Selbstkontrolle«, sagte sie bewundernd. »Die meisten hätten getobt und gedroht oder wären hinausgestürmt, anstatt eine derart lächerliche Position einzunehmen.«

»Das war also ein Test«, bemerkte er. »Ich habe mich schon gewundert.«

Sie musterte ihn genau, was ihn noch mehr beunruhigte. Er erwiderte ihren Blick mit herausfordernder Miene. Bei dieser Nähe konnte sie die Intelligenz hinter ihrer Fassade sanfter Weiblichkeit nicht so leicht verbergen. Und ihren Ehrgeiz ebenso wenig.

Oder gestattete sie ihm einfach nur, sie zu sehen, wie sie war – aber wenn ja, dann weshalb?

Curran war sich sicher, dass er die Fragen, die ihm durch den Kopf gingen, gut kaschiert hatte, aber irgendwie musste er etwas verraten haben.

»Ah.« Ihre grün-grauen Augen verengten sich. »Wie ich sehe, seid Ihr ganz so klug, wie ich gehofft hatte. Das gefällt mir.«

Wieso achtete sie plötzlich, Monate nach seiner Ankunft in Burghead, so sehr auf ihn? »Ich stehe Eurer Hoheit zu Diensten.«

»Das würde ich eher bezweifeln«, entgegnete sie ohne jeden Groll. »Aber Ihr habt Euch als nützlich erwiesen.«

Curran beschloss, ihre Freimütigkeit mit gleicher Münze zu erwidern. »Ihr wart es also, die mich angeworben hat, nicht Drust.«

Diedres Miene wurde schlagartig eisern. »Ihr mögt klug sein, Sir«, erklärte sie ruhig, aber mit einem Ton, der so hart war wie die dunklen Felsen, auf denen Burghead thronte. »Aber eine Lektion in Sachen Diskretion würde Euch nicht schaden.«

»Ich bin Krieger, Madam, kein Staatsmann«, konterte er ungerührt. »Weshalb habt Ihr mich herbestellt?«

Es befriedigte ihn, Zorn in ihren Augen aufblitzen zu sehen, doch sie hatte sich gleich wieder in der Hand, die gezierte, formelle Gemahlin mimend. »Ich denke, man muss Nachsicht üben«, murmelte sie in einem gönnerhaften Ton. »Ein Mann wie Ihr – ohne Kinderstube, ohne anständige Manieren.«

»Jawohl, Euer Hoheit.« Curran erlaubte sich ein zufriedenes Lächeln. »Ein Mann wie ich.« Er wurde wieder ernst. »Der Euch noch einmal fragt – weshalb habt Ihr mich herbestellt?«

Sie senkte den Blick auf ihre Handarbeit. »Es ist kein Geheimnis, dass wir in der Burg Gefangene haben, und auch nicht, wer sie sind«, sagte sie gelassen. »Ferner ist allgemein bekannt, dass ihre Brüder für ihre Befreiung eine beträchtliche Belohung geboten haben.«

Curran erstarrte. Wie hatte sie es herausgefunden? Und wie viel wusste sie?

Wie immer, wenn er sich in die Ecke gedrängt fühlte, schien die Zeit langsamer zu werden. Die Fürstin begegnete seinem Blick mit einer Miene, die so unergründlich war wie das Gesicht einer gemalten Madonna. »Natürlich ist mein Lordgemahl äußerst besorgt. Er hat mich gebeten, mit Euch zu sprechen.«

Sie wusste es! Er sah es ihr ohne Zweifel an den Augen an.

Aber wieso stellte sie ihn hier zur Rede, allein, ohne Zeugen? Das ergab keinen Sinn.

Die vertraute Kälte durchlief ihn, die seinen Körper kampfbereit machte, seine Atmung verlangsamte, jedes Geräusch, jede Bewegung um ihn deutlicher werden ließ.

»Ich weiß nicht, warum er dazu mich ausersehen hat, da ich ja nur eine Frau bin«, fuhr sie in ihrem mädchenhaften Ton fort, »aber wie immer stehe ich meinem Gemahl zu Diensten.«

Unter anderen Umständen wäre Curran für die geschickte Ironie, mit der sie seine eigenen Worte gegen ihn verwendete, aufgeschlossen gewesen, doch im Augenblick war er zu sehr damit beschäftigt, sich auf Kampf oder Flucht vorzubereiten.

»Deshalb habe ich Euch ganz privat herbestellt, um Eure Dienste in Anspruch zu nehmen und diesen Spion in unseren Reihen ausfindig zu machen.« Sie blickte ihm in die Augen. »Ihr werdet dafür natürlich entschädigt. Lord Drust hat kürzlich Land und Vieh in der Nähe von Nigg an sich genommen. Er hat mir aufgetragen, Euch dies für Eure Hilfe anzubieten. Als sein Ritter und Vasall.« Sie lächelte affektiert. »Mit Eurem Schwert könnt Ihr Euch dann natürlich nicht mehr verdingen, doch Lord Drust meint, dies sei ein fairer Handel. Und auch ich halte dieses Angebot für sehr großzügig.«

Drust, in der Tat!

Jetzt begriff Curran, und das nur zu gut.

Das Angebot war ein Bestechungsversuch, und ein ziemlich massiver noch dazu: Er sollte sein Vorhaben aufgeben, die Gefangenen zu befreien, und würde im Gegenzug dafür Land, Vieh, einen Rang … und Drusts – oder besser gesagt, Diedres – Fuß in den Nacken bekommen. Das war nicht mit der Sklaverei vergleichbar, die er aus seinen Kindheitstagen kannte, aber Sklaverei war es dennoch. Der bloße Gedanke daran ließ ihn vor Wut erbeben. Er hatte für seine Freiheit alles geopfert: seine Familie, seine Ehre, ja, seine Seele. Und sie hatte den Nerv zu glauben, er wolle einer von Drusts Untertanen werden!

Doch er hatte keine andere Wahl, als zuzustimmen, wenn auch nur zum Schein. Andernfalls würde er den nächsten Morgen nicht erleben.

Vielleicht konnte sich diese unerwartete Veränderung ja sogar zu seinem Vorteil auswirken. »Ein äußerst großzügiges Angebot – eines, das kein vernünftiger Mann ausschlagen würde.« Bedächtig ließ er sich auf die weichen Pelze zurücksinken. Ein paar Zugeständnisse wollte er ihr für seine Zustimmung allerdings schon entlocken. »Sicher wisst Ihr, dass es sich auch um mehr als einen Spion handeln könnte. Ich habe so einige Vermutungen.«

»Mmmm.« Diedres Miene blieb unergründbar, aber er wusste, dass er sie überrascht hatte. Von einem weiteren Verschwörer hatte sie nichts gehört, weil es schlicht und einfach keinen gab. Er hatte den Gedanken lediglich aufgebracht, um weiteren Argwohn zu säen.

»Wenn es noch weitere Spione geben sollte«, sagte die Fürstin so beiläufig, als würde sie über das Wetter reden, »würde Lord Drust von Euch erwarten, auch diese zu vernichten. Eine angemessene Forderung, meint Ihr doch sicher auch, wenn man die reiche Belohung bedenkt, die Ihr dafür bekommt.«

Diese Frau war gerissen, sie veränderte die Bedingungen nach Abschluss des Vertrages zu ihrem Vorteil. Doch Curran war nicht in der Position, sich dagegen wehren zu können, das wussten sie beide.

»Dazu bräuchte ich vollen Zugang in der gesamten Burg«, konterte er, »einschließlich der Gefangenen. Ich könnte mich als ihr Retter ausgeben und so vielleicht etwas von ihnen in Erfahrung bringen.«

Ihre Miene versteinerte sich. »Zweifellos wärt Ihr in einer solchen Rolle überaus überzeugend.« Sie runzelte skeptisch die Stirn, überlegte und stand dann auf. Curran folgte ihrem Beispiel.

Diedre nahm eine ihrer Halsketten ab, an der, vorher verdeckt durch ihren Bliaut, ein Schlüssel hing, und bot ihm diesen an. »Damit könnt ihr das Verlies öffnen.« Die Fürstin blinzelte ihn an. »Keine Bange, ich habe noch andere.«

Curran nahm den Schlüssel an sich und war überrascht, wie warm er war. Er hatte geglaubt, die kaltblütige Fürstin könne keine wirkliche Körperwärme haben.

Er hängte sich die Kette um und verbarg den Schlüssel unter seiner schwarzen Tunika. »Und meine Freiheit innerhalb der Burg?«, hakte er nach.

»Ich werde den entsprechenden Befehl erlassen«, antwortete sie spröde. »Ihr werdet natürlich vorsichtig sein. Solche Vorwände sind gefahrvoll. Nur ein falscher Schritt, und Euer Leben könnte« – sie schnappte mit den Fingern – »so rasch verwirkt sein.«

Curran verstand. »Es werden keine falschen Schritte vorkommen.«

»Wollen wir es hoffen.« Sie nahm wieder ihren Platz auf dem Thron ein. »Ihr könnt gehen.«

Curran verbeugte sich und ging hinaus.

Von nun an würde sein Vorhaben ihm Todesmut abverlangen, denn jetzt war der Jäger zum Gejagten geworden.

5

Bera war fast fertig mit dem Spinnen der roten Wolle, als sie im Nacken ein Prickeln spürte. Sie unterbrach die Arbeit.

»Osann?«

Stille.

Natürlich war es nicht Osann. Die Kleine war zwar leise, aber Bera hörte immer, wenn sie kam.

Bera nahm erneut ihre Arbeit auf, doch sie spürte das Prickeln sofort wieder. Wahrscheinlich nichts weiter als die lästige Bestätigung dafür, dass jemand schlechte Gedanken über sie hegte. Dennoch drehte sie sich instinktiv um und warf einen Blick auf die Tür.

Was sie sah, raubte ihr den Atem und ließ sie zur Salzsäule erstarren.

Der Schwarze Krieger – hier, in ihrer Kammer, und sein Blick traf sie mit tödlicher Intensität!

Wie in aller Welt hatte er es geschafft, hereinzukommen, ohne dass sie etwas bemerkte? Sie hatte absolut nichts gehört!

Und vor allem: Weshalb war er überhaupt gekommen?

Er war bei der Fürstin gewesen, wahrscheinlich kam er jetzt geradewegs aus Diedres Gemach. War er also auf Befehl der Fürstin gekommen?

Reglos stand er da und beobachtete sie, seine schlanke Gestalt war ihr in dieser kleinen Kammer gefährlich nahe, sein ruhig fließender Atem bildete in der frischen Luft kleine Wölkchen. Bera kannte diese beobachtende, abwartende Stille; wenn sie sich zum Angriff vorbereitete, verfiel sie selbst in diese Haltung.

Hatte er vor, sie zu töten?

Nein. Wenn das der Fall wäre, dann würde sie bereits nicht mehr leben.

Weshalb war er aber dann hier?

Jahrelange Übung ließ ihren anfänglichen Schock zum mörderischen Überlebensreflex werden. Ihre Sinne schärften sich zu schneidender Klarheit; im Nu hatte sie ihren Gegner taxiert. Er trug vornehme Kleidung, keine Kampfausrüstung. Aber auch wenn er unbewaffnet war, Bera traute ihm nicht. Ihr Blick ging vom weichen, schwarzen Leder seiner Stiefel über den verräterischen Wulst eines unter dem Stoff versteckten Stricks um den kräftigen Oberschenkel zu dem breiten, schwarzen Ledergürtel, der seine Hüften umschloss. Aha, er war also doch bewaffnet – sie aber nicht minder.

Unauffällig wanderte ihre Hand durch den Schlitz in ihrem Umhang und ergriff einen ihrer drei versteckten Dolche.

Innerlich verfluchte sie diesen Schurken dafür, dass er ihr aufgelauert hatte, aber noch mehr fluchte sie über sich selbst, weil sie es zugelassen hatte.

Wollte er sie aus der Fassung bringen? Das hatte er bereits damit erreicht, dass er sich hereingeschlichen und die Tür hinter sich geschlossen hatte, ohne sich im Geringsten zu verraten.

War er am Ende ein *Taisch*, eine Geistererscheinung, und gar kein Mensch aus Fleisch und Blut? Eine böse Vorahnung ließ sie erschauern, doch sie blieb standhaft und gefasst.

Mensch aus Fleisch und Blut oder Geist, es spielte keine Rolle – was immer er wollte, er würde es nicht bekommen.

Ihr Kampfgeist obsiegte. »Hinaus!«, fauchte sie mit einem warnenden Unterton in der Stimme und sprang auf.

Er reagierte mit einem Blick, der mehr Amüsiertheit als sonst etwas auszudrücken schien – sicher war sie sich jedoch nicht.

Soll er ruhig denken, er sei mir überlegen, sagte sie sich. Sie würde ihn früh genug eines Besseren belehren.

Elegant und geräuschlos wie ein Geist kam er auf sie zu,

nicht ohne ihr dabei seine leeren Hände zu zeigen. Er blieb so dicht vor ihr stehen, dass sie den Geruch von Rauch und Meersalz wahrnahm, der von seiner schwarzen Tunika und seinem goldblonden Haar ausging – und auch den unverkennbaren Geruch eines Mannes.

Kein Zweifel, er war aus Fleisch und Blut. Sie spürte seine Wärme deutlicher als die der verglimmenden Glut in der Kohlenpfanne.

Noch nie war Bera einem Mann so nahe gewesen, ihre Brüder ausgenommen. Seltsamerweise dämpfte seine Nähe die Furcht, die sie verbarg, und schickte eine rauschhafte Erregung von ihrer Schamgegend durch den ganzen Körper. Doch so sehr sie das auch verwirrte, sie wich nicht zurück, denn diese Nähe würde es gleichzeitig leichter machen, ihn mit einem einzigen, wohl gezielten Stich zu töten.

Unnachgiebig blickte sie zu seinen kalten blauen Augen auf. »Was wollt Ihr?«

»Sehen, was Ihr unter dieser Kapuze versteckt«, erwiderte er in einem Ton, dass sie sich fragte, was er wohl tun würde, sobald er sie gesehen hatte.

Sie dachte an seine arrogante Art, wie er ihr zwischen die Beine gefasst hatte. Er hatte sie bereits wie eine Hure behandelt. War er jetzt gekommen, um sie zu einer zu machen?

Sie blickte ihm verächtlich in die Augen. Sollte er nur versuchen, sie zu vergewaltigen! Er würde es nicht überleben.

Ja, warnte sie ihr praktischer Verstand. *Du kannst ihn töten, aber was dann? Wie willst du die Leiche loswerden? Ein so großer Kerl, und ein gewichtiger noch dazu. Man wird ihn augenblicklich vermissen. Und wenn man dir draufkommt … Eine Weberin gegen einen Krieger? Drust wird das nicht als einen fairen Tausch sehen. Umhang hin oder her, das wird den Kessel für dich bedeuten, und …*

Ihre innere Stimme verstummte abrupt, als der ungeladene Gast ihre Kapuze zurückschob, sie an den Schultern packte und voller Zynismus musterte.

Erst als er dies tat, bemerkte sie, wie sehr sie sich daran gewöhnt hatte, die Welt zu sehen, ohne selbst gesehen zu werden. Er hatte das natürlich vorsätzlich getan, um die Oberhand zu gewinnen, doch sie schaffte es, die plötzliche Verletzlichkeit, die sie fühlte, vor ihm zu verbergen.

Aber den kurzen Augenblick der Enttäuschung in seinen Augen, als er ihr Gesicht sah … Das würde sie so leicht nicht vergessen können.

Bera wusste, dass sie keine umwerfende Schönheit war, doch mit diesem einen Blick hatte der arrogante Eindringling ihrem Frauenherz einen empfindlichen Schlag versetzt.

»Bastard!«, zischte sie und setzte ihm den Dolch auf die Brust. »Wie kannst du es wagen, meine Privatsphäre zu verletzen und mich anzugaffen wie ein Sklavenmädchen?«

Er erstarrte und hielt die Hände zu beiden Seiten ihres Kopfes hoch. »Donnerwetter. Damit hatte ich nun wirklich kaum gerechnet.«

»Ihr habt überhaupt nicht damit gerechnet«, entgegnete sie in aller Ruhe.

Seine Antwort war ein undeutbares Lächeln.

»Ich sagte, hinaus«, wiederholte sie.

Statt ihrer Aufforderung Folge zu leisten, drückte er mit der Brust noch stärker gegen ihren Dolch. Sie spürte, wie die Spitze der Waffe durch den Stoff seiner vornehmen Tunika drang, seinen Bliaut durchtrennte, auf sein nacktes Fleisch stieß – und sich dann auch noch durch seine Haut bohrte.

Ganz offenbar glaubte er nicht im mindesten daran, dass sie fähig sein würde, wirklich zuzustoßen.

Diese Beleidigung ließ ihren Puls noch heftiger schlagen, doch sie verwandelte ihre Wut in Eiseskälte. »Bringt mich nicht dazu, Euch zu töten!«, drohte sie.

»Das werdet Ihr nicht. Nicht hier. Nicht jetzt.« Er klang noch immer selbstgefällig, aber wenigstens sprach er sie jetzt als seinesgleichen an. »Das würde zu viele Fragen aufwerfen, zu viel Staub aufwirbeln.«

»Niemand würde es mitbekommen«, erwiderte sie gelassen. »Ihr würdet einfach nur verschwinden.« Es hätte ihr nichts ausgemacht, ihn zu töten, nicht nur wegen seines gewaltsamen Eindringens in ihre Kammer, ihre Privatsphäre, sondern auch wegen seiner offensichtlichen Enttäuschung, als er ihr Gesicht sah.

Das Dumme war nur, er hatte Recht. Sie wollte ihn gar nicht töten. Nicht hier. Nicht jetzt. Bera hatte weder die Zeit noch die Lust, einen bei hellem Tageslicht begangenen Mord zu vertuschen.

Sie wollte einfach nur, dass er ging. »Tretet langsam zurück, und Ihr kommt mit dem Leben davon.«

Zum ersten Mal zeigte sein schönes Gesicht Anzeichen von Munterkeit. »Ihr seid ein kühnes und starrköpfiges kleines Ding, nicht wahr?«

Sie merkte ihm an, dass er an diesem gefährlichen Reigen Gefallen fand.

»Ihr wollt gar nicht gehen«, stellte sie fest und fragte sich erneut, was er wirklich von ihr wollte.

Sie hatte von diesem Schwarzen Krieger geträumt; schließlich spürten auch alte Jungfern noch Sehnsüchte und konnten Träumen nachhängen. Doch in diesen Träumen hatte sich der gut aussehende Krieger, wann immer sie ihm nahe gekommen war – wenn sie ihn berühren, von ihm berührt werden wollte –, aufgelöst und war substanzlos geworden wie ein Nebel.

Jetzt hingegen war er alles andere als substanzlos. Sein männlicher Geruch stieg ihr in die Nase, sie spürte seine harten Muskeln gegen die Spitze ihrer Klinge drücken, spürte die Wärme und Anspannung seines ganzen Körpers.

Aber warum war er hier?

»Sind wir jetzt in eine Sackgasse geraten?«, fragte sie schelmisch.

Sie hatte die Worte kaum ausgesprochen, als sie eine kalte Metallspitze in ihrem Ohr spürte.

»Jetzt sind wir in eine Sackgasse geraten«, murmelte er mit höhnischer Freude.

Am Rand ihres Gesichtsfeldes konnte sie den schlanken Dolch gerade noch sehen, den er an ihr Ohr hielt.

Sein Ärmel! Natürlich, sie hätte nie zulassen dürfen, dass er ihr mit den Händen so nahe kommen konnte.

»Eine falsche Bewegung«, sagte er ruhig, »und wir sind beide tot. Wollt Ihr das?«

»Kommt darauf an.« Er bluffte vielleicht, sie jedenfalls nicht. »Was wollt Ihr von mir? Weshalb seid Ihr wirklich hierher gekommen? Die Wahrheit, oder wir sterben beide!«

Sein Lächeln wurde zu einem breiten Grinsen, das seine weißen, ebenmäßigen Zähne zeigte. »Das habe ich Euch doch schon gesagt. Ich wollte sehen, was Ihr unter Eurer Kapuze verbergt.«

»Ihr habt mich gesehen«, konterte sie, »aber Ihr seid noch immer hier!«

Der Schwarze Krieger entgegnete im ersten Moment nichts, er blickte sie lediglich mit dieser aufreizenden, überlegenen Miene an, die sie als Kriegerin wie auch als Frau demütigend herabsetzte.

Zu ihrem Entsetzen hörte sie, wie sie die abwehrende Frage, die sich in ihrem Kopf bildete, laut aussprach. »Also, nun habt Ihr mich gesehen. Und was haltet Ihr von der Frau, die Ihr bloßgestellt habt?« Wo kam *das* denn nur her?

Sein Blick glitt unverhohlen über ihre Züge. »Ein unscheinbares Gesicht ...«

Unscheinbar! Bera wurde wütend, doch sie konnte ihren Zorn, der zehn Jahre harter Übung auszutilgen drohte, verhüllen.

»... jedoch eigenartig alterslos.« Seine Miene blieb so undeutbar wie die ihre, doch die Augen konnten nicht lügen, und so beobachtete sie diese scharf, während er sie begutachtete. »Ich sehe einige Fältchen um die Augen, aber die Kinnpartie ist fest ...« Seine Pupillen erweiterten sich, als er ihren

Hals inspizierte. »Die Haut straff, sonnengebräunt wie bei einem Mann, aber keine Pocken- oder sonstigen Narben.«

Er überflog ihre Augen. »Dunkle Augen, braun oder schwarz.«

Sie sind braun!, schalt sie ihn innerlich.

»Dunkle Haare, streng nach hinten gekämmt.« Er blickte ihr in die Augen. »Das sehe ich.«

»Dann sagt mir jetzt, warum.« Nichts sonst war von Belang, nur dies.

»Warum was?«

»Warum es Euch so wichtig war, mein Gesicht zu sehen!«, sagte Bera eisig. »Und gaukelt mir nicht vor, das sei lediglich Neugier gewesen! Ich habe Euch beobachtet; Ihr tut nichts bloß einfach so oder nur aus simpler Neugier.«

Er zuckte mit den Schultern. »Ihr habt es verborgen. Verborgenes ist gefährlich. Geheimnisse sind gefährlich.«

Wenn er nur gewusst hätte, wie gefährlich. »Und was ist Euer Geheimnis?«, konterte sie.

Sein zynisches Grinsen war nicht gerade beruhigend. »Ich bestehe aus Geheimnissen. Ohne Geheimnisse könnte ich nicht existieren.«

Eine elegante Antwort.

»Habt Ihr für heute noch andere Pläne?«, fragte er mit mehr als nur einer Andeutung von Sarkasmus, »oder wollt Ihr so, wie wir sind, verharren, bis einer von uns schlapp macht?« Er zog die goldblonden Augenbrauen nach oben. »Ich bin es bestimmt nicht.«

Dieser Punkt ging an ihn. Beras Hand war schon jetzt gefühllos, so lange hatte sie ihren Dolch nun schon gegen ihn gehalten.

Verdammt! Warum hatte er ihr Angebot, ihn gehen zu lassen, nicht angenommen? Vom Versuch, den Kopf nicht zu bewegen, versteifte sich ihr Hals mehr und mehr, und ihre Armmuskeln begannen allmählich, vor Ermüdung zu zittern.

Wenn sie heute mordete, würde das ihren Brüdern so wenig nützen wie ihr eigener Tod. Wie konnte sie ihn zum Aufgeben bewegen?

Sie dachte an ihre Brüder und daran, wie diese solche Situationen lösten.

Natürlich. Was sie brauchte, war entweder ein Kompromiss oder eine simple Geste, die ihnen beiden half, das Gesicht zu wahren. Auf einen Kompromiss würde sich dieser Mann, der sie um einiges überragte, wohl kaum einlassen, also entschied sie sich für Letzteres.

Wenngleich auch ihr eigener Stolz gern ein wenig besser davongekommen wäre.

Sie schürfte endlose Sekunden lang in ihren Gedanken, bis sie auf eine Idee kam. »Ich schlage Euch einen Handel vor.« Sie blickte ihn mit einem schiefen Lächeln an. »Ihr habt bekommen, was Ihr wolltet; Ihr habt mein Gesicht gesehen. Versprecht bitte, mir eine simple Frage zu beantworten, und damit ist der Ehre genug getan. Zumindest für diesen einen Moment.«

»Hmmm.« Er veränderte etwas den Griff um seine Waffe und überlegte.

Bera verstand sein Zögern. »Ich nenne Euch sogar noch die Frage.«

Dieser Vorschlag fand sein Interesse. »Gut. Dann fragt.«

»Ich möchte Euren Namen wissen.«

Seine Miene verriet Überraschung ... und Argwohn, doch sie merkte, dass er unschlüssig war. »Das ist keine Frage.«

»Dann eben eine Bitte. Nur Euren Namen«, drängte sie. »Den, den Eure Mutter Euch gab.« Bei der Erwähnung seiner Mutter bemerkte sie ein Flackern in seinem Blick, das sie augenblicklich entmutigte.

»Ihr seid wirklich ein kühnes Mädchen. So viel kann ich Euch versichern.« Er sagte es mit einer merkwürdigen Mischung aus Ärger und Bewunderung. »Und außerdem furchtlos.«

»Furchtlos nicht«, räumte Bera ein. »Furcht hat etwas Gutes. Sie schärft meine Sinne und gibt mir Kraft. Aber vor Euch habe ich keine Furcht«, fügte sie unumwunden hinzu.

Die Stille zwischen ihnen zog sich hin, und mit ihr wuchs Beras Empfinden dafür, wie groß und stark er war – und wie nahe bei ihr.

Vielleicht sollte sie tatsächlich Furcht vor ihm haben?

»Curran«, sagte er endlich gepresst. »Mein Name ist Curran.«

Sie spürte, wie er seinen Dolch von ihrem Ohr nahm und setzte erleichtert auch den ihren ab. Dann traten sie beide eine Schritt zurück, die Waffen noch immer in den Händen.

»Curran.« Sie sprach den Namen aus. Er gefiel ihr.

Er blickte sie finster an. »Jetzt wisst Ihr ihn. Aber sprecht ihn niemals aus!«

»Curran«, wiederholte sie prompt, sowohl, um den Klang noch einmal zu hören, als auch, um ihn ein wenig zu reizen.

»Bei allem, was recht und billig ist!«, knurrte er. »Schon jetzt tut es mir sehr Leid. Ich hatte meinen Dolch in Eurem Ohr ...«

»Und ich den meinen auf Eurem Herzen«, erinnerte sie ihn.

»Ihr wart im Nachteil.«

»Pah!« Sie hatte genug von seiner Arroganz. »Das habe ich Euch glauben lassen, aber ...«

»... ich hätte Euch leicht entwaffnen können!« Sie sagten es beide exakt zur gleichen Zeit.

Es folgte ein stummer Moment der Verblüffung, dann musste Bera plötzlich schallend lachen. Wie absurd, dass sie hier beide aufeinander einhackten wie zwei alte Gockel!

Der Schwarze Krieger – Curran – funkelte sie zornig an und steckte seinen Dolch in den Ärmel zurück. Dann drehte er sich um und wollte gerade zur Tür hinausstürmen, als Osann hereinkam.

Das arme Kind sah ihn und glitt vor Entsetzen zu Boden, als habe es keine Knochen mehr im Leib.

Bera stürzte an Curran vorüber. »Osann, Kind!« Sie nahm die erschrockene Kleine in die Arme und trug sie zum Lager, setzte sich zu ihr und schmiegte sich an sie. Die Furcht hatte Osanns Arme und Beine augenblicklich kalt werden lassen; Bera holte eine Decke, um sie zu wärmen. »So, jetzt ist alles gut. Die Weberin ist hier, bei dir. Niemand wird dir etwas tun.« Sie blickte düster zum Schwarzen Krieger auf, der sie neugierig beobachtete.

»Und wer ist das?«, fragte er.

Bera blieb fast das Herz stehen. Um Osanns Schutz bemüht, hatte sie instinktiv reagiert, aber dadurch hatte sie ihre Zuneigung zu dem Kind gezeigt und es unversehens in große Gefahr gebracht. Würde der Schwarze Krieger das Kind benutzen, um sich ihrer zu bemächtigen?

Aber sie konnte nicht mehr rückgängig machen, was geschehen war. Die Katze war aus dem Sack, und sich im Nachhinein selbst zu verdammen, half nun auch nichts mehr.

Wie immer, wenn sie sich einen Fehler geleistet hatte, ging Bera in die Offensive. »Großer, tapferer Krieger!«, fuhr sie Curran an. »Ihr habt sie zu Tode erschreckt!«

Er musterte sie beide mit einer eigenartigen Intensität. »Wer ist sie?«, fragte er noch einmal.

»Sie gehört mir!«, erwiderte Bera heftig und rieb Osanns Arme mit der Decke. Als Osann den Zorn in ihrer Stimme hörte, versteifte sie sich.

»Nein, das glaube ich nicht.«

Sein forschender Ton gefiel Bera ganz und gar nicht, aber sie wollte das Kind nicht noch mehr verunsichern, deshalb zwang sie sich zu einem unverfänglichen Plauderton. »Und woher wollt Ihr das wissen?«

»Ich beobachte Euch schon seit Eurer Ankunft. Und da gab es noch kein Kind.« Seine Augen verengten sich. »Aber ich kann die Wahrheit leicht herausfinden. Wollt Ihr, dass ich mich nach der Kleinen erkundige und dabei Euren Namen erwähne?«

Was für ein unausstehlicher Kerl! Er zielte geradewegs auf ihre empfindlichste Stelle. »Dieses Kind ist wirklich meines – in einer gewissen Art und Weise.« Bera hielt schützend die Arme über Osann. »Sie hatte niemanden, deshalb habe ich sie aufgenommen.«

Seine bisherige Neugier wich abrupt einer Härte. »Als Sklavin?«, fragte er harsch.

»Als ein Kind«, berichtigte sie. »Ein frierendes, hungerndes Kind, das Liebe und Schutz brauchte.« Sie beugte sich zu Osann und flüsterte ihr ins Ohr: »Es kann dir nichts passieren. Ich bin ja hier.«

Currans Ärger verflog so rasch, wie er gekommen war. Sein Blick wanderte von Osann zu Bera und zurück. »Ihr sorgt Euch um sie«, stellte er erstaunt fest.

»Jawohl. Ich kümmere mich um sie.« Seine Reaktion verblüffte Bera. Sie hatte erwartet, er würde sich hämisch darüber freuen, bei ihr eine Schwachstelle gefunden zu haben, einen Weg, wie er sie manipulieren konnte. Aber er schien vielmehr überrascht zu sein. »Und was bedeutet das für Euch?«, fragte sie.

Curran betrachtete sie, als würde er sie zum ersten Mal sehen.

»Das bedeutet viel.« Zu ihrem Erstaunen streckte er mit einer Miene, als wolle er um Erlaubnis fragen, die Hand nach Osann aus.

Als Bera zustimmend nickte, streichelte er überraschend feinfühlig den Rücken des kleinen Mädchens.

Zuerst zuckte Osann zusammen, als hätte sie einen Schlag erhalten, doch als sie merkte, wie vorsichtig die große, schwielige Hand sie berührte, ließ sie es still geschehen.

»Es ist alles gut, mein Kind«, tröstete Bera sie. »Niemand wird dir mehr etwas Böses tun, solange ich es verhindern kann.«

Zu ihrer großen Verwunderung versuchte auch Curran,

das Kind zu beruhigen. »Keine Angst. Von mir hast du nichts zu befürchten.«

Er klang so überzeugend, dass Bera ihm fast Glauben schenkte.

Er atmete geräuschvoll aus. »Ihr überrascht mich, Weberin, und es ist lange her, seit mich irgendetwas überrascht hat.«

»Irgendjemand«, korrigierte sie erneut gekränkt.

Er stand auf, machte aber keine Anstalten zu gehen.

»Curran?« Das Nennen seines Namens ließ ihn für sie irgendwie weniger bedrohlich erscheinen.

Doch als er ihn hörte, versteifte er sich. »Was?«

»Geht jetzt«, sagte sie nur.

Er lachte leise. Dann machte er ohne ein weiteres Wort kehrt und verließ den Raum.

Vielleicht war es sein kurzes Lachen, was ihre Laune erhellte. Sie ließ sich durch den Kopf gehen, was sich soeben ereignet hatte ... oder vielmehr das, was sich nicht ereignet hatte.

Sobald sie sicher war, dass er nicht mehr zurückkommen würde, drückte sie Osann an sich. »Alles in Ordnung jetzt?«

Das kleine Mädchen nickte, kuschelte sich noch etwas an Bera und sprang dann auf.

Bera wusste, dass sie dem Kind keinen Gefallen tun würde, wenn sie zu sehr auf seine Ängste einging, deshalb trug sie Osann eine Arbeit auf. Sie holte zwei Bündel wertvoller Färbeingredienzien von den Haken an den Dachbalken herunter. »Diese Beeren sollten eine Nacht lang in der Hitze hängen, bevor ich sie zerdrücke. Und die Kräuter auch.« Sie drückte Osann die beiden Bündel in die Hand. »Bring sie in die Schmiede, mein tapferes Mädchen, und hänge sie dort auf, aber nicht zu nahe bei den Feuerstellen.« Sie tätschelte Osanns Schulter. »Morgen früh holst du sie dann wieder ab. Und dann zeige ich dir, wie man daraus wunderschöne Farben macht. Würde dir das gefallen?«

Auf Osanns Miene breitete sich ein erwartungsvolles Lächeln aus. »Ja, Mistress.« Mit der für Kinder typischen unverwüstlichen Art schien sie ihre Furcht bereits überwunden zu haben und machte sich ohne zu zögern an ihre Aufgabe.

Allein in ihrer Kammer, begann Bera wieder zu spinnen und summte gut gelaunt vor sich hin.

Sie wusste noch immer nicht, was sich hier ereignet hatte, oder weshalb es geschehen war, doch der attraktive, geheimnisvolle goldene Krieger würde nie mehr der Schwarze Krieger für sie sein – er war von nun an einfach nur noch Curran.

Es sei denn, sie musste ihn töten.

6

Am nächsten Vormittag spannte Bera gerade die letzten senkrechten Fäden auf dem Webstuhl, als Osann keuchend hereingestürzt kam, sie am Arm packte und mit unvermuteter Kraft schüttelte. »Beeilt Euch, Mistress! Lord Drust ... er hat alle zum Großen Brunnen bestellt. Wir müssen uns sputen!«

Ein unheilvoller Schauer lief über Beras Rücken.

»Kind, du zitterst ja!« Sie nahm das kalte, raue Händchen der Kleinen zwischen ihre warmen Hände. Für den Augenblick wog ihre Sorge um Osann schwerer als deren Aufgeregtheit. »Wir gehen gleich, versprochen, aber jetzt komm erst mal zu Bera.« Etwas widerwillig ließ sich Osann von ihr auf den Schoß ziehen. »Beruhige dich. Atme erst einmal kräftig durch ... Ja, genau so. Und jetzt erzähl Bera, was passiert ist.«

»Eine Hinrichtung!«, keuchte Osann. »Ich habe die Kräuter aus dem Lagerhaus geholt, wie Ihr gesagt habt, aber es fing an zu schneien, und der Wind war so kalt ...« Tränen traten in ihre Haselnussaugen. »Ich dachte, der große Saal ist leer, deshalb bin ich hinten durchgegangen. Ich war schon fast durch, aber dann begann Lord Drust zu schreien und herumzustampfen, und er zerbrach Sachen und warf Leute ...«

»Leute?« Das musste etwas Ernsthaftes sein.

»Ja, Leute«, bestätigte Osann. Ihre Stimme wurde mit jedem Wort höher. »Und er hat gebrüllt und gebrüllt, ich hatte solche Angst, und alle sind gelaufen ...«

»Jetzt bist du in Sicherheit«, unterbrach Bera sie, doch ihre Gedanken schweiften sofort zu ihren Brüdern. *Lieber Gott, lass es nichts mit ihnen zu tun haben.* »Was hat Lord Drust denn gesagt?«

Osann klammerte sich an sie wie ein ertrinkendes Kätzchen. »Er befahl den Sklaven, den großen Kessel zu bringen und alle, alle zum Großen Brunnen zu bestellen. Und dann schaute er direkt mich an.« Ihr kleiner, zarter Körper erschauderte. »›Was tust du denn hier?‹, schrie er. Sein Gesicht ... Ich dachte, er bringt mich um, gleich auf der Stelle.

Und da ließ ich die Kräuter fallen«, jammerte sie und vergrub das Gesicht in Beras Schulter. »Es tut mir Leid, es tut mir sehr Leid!« Ihre erstickte Stimme drang Bera bis ins Herz, obwohl Osann gar nicht weinte. So jung, und alle Tränen bereits vergossen ... »Ihr könnt mich dafür schlagen, aber bitte nicht jetzt! Ich verdiene es ja, aber bitte nicht jetzt.« Sie blickte flehend zu Bera auf.

Nur ein Stein hätte sich von diesen Augen nicht erweichen lassen.

»Schon gut, meine Süße.« Eines Tages würde Osann verstehen, dass sie bei Bera sicher war, aber so leicht waren lebenslange Misshandlung und ständiger Argwohn nicht auszumerzen. »Beruhige dich. Ich schlage dich nicht.« Sie zwang sich zu einem ermutigenden Lächeln und strich ihr über die Haare. »Hat Lord Drust denn gesagt, wer hingerichtet werden soll, und warum?«

»Es tut mir Leid, wirklich, aber ich habe es vergessen.« Osann wandte sich ab. Sie schämte sich, Bera schon wieder nicht genügen zu können, nachdem sie doch eben erst die Kräuter fallen gelassen hatte. »Ich glaube, er sagte keinen Namen.«

»Schon gut. Aber vielleicht sagte er weshalb, vielleicht nannte er einen Grund ...«

»Ja, vielleicht, aber ich bin mir nicht sicher.«

Bera verbarg ihre wachsende Furcht. »Schließ die Augen und denke noch einmal nach. Du bist im Großen Saal, und auf einmal hörst du Lord Drust. Erzähl mir, was er sagt.«

Die Augen zusammengedrückt, versuchte Osann sich zu erinnern, und plötzlich entspannte sich ihre Miene. »Er sagte, es war Ehebruch. Nicht in seinem eigenen Haushalt, schrie er. Aber egal, wer es war, sie würden dafür sterben.« Sie öffnete die Augen, die Stirn in Falten gelegt. »Dann sagte er etwas über Hahnschrei. Ich wusste nicht, was das bedeutet, aber sein Gesicht war so rot, ich dachte, gleich zerbirst er.«

Hahnschrei? Hahnrei!

Gute Mutter Erde! War er der Liebschaft seiner Gemahlin mit Evan auf die Schliche gekommen?

Plötzlich schien Bera die Kammer zu hell, alles zu weit weg.

»Es ist eine Hinrichtung. Jetzt«, flüsterte Osann. Ihre Stimme bebte vor Angst und Entsetzen. »Und wir müssen alle zuschauen. Das hat Lord Drust gesagt.«

Ehebruch. Hahnrei. Hinrichtung.

Bera setzte sich steif auf. Was konnte sie tun? Es war keine Zeit, keine Zeit.

Osann befreite sich aus ihrer Umarmung. »Wir müssen gehen, Mistress. Lord Drust bestraft uns, wenn wir zu spät kommen, das weiß ich bestimmt!«

»Geh voraus«, wies Bera sie an. Die kleine Vorbereitung, die sie treffen konnte, würde sie versuchen. »Ich komme gleich. Ich muss nur hier noch etwas machen.«

»Bitte, Mistress«, bettelte die Kleine, »lasst mich nicht allein gehen!«

Was hatte sie sich nur dabei gedacht, das Kind allein zu einer Hinrichtung zu schicken? »Warte draußen, und lass niemanden herein. Wenn jemand darauf besteht, dann sag, ich sitze auf dem Nachttopf!«

Sie schloss die Tür hinter Osann und schlüpfte rasch in ihre Sklavenkleidung, doch dieses Mal schnallte sie auch ihren kräftigen Ledergürtel um und steckte ihr Kurzschwert ein. An der Innenseite des linken Oberschenkels befestigte sie einen Dolch; die beiden anderen versteckte sie leicht erreichbar in ihrer Kleidung. Dann stopfte sie ihre Tunika und den

Bliaut in ihren Beutel und befestigte diesen mit den Zugschnüren am Gürtel. Schließlich bedeckte sie alles mit ihrem Umhang – dem Kleidungsstück, das mittlerweile zu ihrer Sicherheit geworden war. Solchermaßen vorbereitet, trat sie auf den Flur hinaus.

»Beeilt Euch, Mistress«, drängte Osann, als sie sich im Korridor trafen. »Alle anderen sind schon fort!«

»Nicht alle.« Bera zeigte auf die Tür der Fürstin, auf die sie zugingen. »Die beiden Wachen Ihrer Hoheit sind noch da, sie selbst also auch.« Doch kaum hatte sie ausgeredet, als zwei kräftig gebaute Krieger aus der Tür traten, gefolgt von der grimmig dreinblickenden, trotzigen Fürstin in einem prachtvollen Umhang aus Weißfuchs. Zwei weitere Krieger bemühten sich nicht gerade freundlich, sie vorwärts zu scheuchen.

Sollte etwa Diedre wegen Ehebruchs hingerichtet werden? Sie sah aus, als würde sie geradewegs in ihren Tod marschieren.

Das bedeutete, auch Evan …

Bera bekam weiche Knie, aber irgendwie brachte sie es fertig, weiterzugehen. *Du ziehst voreilige Schlüsse*, schalt sie ihr praktischer Verstand. *Es ist vielleicht gar nicht, was du denkst, warte doch erst einmal ab*. Entschlossen, ihre wilden Mutmaßungen zu dämpfen, konzentrierte sie sich wieder auf Osann. »Bleib dicht bei mir, meine Kleine«, sagte sie leise. »Mit etwas Glück sind sie alle so sehr damit beschäftigt, auf die Fürstin zu schauen, dass sie uns gar nicht bemerken. Wir nehmen den hinteren Weg zum Brunnen.«

Sie folgte der düsteren Gruppe hinaus in den eisigen Wind und Schnee und hastete zu der Abkürzung zum Brunnen. Als sie den Rand der irdenen Mulde erreicht hatten, sah sie unten die Leute vor einem riesigen versilberten Kessel versammelt. Auf einer Plattform dahinter saß Drust auf seinem Thron; daneben ein leerer Stuhl für Diedre, und hinter ihm stand schwer bewaffnet der größte seiner Kriegsherren.

»Beeil dich, Osann. Wir müssen da sein, bevor die Fürstin kommt.«

Wie sie erhofft hatte, richteten sich alle Augen auf die königliche »Eskorte«. Bera drängte Osann bis an den Rand der fröstelnden Menge und fand dann einen unauffälligen Platz auf einem Mühlstein, von dem aus sie das Geschehen beobachten konnten. Sie zog Osann zu sich herauf und ließ den Blick über die Versammlung schweifen.

Der riesige versilberte Kessel stand da wie eine große, umgestülpte Glocke. Er wurde von starken Balken gestützt, und der Rand war etwa auf der Höhe der Plattform dahinter. Vereiste Pfützen darunter deuteten darauf hin, dass er gefüllt war.

Tod durch Ertränken. Der bloße Gedanke daran ließ Bera erschaudern. Welch eine schändliche, abscheuliche Art zu sterben …

Gerüchten zufolge wurden alle Exekutionen, selbst königliche, in der schaurigen unterirdischen Kammer des Großen Brunnens durchgeführt, aber aus unerfindlichem Grund galt das für diese nicht.

In entsetztes Schweigen gehüllt, machten Krieger, Bauern, Sklaven und Adlige gleichermaßen den Weg für die Fürstin und ihre Wachen frei. Diedre betrat majestätisch die Plattform, doch ihr starres Gesicht war noch immer so blass wie die Pelze, die es umrahmten.

Lord Drust, in dunkle Wolfsfelle gehüllt, würdigte seine Gemahlin keines Blickes. Er saß vornübergebeugt auf seinem Thron, und seine wülstigen Hände fuhren erregt vor Zorn – oder war es Vorfreude? – an den geschnitzten Armlehnen auf und ab. Fürstin Diedre ließ sich auf dem Stuhl neben ihm nieder und starrte über die Menge hinweg, als sei sie gar nicht da. Als sie die Fellkapuze etwas zurückstreifte, die sich um ihr Gesicht schmiegte, wurde an ihrer Wange ein großer, dunkelroter Bluterguss sichtbar.

Dieser Anblick war für Bera ein neuerliches Alarmzeichen.

Dass Drust oder seine Leute Diedre so zugerichtet hatten, konnte nur Schlimmes bedeuten. Hieß das am Ende, dass er sie tatsächlich bei einem unverzeihlichen Vergehen ertappt hatte – etwa, als sie ihn mit einem gut aussehenden Gefangenen betrog?

Wenn das der Fall war, würde Evan als Erster ertränkt werden, doch seine königliche Geliebte würde ihm bald in den Tod folgen.

Auf diese Art konnte Bera ihn nicht sterben lassen. Ertränken war der einzige Tod, den ein Krieger fürchtete – der einzige Tod, den sie fürchtete, so sehr, dass er sie manchmal bis in den Schlaf verfolgte. Ihr Herz verkrampfte sich, ein eisiger Schauer lief ihr den Rücken hinunter.

Sie durfte Evan nicht auf diese Art und Weise sterben lassen.

Wieder blickte Bera auf die grässliche Szenerie. An Rettung war gar nicht zu denken – Drusts Leute standen überall bereit. Aber zumindest konnte sie versuchen, ihrem Bruder den schmachvollen Tod durch Ersäufen, bei dem die Beine der Delinquenten hilflos in der Luft zappelten, zu ersparen. Wenn es sein musste, würde sie ihn eigenhändig mit dem Dolch durchbohren – oder bei dem Versuch selbst umkommen.

Hervorragend, dachte sie. *Und was dann? Evan stirbt in jedem Fall; acht deiner anderen Brüder sind noch in Gefangenschaft, und der Rest der Familie hat seinen einzigen Trumpf verloren – dich! Ganz zu schweigen von Osann. Wie lange wird sie ohne dich noch leben?*

Sie konnte nicht darüber nachdenken.

Ein angespanntes Raunen ging durch die Menge, als Drusts ungehobelte Söhne und ihre noch derberen Ehefrauen samt Kindern nach vorn traten, mit glänzenden Augen wie Geier, die auf frisches Aas warteten.

Ein Windstoß ließ Osann noch näher an Bera rücken. Sie bedeckte das Kind mit ihren warmen Ärmeln und musterte ängstlich die Krieger zu beiden Seiten der Plattform, doch sie konnte ihre Brüder nirgends entdecken.

Und den Schwarzen Krieger ebenso wenig.

Noch einmal flog ihr Blick über sämtliche Köpfe, doch ohne Erfolg. Warum war Curran nicht hier? Aus irgendeinem Grund erschien ihr sein Fehlen als ein weiteres böses Omen.

Dann stand Lord Drust auf, und das Raunen endete abrupt. Er blickte zum hohen Gefängnisturm hinauf und rief: »Bringt die beschuldigte Person sofort her, damit sie ihre gerechte Strafe empfängt!«

Alle Augen richteten sich auf die stolpernde, verhüllte Gestalt und die beiden Wachen, die sie die Treppe herunter und über den Rasen trieben.

Zu klein, um Evan zu sein – oder war das nur ihr Wunschdenken?

Mit pochendem Herzen beobachtete Bera, wie der Verurteilte grob auf die Plattform hinauf und Drust vor die Füße getrieben wurde.

»Nehmt den Umhang ab!«, donnerte der Fürst. »Alle sollen dieses Übel in unserer Mitte ansehen!«

Drei Clanoberhäupter kamen dem Befehl nach. Im ersten Augenblick dachte Bera, ihr Herz würde stehen bleiben, doch als man der Gestalt den Umhang abgenommen hatte, sah sie, dass es Prinzessin Alma war. Sie war gefoltert worden; ihr Kleid war mit Blut besudelt, und das verfilzte Haar hing ihr ins Gesicht.

Es war also nicht Evan, Gott sei Dank!

Ihre Erleichterung war so immens, dass sie ein wenig ins Wanken geriet.

Zwei starke Hände in schwarzen Handschuhen ergriffen von hinten ihre Oberarme und stützten sie. Abermals stockte ihr vor Entsetzen das Herz. Sie rückte sofort ihr Schwert nach vorn, damit es nicht entdeckt wurde, und drückte Osann an sich.

»Drusts eigene Tochter, Prinzessin Alma«, murmelte Curran in ihr Ohr.

Sie hatte sich gefragt, wo er war, aber das Letzte, was sie wollte, war, dass er sie von hinten festhielt, als sei sie seine Gefangene. Sie wehrte sich heftig dagegen, doch sein stahlharter Griff ließ ihr keine Chance.

»Kommt Ihr den Frauen immer auf diese Weise nahe«, zischte sie wütend, »indem Ihr Euch von hinten an sie heranmacht und dann einfach zupackt?«

»Leise!«, flüsterte er. »Erregt jetzt kein Aufsehen!«

Auf der Plattform war ein heftiger Streit zwischen Drust, seiner wütenden Gemahlin und dem Priester ausgebrochen.

Bera manövrierte Osann zum Rand des Mühlsteins und bückte sich zu ihr. Als Curran ihr Vorhaben bemerkte, ließ er sie sofort los, doch Osanns ängstlicher, besorgter Blick nach oben sagte ihr, dass er gleich hinter ihr stehen geblieben war.

»Es ist alles gut, Osann«, beschwichtigte sie das Kind. »Er tut uns nichts.« Bera umarmte sie. »Aber hier draußen ist es viel zu kalt für dich.« Sie zeigte auf ein geducktes, steinernes Gebäude in der Nähe. »Und deshalb gehst du jetzt da hinüber und stellst dich in die Tür, da gibt es keinen Wind, und dort bleibst du, bis diese eklige Geschichte vorüber ist. Danach gehst du sofort in unsere Kammer und wartest auf mich. Verstanden?«

Osann nickte, doch ihre Miene blieb unsicher. Sie deutete auf den Lagerschuppen. »Dort hinüber«, wiederholte sie pflichtbewusst, »und dann sofort zur Kammer und warten.«

»Wunderbar. Also los!«

Zu Beras Erstaunen warf Osann noch einen bösen Blick auf den Schwarzen Krieger, bevor sie von dem Mühlstein heruntersprang und sich trollte.

Dieser kleine Treuebeweis bestärkte Bera und besänftigte die widerstreitenden Gefühle in ihrer Brust. Sie blickte zu Curran auf. »Wenn mir irgendetwas zustößt«, murmelte sie,

»dann sorgt bitte dafür, dass sich jemand um Osann kümmert. Sie könnte ohne Schutz nie überleben.«

»Ihr seid wirklich seltsam, Weberin.« Wie gewöhnlich verriet seine steinerne Miene nichts über seine Gefühle, doch sie glaubte dennoch, einen Funken Achtung darin zu erkennen. »Wieso glaubt Ihr, ich würde mich mit einem kleinen Sklavenmädchen abgeben?«

»Ich weiß es nicht«, erwiderte sie ehrlich. »Aber irgendwie habe ich das Gefühl, Ihr würdet es tun.«

Ein gellender Schrei lenkte ihre Aufmerksamkeit wieder auf die Plattform. Diedre, die um Gnade für ihre Tochter flehte, wurde gewaltsam auf ihren Stuhl niedergedrückt.

Curran blieb bei Bera, machte jedoch keine Anstalten mehr, Hand an sie zu legen. »Wisst Ihr, was hier vor sich geht?«, fragte er sie.

»Nicht mehr, als was Ihr mir eben erzählt habt«, antwortete sie in aller Offenheit. »Ich kümmere mich nicht um das Gerede der Leute. Es ist gefährlich, und früher oder später verlangen sie etwas für das, was sie ausplaudern.«

Auf der Plattform rang der Priester gequält die Hände, während Lord Drust mit düsterer Miene dasaß und seine arme, elende Tochter sowie das verzweifelte Bitten seiner Gemahlin um Gnade vorsätzlich ignorierte.

Jetzt erst, da Bera sich nicht mehr um Evan zu sorgen brauchte, überkam sie die ganze Tragweite des Geschehens.

»Vor neun Monaten«, murmelte Curran nahe an ihrem Ohr, »verheiratete Lord Drust seine einzige Tochter mit seinem Halbbruder Morfran.« Er legte eine Pause ein. »Ich denke, das tat er aus Boshaftigkeit gegenüber seiner Gemahlin, weil sie dieses Mädchen so viel mehr liebt als ihre Söhne, die ja alle aussehen und sind wie Drust.« Er sprach leise, doch seine Worte waren hart und schneidend wie Feuerstein. »Heute Morgen vor Anbruch der Dämmerung brachte Prinzessin Alma Morfrans Erstgeborenes zur Welt – ein grässliches, missgebildetes Monster, und sowohl Knabe als auch

Mädchen. Es hat nur einige Male durch das Loch in seinem Gesicht geatmet, dann war es tot. Der Priester sah es nur einmal an und wurde daraufhin ohnmächtig.« Er unterbrach sich erneut.

Als er weitererzählte, war seine Stimme von Ekel erfüllt. »Morfran war mit seiner Dirne im Bett, als er die Nachricht erfuhr. Prompt beschuldigte dieser erbärmliche Feigling seine Gemahlin, sich mit dem Teufel eingelassen zu haben, und damit wusch er sich gleichzeitig von jeglicher Schande oder Verantwortung rein. Und Drust pflichtete der grundlosen Anschuldigung seines Bruders einfach bei.«

Deshalb also der Kessel anstatt des Brunnens – wegen der Geburt des Kindes blutete Alma noch.

Bera hatte es sofort gewusst, dass Drust seine Tochter ablehnte, weil sie als Einziges seiner Kinder einen Platz in Diedres Herzen hatte. Doch das entsetzliche Geschehen, das sich hier ereignete, lediglich aus Eifersucht, Hass oder Groll ... es war eine grausame Ungerechtigkeit, bei der Bera das Herz blutete.

»Ihre Mutter versuchte einzuschreiten«, fuhr Curran leise fort, »aber Drust schlug sie bewusstlos und befahl, sie in ihrer Kammer einzusperren.«

Bera starrte ins Leere. Bislang hatte sie Diedre nie als mütterlich empfunden, doch jetzt war die Fürstin ganz Mutter, die wie ein Drache kämpfte, um ihr Kind zu schützen. Die Wangen tränenbenetzt, bemühte sie sich vergebens, sich gegen die stämmigen Männer durchzusetzen, von denen sie festgehalten wurde. Der wechselnde Wind ließ ihr Flehen immer wieder bis zu Bera durchdringen. »Gnade! Sie ist doch auch Eure Tochter, und sie erhält unsere königliche Stammfolge! Verschont sie, ich flehe Euch an! Sie ist unschuldig! Verschont sie!«

Drust wandte sich in selbstgefälliger Zufriedenheit ab. »Wenn das Gesetz Gottes und der Menschen gebrochen wird, kann es keine Gnade geben!«, donnerte er über die

Menge hinweg. »Sie hat gestanden! Der Gerechtigkeit soll Genüge getan werden!«

Unter den Händen seiner Folterer hätte jeder Mensch mit Sicherheit alles gestanden.

Die einzige Zustimmung zu Drusts Urteil kam von Seiten seiner Söhne, die triumphierend zuschauten, wie ihrer Schwester als Vorbereitung für die Hinrichtung die Hände auf den Rücken gefesselt wurden.

Als Prinzessin Alma an den Rand des Kessels geführt wurde, gab ihre Mutter den Kampf auf. Diedre konnte ihre geliebte Tochter nicht umarmen, doch sie bot ihr den einzigen Trost an, dessen sie fähig war – sie blickte sie zärtlich an und murmelte ihr aufopfernde Worte zu. Bera konnte den Anblick nicht ertragen. Sie schloss die Augen und lauschte Prinzessin Almas letzten Worten.

»Gott ist mein Zeuge«, begann die Verurteilte, »mein Zeuge dafür, dass ich nichts getan habe, um diesen Tod zu verdienen! Ich bin unschuldig!« Alma war von ihrem eigenen Gemahl und ihrem Vater hintergangen worden, von eben jenen Männern, die sie eigentlich beschützen sollten. »Ich bin unschuldig, ich sage es noch einmal! Unschu …«

Ein Platschen unterbrach ihre Worte. Bera lehnte sich an Curran, dankbar dafür, dass er mit seiner Kraft und beschützenden Stärke zugegen war. Zuerst waren keine Geräusche eines Kampfes zu vernehmen, dann, nach langen Momenten, die Bera wie Tage erschienen, war noch einmal ein Platschen zu hören, und schließlich war alles still.

Jetzt erst bemerkte Bera ihre Tränen.

Fürstin Diedre stieß einen durchdringenden Klageschrei aus, der Bera die Haare zu Berge stehen ließ.

»Der Gerechtigkeit ist Genüge getan!«, brüllte Drust. »Ihr könnt gehen!«

Unter halblautem Gemurmel zerstreute sich die Menge.

»Den Gemahl hätte man ersäufen sollen!«, flüsterte Bera

mit vor Gram erstickter Stimme. »Oder meinetwegen auch diesen Bastard von einem Vater!«

»Genau«, stimmte Curran zu.

Bera wandte sich von der Schreckensszene ab und bemerkte, dass er das grässliche Schauspiel mit undeutbarer Miene verfolgte; nur seine Augen und seine Stimme verrieten seine Verbitterung. »Und dann heißt es, Gott sei gerecht!«

»Die Sünden der Väter werden die Söhne bis in die vierte Generation heimsuchen«, zitierte sie düster. Die Sünden der Drachenfürstin hatten bittere Frucht getragen – nicht für sie selbst, sondern für ihre Tochter. Welch schreckliche Ironie, dass Diedre, die sich des Ehebruchs schuldig gemacht hatte, nun mit ansehen musste, wie ihre unschuldige Tochter wegen eben dieses Vergehens beschämt und hingerichtet wurde! »Vielleicht hat die Tochter heute für die Sünden ihrer Mutter den Tod erlitten.«

Sie spürte, wie Curran sich anspannte. »Was wisst Ihr denn davon?«, fragte er. »Und woher?«

Sie hatte zu viel gesagt. Plötzlich spürte sie die Schwere all dessen, was sie soeben gesehen hatte, dessen, wo sie war und was zu tun sie noch vor sich hatte, und konnte sich kaum mehr aufrecht halten. »Reine Mutmaßung«, sagte sie nur matt.

Endlose Minuten verstrichen, ehe ein erneutes Platschen signalisierte, dass die Leiche der Hingerichteten entfernt wurde.

Ein schmerzlicher Aufschrei der Fürstin ließ Bera wieder aufhorchen. »Nehmt eure dreckigen Hände von ihr!«, kreischte Diedre. »Gebt sie mir! Ich bin ihre Mutter! Gebt sie her!«

Curran war froh, dass sich die Weberin von der Mitleid erregenden Szene auf der Plattform abgewandt hatte, doch ihre Bemerkung über »die Sünden der Mutter« wollte er nicht einfach übergehen. Sie wusste etwas über Fürstin Diedres

Verhältnis mit einem der Gefangenen, dessen war er sich leider ganz sicher.

Aber mit Druck würde er nichts ausrichten. Sie war hartnäckig, diese Weberin; erst gestern hatte sie es bewiesen.

Wer war sie wirklich?, fragte er sich. Was wollte sie hier?

Sie war ihm gegenüber argwöhnisch, aber trotzdem war sie nach der Exekution nicht gleich weggelaufen. Curran drückte sich dicht an ihre linke Seite. Sie zuckte sofort zurück, aber an seinem Bein spürte er dennoch das Schwert, das sie unter ihrer Kleidung verborgen hatte.

»Interessant«, murmelte er, denn inzwischen hatte sich die Menge weit genug entfernt, so dass niemand außer der Weberin es hören konnte, »aber auch gefährlich.«

»Das geht Euch absolut nichts an!«, zischte sie, und ihre Schultern strafften sich.

Curran unterdrückte ein Lächeln. Irgendetwas hatte sie veranlasst, dieses Risiko auf sich zu nehmen. Welches schlimme Geschehen hatte sie wohl befürchtet? »Einen Dolch könnte man ja noch übersehen«, sagte er leise, »aber ein verstecktes Schwert bei einer öffentlichen Versammlung ... Das wäre ein Grund für eine sofortige Hinrichtung.«

»Wir haben gerade eine Hinrichtung erlebt«, erwiderte sie. »Wollt Ihr Euch noch eine zweite ansehen?«

War sie so eigensinnig, dass sie ihre Rolle sogar angesichts einer derart gefährlichen Andeutung weiterspielen wollte, anstatt den Rückzug anzutreten?

Doch Curran kannte dieses Spiel gut – wer sich zuerst bewegte, hatte verloren.

Normalerweise hatte er für derlei Theater nichts übrig, doch sein gefährlicher Reigen mit der Weberin gefiel ihm immer mehr. Diese reizbare, kleine Person – am Ende würde sie wegen ihrer geringen Größe aber doch den Kürzeren ziehen. Ein schneller und kluger Gegner mit einem längeren Arm – jemand wie er – würde sie leicht durchbohren können.

Aber aus irgendeinem unerfindlichen Grund hoffte er,

nicht derjenige zu sein, der sie töten musste. Er wusste nicht, warum, aber schon bei ihrer ersten Begegnung bei den Kochfeuern war sie ihm einfach nahe gegangen.

Er beobachtete, wie sie vorgab, ihn zu ignorieren.

Was war das, was ihn so zu ihr hinzog?

Vielleicht, dass sie so ganz anders war. Sie hatte nicht auf weibliche Ränke zurückgegriffen wie die anderen Frauen, mit denen er bislang zu tun gehabt hatte. Nicht, dass er versucht gewesen wäre, wenn sie es getan hätte. Wenn es darum ging, sein männliches Verlangen zu stillen, hielt er sich nämlich lieber an anschmiegsamere, weniger komplizierte Partnerinnen. Und dennoch – wenn er daran dachte, wie es sich angefühlt hatte, als ihr Po an seinen Unterleib gepresst war, dann regte sich seine Männlichkeit mit aller Macht.

Denn all ihrem kriegerischen Gehabe zum Trotz war sie schließlich noch immer eine Frau und er ein Mann. Aber sein Interesse ging noch tiefer. Vielleicht zog ihn ihre nervöse Balance zwischen geballter Energie und notdürftiger Zurückhaltung an, die sie unter ihrem geheimnisvollen Umhang heraus ausstrahlte. Was immer es war, sie faszinierte ihn auf seltsame Weise.

Ein Frau mit einem Schwert, gewandt wie ein Krieger und arrogant genug für zwei. Eine Frau, die das Risiko einging, hingerichtet zu werden, weil sie bei dieser schändlichen Exekution heimlich eine Waffe tragen wollte.

Curran versuchte, das Puzzle zusammenzusetzen. Arrogant. Klug. Eine gewandte Kriegerin. Und eine Sprache, hinter der eine bessere Herkunft stecken musste als die einer bloßen Weberin.

Ein lächerlich unwahrscheinlicher Gedanke kam ihm in den Sinn – unwahrscheinlich, aber nicht unmöglich.

Konnte es sein?

Die Einzelteile passten zusammen. Sie war ungefähr zur selben Zeit angekommen und hatte es geschafft, sich in der Burg frei bewegen zu können. Und was am aufschlussreichsten war – sie wusste Bescheid über Diedres ehebrecherische Treffen mit einem der Gefangenen.

Curran musterte die verhüllte »Weberin« mit messerscharfem Blick. Konnte sie die berühmt-berüchtigte Fürstin Bera sein, die grässliche Hexe mit Hörnern anstelle von Brüsten? Die Frau, die alles riskierte, um zu siegen?

Fürstin Bera, hier, direkt vor seinen Augen?

Wenn es so war, dann war dies eine unglaubliche, eine köstliche Ironie des Schicksals.

Aber wenn sie es tatsächlich war …

Currans Belustigung verflog schlagartig. Dann musste er nicht nur ihre Brüder befreien und für deren Flucht sorgen, sondern er würde auch sie noch mitnehmen müssen – und er durfte sie bei der ganzen Sache nicht gefährden.

Er musste ihr auf die Schliche kommen, und zwar bald. »Ich wünsche Euch einen guten Abend, Weberin.« Er verbeugte sich und gab sich geschlagen – für den Augenblick. »Auf baldiges Wiedersehen.«

Sie verschränkte die Arme unter dem Umhang und nickte. »Nicht allzu bald, hoffe ich.«

»Vielleicht früher als Ihr meint«, erwiderte er.

Heute Nacht nämlich, wenn alles gut ging.

7

»Was passiert, wenn jemand stirbt?«, fragte Osann, als sie vom Abendessen in die Kammer zurückgingen.

Nach dem, was sie an diesem Tag zu sehen bekommen hatten, konnte Bera verstehen, warum das Kind Fragen über den Tod stellte, doch sie wusste nicht recht, was sie antworten sollte. »Die Priester sagen, dass die Guten in den Himmel kommen und die Bösen in der Hölle schmoren«, sagte sie vorsichtig, als sie die Tür zu dem steinernen Gebäude öffnete und Osann hineinfolgte. »Aber die Geschichten unseres Volks sagen, dass wir alle in die Anderwelt hinübergehen, wenn wir sterben.«

»Über die Hölle habe ich schon alles gehört«, vertraute Osann ihr an, während sie Bera die schmale Treppe hinauf vorausging. »Wenn ich sterbe, dann will ich dorthin.«

Ihre ruhige Selbstsicherheit verblüffte Bera nicht weniger als das, was sie sagte. »Aber warum in aller Welt willst du denn da hin?«

»Um meine Mama zu finden.« Osann blickte Bera ernst in die Augen. »Lynet, der Koch, sagt, da ist sie hingegangen.«

»Aber die Hölle ...«

»Feuer und Schwefel«, rezitierte Osann in einem Singsang und hüpfte die Stufen hinauf. »Qualen ohne Ende. Kein Wasser, kein Beistand, kein Gott, kein Freund.« Sie trat an Beras Seite. »Aber das macht nichts. Ich will nur zu meiner Mama.«

Sie wusste also über die Qualen der Hölle Bescheid, doch sie waren ihr gleichgültig, so sehr liebte sie ihre Mutter. Osanns innige Zuneigung rief Beras lange vergrabenen Kummer wieder wach. Sie setzte das Kind an ihre Hüfte und passierte mit ihm die Kammer der Wachen unterhalb von Fürstin Diedres Gemach.

Osann war entlaust und frisch gebadet, sie trug warme Kleider und Schuhe und roch süß wie Honig.

»Hör nicht auf das, was Lynet der Koch sagt«, meinte Bera, »oder sonst jemand, der behauptet, deine Mama ist in der Hölle.«

Sie hoffte, Osann den Trost bieten zu können, der ihr bisher versagt geblieben war. »Woher wollen die alle das wissen? Waren sie in der Hölle und haben deine Mama dort gesehen? Nein.« Jedenfalls noch nicht.

»Aber ...« Osann legte die Stirn in Falten. »Wo ist meine Mama dann?«

»Sie passt auf dich auf.« Bera hatte sich nie sehr um Glaubensfragen bemüht, doch dies glaubte sie mit ganzem Herzen. »Sie liebt dich. Sie wartet auf den Tag, an dem ihr beide wieder beisammen seid.«

»Oh.« Osann blickte vertrauensselig zu ihr auf. »Passt sie jetzt auch auf mich auf?«

»Ja.« Bera lächelte. »Genau so, wie meine Mama auf mich aufpasst.«

Osann ließ sich entspannt an Beras Seite sinken. »Missy« – sie verwendete den Spitznamen, den sie sich für Bera ausgedacht hatte, eine Abkürzung von »Mistress« –, »glaubst du, sie kennen sich, meine Mama und deine?«

»Wahrscheinlich.« Wirklich?

Über derartige Dinge machte sich Bera normalerweise keine Gedanken. Die letzten zwölf Jahre hatte sie immer nur für den Augenblick gelebt, hatte die Schrecken der Vergangenheit gemieden und nie über die nächste Herausforderung hinaus in die weitere Zukunft geblickt. Aber der Gedanke, dass ihre Mütter irgendwo zusammen waren und ein Auge auf sie beide warfen ...

»Ich glaube das auch.« Osann gähnte. »Vielleicht sind wir ja deshalb zusammen.«

»Ja, vielleicht.« Der Gedanke gefiel Bera überraschend gut.

Im tanzenden Licht der Fackel am Treppenabsatz vor der Tür zum Gemach der Fürstin standen zwei neue, grimmig dreinblickende Krieger. Das waren Drusts Männer, nicht Diedres.

Bera setzte Osann ab und ließ sie in ihrem Schatten gehen. Warnende Worte waren nicht notwendig, denn in Beras langem Leben wie in Osanns kurzem war die Gefahr so sehr ein Teil der Existenz wie das Atmen.

Geräuschlos verbarg sich das kleine Mädchen in den Falten von Beras Umhang und fiel in Gleichschritt mit ihr.

Die Wachen bemerkten Osann nicht, aber natürlich sahen sie Bera. Die Männer umklammerten ihre Schwerter fester und verfolgten sie mit Adleraugen.

Verdammt. Wenn diese beiden von nun an ständig die bisherigen Wachen ersetzten, dann war sie jetzt wieder da, wo sie vor Wochen angefangen hatte. Und so wie die beiden Bera mit ihren Blicken verfolgt hatten, würden sie sich bestimmt nicht fraglos damit abfinden, dass sie immer wieder hier auftauchte.

Das komplizierte natürlich alles, aber sie würde es trotzdem schaffen. Sie hatte keine andere Wahl.

Zusammen mit Osann glitt sie so unauffällig wie möglich an den beiden vorüber. Als sie unversehrt ihre Kammer erreicht hatten, stocherte Bera den Torf in der Kohlenpfanne auf und legte ein großes Stück nach, damit es wärmer und heller wurde.

Osann begab sich geradewegs auf ihr gemeinsames Lager. Sobald sie es sich unter den Decken bequem gemacht hatte, griff sie ihre Unterhaltung wieder auf, als seien sie nie unterbrochen worden. »Die Anderwelt ... wie ist es da?«

Seltsam, wie die Hinrichtung heute dieses bisher so stille Kind plötzlich zum Reden brachte, ging es Bera durch den Kopf, doch sie freute sich, dass Osann ihr nun endlich Einblick in ihre Gedanken gewährte. Sie unterdrückte ein Gähnen und versuchte, ihr nach bestem Wissen zu antworten. »Die Anderwelt ist wie unsere, heißt es«, sagte sie und begann, sich auszuziehen.

»Woran glaubst du denn«, fragte Osann schläfrig, »an Himmel und Hölle oder an die Anderwelt?«

»Ich weiß nicht«, antwortete Bera aufrichtig. »Es ist noch nie jemand wieder zurückgekommen, um mir zu sagen, was richtig ist.« Sie griff unter die Decke und kitzelte Osann ein wenig. »Und Lynet der Koch schon gar nicht«, fügte sie hinzu.

Osann lachte auf, und der fröhliche Klang erinnerte Bera an die Kinder ihrer Brüder ... bevor die Wikinger gekommen und ihre Väter gefangen genommen worden waren.

Sie spürte eine schmerzliche Sehnsucht in der Brust. Würde sie jemals wieder mit ihren Nichten und Neffen spielen? Würde sie ihr Zuhause jemals wiedersehen, je wieder in ihrem eigenen Bett schlafen?

Bera schob diese Fragen – und den Schmerz – zurück in den dunklen Abgrund, aus dem sie gekommen waren, und begann, vier Schaffelle auf die Decken zu legen.

»Komm ins Bett, Missy.« Osann machte ihr erwartungsvoll Platz.

Bera zögerte. Osann hatte sich rasch daran gewöhnt, nur einzuschlafen, wenn Bera sich schützend an sie kuschelte. Und die Wahrheit war, dass auch Bera das genoss; wahrscheinlich würde sie nie mehr in ihrem Leben einem Dasein als Mutter so nahe kommen. Aber müde wie sie heute Abend nun einmal leider war, würde sie wahrscheinlich die ganze Nacht verschlafen, wenn sie sich jetzt auch nur für ganz kurze Zeit hinlegte.

Genau aus diesem Grunde hatte sie es schon letzte Nacht versäumt, ihre Brüder aufzusuchen. Das durfte heute Nacht nicht noch einmal passieren. Die Ereignisse des heutigen Tages hatten es außerdem noch dringlicher gemacht, Evan zu warnen. Sie konnte nicht noch einmal eine Nacht verstreichen lassen, ohne ihm zu sagen, dass er die Fürstin unter allen Umständen meiden müsse.

»Kommst du?«, fragte eine Mitleid erregende kleine Stimme unter den Decken hervor. »Es ist einsam ohne dich. Und kalt.«

»Ja, ich komme«, sagte Bera wider bessere Vernunft. Aber nur, bis Osann eingeschlafen ist, sagte sie sich.

Sie hatte das verlassene Kind als Leibdienerin zu sich genommen, doch irgendwie war es so gekommen, dass sie sich nun um Osann kümmerte anstatt umgekehrt. »Ich komme schon.« Sie schlüpfte unter die Decken und legte einen Arm um das kleine Mädchen, und sie entspannten sich beide fast augenblicklich.

»Wäre es nicht schön, wenn die Anderwelt so wäre wie das, ganz warm und kuschelig?«, murmelte Osann schon halb eingeschlafen.

»Ja, das wäre schön.« Bera streichelte ihr übers Haar. »Das wäre sehr, sehr schön.«

Mmmmm. Es war Sommer, und sie war wieder klein, lag beschützt in den Armen ihrer Mutter auf einem sonnenbeschienenen Hügel, lauschte ihrer Stimme, wie sie Geschichten ihrer Vorfahren erzählte, während weiter unten das Vieh graste. Sie lebte sicher, unversehrt und glücklich in einer Zeit, bevor sich alles zum Bösen wendete.

Bera genoss den angenehmen, vertrauten Duft der Haut und die Umarmung ihrer Mutter. Aber so wirklich dieser Geruch, dieses Gefühl und diese Geräusche auch waren, eine riesige, verborgene Traurigkeit sagte ihr, dass dies nicht wirklich sein konnte. Ihre Mutter war tot, seit langem schon, und nichts war mehr sicher.

Aus Angst, das geliebte Gesicht der Mutter von den Schlägen des Vaters zerschmettert und entstellt sehen zu müssen, wenn sie aufblickte, grub sich Bera tiefer in die Decken ein und betete, der Traum möge nie mehr aufhören.

Aber wie befürchtet, verstummte die Stimme ihrer Mutter, sie zog sich zurück. Plötzlich war Bera allein. »Mama!«, rief sie in das leere Land hinaus. »Komm zurück! Mama!«

»Sie ist tot«, sagte Evans Stimme aus dem Hintergrund. »Wir müssen miteinander reden.«

Auf einmal kein Kind mehr, wirbelte Bera herum und fand ihren Bruder gefesselt, als würde er hingerichtet. »Wir müssen miteinander reden«, wiederholte er hölzern.

Evan!

Sie schoss in die Höhe, hellwach, Tränen in den Augen.

Wie spät war es? Wie lange hatte sie geschlafen?

Neben ihr murmelte Osann unverständliche Worte, schlüpfte tiefer unter die Decken und atmete dann wieder gleichmäßig.

Bera sog die kalte Luft ein, um einen klaren Kopf zu bekommen, stand auf und tastete nach dem versteckten Essen und den Kleidern. Zitternd zog sie ihre Sklavenkleidung an, bewaffnete sich, legte ihren Umhang um und begab sich auf den Flur hinaus. Mit vorsichtigen Schritten hastete sie an Fürstin Diedres Gemach vorüber und auf die Treppe dahinter zu.

Sie hatte keine Ahnung, was die neuen Wachen tun würden, wenn sie sie mitten in der Nacht herumschleichen sahen, aber sie musste es einfach riskieren.

Bitte, lass sie schlafen.

Sie schliefen nicht. Aber sie kümmerten sich auch nicht um sie. Es war unheimlich, unter ihren Blicken aus schwarz glänzenden Augen an ihnen vorüber zu gehen, doch als sie die beiden passiert hatte, traf sie auf dem Weg zum Großen Saal und zur Treppe niemanden mehr an. Sie versteckte ihren Umhang und eilte zur Hintertür.

Die Kälte draußen raubte ihr fast den Atem, doch sie war froh darum. Selbst ein Krieger würde in einer Nacht wie dieser nur bei einem Brand oder einem Angriff aus dem Bett kriechen.

Sie erreichte den Turm, ohne einem der Wachposten zu begegnen. Drinnen schlich sie unbemerkt an der schlafenden Wache vorbei und stieg die Treppe zum Verlies hinunter. An der Tür angekommen, kletterte sie wieder mit gegrätschten Beinen zwischen den beiden Mauern zu dem Lüftungsschlitz hoch über der Tür hinauf. Keuchend vor Anstrengung steckte sie Kopf und Schultern durch, so weit es ging. Der Gestank aus der Zelle traf sie wie ein Fausthieb; sie musste würgen. Wie im Himmel, in der Hölle oder in der Anderwelt konnten ihre Brüder das nur ertragen?

»Psst! Ich bin es!« Nur mit größter Mühe konnte sie dagegen ankämpfen, dass ihr übel wurde. »Hier ist euer Essen!« Sie ließ den Beutel fallen und hörte, wie er aufgefangen wurde. »Es ist nicht so viel wie letztes Mal. Mein kleines Sklavenmädchen ist so dünn, ich …«

»Schon gut, Bera«, flüsterte Airell. »Wir haben von gestern Nacht noch etwas übrig.«

Gestern Nacht!

Bei dem Gedanken, wie leicht sie ihrem Rivalen hätte begegnen können, begann sie zu zittern. Das war das Letzte, was sie gebrauchen konnte. Sie verbarg ihre Furcht hinter einer unverfänglichen Bemerkung. »Freut mich, dass ihr genug zu essen habt.«

»Du musst mir unbedingt sagen, was passiert ist!« Das war Evans drängende Stimme. »Die Wachen erzählten, die Fürstin sei hingerichtet worden!« Die angespannte Pause, die er einlegte, war ebenso vielsagend wie die nackte Angst, die in seiner Stimme mitschwang. »Bitte … ich muss es wissen!«

Nicht *wir müssen* es wissen, sondern *ich muss*.

Bera zählte eins und eins zusammen, und zum ersten Mal in ihrem Leben schämte sie sich für ihren Bruder. Evan benutzte die Drachenfürstin nicht mehr – wenn er es denn je getan hatte. Es war Diedre, die ihn am Haken hatte, nicht umgekehrt.

Empört überlegte sie, ihm zu sagen, es sei Diedre gewesen,

die wegen Ehebruchs hingerichtet worden sei, und nicht Alma, doch ihr Ehrgefühl hielt sie von dieser Lüge ab. »Es war Prinzessin Alma«, sagte sie schließlich. »Ihr Gemahl beschuldigte sie, sich mit dem Teufel eingelassen zu haben, weil sie ein missgebildetes Kind zur Welt brachte.«

Ihre Brüder begannen, im Flüsterton heftig untereinander zu spekulieren.

»Und, meinst du, es stimmt?«, fragte Kegan entsetzt. »Meinst du wirklich, sie hat es mit dem Teufel getrieben?«

Waren alle Männer abergläubische Tölpel, sogar ihre eigenen Brüder?

»Ich werde euch sagen, was ich glaube.« Bera richtete den Zorn, den sie auf Evan hatte, gegen Kegan. »Ich glaube, sie war unschuldig, und ihr Feigling von einem Gemahl warf seine Frau in den Kessel, nur um seinen männlichen Stolz zu retten!«

»Das glaubst aber auch nur du!«, brummte Roy.

»Seid still, alle!« Seiner Stellung als Herrscher von Pitlanric gerecht werdend, schritt Angus ein. »So vergeuden wir nur unsere Zeit.« Das Flüstern endete, doch die geballte Spannung blieb spürbar.

Angus hatte Recht. Sie verschwendeten kostbare Zeit. »Evan«, platzte Bera heraus, »du darfst die Fürstin nicht mehr aufsuchen!« Sie atmete tief durch, um sich zu fassen, doch bei dem Gestank drehte sich ihr fast der Magen um. »Drust hat seine eigene Tochter auf den bloßen Verdacht eines Ehebruchs hin entehren und hinrichten lassen. Wenn er das mit dir und seiner Gemahlin erfährt, lässt er euch beide töten. Also geh nicht mehr zu ihr!«

»Ich bin ein Gefangener«, hielt ihr Bruder dagegen. »Was soll ich denn machen, wenn Diedre mich zu sich bestellt? Ich habe doch keine Wahl!«

Diedre! Jetzt wollte er also alles auf sie schieben.

»Sag ihr, du bist krank«, erwiderte Bera. »Sag ihr irgendetwas, aber geh nicht zu ihr!«

»Wenn ich ihr sage, ich bin krank, lässt sie mich auf einer Trage zu sich bringen«, meinte Evan. Er war zerrissen – es war ihm anzuhören. Die Drachenfürstin hatte ihn fest in ihren Klauen. Er *wollte* zu ihr zurück.

Es war nicht das erste Mal, dass ihr Bruder ihr Leid tat, aber seine Schwäche brachte sie alle in Gefahr. »Also gut, wenn du musst, dann geh zu ihr«, räumte sie ein, »aber geh auf keinen Fall mit ihr ins Bett!« Diese Unverblümtheit ließ ihre Brüder verblüfft verstummen, doch das war Bera gleichgültig. »Verdammt und zugenäht, Evan! Versuch mal, mit deinem Kopf zu denken, anstatt mit deinem Zinken! Du hast absolut nichts davon, wenn du mit ihr schläfst!« Sie tat ihr Bestes, um nicht gefährlich laut zu werden. »Hör auf damit, irgendwie wirst du es schon schaffen! Küsse sie nicht, umarme sie nicht, nimm nicht ihre Hand, komm ihr einfach nicht nahe, oder ihr endet beide im Kessel. Verdammt, sonst werdet ihr noch alle im Kessel enden!«

»Sie hat Recht, Evan«, murmelte Airell, »und das weißt du auch.«

Die anderen blieben stumm.

Nach einer kurzen, quälenden Pause meldete sich Evan zu Wort. »Ich tue, was ich kann, aber du musst uns hier rausholen!«, zischte er.

»Bald«, versprach sie. »Ich habe Vorkehrungen getroffen, um von der Flucht abzulenken, und einen Weg gefunden, wie wir an Pferde kommen. Und ich habe schon fast genug Kräuter, um die Wachen einzuschläfern. Es wird nicht mehr lange dau… ah!«

Zwei starke Hände rissen sie von dem Sims und pressten sie so fest gegen einen steinharten Oberkörper, dass sie sich praktisch nicht mehr bewegen konnte. Panik erfasste sie. Aus der Zelle waren gedämpfte Stimmen und Geräusche zu hören; wahrscheinlich hatten ihre Brüder mitbekommen, dass sie entdeckt worden war. Bera griff nach ihrem Dolch, atmete tief durch, und sofort ließ ihre Panik etwas nach. Trotz des

Gestanks aus dem Verlies hatte sie den Angreifer an seinem Geruch erkannt.

Curran!

War er es gewesen, der ihre Brüder öfters einmal aufgesucht hatte? Oder war er ihr einfach gefolgt – und wenn ja, weshalb tat er das?

Flink wie ein Wiesel nahm er ihr den Dolch ab.

Verdammt!

Bera ließ ihren Körper erschlaffen in der Hoffnung, es werde ihn verwirren, wenn sie ganz unerwartet keinerlei Widerstand leistete, aber er ließ sich nicht beirren. Sein Arm legte sich nur fester um ihre Taille und erschwerte das Atmen noch mehr.

Er stemmte seinen Oberkörper fest gegen ihren und setzte ihr einen Dolch an die Kehle. »Macht genau, was ich sage, oder Ihr sterbt auf der Stelle«, flüsterte er ihr durch die Kapuze ins Ohr.

Bera glaubte nicht eine Sekunde lang daran, dass er sie töten werde. Männer wie Curran waren in solchen Dingen niemals zurückhaltend. Die Tatsache, dass sie noch am Leben war, konnte also nur bedeuten, dass er sie lebend brauchte. Die Frage war nur – weshalb?

»Habt Ihr gehört?«, fragte er. Sie spürte seinen warmen Atem an ihrem Ohr.

Bera nickte. Noch immer schwirrten ihr Gedanken an Flucht durch den Kopf, obwohl sie den Kontrast zwischen ihrem eigenen rasenden Herzschlag und Currans kräftigem, gleichmäßigem Puls deutlich fühlte. Es konnte für ihn nicht leicht sein, sie festzuhalten, während er sich zwischen die beiden Wände einspreizte, doch er ließ keinerlei Zeichen von Ermüdung erkennen. Bera sagte sich, der Grund dafür seien seine viel längeren Beine, die es ihm leichter machten als ihr, sich hier oben stabil zu halten, doch die Wahrheit wusste auch sie: Hier war ein Mann, den sie womöglich nicht besiegen konnte.

»Haltet Euch fest«, flüsterte er. »Ich klettere jetzt mit Euch hinunter.«

Wieder nickte sie nur, gespannt darauf, was er von ihr wollte.

Gewandt und lautlos wie eine große Katze brachte er sie nach unten.

Für Drust konnte er nicht arbeiten – nicht in dieser Angelegenheit zumindest –, denn sonst hätte er einfach nur Alarm zu schlagen brauchen. Konnte es sein, dass er ein eigenes Ziel verfolgte?

Oder arbeitete er für Diedre?

Diese Möglichkeit war beängstigend. Wenn Curran und Diedre gemeinsame Sache machten, dann war Bera in einem weitaus verräterischeren Spiel verfangen, als sie es je vermutet hätte.

Sobald ihre Füße den Boden berührten, packte Curran sie an den Handgelenken und drückte ihren Körper hart gegen die eisenbeschlagene Tür zum Verlies.

Bera war überrascht, eine enorme Erektion zu spüren, als er sich von hinten an sie presste, und fragte sich, was das wohl zu bedeuten hatte. Wollte er sie vergewaltigen – hier, jetzt?

Das konnte sie sich durchaus vorstellen.

»Wer seid Ihr«, fragte er sie in seinem tiefen, samtweichen Flüsterton, »und was habt Ihr mit den armen Seelen hinter dieser Tür zu tun?«

»Ich bringe ihnen zu essen«, stieß sie hervor, »auf Befehl meines Herrn!«

Seltsamerweise fragte er sie nicht, wer ihr »Herr« war; er schnaubte nur spöttisch und fuhr fort, sie in aller Seelenruhe zu durchsuchen.

Seine Hand strich warm, ja zärtlich an der Innenseite ihres Oberschenkels hinauf bis zu dem versteckten Dolch und hielt dort inne. Bera stockte der Atem.

Was machte er, und weshalb?

Mit einer raschen Bewegung entfernte er die Waffe, zog seine Hand jedoch nicht zurück. Nein, er streichelte ihren Schenkel, seine Finger glitten höher, erreichten ihren Unterleib. Bera atmete schwer. Geschickt glitten seine Finger zwischen ihre Schamlippen. Bera wurde unwillkürlich von einem Schauder der Lust erfasst, ein neues, nie gekanntes Gefühl, das sie fast überwältigte.

Ohne dass sie es wollte, begann ihr ganzer Körper heftig zu beben. Hatte sich die Fürstin am Ende so ihren Bruder Evan geangelt?

Diese Frage ernüchterte sie schlagartig. Sie begann wieder, logisch zu denken.

Sie hatte es mit einem Meister zu tun. Zweifellos hatte Curran sie an ihrem Geruch als die Weberin erkannt. »Nehmt den Dolch und lasst dann Eure Finger von mir!«, knirschte sie.

Er nahm die Waffe, machte aber keine Anstalten, seine Hand zu entfernen. »Erst wenn ich fertig bin.« Er untersuchte ihre Beine so langsam und bedächtig, dass sie verrückt zu werden glaubte, dann nahm er sich ihre Stiefel vor und fand dort schnell die beiden kleinen Messer, die sie dort versteckt hatte. »So ist es schon besser«, kommentierte er trocken.

Nun hatte sie nur noch einen winzigen Dolch, doch Bera wusste, er würde nie darauf kommen, an ihrem Nacken zwischen den fest geflochtenen, um den Kopf gelegten Zöpfen zu suchen, deshalb verlor sie nicht alle Hoffnung.

Er trat einen Schritt zurück. Durch den groben Stoff ihrer Kleidung tastete er ihr Hinterteil und ihre Körperseiten ab, wie ein Blinder, der sich an einer nackten Dirne gütlich tat.

»Durchsucht Ihr die Leute immer auf diese Art?«, presste sie hervor und fürchtete, ihr Körper könne sie noch einmal verraten.

»Nur Euch«, murmelte er. Er drehte sie um, lehnte sich schwer gegen sie und presste seinen dicken, mächtigen Ledergürtel an ihre zarte Taille und die unverkennbare Ausbuchtung darunter in ihren Bauch.

»Zurück!«, warnte sie.

Er kam ihrer Aufforderung mit einem leisen, trockenen Lachen nach, doch er war noch nicht mit ihr fertig. Rasch und gekonnt tastete er noch ihre Brüste und ihren Bauch ab.

Im trüben Licht der Fackel weit oben wirkte sein Körper wie ein mächtiger Schatten, der ihr die Flucht versperrte. Dann hörte sie Stoff rascheln und sah, wie er hoch über ihnen mit einer Stange einen halb vollen Beutel durch den Lüftungsschlitz schob.

Er beugte sich dicht zu ihr. »Folgt mir. Ich muss jemanden treffen. Und dann reden wir.« Er ergriff sie an den Schultern und schob sie vor sich her auf die Treppe und die schlafende Wache zu. »Und Ihr werdet reden.«

»Mit wem?« Bera blickte in sein in der Dunkelheit kaum erkennbares Gesicht. »Fürstin Diedre?« Wenn es das war, dann war alles verloren.

Auf ihre Frage hin blitzten seine weißen Zähne auf. »Nein.« Doch sein Grinsen verschwand so rasch, wie es gekommen war. »Mit mir.« Er schob sie vorwärts. »Beeilt Euch. Wir haben noch einen ziemlich weiten Weg vor uns.«

Wohin brachte er sie, und weshalb?

Bera beschloss, das Spiel mitzuspielen – zumindest für den Augenblick. Sie brauchte Antworten, und dies schien der beste Weg, sie zu bekommen.

Wenn es sein musste, konnte sie immer noch flüchten. Oder ihn töten.

8

Curran war ein guter Krieger, das musste man ihm lassen. Er führte sie rasch an der schlafenden Wache vorbei und durch den dahinter liegenden Korridor.

Im Vorraum des Turms angekommen, zog er sie zur Seite und fesselte ihr flink und sehr geschickt die Hände auf den Rücken. Bera versuchte ihr Bestes, den dünnen Lederriemen locker zu halten, doch Curran wusste genau, was er zu tun hatte und zog an, bis er ihr in die Haut schnitt. »Versucht nicht zu fliehen.« Wie einen Hund an der Leine führte er sie dann zur Tür hinaus in den schneidenden Wind und trieb sie vor sich her. Statt mit Worten dirigierte er sie nun nur noch mit seinem – genauer gesagt, ihrem – Dolch.

Sie war sich zwar sicher, dass er nicht vorhatte, sie zu töten, wollte aber dennoch ihr Glück lieber nicht auf die Probe stellen. Zwar hätte sie gerne herausgefunden, was er zu tun beabsichtigte, aber es gefiel ihr ganz und gar nicht, gefesselt zu sein – oder auch nur, sich so von ihm behandeln zu lassen. Die Antworten, die ihr noch vor wenigen Augenblicken so wichtig vorgekommen waren, schienen es plötzlich nicht mehr wert zu sein, ihn zu seinem geheimen Treffen zu begleiten. Bera überlegte es sich noch einmal und beschloss, zu fliehen, falls sich eine Chance dazu ergäbe.

Doch Curran gab ihr keine Fluchtmöglichkeit, als er sie die obere Brustwehr hinaufführte. Wieder fragte sie sich, wohin er ging, wen er zu treffen gedachte und was er mit ihr vorhatte. Und wie lange es wohl dauern würde, bis sie sein Ziel erreichten. Er war warm angezogen, doch ihre schäbige Sklavenverkleidung bot vor dem Wind nur wenig Schutz. Schon jetzt waren ihr Gesicht, ihre Hände und Füße taub vor Kälte, aber sie war dennoch darauf gefasst, bei der ersten Gelegenheit zu handeln.

Sie blickte zu dem wolkenverhangenen Himmel auf und wünschte, die Sturmmutter möge etwas, irgendetwas, tun, um ihr zu helfen. Von einem Sturm war zwar nichts zu spüren, aber Bera schickte trotzdem einen stummen Hilferuf zum Himmel. *Mächtiger Gott, du gebietest über alle Kräfte des Windes und des Regens. Die Sturmmutter ist lediglich deine Botschafterin, das weiß ich, aber bitte, lass sie jetzt losschlagen mit treibendem Regen oder Schnee, um unsere Reise zu verbergen. Gib mir wenigstens eine Chance zur Flucht. Hilf mir jetzt, und ich verspreche dir, wieder zur Beichte zu gehen.* Ihr praktischer Verstand hielt sie an, noch hinzuzufügen: *Sobald wir wieder in Pitlanric sind.*

Doch nichts kam aus den Wolken herab.

Vielleicht hatte sie ja mit ihrem Zusatz den Gott Abrahams, Isaaks und Jakobs beleidigt. *Na ja, aber hier kann ich ja wohl kaum zur Beichte gehen! Nur ein Narr würde Diedres Priester vertrauen.*

Noch immer weder Sturm noch Schnee. Bera fand sich damit ab, dass sie sich selbst helfen musste.

Während sie um die östliche Seite der Zitadelle herum gingen, musste Curran sie nicht drängen; schnell zu gehen half, die Kälte zu vertreiben. Aber als sie hinter der oberen Brustwehr vortraten, schlug ihnen die stechende Gischt der Wellen ins Gesicht, die sich unten an den Felsen brachen.

Na toll. Jetzt war sie nicht nur halb erfroren, sondern auch noch nass – kaum eine gute Voraussetzung, um mit einem Mann wie Curran fertig zu werden.

Aber es dauerte nicht lange, bis er ihr die Gelegenheit bot, auf die sie gewartet hatte. Sobald sie den Sockel der oberen Brustwehr erreicht hatten, zog er sie in den Schatten und lehnte sich hinaus, um auf den Eingang zum Großen Brunnen zu spähen. Bera tat es ihm nach.

An der Treppe nach unten stand keine Wache; es war nur

ein unheimliches Glühen zu sehen, und gelegentlich sprühte von unten etwas Gischt hoch. Der Wachposten musste sich irgendwo in den Windschatten verkrochen haben.

Curran würde sie doch wohl nicht dorthin führen wollen!?

Dieser Brunnen hatte etwas Unheilvolles an sich. Sie hatte das schon vor Wochen gespürt, als sie sich auf der Suche nach ihren Brüdern in diesem Höhlensystem umgesehen hatte. Wie viele Seelen hier getauft worden waren, war Bera gleichgültig, doch diese feuchten Wände hatten zu viele Hinrichtungen gesehen, um irgendetwas anderes als verrucht sein zu können.

Aber was sie fürchtete, war nicht diese Aura des Bösen. Damit hatte sie schon oft genug zu tun gehabt – so oft und so beherzt, wie sie dem Tod ins Auge geschaut hatte. Was ihr Angst machte, war, dass diese nasse, unheimliche Höhle ein Ort war, an dem Menschen ertränkt wurden. Dies war ein großer, heidnischer Ort für Hinrichtungen durch Ertränken.

Ertrinken: Das war es, was sie fürchtete.

Die Erinnerung an Prinzessin Almas gewaltsamen Tod jagte ihr einen eisigen Schauer durch den ganzen Körper.

Curran drehte sich zu ihr um und holte einen zweiten Lederriemen aus seiner Tasche. »Setzen.« Er gab seinem Befehl mit dem Dolch Nachdruck, so dass ihr nichts übrig blieb, als sich auf den nassen Torf plumpsen zu lassen.

Iiihh! Nun würde sie sich neben Händen und Füßen auch noch den Hintern abfrieren!

»Keine Tricks«, warnte er sie und fesselte rasch ihre Füße. »Hier bleiben. Ich bin gleich wieder da.«

Setzen. Hier bleiben. Als ob sie ein Hund wäre!

Aber er hatte sich den falschen Hund zum Herumkommandieren ausgesucht. Denn dieser würde beißen!

Schon während er sich anschickte, zum Großen Brunnen zu gehen, begann sie, an ihren Fesseln zu zerren und zu arbeiten, drehte heftig die Handgelenke gegeneinander und versuchte, mit klammen Fingern an dem Riemen zu reißen.

Wegen der Kälte spürte sie kaum, wie das Leder in ihre Haut schnitt. Der Riemen war schon bald blutverschmiert, aber das machte ihr nichts aus.

Konzentriere dich, sagte sie sich, während sie Curran beobachtete, wie er auf die Treppe zuging. Weitermachen, nicht nachdenken! Du musst den Riemen spüren, jeden Millimeter, den er sich lockert, musst du ausnutzen!

Sie sah, dass er an der Treppe stehen blieb. Nur von dem Glühen von unten angestrahlt, wirkte er mit seiner mächtigen Statur und mit dem im Wind flatternden Umhang wie ein echter Herr der Finsternis, der in sein Reich zurückkehrte. Ein Schauer durchlief Bera, als er hinabstieg.

Sie hatte nicht viel Zeit. Mit der Wache würde er kurzen Prozess machen.

Sie spürte, wie ihre Fesseln allmählich nachgaben. Noch eine Drehung, und … Im selben Moment, in dem sie sich befreit hatte, fiel ein bedrohliches Dunkel über die Treppe.

Schnell, schnell. Er kann jeden Augenblick zurück sein!

Bera wusste, dass sie schneller rennen konnte als er, wenn sie nur die Beine frei bewegen konnte. Mit dem kleinen Dolch in ihrem Haar würde sie die Lederriemen rasch durchtrennen können, aber ihn aus den Haaren herauszubekommen, würde länger dauern, als die Riemen aufzuknüpfen, auch wenn ihre Finger steif gefroren und blutig waren. Aber gerade als sie die Füße frei bekommen hatte und sich zur Flucht bereit machte, warf ein harter, mächtiger Männerkörper sie flach auf den Boden.

»Du ärgerst mich, Weib!«, fauchte Curran unterdrückt. »Ich habe dir doch gesagt, du sollst keine Tricks probieren!«

Bera hätte ihn am liebsten lautstark zum Teufel gewünscht, doch sie bekam kaum Luft. Ein ersticktes »Runter … von mir!« war alles, was sie zustande brachte.

Er kam ihrer Aufforderung nach, jedoch nur, um sie auf die Beine zu hieven und sofort in Richtung Brunnen zu schieben.

Trotz des schneidend kalten Windes, der ihr um die Ohren pfiff, versuchte Bera ihr Bestes, sich auf ihren Gegner zu konzentrieren und nicht darauf, wohin er sie brachte. Als sie die Steintreppe erreichten, schaute sie hinunter und sah dort die umgestürzte Kohlenpfanne und ein paar verstreute, noch schwach glühende Torfstücke, aber keinen Wachtposten.

Curran drängte sie vorwärts. »Passt auf, wo Ihr hintretet«, warnte er. Bei der Glutasche angelangt, zog er sein Schwert, spießte ein glimmendes Stück Torf auf und leuchtete damit den Weg – wenn man eine derart schwache Glut überhaupt als Licht bezeichnen konnte.

Als sie das gähnende, schwarze Rechteck erreichten, das in den Brunnen führte, sträubte sich Bera. Es war nicht Curran, den sie fürchtete, sondern das Ertrinken. Vor dem gähnenden Schlund des Brunnens versagte plötzlich ihr Selbstvertrauen. Vielleicht wollte er sie ja doch töten. Aber sie würde auf keinen Fall kampflos zulassen, dass er ihre schlimmsten Alpträume Wirklichkeit werden ließ. Lieber wollte sie durch die Klinge sterben, als in dem unergründlichen schwarzen Wasser des Brunnens zu ertrinken.

»Los, weiter!« Curran schubste sie vorwärts.

»Nein.« Sie drehte sich blitzschnell um und blickte in den schwarzen Schatten unter seiner Kapuze, der sein Gesicht verbarg. »Ich sage, Ihr seid ein Feigling, denn nur ein Feigling würde tun, was Ihr tut! Wenn Ihr auch nur einen Funken Ehre im Leib hättet, dann würdet Ihr mir meinen Dolch zurückgeben, und wir würden kämpfen, hier und jetzt!«

»Sehr dramatisch.« Sein herablassender Ton machte sie nur noch zorniger. »Aber ich muss mich im Moment um andere Dinge kümmern. Außerdem habe ich mit Euch dann noch andere Pläne.«

»Welche Pläne denn?«, fragte sie herausfordernd.

»Ihr werdet schon sehen.« So rasch, dass sie kaum zusammenzucken konnte, umarmte er sie mit eisernem Griff. »Ihr könnt schwimmen?«, flüsterte er bedrohlich.

»Wie ein Fisch!«, fuhr sie ihn an, entschlossen, ihm ihre Furcht nicht zu zeigen.

Sie konnte ihm ja immer noch sagen, wer sie wirklich war. Diese kleine Information würde alles verändern, vor allem, wenn er wirklich hier war, um ihre Brüder zu befreien. Denn schließlich war sie der Preis für diese Aufgabe, also konnte er ihr nichts antun.

Ein Windstoß trug den schwachen Klang des zweiten Wachrufs des oberen Wachpostens herunter.

»Beeilt Euch. Wir haben keine Zeit zu verlieren!« Er drehte sie um und schob sie durch die Türöffnung auf die steinerne Plattform am Rand des stillen, schwarzen Rechtecks, das der Brunnen bildete.

Bera war froh um den schwach glühenden Torf auf seinem Schwert. Ohne wenigstens dieses dumpfe Licht wäre dieser Ort noch schlimmer gewesen als die Hölle. Der Raum war aus dem massiven Fels herausgeschlagen, und die steinernen Wände und die Decke sowie die Wasseroberfläche verstärkten jedes kleinste Geräusch hundertfach.

»Wozu habt Ihr mich hierher gebracht?« Sie flüsterte, doch das Echo machte ihre Stimme laut wie einen Hirtenruf.

»Das habe ich Euch doch gesagt – ich treffe jemanden«, sagte er fast beiläufig. »Und wenn Ihr nicht den Tod eines der besten Freunde von Lord Drust verantworten wollt«, er schwenkte den glimmenden Torf auf einen Sockel in der Ecke, »dann stellt Ihr Euch jetzt hinter diesen Sockel und bleibt dort, ohne ein Geräusch zu machen.« Curran nahm seinen schwarzen Umhang ab und reichte ihn ihr. »Zieht den an. Und noch mal: Wenn Ihr klug seid, dann seid leise!«

Der Umhang war noch warm von Currans Körper, und so wickelte sie ihn erfreut um sich. Aber er benutzte diese Gelegenheit auch, ihr erneut den Dolch an die Rippen zu halten. Allmählich nahm sie dieses Spiel doch ziemlich mit.

Er drängte sie hinter den Sockel und wartete ab, bis sie sich dahinter verkrochen hatte.

Bera tat, was er wollte, allerdings nur, um ihn in scheinbarer Sicherheit zu wiegen. Sie war eine Fürstin und Kriegerin. Er würde den Tag, an dem er sie herumkommandiert hatte wie eine Unfreie, noch bereuen!

»Denkt daran – kein Geräusch!« Er stieß die Glut an seinem Schwert ins Wasser. Schlagartig war es absolut dunkel, schwarz wie die Nacht.

Wie in ihren Alpträumen vom Ertrinken.

Plötzlich fühlte sie sich, als läge sie in ihrem eigenen Sarg und der Deckel würde zugenagelt. Ihr wurde eisig kalt; um sich abzulenken, ging sie mit zitternden Fingern daran, ihr Haar zu lösen, um an den kleinen, verborgenen Dolch zu kommen. Sobald sie ihn hatte, schüttelte sie ihre Zöpfe aus und lauschte dann den Geräuschen in der Höhle. Zum Glück gewöhnten sich ihre Augen so weit an das graue Dunkel, dass sie in der Türöffnung Currans Silhouette deutlich erkennen konnte.

Wieder fragte sie sich, wen er traf und warum.

Bera war nicht sicher, wie viel Zeit verstrichen war, als sie Fußtritte hörte, die die Treppe herunterkamen. Dann erschien kurz eine verhüllte Gestalt in der Türöffnung. »Psst! Seid Ihr hier?«

Eine Frauenstimme!

Das hatte Bera am allerwenigsten erwartet. Wer war sie?

»Hier bin ich.« Currans Erwiderung hallte durch die Dunkelheit.

Erschreckt sprang die Gestalt wieder in die Türöffnung, wo sie als Silhouette sichtbar wurde. Die Frau konnte Curran nicht sehen, aber Bera wusste, dass er sie, so lange sie in der Tür stehen blieb, ebenso gut sah wie sie auch.

»Habt Ihr sie?«, fragte er.

»Hier.« Die Frau zeigte einen Beutel vor, in dem etwas metallisch klimperte. »Alle, wie versprochen.«

Malisande? Bera war sich nicht sicher.

Die Frau nahm den Beutel wieder an sich; ihr Echo verstummte, und ein unheimliches Schweigen trat ein. »Und meine Bezahlung?«, fragte sie schließlich.

Currans Arm erschien in der Türöffnung, von seiner Hand hing eine kleine Börse. »Gebt mir die Schlüssel, und ich rücke Euren Lohn heraus.«

Schlüssel! Wofür?

Die Frau zögerte, dann streckte sie Curran argwöhnisch den Beutel entgegen.

Den Blick auf die Gestalt in der Tür gerichtet, nutzte Bera die Ablenkung und stahl sich leise hinter dem Sockel hervor. Doch schon ihr erster vorsichtiger Schritt erzeugte ein knirschendes Geräusch, das in dem höhlenartigen Raum laut widerhallte.

»Was war das?«, fragte die Frau sofort. Ohne eine Antwort abzuwarten, entriss sie Curran die Börse. »Ihr wollt die Schlüssel? Gut, da sind sie!« Sie schleuderte den Beutel mitten in den Brunnen, wo er mit einem deutlichen Platschen landete. Dann verschwand sie in der Dunkelheit.

Curran setzte ihr nach, doch nach zwei Schritten hielt er inne – zweifellos wegen Bera.

Diese hatte inzwischen seinen Umhang fallen gelassen und war auf die Tür zugeeilt, doch kurz bevor sie sie erreichte erschien in der Öffnung sein breiter Oberkörper. »Ihr könnt mir auch gleich sagen, wo Ihr seid!«, fauchte er wütend. »Ich finde Euch so und so!«

Sie hielt den Atem an und erstarrte. Er würde sie finden, ja – sobald sie ihn überfiel und ihm ihren Dolch ins Auge rammte!

Das Glück war auf ihrer Seite. Er war nur zwei Fuß von ihr entfernt, machte einen Schritt in Richtung Brunnen und drehte ihr dann den Rücken zu. Bera hechtete auf ihn und klammerte sich an ihm fest, wie sie es bei Angus gemacht hatte.

Doch Curran war nicht so langsam und schwerfällig wie ihr Bruder. Sie fand an ihm keinen festen Halt. Noch ehe sie mit dem Dolch zustoßen konnte, entwand sich Curran ihrem Griff, packte sie an einem Arm und einem Bein – und warf sie in den Brunnen.

Sie konnte sich nur einen kurzen Augenblick ärgern, dann schlug sie auf das Wasser auf und sank.

Es war so eisig kalt, dass es ihr sofort den Atem verschlug und ihr Herz fast stehen blieb. Jeder Muskel in ihrem Körper verkrampfte sich steinhart. Sie konnte sich nicht bewegen, nicht einmal einen Gedanken fassen.

Jetzt passierte es, ganz genau wie in ihren Alpträumen. Unfähig, sich zu bewegen, sank sie in die bodenlose Schwärze.

Seltsam, aber sie spürte kein Verlangen zu atmen – nur ein unerklärliches Gefühl von Losgelöstsein und Überraschung darüber, dass dies ihr Ende bedeuten würde.

Sie wollte sich bewegen, versuchte zu schwimmen, doch ihr Körper weigerte sich, ihr zu gehorchen. Sie wusste, was sie tun sollte, und wollte es auch tun, aber nichts funktionierte. Sogar ihr Verstand schien unendlich verlangsamt. Sie musste sich sehr anstrengen, um einen Gedanken zu formen, aber in diesem Augenblick, den sie für ihren letzten hielt, galt der schrecklichste Fluch, dessen sie fähig war, dem Brunnen und dem Mann, der ihr dies angetan hatte. Dann betete sie, ihr Körper möge verrotten und jede Seele in Burghead vergiften – alle bis auf ihre Brüder und Osann.

Genau in diesem Moment schlug ihr Hintern auf dem Grund des Brunnens auf – und auf etwas Buckligem.

Konnte das sein? Sie war doch gar nicht lange gesunken … oder doch? Sie war so durcheinander, dass sie nicht einmal mehr wusste, wo oben und wo unten war.

Schläfrig, so schläfrig.

Kämpfe dagegen an!, schrie ihre innere Stimme. *Gib nicht auf! Sonst stirbst du!*

Sie versuchte wieder, sich zu bewegen, doch sie fühlte sich wie in einem Eisblock gefangen.

So schläfrig.

Gerade als sie mit sich abmachte, dass sie diese Schlacht nicht gewinnen könne, hörte sie ein gedämpftes Platschen, dann Schläge, die immer lauter wurden, das Wasser um sie herum wurde aufgewirbelt und sie plötzlich nach oben gezogen – zurück in die Welt der Lebenden.

»Verfluchtes Weib!« Currans Stimme war angespannt vor Angst. Er klopfte ihr auf den Rücken. »Habt Ihr versucht, Euch selbst zu ertränken?«

Sie würde ihm schon zeigen, wer hier der Verfluchte war – sobald sie sich wieder rühren konnte!

Er nahm ihr den Dolch aus den klammen Händen und warf sie über seine Schulter wie einen Sack Mehl. Dann bückte er sich und holte etwas aus dem Wasser, was wie der Beutel mit den Schlüsseln klang.

»Was würden die mir schon nützen, wenn *Ihr* mir einfach wegsterbt!«, murmelte er.

Aha, dachte sie. Sie hatte also Recht gehabt: Er wollte sie lebend!

Ihr Körper war völlig gefühllos; sie kam sich nicht wie eine fast Ertrunkene vor, sondern wie jemand, der von außen beobachtete. Sie baumelte mit dem Kopf nach unten und wurde bei jedem Schritt Currans durchgeschüttelt, doch trotz ihrer Verwirrung merkte sie allmählich, dass das, was sie sah, sein Hintern war und dass überall an seinem Körper Wasser herunterlief.

»Wie ein Fisch«, brummte er. »Pah!«

Sie wollte sagen, dass niemand in einem derart eisigen Wasser schwimmen konnte, aber stattdessen hustete sie sich halb die Lunge aus dem Leib.

»Gut!« Er verpasste ihr einen kräftigen Schlag auf den Rücken. »Spuckt alles aus.«

Als sie es allmählich wieder schaffte, einigermaßen regelmäßig zu atmen, legte er sie überraschend sanft auf die Plattform. »Dummes Weib!« Keuchend vor Anstrengung stemmte er sich aus dem Wasser, setzte sich neben sie und leerte seine Stiefel aus. »Wenn wir jetzt beide Fieber bekommen, wer wird dann Euren Brüdern helfen?«

Es dauerte etwas, bis seine Worte bei ihr ankamen, aber sobald sie sie begriffen hatte, riss sich Bera sofort aus ihrem Zustand schläfriger Verwirrung. »... *Euren Brüdern*!« Wutentbrannt schnellte sie hoch und schlug ihm mit der Faust so fest, wie ihr fast gefrorener Arm es erlauben wollte, ins Gesicht.

Endlich hatte sie ihn einmal überrumpelt. Ihre Knöchel trafen mit befriedigender Wucht auf Fleisch und Knochen.

»Ahh!« Curran packte sie mit eisernem Griff am Handgelenk. »Hey, du undankbare kleine Wilde!«

»Ihr wisst, wer ich bin!« Ihre Stimme hallte in dem Raum wider wie der Klang einer Glocke, aber das war Bera egal. Der Zorn taute ihr Herz auf und ließ sie überall in ihrem eisigen Körper unzählige Nadelstiche spüren. Sie rappelte sich hoch, und er stand mit ihr auf. »Ihr wusstet, dass ich fürstlichen Geblüts bin, und trotzdem habt Ihr mich zweimal wie eine Hure behandelt! Dafür werde ich Euch töten, und wenn es das Letzte ist, was ich in meinem Leben tue!«

Curran ließ ihr Handgelenk los, blieb jedoch sehr auf der Hut. »Ich denke, das werdet Ihr Euch noch anders überlegen«, meinte er mit einem unüberhörbar amüsierten Unterton in der Stimme.

Beras Finger bogen sich zu Klauen. Wagte er es, sie zu verspotten? Sie packte ihn an den Haaren und zog kräftig daran. »Woher wisst Ihr, wer ich bin?«, fragte sie ihn. »Wer hat es Euch gesagt?«

»Niemand!« Er zuckte mit keiner Wimper. »Ich habe es selbst herausgefunden.«

Dieser verdammte Kerl. Das konnte doch einfach nicht stimmen! Dafür hatte sie ihre Spuren viel zu gut verwischt! Jemand *musste* es ihm gesagt haben – aber wer?

Diedre?

Dieser Gedanke bereitete ihr Bauchschmerzen.

Wenn Diedre die Wahrheit wusste, dann war Bera eine kleine Figur in einem Spiel, das weitaus gefährlicher war als das von Curran.

Sie ließ seine Haare los.

»Und wem habt *Ihr* es gesagt?«

»Ach, Bera!« Er nannte sie beim Namen, als hätte er dazu längst das Recht. »Es enttäuscht mich, dass Ihr diese Frage überhaupt stellt. Warum sollte ich Euch verraten?«

»Zum Beispiel aus Gewinnstreben!«, fuhr sie ihn fauchend an. »Ihr seid ein Söldner; Ihr habt keine Ehre, sondern nur blanke Gier, also verkauft Ihr Euch an den, der am meisten bietet. Es ist kein Geheimnis, dass Diedre über große Schätze verfügt!«

»Wenn ich auf Schätze aus wäre, könnte das stimmen«, räumte er ein, »aber das ist es nicht, was ich will. Ich kam nach Burghead zurück mit einer Aufgabe, die ich mir gestellt habe, und ich beabsichtige, diese Aufgabe zu Ende zu führen.« Er wog die Schlüssel in der Hand und steckte sie dann in seinen Gürtel. »Und jetzt benehmt Euch – wenigstens, bis ich Eure Brüder befreit habe.«

Benehmt Euch! Bera sah rot. Niemand schrieb ihr vor, sich zu benehmen! »Bis *Ihr* sie befreit habt?«, schnaubte sie und versuchte zitternd, Wasser aus ihrer Kleidung zu wringen. »Was glaubt Ihr eigentlich, warum ich hierher kam, Ihr dahergelaufener Bastard? *Ich* werde es sein, die sie befreit!«

»Nein, das werdet Ihr nicht«, entgegnete er eisig. »Ich werde das tun. Und Ihr, meine intrigante, scharfzüngige Fürstin, seid der Preis, den ich dafür bekomme – Gott stehe mir bei.«

»Niemals!«

»Jetzt.« Sein so grimmiger wie selbstbewusster Ton ließ sie aufhorchen. Rechnete er mit ihr ab? »Helft mir, und morgen Nacht um diese Zeit werdet Ihr mit Euren Brüdern und mir wohlbehalten auf dem Weg zurück nach Pitlanric sein. Oder Ihr weigert Euch – dann habe ich keine andere Wahl, als Euch bewusstlos zu schlagen und so lange zu betäuben, bis alles vorüber ist. Aber gewinnen werde ich auf jeden Fall.«

Schweinefurz und Hexengeifer! Er hatte sie in die Ecke gedrängt. Bera wollte es noch nicht eingestehen; sie rieb sich die Faust in der Hoffnung, sein Auge würde ebenso wehtun wie ihre Fingerknöchel.

»Eigentlich bin ich davon ausgegangen«, fügte er noch voller Zynismus hinzu, »dass Ihr mir dankbar seid für meine Bereitschaft, die Anerkennung für ein Vorhaben zu teilen, das ich allein geplant habe.«

»Ich habe auch einen Plan«, konterte sie zähneklappernd. »In einer Woche schon ist er einsatzbereit. Wir brauchen Eure Hilfe nicht!«

»In einer Woche?« Er lachte trocken. »Das wäre zu spät. Drust weiß über Evan Bescheid. Deshalb hat er die arme Alma ertränken lassen – um seine Gemahlin zu bestrafen.«

»Nein.« Bera wollte es nicht glauben, doch der Gedanke an ihren eigenen Vater, an sein von Alkohol und gieriger Wollust entstelltes Gesicht, erinnerte sie daran, dass Väter zu den abscheulichsten Grausamkeiten fähig waren. »Das sagt Ihr nur so«, hielt sie dagegen, ohne es wirklich zu meinen. »Nicht einmal Drust würde sich so weit erniedrigen, dass er nur aus Bosheit seine eigene Tochter töten ließe.« Weshalb war ihre Zunge nur so schwer? Sie konnte die Worte kaum aussprechen. »Nicht seine eigene Tochter.«

»Ich sage die Wahrheit«, erwiderte Curran gelassen. »Unsere Fürstin Diedre hat aus Drust einen mächtigen Herrn gemacht, aber jetzt ärgert es ihn, an ihrer Kandare zu sein, und deshalb will er sie töten. Und Euer Bruder hat ihm dafür die perfekte Entschuldigung geliefert.« Er griff nach seinem Umhang. »Diese Bestie hat angeordnet, in vier Tagen alle Eure neun Brüder vor Diedres Augen hinzurichten – nachdem sie gefoltert wurden und öffentlich gestanden, mit ihr die Ehe gebrochen zu haben.«

Gefoltert! Hingerichtet!

Wenn er die Wahrheit sagte … aber wie sollte sie das wissen? Wäre nicht inzwischen ihr ganzer Körper vor Kälte steif gewesen, so hätte Bera schamlos geweint. Aber wenigstens hatte das schmerzliche Zittern aufgehört. Wenn sie nur endlich schlafen könnte …

Als würde er spüren, dass sie nicht mehr lange durchhalten konnte, wickelte Curran seinen Umhang um sie und begann, sie warm zu reiben. »Ihr habt die Wahl. Heiratet mich jetzt und helft mir, oder Ihr wacht auf dem Weg nach Pitlanric mit höllischen Kopfschmerzen auf und heiratet mich dann.«

Sie prustete höhnisch. »Euch heiraten? Jetzt?«

»Jawohl. Zu Eurem Besten, jetzt gleich.«

»Was soll d's heißen, zu mei'm Besten?«, fragte sie und wunderte sich, dass sie wie betrunken klang.

»Wie ich schon sagte, ich habe nicht vor, Euch einfach laufen zu lassen, bis diese Sache vorüber ist. Aber jetzt im Augenblick seid Ihr wirklich drauf und dran zu erfrieren«, fuhr er ruhig fort. »Ich weiß ein sicheres Versteck, doch wir können es nicht wagen, dort ein Feuer anzuzünden. Das lässt uns nur eine Möglichkeit, an die ich denken kann, wie Ihr warm und trocken werden könnt – indem wir uns gegenseitig aufwärmen. Euch zuliebe würde ich es als Euer Gemahl machen.«

»Mein Gemahl!« Welche Ausschweifungen er auch immer im Sinn hatte, sie würde ihn bald eines Besseren belehren. Ein nackter Mann war verwundbar; sie würde nur vorgeben, mitzumachen – und sich ihren »Gemahl« vornehmen, sobald sie wieder aufgewärmt war.

»Entscheidet Euch«, drängte er mit bedrohlicher Intensität.

Bera zögerte nur kurz. »Ich habe Bedingungen.«

»Nennt sie.«

Sie drückte ihm ihren kalten Zeigefinger auf die Brust. »Schlagt mich, und ich töte Euch.«

»Einverstanden.« In seiner raschen Erwiderung schwang eine gewisse Belustigung mit, so dass sie sich sofort argwöhnisch fragte, ob er dann wirklich auch zu seinem Wort stehen würde.

»Zwingt mich«, fuhr sie fort und drückte ihm wieder ihren Finger auf die Brust, »und ich töte Euch.«

»Auch einverstanden.«

Er wartete.

Schweinefurz und Hexengeifer! Warum konnte sie bloß nicht klar denken? »Da ist noch etwas«, murmelte sie, »aber ich kann mich um nichts auf der Welt daran erinnern. Ah, doch!« Zum dritten Mal setzte sie ihren Finger auf ihn. »Fasst eine meiner Nichten oder die Gemahlinnen meiner Brüder an …«

»Und Ihr werdet mich töten«, beendete er den Satz für sie. »Ich kann mir schon jetzt ganz gut vorstellen, wie Ihr plant, die Dinge zu handhaben.«

»Ja«, murmelte sie dröge, »und dass Ihr mir's auch nich' vergess'!«

»Ist das alles?«, fragte er.

Irgendein ferner, vernünftiger Teil von ihr schlug heftig Alarm angesichts dessen, was sie im Moment im Begriff war zu tun, doch Bera ignorierte dieses Signal heftig. Die simple Wahrheit war, dass sie fast ebenso sehr mit diesem goldenen Krieger schlafen wollte, wie sie einfach nur schlafen wollte – und damit basta.

»Also gut. Ich heirate Euch.« Sie konnte die Ehe ja später einfach ableugnen. Niemand würde einem Mann, der sich kaufen ließ, mehr Glauben schenken als ihr.

»Und ich heirate Euch«, erwiderte er. »Dann ist es also beschlossen.«

Er legte eine Pause ein. »Und dass Ihr mir nicht später auf den Gedanken kommt, es zu leugnen. Ich werde Eure Brüder befreien, mit Eurer Hilfe oder auch ohne, das heißt, Eure

Ehre wird Euch gebieten, in jedem Fall wirklich meine Gemahlin zu sein.«

Das würde man ja sehen! »Meine arme, selige Mutter wird sich im Grab umdrehen. Gott sei ihrer Seele gnädig«, murrte sie, als er sie zur Tür und hinaus in den kalten Wind führte.

»Nun, wenn Ihr Euch nicht gleich zu ihr begeben wollt, würde ich vorschlagen, Ihr macht etwas schneller, damit wir Euch aus diesen nassen Kleidern herausbekommen und Euch einheizen können.« Er nahm ihr ihre Mütze ab und zog die Kapuze seines Umhangs über ihr nasses Haar.

Einheizen, in der Tat, dachte Bera wutentbrannt. Ja, sie würde ihm einheizen, bis ihm Hören und Sehen verging!

9

Draußen im kalten Wind versuchte Bera, mit Curran Schritt zu halten, aber als sie den Rasen überquerten, war sie so benebelt, dass sie nur mehr mühsam schlurfen konnte.

»Los, weiter, Schlafmütze.« Curran klang tatsächlich besorgt. »Wir müssen zusehen, dass Ihr aus diesem Wind herauskommt.« Er legte ihr einen Arm um die Schultern, und sie passierten das geduckte Gebäude, in dem Osann während der Hinrichtung auf Bera gewartet hatte. Daneben lehnte sich ein noch kleineres gegen die Wand der unteren Brustwehr. Curran zog sie in den Türrahmen hinein.

Bera hörte, wie er sich mit den Schlüsseln zu schaffen machte. »Was mach' Ihr da?«, fragte sie.

»Wie klingt denn das, was ich mache?«, fragte er in typisch männlicher Manier zurück. »Ich hole die Schlüssel heraus.«

»'st d's Eu'r wun'erbares Versteck?« Es kam ihr vor wie ein ausgedienter Schafstall.

»Nicht reden, Bera.«

»Ich rede, wann 'ch will, v'rdamm'«, gab sie zurück. »Un' wenn's Euch nich' gefällt, hör' einf'ch nich' zu!«

»Aber Ihr könnt doch gar nicht richtig sprechen«, erwiderte er gepresst und probierte einen anderen Schlüssel aus. »Ihr zittert ja schon nicht mehr. Wenn ich Euch nicht bald ins Warme bekomme, dann ist es zu spät!«

Bera lehnte sich schwer an die ziemlich verwitterte Tür. »So 'n blöder Brunn'n bring' mich nich' gleich um.«

Curran probierte einen weiteren Schlüssel, und dieses Mal war es der richtige – durch Beras Gewicht flog die Tür auf, Bera landete auf dem mit Stroh bestreuten Torfboden und blieb wie ein Häufchen Elend liegen.

Endlich. Endlich konnte sie sich schlafen legen. Sie schloss die Augen und bemerkte noch den angenehmen Duft von Sommergras, vermischt mit dem modrigen Geruch von gutem, trockenem Torf, doch sie hörte schon kaum mehr, wie Curran die Tür wieder verschloss.

Er steckte den Schlüssel ein und hoffte, es sei noch nicht zu spät, um Bera vor dem Erfrieren zu retten. Dann tastete er sich durch das Dunkel, bis er ihren reglosen, kalten Körper fand.

Wenn sie sterben würde …

Sie durfte nicht sterben. Das würde er einfach nicht zulassen. Sie war seine einzige Chance, diesem harten, entwurzelten Dasein, das er schon so lange führte, zu entkommen. Seine einzige Chance auch, ein anständiges Leben zu beginnen, für Ehre statt Gewinn zu kämpfen, und Kinder in die Welt zu setzen, denen aufgrund ihrer Herkunft Respekt entgegengebracht wurde.

»Auf mit dir, Weib!« Selbst halb erfroren, packte er sie und schleifte sie zum Heuhaufen. Als er eine geeignete Stelle suchte, wo er sie hinlegen konnte, stellte er fest, dass sie nicht die Ersten waren, die sich hier schlafen legten. Etwas über Kniehöhe hatte jemand bereits eine schöne Schlafkuhle geformt.

Er nahm ihr seinen Umhang ab, breitete ihn über das Heu aus und legte Bera so darauf, dass auch für ihn noch Platz blieb. Sie auszuziehen, war nicht eben leicht; seine Hände zitterten stark. Doch sein Frieren spielte jetzt keine Rolle; schließlich war *er* nur mit dem halben Körper unter Wasser gewesen. Bera hingegen war vollständig in den eiskalten Brunnen getaucht, und die Anzeichen, die sie erkennen ließ, gaben Grund zu ernster Sorge. Er hatte schon einmal Menschen erfrieren gesehen und erkannte die Gefahrensignale.

Besorgt zog er ihr Stiefel und Beinkleider aus und mühte sich dann mit ihrer durchnässten Tunika ab. Darunter hatte sie nichts an, was ihn ziemlich überraschte. Er hatte gedacht, eine Fürstin – auch wenn sie sich als Sklavin verkleidete – würde zumindest warme Unterwäsche tragen.

Er rieb ihre Arme und Beine – sie waren so kalt wie die einer Leiche. Erschrocken legte er den Kopf an ihre Brust und stellte erleichtert fest, dass ihr Herz schlug; langsam und schwach zwar, aber regelmäßig.

Es war also noch nicht zu spät.

Hastig entkleidete er sich selbst und wrang seine Wollsachen aus. Dann legte er sie auf Bera und schichtete dick Heu auf sie. Doch er wusste, das war noch nicht genug. Wenn sie wieder aufwachen sollte, dann musste er ihr etwas von seiner Körperwärme abgeben, so gering diese auch sein mochte.

Inzwischen zitterte sein ganzer Körper so stark, dass er sich kaum mehr willentlich bewegen konnte. Mit Mühe schob er sich zu Bera auf den Umhang und zog sie an sich. Als ihr eiskalter Po mit seiner Männlichkeit in Kontakt kam, stöhnte Curran dennoch unwillkürlich auf.

Er würde sie lange reiben ... und seine Gedanken sehr im Zaum halten müssen.

Curran kämpfte gegen das Bedürfnis zu schlafen an; er presste seine Beine an Beras und rieb energisch ihre Arme und ihren Körper. Langsam, sehr langsam wurde sie etwas wärmer. Er war sich nicht sicher, wie lange er es durchhielt, bis sein Körper begann, auf die an ihn geschmiegte Frau zu reagieren: die Kurven ihres strammen Pos an seinem Glied, die Festigkeit und Spannkraft ihrer muskulösen Arme und Beine, die jugendlichen Rundungen ihrer Brüste.

Er ließ eine Hand über ihre Rippen und ihren Bauch nach unten gleiten; seine Finger begannen, mit den Löckchen zwischen ihren Beinen zu spielen, das darunter verborgene, erregend weiche Fleisch zu suchen. Und wirklich – ihr Geschlecht war warm und einladend feucht, als hätte es auf seine Berührung gewartet, und so hielt er sich nicht zurück, sondern ließ seine Finger weiter wandern, forschen und liebkosen.

Seine Braut. Curran konnte es kaum glauben. Er hatte sich wirklich eine Fürstin zur Frau genommen; sie war sein, und er würde mit ihr schlafen. Er fragte sich, ob sie dabei ebenso wild und ungezügelt sein würde wie sie sonst immer war. Diese Aussicht ließ ihn wohlig erschauern und beschwor das lebhafte Bild seiner Sturmgöttin in ihm herauf.

Und diese Phantasie war alles, was es noch gebraucht hatte. Wie ein heißhungriger Wolf überfiel ihn seine Wollust, ein Beben fuhr durch seinen Körper und direkt in seinen Unterleib. »Bera«, stieß er mit belegter Stimme hervor, »Bera, wach auf!« Als sie nicht reagierte, wanderte seine suchende Hand noch tiefer, sein Finger fand ihr Jungfernhäutchen.

»Donnerwetter!«

Sein Glied zuckte in Vorfreude darauf, den Schleier ihrer Jungfräulichkeit zu durchstoßen, doch sein Verstand gebot ihm Einhalt. Selbst er hatte Skrupel. Er konnte Bera nicht nehmen, wenn sie nicht bei Bewusstsein war.

Also musste er sie aufwecken, allerdings mit Vorsicht und Zartgefühl. Ihre früheren Begegnungen hatten ihn davon überzeugt, die wilde Fürstin in seinen Armen nur ja nicht zu unterschätzen. Wenn er sie grob aufweckte, würde sie wahrscheinlich versuchen, ihn zu töten, und selbst in ihrem jetzigen geschwächten Zustand war Bera durchaus noch fähig, ihm etwas anzutun. Schon zweimal hatte sie ihn fast übertrumpft. Wenn sie ihn als Liebhaber akzeptieren sollte, dann musste er sie liebevoll aus ihrer Ohnmacht zurückholen.

Er fand die Stelle, die selbst eine Jungfrau lustvoll erregte, und ließ seine Finger zärtlich damit spielen. Als er bemerkte, dass sie sich vergrößerte, gab Bera ein langes, zufriedenes Stöhnen von sich und wölbte sich ihm entgegen.

»Bera«, wiederholte er.

»Mhm«, antwortete sie, immer noch halb bewusstlos. »'st ein wunderbar'r Traum.«

»Es ist kein Traum, Bera. Es ist deine Hochzeitsnacht, und ich bin dein Gemahl.«

Bera streckte sich, ihre Illusion sichtlich genießend. Natürlich war es ein Traum. Sie hatte doch schon öfter von Curran geträumt.

Aber dieser Traum war besser als die vorigen. Wärmer – so warm wie ein glatter Flusskiesel, der in der Glut gelegen hatte. Dieser Traum hatte Substanz und Geruch. Sie fühlte sich eingehüllt, umschlungen. Muskeln bewegten sich gegen ihren Körper. Krauses Haar kitzelte sie. Ein großes, heißes, hartes Glied presste an ihren Po.

Bera erschauderte, alles in ihrem Körper zog sich zusammen.

Kein Traum, sagten ihr Verstand und Körper. Curran. Ihr Gemahl.

Aber niemals würde sie einen Mann so niedrigen Standes heiraten. Nicht, dass er keinen guten Ehemann abgeben würde. Schließlich war er ein ausgezeichneter Krieger, und auch, wenn er wie ein Wikinger aussah, sah er doch sehr, sehr gut aus.

Sie schmiegte sich noch fester an das warme, feste Fleisch neben ihr, hielt an ihrem Traum fest und verwarf die Wahrheit, die ihr Verstand ihr mitgeteilt hatte. Bera hielt die Augen geschlossen, überzeugt, dass ihr Traum-Liebhaber verschwinden würde, sobald sie sie öffnete. Sie drehte sich in seiner Umarmung um und schlug ein Bein über seine starken, männlichen Schenkel. Seine Muskeln spannten sich an.

Ihre Hand strich zärtlich tastend über seinen großen, nackten Körper.

So also fühlte sich ein Mann an, so roch ein männliches Wesen.

Es war gut, es war besser, als sie es sich in ihren einsamen Phantasien vorgestellt hatte.

Seine große, feinfühlige Hand glitt wieder nach unten zwischen ihre Beine, Finger drangen in sie ein und rieben an einer magischen Stelle, und eine neuerliche Explosion von Lust und Verlangen ließ ihren Körper erbeben.

Curran.

Kein ferner Traum. Dies war wirklich, und es gefiel ihr sehr.

»Was immer du da machst«, hauchte sie heiser, »bitte mach weiter! So etwas Schönes habe ich noch nie gefühlt!« Und auch sie spürte ein Verlangen, zu berühren und zu streicheln; wie von selbst wanderte ihre Hand nach unten und fand seine Erektion.

Er zuckte zusammen, als sie ihn berührte, was sie sofort ihrerseits im Unterleib spürte. Fasziniert gab sie ihrem Begehren nach, ließ die Finger durch seine Schamhaare gleiten, an seiner Männlichkeit entlangstreichen.

Ihre intime Erforschung entlockte ihm ein Stöhnen, sein ganzer Körper versteifte sich, sein Glied fühlte sich vollkommen hart an.

Erstaunlich, wie solch ein unbeeindruckendes Organ zu solchen Proportionen anschwellen konnte …

Zu Hause hatte sie öfter heimlich die Bauern bei ihren Maifeiern beobachtet; daher wusste sie durchaus, wozu die Männer einen Schwanz hatten. Doch sie bezweifelte ernsthaft, ob ein derart großes Exemplar in ihr Platz finden würde. Bei dem Gedanken, es zu versuchen, zog sich unwillkürlich ihr Unterleib zusammen.

Vielleicht sollte sie seine Größe noch einmal prüfen …

Er war glatt, aber auch wieder nicht. Fest, aber auch nachgiebig, wenn man ihn bewegte. Sie umschloss ihn mit der ganzen Hand und ließ sie bis zur Spitze gleiten.

Curran stöhnte. »Oh mein Gott, Frau!« Er zögerte, als wolle er sich zurückhalten, dann rollte er sich auf sie, öffnete mit den Knien ihre Beine; sein Mund suchte, stürzte sich wild auf ihre Lippen, er küsste sie heiß und fest und fordernd, sein Körper presste sich gegen den ihren.

Currans ungestümes Begehren entfachte auch ihr Feuer, sie konnte, nein, sie wollte sich nicht mehr zurückhalten. Ihre Fingernägel gruben sich in sein Fleisch und zogen ihn noch näher. »Ich will deinen Schwanz in mir spüren«, keuchte sie heiser, »steck ihn mir hinein, los, jetzt gleich!«

Curran konnte gerade noch einen vorzeitigen Orgasmus vermeiden. Bera redete und liebte wie eine Wilde, er war überaus bereit, sie zu nehmen. Aber sie war Jungfrau. »Beim ersten Mal tut es weh«, krächzte er halblaut und versuchte, sich zurückzuziehen, um seine Reaktion zu verlangsamen, doch ihre Hand schloss sich so fest um ihn, dass er meinte, in der Dunkelheit Funken sprühen zu sehen.

»Er ist so groß!«, murmelte sie heiser. »Passt er denn überhaupt hinein?«

»Aber sicher.« Zitternd, nun nicht mehr vor Verlangen, sondern wegen seines gebremsten Begehrens, drang er in sie ein und spürte den zarten Widerstand ihres Jungfernhäutchens.

Bera bäumte sich ihm entgegen. »So eine wunderbare Qual, das halte ich einfach nicht aus!«

Er wollte beim ersten Mal zärtlich sein, doch von Zärtlichkeit wollte Bera nichts wissen. Sie krallte sich an seinen Schultern fest und durchbohrte sich mit einem spitzen Schrei selbst. Es war kein Schmerzensschrei, sondern ein Schrei des Triumphs.

Sie war heiß und eng und nass, und er musste sich sehr konzentrieren, um nicht sofort zum Orgasmus zu gelangen. Langsam zog er sich wieder etwas zurück, glitt dann von neuem tiefer, kostete jede Bewegung voll aus.

»Weiter!« Bera grub die Fingernägel in seinen Po und trieb ihn an – fester, härter, bis sie beide bei jedem Stoß keuchten und ihre Körper immer wieder mit einem Klatschen aufeinander schlugen.

Curran konnte sich nicht länger beherrschen. Er goss seinen Samen aus, machte jedoch weiter, bis sie die Beine ausstreckte und sich mit einem gellenden Schrei der Befriedigung ihm entgegenbäumte.

Sie erschlaffte sofort, doch ihr ganzer Körper zitterte. Als er sich zurückziehen wollte, hielt sie ihn fest. »Bleib. Ich will dich in mir spüren.«

War sie immer so unverblümt? Er hoffte es. »Na ja, er wird kleiner, weißt du.«

»Mhm.« Sie spannte sich an, und er reagierte darauf mit einer Bewegung. Als die Natur ihren Lauf nahm, rollte er sich auf den Rücken und zog sie an sich.

Zu seiner Überraschung begann sie, sein Glied zu streicheln. »Hmmm. Klebrig.«

»Das besiegelt unsere Ehe«, witzelte er.

Sie schmiegte sich katzengleich an ihn und kuschelte sich noch fester an seine Wärme. »Vielleicht ist verheiratet sein ja gar nicht so schlecht«, meinte sie schläfrig. »Wenn wir das immer wieder machen können, dann jedenfalls nicht.«

»Stimmt.« Der Gedanke gefiel Curran besser, als er eingestehen wollte. Vielleicht war es ihre Wildheit, oder ihr Mut und ihre Entschlossenheit, oder ihre Ungeniertheit – oder das alles zusammen. Jedenfalls brachte sie es fertig, ihn auf eine Weise zu berühren, wie es noch keine Frau vor ihr je getan hatte.

»Und wie oft werden wir miteinander schlafen?«, fragte sie ohne jede Zimperlichkeit. »Jede Nacht?«

Curran konnte nicht anders, er musste einfach lachen. »Wenn du es willst, ja.«

»Oh ja!«, erklärte sie sofort.

Er lächelte in sich hinein und beschloss, selbst etwas freimütig zu sein. »Du überraschst mich, Bera. Ich habe immer gehört, Frauen von hoher Geburt würden sich nicht gerade für die niedrigeren Freuden des Lebens begeistern.«

»Pah! Eigentlich dachte ich, unsere Fürstin Diedre hätte dich bezüglich dieser lächerlichen Vorstellung eines Besseren belehrt.«

»Oh, ich verstehe.« Curran fragte sich kurz, wie das Leben mit Bera wohl sein würde. Schwierig, zweifellos, aber dafür niemals langweilig.

Sie lag stumm da, so lange, dass er schon dachte, sie sei eingeschlafen. Dann sagte sie plötzlich in einem Ton, in dem der Versuch einer persönlichen Rechtfertigung mitschwang: »Weißt du, ich bin alt.«

Das liebe Alter. Sogar die wildesten Frauen waren davon besessen. »Wie alt?«, fragte er mit gespieltem Ernst um die Augen.

»Sechsundzwanzig«, antwortete sie nach einer Pause.

Curran war wirklich überrascht. Er ließ seine Hand an ihrer Seite hinabgleiten. Sie sah nicht so alt aus, und ganz sicher benahm sie sich nicht so – wahrscheinlich, weil sie die Bürde des Kinderkriegens noch vor sich hatte.

Sie war nicht weich und nachgiebig wie die anderen unverheirateten Edelfrauen, die er kennen gelernt hatte, doch Beras Lebenswille und ihre Lebenskraft ließen sie trotz ihrer fortgeschrittenen Jahre jung wirken.

»Du siehst also«, fuhr sie mit gepresster Stimme fort, »dass ich dir keine Kinder schenken kann.«

Currans Hochstimmung verflog. Keine Kinder? Das bedeutete, keine Zukunft, niemand, der seinen Namen weiterführen würde. »Heißt das, deine Monatsregel hat bereits aufgehört?«, fragte er. Seine Stimme klang härter als beabsichtigt.

»Nein«, antwortete sie zu seiner unendlichen Erleichterung. »Aber die Hebamme meint, meine Gebärmutter ist sicher schon eingeschrumpft.«

Kinder waren die einzige Unsterblichkeit, mit der ein Mann rechnen konnte, und Curran wollte Kinder – auch wenn er bis jetzt noch nie bemerkt hatte, wie sehr. »Hat die Hebamme dich untersucht?«

»Nein, hat sie nicht!«, fuhr Bera ihn an. »Von jemandem wie ihr würde ich mich nicht ansehen und schon gar nicht berühren lassen.«

»Dann kannst du überhaupt nicht wissen, ob du nicht doch Kinder bekommen kannst.« Nicht, dass das einen Unterschied gemacht hätte. Sie war eine Fürstin, und die Ehe war soeben vollzogen worden.

»Wenn du mich also nicht zur Gemahlin willst«, sagte sie leise, »dann verstehe ich das.«

Curran verkrampfte sich. Er wollte nicht daran glauben, dass dies ein Trick war, um ihn loszuwerden, doch eine andere Sichtweise ließ sein unbewusster Selbstschutz nicht zu. Mit einem Mal erkalteten alle positiven Gefühle, die er für Bera zu empfinden begonnen hatte. »Glaubt Ihr auch nur für einen Augenblick, ich würde meine Belohnung aus irgendeinem Grund aufgeben, selbst diesem? Nein, Mylady. Ihr seid in den Augen Gottes und der Menschen an mich gebunden, und ich bin Euer Lord. Alles, was Ihr habt, ist auch mein.«

Seine harschen Worte trafen Bera wie eine Keule. War das alles, was sie für ihn bedeutete? Ein Preis, der ihm verschaffte, wozu er aus sich heraus nicht in der Lage war: einen ehrenhaften Platz unter denen, die im Rang höher standen als er?

Gereizt rückte sie von ihm ab und setzte sich auf. Die Dunkelheit näherte sich bereits ihrem Ende. Wenn sie ungesehen in die Zitadelle zurückkehren wollte, musste sie sich beeilen. »Wo sind meine Kleider?«

Wortlos griff Curran über sie hinweg und zog ihre kalten, feuchten Sachen herunter. Bera zitterte schon bei dem Gedanken, sie anziehen zu müssen, nachdem ihr endlich wieder warm geworden war, doch ihr Stolz hinderte sie daran, laut aufzustöhnen, als sie sich anzog. Sobald sie fertig war, kletterte sie über Curran und genoss es dabei, dass ihre eisigen Kleider über seine nackte Haut strichen.

Das geschah ihm ganz recht, diesem üblen, berechnenden Schweinehund!

»Wo sind meine Schuhe?«

»Auf dem Boden, gleich neben uns«, erwiderte er mit trügerischer Ruhe.

Bera zog sie an und stapfte zur Tür. Sie war verschlossen; er hatte den Schlüssel. Das Letzte, was sie wollte, war, ihn um irgendetwas zu bitten. Wahrscheinlich lag er dort und lachte sie aus! »Den Schlüssel!«, sagte sie gebieterisch, ohne sich zu ihm umzudrehen. »Ich möchte gehen!«

Sie hörte, wie er aufstand und näher kam. Als er um sie herum griff, um den Schlüssel ins Schloss zu stecken, spürte sie seinen Umhang an ihrem Rücken.

»Vergiss nicht«, erinnerte er sie. »Heute Nacht muss es passieren. Ich plane, deine Brüder kurz vor der ersten Wache zu befreien. Kannst du für eine Ablenkung sorgen?«

»Ja.« Bera hielt ihren verletzten Stolz im Zaum. Wenigstens vertraute er darauf, dass sie ihm bei der Flucht half. »Ein Feuer?«

»Ja, wenn es groß genug ist, sämtliche Leute von den Ställen und vom Tor fern zu halten.«

»Dafür werde ich sorgen.« Warum musste er so nahe bei ihr stehen, sie geradezu bedrängen? »Ich weiß schon, wie ich Ablenkung schaffen kann.«

»Wenn ich das nicht glauben würde, hätte ich dich nicht darum gebeten. Wir stehen auf derselben Seite, vergiss das nicht«, fuhr er leiser fort und tastete auf dem Boden nach seinen Beinkleidern.

Er hatte Recht, die Flucht war das Einzige, worauf es ankam. »Ich habe genügend Betäubungstränke für vier Mann«, erklärte sie. »Willst du sie haben?«

»Betäubungsmittel? Nein.« Ohne mit einer Wimper zu zucken, zog Curran seine durchnässten Beinkleider an. »Das ist eine Frauenwaffe, nicht die eines Kriegers.« Er stand auf. Selbst in der Dunkelheit schickte sein Anblick einen gehörigen Schauer der Lust durch Bera. »Ein rechtschaffener Mord ist mir lieber.« Er schlüpfte in seine Tunika und zog dann die nassen Stiefel an. »Wenn du einen Mann betäubst, wacht er irgendwann wieder auf und reitet dann gegen dich. Und Drusts Leute werden sicher gegen uns reiten.«

Bera war kein Kind mehr, so wollte sie nicht mit sich reden lassen. »Meine Brüder und ich können uns um jeden kümmern, der uns folgt.«

»So wie sie sich um sich gekümmert haben, als sie hierher kamen?«, fragte er taktlos.

»Das war Verrat!«, gab sie zurück.

»Was hätte man sonst von Drust zu erwarten?«

»Pass auf, *Gemahl*«, warnte Bera in tödlichem Ernst. »Wir können übereinander sagen, was wir wollen, aber meine Brüder und ich dulden keine Kritik von Außenstehenden. Habe ich mich klar ausgedrückt?«

Curran zog seinen Umhang an. »Du vergisst eines, *Gemahlin*: Ich bin ab jetzt kein Außenstehender mehr. Du hast mich zu einem Teil der Familie gemacht, und als solches sage ich die Wahrheit, so wie ich es für richtig halte.«

Bera widerstand ihrem Drang, ihm für seine Arroganz eine Ohrfeige zu verpassen. »Ihr habt noch viel zu lernen, Sir, was es heißt, Teil einer guten Familie zu sein!«

»Und Ihr«, entgegnete er und öffnete die Tür, »habt noch einiges zu lernen, wenn es darum geht, eine gute Gemahlin zu sein.«

10

Bera meinte, gerade erst die Augen geschlossen zu haben, als es an ihrer Tür klopfte.

Sie öffnete ein Auge und gewahrte das erste graue Licht des Morgens.

Morgengrauen? Noch nicht!

Wieder klopfte es – drängend, beharrlich.

Sie versuchte aufzustehen, doch nach der Tortur der letzten Nacht hatte sie das Gefühl, noch nicht richtig mit der Wirklichkeit Schritt halten zu können.

So früh, das konnte nichts Gutes bedeuten. Absolut nicht, aber sie war noch zu müde, um sich darüber wirklich Gedanken zu machen. Sie musste all ihre verbliebene Sensibilität anstrengen, um sich für das, was sie auf der anderen Seite der Tür erwartete, bereit zu machen.

Sie schob Osann beiseite und setzte sich auf, rieb sich das Gesicht, stand auf, legte sich den Umhang um und ging zur Tür.

Curran konnte es nicht sein. Sicher war er nicht so unklug, hierher zu kommen.

Sie öffnete und fand sich Diedres Zofe Malisande gegenüber, deren Augen rot und geschwollen waren.

»Meine Herrin möchte, dass du sofort zu ihr kommst, Weberin.«

Warum bestellte die Fürstin sie zu sich? Bera konnte sich keinen Grund vorstellen, der etwas Gutes bedeutet hätte. Irgendetwas war geschehen. »Ich bin noch nicht angezogen und habe auch noch nichts gegessen«, erwiderte Bera. »Bitte, lasst mir ein wenig Zeit, bis ich …«

»Du bist gut genug angezogen.« Malisande ergriff unsanft

Beras Arm. »Und zu essen und trinken ist genug im Gemach Ihrer Hoheit. Mein Befehl lautet, dich sofort zu ihr zu bringen« – ihre Stimme versagte – »und wenigstens das kann ich tun!«

Bera verstand Malisandes Kummer, doch der Gedanke, Diedre unbewaffnet aufzusuchen, behagte ihr nicht. Curran hatte alle ihre Dolche.

Sie überlegte, sich loszureißen und eine Entschuldigung oder einen Vorwand anzubringen, damit sie ihr Schwert holen konnte.

Doch Malisande dachte nicht daran, sie loszulassen. »Kein Wort mehr. Komm mit, sofort, oder ich rufe die Wachen!« Ohne eine Erwiderung abzuwarten, zog sie Bera auf den Flur und drängte sie vorwärts.

Das bedeutete definitiv nichts Gutes.

Bera blickte zurück und sah Osann, die ihr unter den Decken hervor ängstlich nachschaute. »Es ist alles gut, Osann«, rief sie über ihre Schulter. »Ich bin gleich wieder da, mit ganz vielem zu essen!«

Anstatt Malisande zu erlauben, sie wie eine ungehorsame Bäuerin zum Auspeitschen zu schleifen, beschleunigte Bera ihren Schritt und ging voraus. Zu ihrem Ärger ließ Malisande sie aber auch jetzt noch nicht los, sogar als sie die Wachen passierten und in das prächtige Gemach eintraten, das für Diedre zum Gefängnis geworden war.

Der Stuhl der Fürstin stand nahe beim Feuer, wie bei einer alten Frau. In Felle eingehüllt saß sie mit verhärmtem Gesicht da.

Bera empfand echtes Mitleid mit dieser Frau, was jedoch unsinnig war, denn immerhin war Diedre ihre Feindin und nach wie vor in der Lage, ihr übel mitzuspielen. Doch der Gedanke an Almas Hinrichtung … Diedres Sünden hatten in der Tat bittere Früchte getragen, und ihre schwerste Sünde war noch nicht einmal Ehebruch gewesen, sondern ihre Absicht, in der Welt der Männer Macht zu erringen. Aber eben das schien die grausamsten Bestrafungen nach sich zu ziehen.

Bera fragte sich, wie lange es dauern würde, bis sie ihre Strafe für ihr jahrelanges freies Leben als Kriegerin bekommen würde. Es würde zu einer harten Abrechnung kommen; bei Frauen wie ihr und Diedre war das immer so.

Vielleicht war es ja schon jetzt so weit.

Malisande zog Bera zur Feuerstelle und ließ sie endlich los. »Ich habe die Weberin gebracht, Hoheit.«

»Lass uns allein.« Diedres Stimme schien wie ihr Äußeres an einem Tag um zehn Jahre gealtert zu sein. Die Tragödie hatte ihr die Maske der Matronenhaftigkeit vom Gesicht gerissen und die gequälte, verbitterte Frau darunter offenbart.

Als ihre Zofe gegangen war, wandte sie sich Bera zu. »Leg deinen Umhang ab. Ich will dich sehen.«

Nicht gewillt, sich zu zeigen, verbeugte sich Bera. »Ich bitte gnädigst um Verzeihung, Eure Hoheit, aber ich trage darunter nur meine Chainse. Der Ruf Eurer Hoheit kam so früh, dass ich keine Zeit mehr hatte, mich richtig anzuziehen.«

Diedre musterte sie aus zusammengekniffenen Augen. »Mein Kummer hat mich nicht zum Dummkopf werden lassen, und er hat mich auch nicht in die Laune versetzt, eine solche Anmaßung zu dulden. Ich habe dir einen klaren Befehl gegeben. Also gehorche!«

Sie sprach wie eine Frau, die nichts mehr zu verlieren hatte, und jemand, der nichts mehr zu verlieren hatte, war gefährlich – ganz besonders eine Frau.

Bera beschloss, diese Auseinandersetzung lieber nicht zu riskieren. Sie zog ihren Umhang aus und legte ihn sich über den Arm.

»Das ist schon besser.« Diedre zeigte auf den Schemel ihr gegenüber beim Feuer. »Setz dich. Wir müssen einige Dinge besprechen, bevor ich …« Sie redete nicht weiter.

Bera verkrampfte sich – der nicht beendete Satz konnte ja

wohl nur bedeuten, dass Diedre darauf gekommen war, was Drust mit ihr vorhatte.

Die Drachenfürstin fixierte sie mit einem durchdringenden Blick. »Wie hast du es fertig gebracht?«, fragte sie.

Bera runzelte verblüfft die Stirn. »Was fertig gebracht, Eure Hoheit?«

»All die Jahre nicht zu heiraten.«

Wusste sie, wer Bera wirklich war? Bera blickte ihr in die Augen – ja, sie wusste es.

Aber woher? Sie versuchte, ihr Entsetzen und die unzähligen Fragen, die ihr durch den Kopf schossen, zu verbergen. Jemand musste sie verraten haben.

Diedre starrte sie an und wartete auf eine Antwort. Bera beschloss, dass in dieser Situation der sicherste Weg die reine, wenn auch gefährliche Wahrheit war – zumindest ein klein wenig davon. »Ich bin vor keiner Heirat weggelaufen, Hoheit«, gestand sie und bedauerte bereits, was sie letzte Nacht getan hatte.

Nun ja, nicht alles, was sie getan hatte, berichtigte sie, als sie sich erinnerte, wie leidenschaftlich sie sich geliebt hatten.

»Du bist also keine alte Jungfer?« Diedre war unverhohlen skeptisch. »Mir wurde etwas anderes gesagt.« Selbst in ihrem Kummer und als Gefangene spielte die Drachenfürstin noch ihre perversen Spiele mit dem Leben derer, die sie um sich hatte. Ein sehr gefährliches Spiel, in der Tat.

Bera zitterte; ohne ihren Umhang fühlte sie sich ungeschützt und verwundbar.

Diedre hatte also entdeckt, wer sie war. Bera wusste, dass sie jetzt jedes Wort auf die Goldwaage legen musste, doch ihr schwirrten so viele Fragen im Kopf herum, dass sie sich kaum konzentrieren konnte.

Hatte Curran sie verraten, war er direkt von ihrem Liebeslager zur Fürstin geeilt, um ihr Bericht zu erstatten? Hatte er die ganze Zeit eine Doppelrolle gespielt?

Zuzutrauen war es ihm jedenfalls.

Doch eine andere Möglichkeit bereitete ihr sogar noch mehr Kopfzerbrechen.

Evan. Er hatte sie bestimmt nicht verraten – oder etwa doch? Bera kamen Zweifel, als sie daran dachte, wie er sich gequält hatte, als er glaubte, es sei Diedre gewesen, die hingerichtet wurde.

Hatten denn die Männer überhaupt kein Ehrgefühl?

Wenn Curran oder Evan mit der Fürstin gemeinsame Sache machten, was würde das für die geplante Flucht bedeuten?

Erschüttert erwiderte sie Diedres Worte mit einer Bemerkung, die, so hoffte sie, unverfänglich sein würde. »Letzten Endes sind doch alle Frauen, selbst hochgeborene Fürstinnen, den Männern ausgeliefert, was immer wir auch tun.«

»Das ist wahr.« Diedre starrte mit glasigen Augen in das rauchende Torffeuer. »Wenn eine Fürstin heiratet«, sagte sie bitter, »dann heiratet sie unter ihrer Würde, denn nur durch sie allein wird königliches Blut weitergegeben. Und ich …« Sie schauderte. »Ich wurde an Drust verschachert, lebenslänglich an diese Bestie gekettet.«

Auch Bera war verschachert worden, von den Brüdern, die sie liebte und denen sie vertraute – die sie noch immer liebte, trotz allem, was geschehen war. Aber sie allein war dafür verantwortlich, dass sie sich einem Ausgestoßenen hingegeben hatte, einem Mann ohne Ehre.

»Sobald wir sie in unser Bett und in unseren Körper einlassen«, fuhr Diedre fort, »werden sie zu unseren Herren und verfügen nicht nur über unser Leben, sondern auch über die Ländereien, die wir mit einbrachten und die Kinder, die wir ihnen gebären.« Unbewusst rieb sie ihren Bauch, als würde sich ihre leere Gebärmutter nach der Tochter sehnen, die sie verloren hatte. »Das ist die grausamste aller Ironien, und unsere einzige Zuflucht ist, uns zu betäuben.«

»Mich dünkt, Eure Hoheit hat von allem das Schlimmste erlitten«, sagte Bera mit echtem Mitgefühl.

Diedre funkelte sie zornig an. »Behalte dein Mitleid für dich! Ich werde den Tod umarmen, wenn er kommt, denn er wird das Ende aller Gefühle mit sich bringen.«

»Das ist der Preis der Zuneigung«, sagte Bera ebenso zu sich selbst wie zu Diedre. »Der Schmerz, der danach immer kommt.«

Sie hatte sich letzte Nacht Curran zugeneigt, hatte sich ihm geöffnet, ihm ohne Umschweife ihre Freude an ihrer gemeinsamen Lust mitgeteilt und auch ihre Furcht, ihm keine Kinder schenken zu können. Und wie hatte er darauf reagiert? Er hatte sie bis ins Mark getroffen, hatte nur an das Land und an den Status gedacht, den ihre Ehe ihm einbrachte! »Gibt es auch nur einen Mann auf der Welt, der es verdient, dass man Zuneigung für ihn empfindet?«, fragte sie. »Einen, der es wert ist, gerettet zu werden?«

Diedre musterte sie eindringlich, dann verdüsterte sich ihre Miene wieder.

»Für mich gibt es einen. Aber wie ich ist auch er an einen Menschen gekettet, den er hasst.« Wieder starrte sie mit leerem Blick ins Feuer. »Eigentlich sollte ich ihn am allermeisten hassen, denn er hat mich wieder daran erinnert, was es bedeutet, ein Herz zu haben, und Hoffnung. Ich wünschte, er hätte es nicht getan.«

Damit konnte nur Evan gemeint sein.

»Wollt Ihr, dass er dafür bestraft wird?«, wagte Bera zu fragen. Sie hatte keinen Grund, eine ehrliche Antwort zu erwarten, aber nun, da sie als die Ebenbürtigen miteinander sprachen, die sie waren, hoffte sie darauf. »Möchtet Ihr, dass er stirbt – *dafür*?«

Diedre beantwortete ihren fragenden Blick auf gleiche Weise, dann seufzte sie resigniert. »Nein. Ich sollte es, aber das Herz ist nun einmal töricht. Ich möchte, dass er lebt, damit die Erinnerung – oder die Illusion – der Liebe vielleicht mit ihm weiterlebt.«

Sie liebte Evan! Diese Offenbarung war so quälend wie

überraschend. Oder war dies nur eine weitere List im fein austarierten Spiel der Drachenfürstin?

Beras Instinkt sagte ihr, dass Diedre nicht gelogen hatte. Sie wählte ihre nächsten Worte sehr sorgfältig. »Es könnte einen Weg geben, dass alle dies überleben.«

Diedres Züge wurden lebhaft. »Gut gesagt. Du enttäuschst mich nicht.«

Sie lächelte sogar, doch Bera bemerkte in ihrer Miene keine Freude, sondern nur grimmige Befriedigung. Diedre beugte sich zu ihr. »Jemand, der nicht da ist«, raunte sie ihr ins Ohr, »kann auch nicht angeklagt werden.«

Wusste sie von dem Fluchtplan, oder wollte sie lediglich eine Flucht nahe legen?

Beide Möglichkeiten gaben Anlass zur Sorge.

Die Zeit für Spiele war vorüber. »Vielleicht könnte ich Euch dann behilflich sein«, erklärte Bera leise, »Euer Haus von Fremden zu befreien.«

Diedre nickte. »Aus diesem Grund bist du nach Burghead gekommen, nicht wahr?«

Bera spürte, wie sich ihr die Kehle zuschnürte, und ihr Herz begann zu rasen, doch sie blieb äußerlich ruhig. »Eure Hilfe könnte es leichter machen.«

»Schau vor meine Tür«, entgegnete Diedre. »Ich kann mir doch nicht einmal selbst helfen. Drust hat mir nichts gelassen, nicht einmal meine Schlüssel.«

Ihre Schlüssel. Bera fragte sich kurz, ob die Schüssel, die Curran bekommen hatte, nicht am Ende Diedres waren. Aber das konnte nicht sein. Drust hätte die Burg so lange auf den Kopf gestellt, bis er sie gefunden hätte.

»Ich werde tun, was ich kann«, räumte Bera ein. »Aber zuerst muss ich essen und schlafen.« Sie blickte unmissverständlich auf das Essen auf dem Tisch der Fürstin.

»Nimm es«, sagte Diedre. »Und den Wein auch. Malisande bringt es dir in dein Gemach.« Sie zog elegant die Augenbrauen hoch. »Du würdest gut daran tun, dich nicht sehen zu lassen, wenigstens bis es dunkel ist. Niemand, der mir nahe steht, ist sicher. Drust ist außer sich, er ist betrunken und tobt.« Sie setzte sich. »Den geringen Einfluss, den ich noch habe, werde ich darauf verwenden, dass niemand dein Gemach betritt.«

Bera stand auf. »Dann bitte ich Euch, mich gehen zu lassen.«

Diedre erhob sich mit ihr. »Eines musst du noch wissen«, fügte sie hinzu. »In deinem Haus gibt es einen Verräter, der sich nichts mehr wünscht, als dich und deine Familie vernichtet zu sehen. Ich weiß nicht, ob Drust auch …«

Die Tür wurde aufgestoßen, und zwei von Drusts Männern stürmten herein.

Bera fühlte sich, als sei sie nackt überrascht worden. Sie wandte sich rasch ab und zog hastig ihren Umhang an.

»Lord Drust schickt uns«, erklärte eine raue Stimme.

Sobald Bera sich bedeckt hatte, drehte sie sich um und erkannte Murdoc, Drusts stellvertretenden Kommandeur. In der Türöffnung stand mit entsetzter Miene Malisande.

Beras Herz schlingerte. Was hatte das zu bedeuten? Hatte Drust seinen Plan geändert, die Hinrichtungen vorgezogen? Wurden ihre Brüder bereits jetzt gefoltert?

»Lord Drust hat uns beauftragt, Eure Hoheit zu ihm zu eskortieren«, sagte Murdoc mit derselben überzeugenden Ehrerbietung, die er seiner Fürstin gegenüber immer erkennen ließ. »Wenn Eure Hoheit bitte mitkommen wollen.« Diese Etikette war nichts als Rhetorik, das wussten alle Anwesenden. Eine Aufforderung von Drust war ein Befehl, keine Bitte.

Wie eine Todgeweihte erhob sich Diedre und schwankte auf die Tür zu.

Bera wollte noch hinter ihr herrufen, doch sie wusste, Diedre würde den Namen des Verräters niemals vor Zeugen preisgeben. Womöglich würde sie nie mehr Gelegenheit haben, ihn zu nennen …

Malisande wollte ihrer Herrin folgen, doch Murdoc hielt sie zurück. »Sie kommt wieder«, versprach er. Seinem Ton nach zu urteilen, schien er es zu glauben, doch Bera wollte sich auf derlei Beteuerungen nicht verlassen. Wer konnte schon sagen, was Drust als Nächstes tun würde?

Diedre zeigte keine Furcht. »Malisande, sieh zu, dass die Weberin gut zu essen bekommt«, sagte sie, ohne zurückzublicken. »Und dass niemand sie in ihrem Gemach stört!« Dann ging sie ruhig und gefasst, um ihren Gemahl zu treffen, der sie so sehr hasste wie sie ihn.

»Vielen Dank, Eure Hoheit!«, rief Bera ihr nach und fragte sich, welch neue Katastrophe dieser Tag mit sich bringen würde.

Wie Diedre es ihr aufgetragen hatte, brachte Malisande Bera das Essen, versäumte jedoch nicht, ihr zu verstehen zu geben, dass sie dies für »Verschwendung« hielt. »Ihre Hoheit hat befohlen, dass du den ganzen Tag ungestört arbeiten sollst. Also sieh zu, dass du vorankommst!«, herrschte sie Bera an, bevor sie wieder ging.

Bera ließ es sich erst einmal schmecken und forderte Osann auf, es ihr nachzutun. Als Nächstes ließ sie sich von der Kleinen helfen, ihr langes, rotbraunes Haar zu flechten und kampfgerecht hochzustecken. Dann zog sie ihren Bliaut, die Stiefel und ihr Überkleid an und holte schließlich ihr Schwert aus dem Versteck.

Osann bekam riesige Augen.

Bera war überrascht. Sie hatte gedacht, Osann hätte die Waffe längst entdeckt. Sie zeigte sie ihr. »Dieses Schwert wurde eigens für mich geschmiedet. Ich habe es von zu Hause mitgebracht, aus Pitlanric«, erklärte sie dem Kind.

Osann starrte furchtsam auf das Schwert.

»Möchtest du es anfassen?«, fragte Bera.

»Nein.« Angst flackerte in Osanns Blick. »Meine Hand würde abfallen.«

»Wer hat dir denn das erzählt?«, fragte Bera mit einem Lächeln in den Augen.

»Das sagen alle Bediensteten«, erklärte sie atemlos. »Wenn ein Sklave eine Waffe anfasst, fällt ihm die Hand ab. Oder noch schlimmer.«

»Das ist Unsinn«, erwiderte Bera. »Ich berühre andauernd Waffen, und wie du siehst, ist an mir noch alles dran.«

Osann war nicht überzeugt. »Aber Ihr seid kein Sklave.«

»Wenn wir in Pitlanric sind, zeige ich es dir.« Bera legte das Schwert so hin, dass Osann es leicht berühren konnte.

»Gehen wir nach Pitlanric?«, fragte Osann. Ihr kleines, rundes Gesicht verriet gemischte Gefühle.

»Ja.« Bera zog sie zu sich und umarmte sie. »So Gott will«, flüsterte sie, »werden wir diesen Ort heute Abend zum letzten Mal sehen.«

Osann senkte das Köpfchen. »Ihr wollt mich stehlen?«, flüsterte sie.

»Jawohl.« Bera kitzelte sie ein wenig. »Und ich werde dich nie mehr hergeben. Niemals! Mit meinem besonderen Schwert werde ich dich immer beschützen.«

Sie ließ Osann los und deutete mit einem Kopfnicken auf den großen Webstuhl. »Wenn wir wieder in Pitlanric sind, werde ich meine Spulen brauchen, damit ich dir alle meine Geheimnisse beibringen kann. Dann kannst du dir einen Zauberumhang weben, einen, der mindestens so schön ist wie meiner.«

Osann erlaubte sich ein kleines Lächeln. »Ich möchte auch eine Weberin werden, so wie Ihr.« Dann begann sie, Beras besondere Spulen von dem großen Webstuhl zu nehmen.

Es machte Bera nichts aus zu sehen, wie die Anfänge ihres Sonnenumhangs auseinander genommen wurden. Er hatte seinen Zweck erfüllt, sie würde ihn nie fertig weben.

Sie zerlegte den tragbaren Webstuhl, an dessen Perfektion sie drei Jahre lang gearbeitet hatte, und band die Einzelteile zu einem ordentlichen Bündel zusammen.

Als alles zum Packen bereit war, holte sie die beiden Beutel hervor, die sie aus Pitlanric mitgebracht hatte. In dem schwereren war in einer versteckten Tasche am Boden ihre fürstliche Halskette eingenäht. Bera setzte sich auf ihr Lager und machte sich daran, die Tasche aufzutrennen.

Heute Nacht ging es um Leben oder Tod, und sie würde tun, was sie tun musste – aber als Fürstin, und keinesfalls als niedere Sklavin.

Osann beobachtete sie mit gespannter Ruhe. Bera hörte keinen Mucks von ihr, bis der letzte Stich getan war und sie die dicke Silberkette herauszog. Jetzt schnaufte Osann laut vor Überraschung. »Habt Ihr sie gestohlen? Sie werden Euch töten, wenn sie Euch finden …«

»Aber nein, Kind. Ich habe sie nicht gestohlen«, versicherte ihr Bera. »Diese Kette ist mir bestimmt, wie sie schon vor mir meiner Mutter und davor ihrer Mutter bestimmt war.« Sie legte die massive Insignie zusammen mit dem Poliertuch auf Osanns Schoß. »Mach sie schön glänzend«, sagte sie vertrauensvoll, »denn ich möchte sie tragen, wenn wir diesen Ort heute Nacht verlassen.«

Osann nahm die Kette so vorsichtig in die Hand, als wäre sie aus Glas, und begann, sie bedächtig zu polieren.

Bera packte den kleinen Webstuhl und die Spulen ein. Danach verstaute sie die restlichen Lebensmittel in dem anderen Sack. Von den Garnen, die sie so sorgfältig gedreht hatte, suchte sie nur das wertvollste, das rote, aus, stopfte davon zuletzt so viel sie konnte in den kleinen noch verbliebenen Platz und band die beiden Beutel dann zusammen.

Jetzt war nur noch eines zu tun. Sie steckte die Schlüssel, die Curran ihr gegeben hatte, sowie ihre Dochte und Feuersteine in die Tasche ihrer Tunika. Dann setzte sie sich zurück und wartete.

Sie war bereit.

Jetzt war es nur noch an Curran zu tun, was er versprochen hatte …

War es töricht von ihr zu glauben, dass er Wort halten würde?

Welche Wahl hast du?, fragte ihr praktischer Verstand. *Alles, was Diedre sagte, bestätigte seine Geschichte.*

Sie blinzelte heftig im Versuch, derlei nutzlose Fragen abzuschütteln und sich darauf zu konzentrieren, was sie zu tun hatte.

Der Rest lag in Gottes Händen.

Und Currans.

Allerdings hatte sie nicht bemerkt, dass *Gott* von sich aus etwas für die Befreiung ihrer Brüder getan hätte.

Ein herzhaftes Gähnen unterbrach diesen respektlosen Gedanken.

Was reimst du dir nur alles zusammen!, schalt sie sich. *Hör auf, den allmächtigen Gott zu beleidigen und schlaf lieber noch ein bisschen!*

Unter anderen Umständen wäre sie sitzen geblieben und hätte abgewartet, hätte sich alles noch einmal und noch einmal durch den Kopf gehen lassen, sich mögliche Komplikationen und entsprechende Lösungen ausgedacht. Doch Bera war einfach am Ende. Sie musste schlafen, und wenn es nur ein paar Stunden waren.

»Das reicht«, sagte sie zu Osann, die noch immer die Kette polierte. »Leg sie mir jetzt an.«

Ehrfürchtig legte ihr das kleine Mädchen die funkelnde Kette um den Hals. Sie fühlte sich gut an; Bera hoffte, dass das ein gutes Omen war. Wenn sie das Gemach verließen, würden ihr Umhang und die Kapuze die Kette verbergen, doch für den Augenblick riskierte sie, ihr fürstliches Symbol offen zu tragen.

Sie zog Osann auf das Lager und setzte sich zu ihr. »Ich habe noch eine Aufgabe für dich – die wichtigste, die ich dir je gegeben habe.«

»Ich werde es tun!«, erwiderte Osann mit ergreifender

Entschlossenheit. »Eure Hoheit muss die Aufgabe nur nennen.«

Merkwürdig, wie seltsam Beras richtiger Titel schon nach einigen, wenigen Wochen klang, in denen sie quasi ganz ohne ihn gelebt hatte.

»Ich muss mich jetzt hinlegen«, erklärte sie mit schweren Lidern, »aber ich kann nur bis kurz nach Sonnenuntergang schlafen. Ich verlasse mich darauf, dass du mich aufweckst, sobald es dunkel ist, auch wenn es noch so schwierig ist.« Sie zeigte auf die Waschschüssel. »Spritz mir Wasser ins Gesicht, wenn es nicht anders geht, oder zwicke mich, aber weck mich auf jeden Fall auf, sobald es dunkel ist.«

Osann stand auf, sichtlich entsetzt darüber, bei ihrer Herrin womöglich solche Methoden anwenden zu müssen – umso mehr, als sie ja nun wusste, dass Bera eine Fürstin war. Diedre ließ Sklaven für weit geringere Taten ermorden.

»Ich bin auf dich angewiesen, Osann«, vertraute Bera ihr an. Sie war so matt, dass sie selbst den Tränen nahe war. »Ich *muss* ein wenig schlafen, aber ich traue mich nicht, die Augen zuzumachen, wenn ich nicht weiß, dass du mich rechtzeitig aufweckst. Davon hängt alles ab.«

Osann biss sich auf die Unterlippe, offensichtlich hin- und hergerissen zwischen ihrer Loyalität für Bera und den bitteren Lektionen, die ihr kurzes Leben ihr bereits erteilt hatte. Doch schließlich siegte ihre Treue. »Ich werde es tun«, versprach sie. »Legt Euch schlafen, Hoheit. Ich werde Euch rechtzeitig aufwecken.«

»Ich wusste es.« Bera umarmte die Kleine herzlich, ließ sie jedoch sofort los, als sie merkte, wie Osann sich dabei versteifte. Schon jetzt war also ihr Rang zur Barriere zwischen ihnen geworden.

»Und pass auf, während ich schlafe.«

»Jawohl, Hoheit.«

Traurig, dass sie für das kleine Mädchen nun wohl nie mehr einfach »Missy« sein würde, legte sich Bera schlafen.

Ein kalter Tropfen fiel auf ihr Auge, dann noch einer, aber es war nicht wirklich so, dass Bera nass wurde. Es war nur ein Traum.

»Mistress!«, rief von fern eine Kinderstimme. »Es ist Zeit!«

Noch mehr Tropfen, fast schon ein Guss. Aber immer noch nur ein Traum.

»Bitte, Hoheit! Wacht auf!«, bettelte die Stimme, ein wenig näher jetzt, aber immer noch von fern. »Alles hängt davon ab. Wacht auf!«

Alles hängt davon ab. Da war doch etwas ...

Ein heftiger Schmerz an der Wurzel ihres Fingernagels ließ sie zusammenfahren.

Schmerz. Das war nun definitiv kein Traum mehr, konnte keiner sein.

Sie hörte ein Stöhnen – ihr eigenes?

»Gott möge mir vergeben!« Die gequälte kleine Stimme klang jetzt noch viel näher. »Ihr habt mir gesagt, ich muss alles tun, Eure Hoheit. Bitte, bitte bringt mich nicht dafür um!«

Vom Nagel von Beras linkem Mittelfinger ging ein schier unerträglicher Schmerz aus.

»Zum Teufel!«, schrie sie und fuhr auf, so dass ihre kleine Angreiferin erschreckt zurückzuckte. »Wo in aller Welt hast du denn das gelernt?«

»Von Helena, dem Küchenmädchen«, sagte Osann unter Tränen. »Es tut mir so Leid, dass ich Euch wehgetan habe, Hoheit, aber nichts anderes hat funktioniert, und Ihr habt gesagt, ich muss alles versuchen!«

Bitte bringt mich dafür nicht um.

Die Ärmste. Zu erfahren, dass Bera eine Fürstin war, hatte anscheinend das noch so zerbrechliche Vertrauen zerstört, das zwischen ihnen entstanden war. In diesem Augenblick fasste Bera endgültig den Vorsatz, das Kind zu befreien –

wenn sie denn überhaupt morgen beide wirklich noch am Leben waren.

»Na, na.« Sie schüttelte die Hand mit dem schmerzenden Finger, legte aber den anderen Arm um Osanns Schultern und umarmte sie kurz. »Das hast du gut gemacht.«

Beim Aufstehen atmete sie tief durch und war froh über die kalte Luft, die ihr den Kopf frei machte.

»Wir gehen zusammen«, flüsterte sie und zog ihren Umhang an. Sie fand Osann in der Dunkelheit, legte ihr die beiden Beutel über die Schultern und verteilte das Gewicht gleichmäßig. »Diese beiden nimmst du. Sobald wir draußen sind, gehst du zu den Ställen – lass dich aber von niemandem sehen. Und dort versteckst du dich dann.«

Sie grinste in das Dunkel. »Das kannst du, ich weiß es. Im Verschwinden bist du eine Meisterin!«

»Ja, Eure Hoheit.« Sie meinte aus Osanns Antwort ein Grinsen herauszuhören.

»Ich komme dann später auch zu den Ställen.« Bera rückte ihr Schwert zurecht und verschloss ihren Umhang. »Du bleibst in deinem Versteck, bis ich komme, egal welche Geräusche du hörst.«

»Ja, Hoheit.« Osann trat näher zu ihr, jedoch nicht so nah wie früher.

»Wenn ich komme, werden viele Männer bei mir sein«, erklärte Bera, »Männer, die sehr schlecht riechen. Das sind meine Brüder. Falls mir etwas zustößt, gehorchst du ihnen ebenso, wie du mir gehorchen würdest.«

»Ja, Hoheit«, sagte Osann ruhig. »Aber es wird Euch nichts Schlimmes passieren.«

»Dein Wort in Gottes Ohr«, murmelte Bera. »Denk daran«, fuhr sie fort, als sie ihre Kapuze aufsetzte. »Wenn er stinkt, kannst du ihm vertrauen.«

Auch wenn Osanns Kichern sehr angespannt klang, war es Musik in Beras Ohren.

Sie atmete tief durch und stellte sich Drust vor, wie er die Hinrichtung seiner Tochter verfolgte. Dann beschwor sie das Bild herauf, dass sie neben ihm stand, das Schwert bereit, um zuzuschlagen.

Eine plötzliches Gefühl von Kampfeslust fegte ihren Kopf frei und ließ all ihre kleinen körperlichen Schmerzen verschwinden.

In dieser Nacht würde mehr Vergeltung geübt werden, und nicht nur für das, was ihren Brüdern angetan worden war.

»Komm, meine Liebe, es ist nun wirklich allerhöchste Zeit.« Sie öffnete die Tür und führte Osann hinaus, ihrem gemeinsamen Schicksal entgegen.

11

Bera fragte sich besorgt, was Drust an diesem Tag womöglich unternommen hatte, doch sie konnte nur darauf vertrauen, dass Curran sich mit ihr in Verbindung gesetzt hätte, falls sich irgendetwas Wichtiges ereignet hatte.

Curran zu vertrauen war nicht einfach, aber umgekehrt war es sicher auch für ihn schwierig, ihr Vertrauen zu schenken. Ihr Bündnis war nicht weniger aufgezwungen und ungeregelt als ihre Ehe. Doch, nachdem kein gegenteiliges Wort im Raum stand, hatte sie kaum eine andere Wahl, als ihren gemeinsamen Plan weiter zu verfolgen.

Es gab kein Zurück.

Morgen um diese Zeit würde sie tot oder aber mit ihren Brüdern auf dem Weg zurück nach Pitlanric sein. Eine andere Möglichkeit gab es nicht.

Sie musste einfach glauben, dass ihre Brüder lebten und dass Curran sie wie versprochen zu den Ställen bringen würde. Dieser Glaube befähigte sie zu tun, was getan werden musste.

Von dem Augenblick an, in dem sie Osann – das letzte Mal, so hoffte sie inbrünstig – auf den Flur hinaus begleitete, tat sie ihr Bestes, um sich auf den Sieg zu konzentrieren und möglichst nicht an ihre Ängste zu denken. Auf dem Weg den Korridor entlang beschwor sie in ihrer Vorstellung das Bild herauf, dass sie alle – Osann, ihre Brüder, sie selbst und sogar Curran – ungehindert durch das Tor in die Freiheit galoppierten, während hinter ihnen der Kornspeicher in Flammen stand.

Diese Vorstellung gelang ihr mit Leichtigkeit – ein gutes Omen.

Als sie sich Diedres Gemach näherten, vor dem wieder die beiden Wachen standen, zog Bera Osann dicht zu sich heran. Murdoc hatte also Wort gehalten und die Fürstin zurückgebracht. Aber in welchem Zustand?

Ein leichter Schauder überfiel Bera bei dem Gedanken, was Drust seiner Gemahlin womöglich angetan hatte. Doch sie schüttelte ihn ab und zwang sich, ihre Schritte wohl überlegt zu wählen, während sie Osann an den beiden Kriegern vorbeilotste.

Herr. Du kannst einen Weg bahnen, wo es noch keinen solchen gibt, betete sie im Vorbeigehen. *Vernichte unsere Feinde. Hilf uns unversehrt in die Freiheit, und ich werde ohne zu klagen meinen Platz unter den Ehefrauen einnehmen.*

Hatte sie das nicht schon einmal versprochen?

Dieses Mal meine ich es wirklich ernst, Gott. Wirklich.

Statt des inneren Friedens, der Gottes Einverständnis angezeigt hätte, spürte sie Gewissensbisse. Sie hatte Gott schon so viel versprochen und nichts gehalten, dass sie es ihm kaum übel nehmen konnte, wenn er ihr dieses Mal nicht glaubte.

Trotzdem, dieses Mal meinte sie es wirklich ernst. Um ihn von ihrer Aufrichtigkeit zu überzeugen, fügte sie widerwillig hinzu: *Sogar Curran werde ich eine gute Gemahlin sein. Ich schwöre es bei meiner Ehre als Kriegerin und Fürstin.*

Wenn ihn das nicht überzeugte, dann half einfach gar nichts.

Zufrieden hastete sie mit Osann durch den großen Saal, in die Räume der Bediensteten, dann einen engen Korridor hinunter zum Biediensteteneingang.

»Halt!« Ein unbekannter, mit einem Stock bewaffneter Wachposten blockierte ihren Weg.

Verdammt. Ausgerechnet dieses eine Mal musste der reguläre Wachmann nicht da sein! Bera hatte damit gerechnet, dass er wie sonst immer hier sein und schlafen würde.

»Ich bin die Weberin Ihrer Hoheit«, sagte sie ruhig, froh

darüber, dass sich Osann hinter ihr dicht an sie drückte und so nicht zu sehen war. »Ich bin für Ihre Hoheit unterwegs.«

»Hmm. Für Ihre Hoheit, ja?« Der Mann musterte sie verächtlich. »Und was für ein Geschäft sollte das sein, um diese Nachtzeit, das möchte ich doch gerne wissen!«

»Wenn du glaubst, dass ich dir Privatangelegenheiten Ihrer Hoheit auf die Nase binde, dann täuschst du dich gewaltig!«, entgegnete Bera eisern. »Und jetzt tritt zur Seite!«

Vielleicht war es unter den gegebenen Umständen ein Fehler gewesen, sich auf Diedre zu berufen. Bera griff unter dem Umhang nach ihrem Schwert. Lieber hätte sie den Mann allerdings am Leben gelassen, denn selbst wenn sie seine Leiche versteckte, könnte jemand sie finden und dann Alarm schlagen.

Der Wachposten war unschlüssig. »Niemand hat mir etwas von derartigen Geschäften gesagt.«

»Dann schick doch zur Bestätigung einen Pagen zur Fürstin!«, erwiderte Bera mit hoheitsvoller Arroganz. »Diejenigen von uns, die ihr dienen, arbeiten bis spät in die Nacht, jede Nacht, doch Ihre Hoheit zieht sich früh zurück. Aber lasst sie ruhig aufwecken! Mich wird sie nicht abweisen, ich bin jedoch sicher, dass sie darauf brennt zu wissen, wer sie mitten in der Nacht wachrütteln ließ!«

Der schon etwas ältere Krieger biss sich auf die Lippe und überlegte. Dann warf er einen düsteren Blick auf Bera und trat zur Seite. »Also gut. Ihr könnt passieren.«

Hoch erhobenen Hauptes schritt sie an ihm vorüber, Osann blieb dicht bei ihr und veränderte wie der Schatten einer Flamme ihre Position, so dass der Mann sie überhaupt nicht gewahrte.

Bislang funktionierte Beras Gebet.

Sie öffnete die mit schweren Eisen beschlagene Tür und schob Osann hinaus. Sobald sie die Schwelle überquert hatten, trat sie zur Seite und ließ den stürmischen Seewind die schwere Tür hinter ihnen zuschlagen.

Draußen, im windgepeitschten Hof, konnte Bera fast spüren, wie die Omen sie umschwirrten und schwer in den tiefen Wolken hingen. Heute Nacht würden sie und ihre Brüder die Klingen kreuzen und siegen oder unterliegen, je nach Fügung des Schicksals. Die tödliche Gefahr dessen, was sie nun in Gang setzen musste, brachte ihr Blut in Wallung und ließ ihr Kriegerinnenherz höher schlagen.

Draußen war es nicht so kalt wie in der Nacht davor, aber obwohl ihre Knochen von der letzten Nacht noch schmerzten, war sie froh über den Wind. Er würde die Flammen anfachen und es erleichtern, den Kornspeicher in Brand zu stecken – so lange es nicht regnete.

Als sie den von Fackeln erhellten Eingang hinter sich gelassen hatten, blickte Bera zu den Wolken auf und schnupperte in die Luft. Kein Regen, zumindest nicht in nächster Zeit. Und wohl auch kein Schnee. Vielleicht hatte sich die Sturmmutter ja doch nicht gegen sie gewandt.

Der obere Bereich der Burg war verlassen wie in der Nacht zuvor, die Türen und Fenster dicht verschlossen. Um sicherzugehen, hielt sie sich dennoch im Schatten, bis es für sie und Osann Zeit war, getrennte Wege zu gehen.

An der dem Meer zugewandten Seite der Zitadelle blieb Bera stehen und bückte sich zu Osann nieder. »Denk daran …«

»Ich denke daran«, unterbrach Osann sie ungewöhnlich selbstbewusst. »Zum Stall gehen und verstecken. Ihr kommt mit Euren stinkenden Brüdern dorthin.«

Bera grinste amüsiert. »Oder nur meine stinkenden Brüder.«

»Nein.« Das wollte Osann absolut nicht hören. »Ihr kommt mit Euren stinkenden Brüdern dorthin und holt mich ab, und dann sind wir alle frei.«

Sie sagte es mit solcher Überzeugung, dass Bera es fast selbst glaubte. Die Frau in ihr wollte Osann in den Armen wiegen, ihr Trost spenden und selbst getröstet werden, doch nun regte sich auch die Kriegerin, und so gab sie der Kleinen nur einen liebevollen Klaps auf den Po. »Und jetzt ab mit dir – Gott möge dich beschützen!«

Sie schaute Osann nach, bis sie im Dunkel verschwunden war. Dann machte sie sich zu den Unterkünften der Krieger auf.

Auf dem Weg dorthin zog sie ihr Schwert und küsste die Klinge. Sie konnte fast hören, wie Airell sagte: »Erledige einfach deinen Auftrag und bleibe am Leben, damit du danach davon berichten kannst.«

Der Wachposten würde jetzt bald mit seinen Runden beginnen. Als sie die Quartiere erreichte, blieb sie im Schatten stehen und wartete. Lange Minuten verstrichen, bis eine einsame Gestalt die Felle an der Türöffnung zur Seite schlug und in den Wind hinaustrat. Der Mann schnaufte und prustete ausgiebig und stampfte etwas herum, dann zog er sein Schwert, nahm eine der Fackeln neben der Tür aus der Halterung und ging los zu seiner ersten Runde.

Bera rannte zum Kornspeicher. Sie näherte sich dem runden, steinernen Gebäude von hinten und drückte sich an das Fundament, bis sie den einzigen Wachposten sah. Er hatte sich neben einer Kohlenpfanne am Eingang fest in seine Felle eingewickelt; seine Keule lehnte an der Wand.

Lautlos wie ein Schneefall im Frühling schlich sie sich auf der dem Wind abgewandten Seite bis auf drei Fuß an ihn heran. Dann nahm sie vorsichtig ihr Schwert umgekehrt in die rechte Hand und warf mit der linken ein Steinchen an dem Mann vorbei zur Tür hin. Als er aufstand, um dem Geräusch nachzugehen, schlug sie ihm den Schwertknauf auf den Kopf, ähnlich wie sie es damals, vor Monaten, bei Tundarr gemacht hatte.

Ein dumpfes Geräusch.

Dieser Dummkopf. Er hatte nicht einmal nach seiner Keule gegriffen.

Wie Tundarr schwankte er, aber er fiel nicht um – er stand

nur da, ein wenig schief, die Keule lehnte noch immer an der Mauer.

Verdammt! Manche Leute wussten einfach nicht, wann es an der Zeit war umzukippen. Jetzt würde sie ihm den Garaus machen müssen.

Sie drehte das Schwert um und ging in Stellung, um den Mann zu durchbohren, zögerte jedoch.

Bera hatte noch nie vor einem ehrenhaften Mord in einem fairen Kampf zurückgeschreckt, aber einen Unbewaffneten von hinten aufzuspießen, das war alles andere als ehrenhaft. Das würde für ihr Vorhaben in dieser Nacht einen unglückseligen Beginn bedeuten.

Er hatte ja nicht einmal versucht, sich zu verteidigen.

Sie beschloss, ihm erst nur einen Stich zu versetzen, bevor sie kurzen Prozess mit ihm machte.

Und das war alles, was es brauchte. Er ging zu Boden wie eine vom Sturm gefällte Eiche.

Um sicherzugehen, gab Bera ihm noch einen gezielten Schlag auf den Schädel, fesselte ihn mit seinen Fellen und schleifte ihn dann hinter ein angrenzendes Gebäude, wo ihn hoffentlich erst jemand finden würde, wenn sie längst über alle Berge waren.

Donnerwetter, nach all diesen Wochen ohne ihre sonst gewohnte körperliche Betätigung war sie ganz schön außer Form. Prustend und schnaufend eilte sie zurück, um den Schlüssel auszuprobieren, den Curran ihr gegeben hatte.

Er passte perfekt. Sie ging hinein und gleich zu den Ballen mit Sommergras, die auf einer Seite aufgetürmt waren. In wenigen Minuten hatte sie um den Haufen kostbaren Korns eine große Menge Gras verstreut. Dann zündete sie mit Hilfe ihrer Feuersteine ein dickes Bündel Heu an und setzte mit dieser provisorischen Fackel das Gras in Brand.

Durch die Anstrengung beim Verstecken des Wachpostens und die einsetzende Hitze des Feuers wurde ihr zum ersten Mal seit zwei Tagen richtig warm.

Bera verließ den Speicher, verschloss die Tür und rannte zu den Ställen.

Sie schaute nur einmal zurück und sah erleichtert, dass Rauch aus dem Dach quoll und orangefarbene Flammen am Dachgesims emporzüngelten.

Als sie die Ställe erreichte, wurde der erste Alarm gegeben.

»Feuer! Feuer!« Der Schrei würde mit Sicherheit jedes Gebäude in der Burg und jede Hütte im Dorf leeren.

Tief unten im Verlies hörte auch Curran den Alarmruf, und seine Anspannung löste sich etwas. Aber noch hatten sie es nicht geschafft.

Im tanzenden Licht der Fackel, die er vom Standort des Wachpostens mitgenommen hatte, steckte er den riesigen Schlüssel in das Schloss und drehte ihn. Es quietschte laut, aber wegen der Wache musste sich Curran keine Gedanken machen. Der Mann lag tot neben ihm auf dem Boden, so wie er ihn gefunden hatte – zweifellos vergiftet.

Zum Öffnen der schweren Tür brauchte er beide Hände und seine ganze Kraft. Der Geruch, der ihm entgegenschlug, warf ihn fast um. Aus dem Inneren des Kerkers drängte ein Haufen über und über verdreckter Männer auf ihn zu – nur einer war auffallend sauberer als die anderen –, und neun Augenpaare richteten sich argwöhnisch aus hageren, bärtigen Gesichtern auf ihn.

»Könnt ihr laufen?«, fragte er.

»Wer seid Ihr, dass Ihr das wissen wollt?«, fragte ein kleiner Dunkelhaariger zurück.

»Ich bin Curran, Beras Gemahl, und gekommen, um euch aus diesem gottverdammten Loch herauszuholen.« Er ignorierte, dass sie plötzlich alle zusammen überrascht einatmeten, packte den toten Wachposten und warf ihnen die Leiche vor. »Hier, versteckt den, so gut es geht.«

Neun Armpaare packten zu; die Ersten, die den Toten zu fassen bekamen, ließen ihn verschwinden.

»Wir haben nicht viel Zeit!«, drängte Curran. »Ihr könnt laufen, ja?«, wiederholte er.

»Ja, dazu sind wir gesund genug«, sagte der Größte, dessen durchdringende blaue Augen in scharfem Kontrast zu seinem ergrauenden schwarzen Haar standen. Er war ausgezehrt, aber als Gegner wohl immer noch ernst zu nehmen. »Habt Ihr irgendwelche Waffen?«

»Nur meine eigenen und diese hier.« Er verteilte die Dolche, die er Bera abgenommen hatte.

»Hey«, meinte einer, »die sehen ja aus wie Beras!«

Der Große trat vor. »Niemand nimmt Bera ihre Dolche ab, nicht, so lange sie lebt!« Mit erhobenem Dolch funkelte er Curran zornig an. »Was habt Ihr mit unserer Schwester gemacht?«

»Das habe ich euch doch gesagt, ich habe sie geheiratet.« Curran wich nicht zurück. »Sie wartet bei den Ställen auf uns«, sagte er in der Hoffnung, dass es stimmte. »Sie hat den Kornspeicher in Brand gesteckt, um die Leute von den Pferden abzulenken. Mit etwas Glück werden wir auf keinerlei Widerstand treffen.« Er winkte ihnen zu, ihm zu folgen. »Wenn ihr nicht hier bleiben wollt, müssen wir jetzt zu den Ställen.«

Die Männer tauschten argwöhnische Blicke aus, dann schlurften sie, noch etwas unsicher auf den Beinen, los. Curran kannte dieses Gefühl; auch er hatte in seinem Leben schon einiges durchgemacht. Daher wusste er auch, dass sie schon bald wieder ordentlich würden laufen können.

Er musterte die zerlumpte Prozession. Die Neun bewegten sich wie eine Einheit, halfen sich gegenseitig die Treppe hinauf. »Ist irgendjemand krank oder verwundet?«

Der Große drehte sich um. Oder war es derselbe? »Nein. Wir können alle reiten.« Er gab dem stämmigen Blonden neben ihm einen Stoß. »Orrin hier ist taub, aber mit uns kommt er ganz gut zurecht.«

»Schön.« Curran löschte die Fackel in dem überquellenden Latrineneimer aus, verschloss die Tür und arbeitete sich dann an die Spitze der Kolonne vor.

Sie kamen langsam voran, aber nicht so langsam, dass sie es nicht schaffen konnten. »Macht euch darauf gefasst, dass draußen ein kalter Wind weht«, warnte er die Männer, als sie den Ausgang erreichten.

»Für ein bisschen frische Luft würde ich sogar meinen Zinken gefrieren lassen«, murmelte einer, worauf die anderen leise, aber herzhaft lachten und hüstelten.

»Wartet«, sagte Curran. »Ich sehe erst mal nach, ob hier jemand ist.« Mit gezogenem Schwert drückte er die Tür gegen den Wind auf und schlüpfte hinaus. Wie erhofft, schienen draußen alle mit dem Löschen des Kornspeichers beschäftigt zu sein. Am anderen Ende des Hofes sah er Krieger, Sklaven und Bedienstete, die in Windeseile vom Brunnen im unteren Burgbereich Eimer zum Brandherd weiterreichten.

Curran stemmte sich gegen die Tür, um sie offen zu halten. »Beeilt euch! Die Ställe sind links, hinter der Zitadelle. Haltet euch im Schatten!« Sobald sie alle draußen waren, lief er wieder an die Spitze und zeigte den Weg.

Nach einer kurzen Strecke marschierten sie alle in einem guten Tempo.

»So«, murmelte der Größte, »Ihr seid also Curran.«

»Ja.« Jetzt war keine Zeit für einen Plausch, doch Curran wollte seinem Schwager seinen Willen lassen. »Und Ihr?«

»Angus. Ich bin der Älteste.« Er zeigte auf einen anderen Großen. »Der da ist mein Zwillingsbruder Airell.«

Eineiige Zwillinge.

Curran nickte nur. Es würde einige Zeit dauern, mit diesen Brüdern zurechtzukommen, die so sehr daran gewöhnt waren, als Gruppe zu leben und sogar zu sprechen. Aber schon jetzt beneidete er sie darum, wie sie einander beschützten.

Curran beschleunigte das Tempo und drängte sie, ebenfalls schneller zu gehen – auf die Ställe und ihre Freiheit zu.

Als die Alarmschreie ihren Höhepunkt erreichten, gelangte Bera bei den Ställen an, in denen die besten Streitrösser standen. Pferdeknechte und Stallburschen rannten bereits mit Eimern bewaffnet in die Nacht hinaus und überließen die nervösen Tiere sich selbst.

Sie wartete, bis es still geworden war, und schlich dann mit gezogenem Schwert hinein. Das Geschrei hatte die Pferde erschreckt, und so stampften sie auf und zerrten an ihren Haltestricken, aber es war niemand zu sehen, der hier geblieben wäre, um sich um sie zu kümmern.

Um sicherzugehen, schaute sie in eine Box nach der anderen – zweiundzwanzig insgesamt, mit zwanzig Pferden. Dann suchte sie gründlich das restliche Gebäude ab, einschließlich des Dachbodens, doch sie fand niemanden – auch Osann nicht.

Besorgt, dass dem Kind vielleicht etwas zugestoßen war, lehnte sie sich über den Dachboden hinaus und schaute sich noch einmal um, bevor sie die Leiter wieder hinunterstieg. Unten angekommen, drehte sie sich um – und merkte, dass jemand direkt hinter ihr stand.

Jahrelange Übung ließ sie ihr Schwert hochreißen, um zuzuschlagen, doch in dem Bruchteil einer Sekunde, bevor sie es tat, schaltete sich ihr Verstand ein.

Osann. Es war die kleine Osann, und sie hätte sie fast erschlagen!

»Um Gottes willen, Kind!«, flüsterte sie. »Du hast mich zu Tode erschreckt. Wo warst du denn?«

»Ihr habt gesagt, ich soll mich verstecken«, erinnerte Osann sie. »Also habe ich es getan.« Sie schaute sich um. »Wo sind Eure stinkenden Brüder?«

»Sie kommen.« Bera zog sie in eine leere Box, um dort zu warten. »Bald. Sie werden bald hier sein.« Sie mussten bald hier sein. Eine andere Gelegenheit würde sich nicht mehr bieten, und ohne sie wollte sie nicht gehen.

Bange Minuten verstrichen, bis Osann plötzlich aufstand

und lächelte. »Ich rieche sie«, sagte sie mit ihrer süßen Kleinmädchenstimme. »Sie sind hier.«

Bera hielt sie zurück und spähte vorsichtig hinaus. Sie roch nur die vertrauten Gerüche von Heu und Pferdedung und hörte nichts als das Stampfen und Scharren von Hufen, ferne Schreie und das Pfeifen des Windes.

Doch dann bemerkte sie ihn auch – den schwachen Gestank aus dem Verlies. Sie waren tatsächlich hier. Aufgeregt, aber noch immer sehr wachsam, zog sie Osann neben die Stalltür und wartete, das Schwert bereit, für alle Fälle.

Zuerst erschien eine in einen schwarzen Umhang gehüllte Gestalt.

Curran. Bera erkannte den Stoff seines Umhangs, noch bevor sie seine untrüglichen breiten Schultern gewahrte. Als er sich umdrehte und sie mit gezücktem Schwert dastehen sah, versteifte er sich im ersten Moment ebenso, wie es ihr gerade mit Osann ergangen war; allerdings verbarg er seine Überraschung besser. Sein einziger Kommentar war ein sarkastisches »Spar dir deine Kraft für den Feind!«

Was immer sie darauf erwidern wollte, es war vergessen, sobald Angus eintrat. Bera fiel ihm um den Hals und umarmte ihn herzlich, auch wenn er entsetzlich roch. Und er war so dünn.

Er hielt sie vor sich. »Hübscher Umhang.«

Nach ihm kam Roy, dann Airell, dann Kegan und Orinn, gefolgt von Becan, Donall und Fidach und zuletzt Evan.

Gott sei Dank, sie gingen alle aufrecht, und für das, was sie durchgemacht hatten, sahen sie einigermaßen gut aus. Am liebsten hätte sie alle einen nach dem anderen umarmt, doch dazu war jetzt keine Zeit. Sie waren bereits dabei, die Pferde aufzuzäumen, die sie in die Freiheit bringen würden.

»Pferde sind mehr als genug da«, sagte sie zu Angus, »aber ich denke, wir sollten überhaupt keine hier lassen. Oder werden wir zu langsam, wenn wir sie alle mitnehmen?«

»Nein.« Er wandte sich an seine Brüder. »Wir nehmen die

Pferde alle mit, Jungs!«, erklärte er. Als er sich wieder zu Bera umdrehte, sah er aus den Falten ihres Umhangs Osann hervorlugen. »Was zum Teufel ist denn das?«

Bera setzte sich das Kind an die Hüfte. »Sie gehört mir, du großer Tollpatsch. Und jetzt hör auf, Zeit zu verschwenden, und such dir ein Pferd aus.« Sie zeigte auf einen gesprenkelten Wallach in der ersten Box. »Wir nehmen den da.«

In wenigen Minuten war er aufgezäumt und losgebunden, und Osann saß samt den beiden Säcken auf dem Widerrist. Bera stieg auf, indem sie sich mit einem von der Decke herabhängenden Seil auf den Rücken des großen, starken Tiers schwang. Sie fügte sich dabei jedoch einen heftigen Schmerz zwischen den Beinen zu, den sie so gut es ging zu ignorieren versuchte.

»Bist du schon einmal auf einem Pferd geritten?«, fragte sie Osann, während sie das kleine Mädchen umdrehte und an sich zog, so wie die Bäuerinnen in den Feldern ihre Babys hielten.

Osann schüttelte den Kopf und schmiegte sich zwischen Beras Brüste, legte die dünnen Arme um Beras Rippen und die Beine um ihre Hüften.

»Das macht nichts«, beruhigte Bera sie. »Du hältst dich einfach an mir fest, weiter brauchst du nichts zu tun.«

Osann nickte wieder.

Bera trieb den Wallach aus der Box. Auch ihre Brüder waren bereits aufgesessen. Nur Curran war noch zu Fuß; er stand, mit seiner gesamten Habe beladen, neben seinem wunderbaren schwarzen Hengst bereit, um die Tür zu öffnen. Jeder der Brüder führte noch mindestens ein weiteres Pferd am Zügel, und mehrere hatten sich mit Heugabeln und Knüppeln bewaffnet.

Angus nickte Bera zu. »Du reitest voran. Wir kümmern uns um die Pferde, du um das Kind.«

»Hier. Mein Schwert.« Während sie an die Spitze ritt, hob sie ihre Waffe hoch, um sie ihm zuzuwerfen, unterließ es jedoch, als Angus plötzlich eine riesige, beeindruckende und scharfe Klinge hochhielt.

»Danke, dass du mir deinen Zahnstocher anbietest, Kleine, aber ich brauche ihn nicht.« Angus grinste wie in alten Tagen. »Curran hat mir eines von seinen gegeben.«

Es war nur eine Kleinigkeit, aber es ärgerte sie dennoch, dass Curran, nicht sie, der Grund für dieses Grinsen war. Hatte ihr Gemahl, dieser Fremdling, schon jetzt den Platz unter ihren Brüdern erobert, den zu erringen sie so lange gekämpft hatte?

Angus blickte zu Curran. »Bereit?«

Wortlos öffnete Curran die Tür. Ohne zurückzuschauen, lenkte Bera ihr Pferd an ihm vorüber und dachte dabei an ihre Vision, in der sie unversehrt durch die Palisaden geritten war. Sie schlug den direktesten Weg zum Haupttor ein. Was sie dort vorfinden würden, wusste sie nicht.

Hinter ihr donnerten die Hufe wie von einer ganzen Heerschar.

Fast am Ziel. Sie waren schon fast in Freiheit.

12

Als Diedre den Ruf »Feuer! Feuer!« vernahm, stand sie benommen auf, nachdem sie stundenlang reglos vor dem Kamin gesessen und mit leerem Blick in die Glut gestarrt hatte.

Feuer. Hier irgendwo brannte es. Sie sollte sich darum kümmern, dass ...

Nein. Sie konnte nirgendwo hin. Und außerdem ...

Feuer.

Natürlich. In ihr keimte ein Gedanke auf. Bera.

Zum ersten Mal seit Tagen lächelte Diedre, aber es war ein freudloses Lächeln.

Eine Feuersbrunst war eine ausgezeichnete Ablenkung. Bera hatte ihr Versprechen also eingelöst. Und der Schwarze Krieger – nun ja, der hatte die Schlüssel, die Malisande Drust unter Lebensgefahr geraubt hatte.

Der Gedanke, dass Bera und der arrogante Söldner gemeinsam an Evans Flucht arbeiteten, ließ Diedre ein weiteres Mal freudlos lächeln. Die beiden waren zwar kein ideales Gespann, doch die Befreiung von Evan und seinen Brüdern lag bei ihnen in guten Händen.

Sie stocherte in der Glut, dann legte sie ein Stück Holzkohle nach und setzte sich wieder. Ihr war kalt, unendlich kalt. Ob ihr jemals wieder warm würde? Sie wickelte sich in ihren Pelzumhang.

Zu schade, dass eine Frau von Beras Stand und Mut schließlich gezwungen gewesen war, einen solch zwielichtigen Gesellen wie den Schwarzen Krieger zu heiraten; aber Evans Sicherheit und auch ihre eigene lagen Diedre mehr am Herzen als Beras Schicksal.

Und warum sollte es Bera besser ergehen als den anderen

Frauen ihres Standes? Es war das Schicksal von Fürstinnen, zum Wohl ihrer Familie zu heiraten und Kinder zu bekommen. Wenn sie sich zwischen einem engstirnigen, grobschlächtigen Edelmann wie Drust und einem gut aussehenden, arroganten Mann aus dem Volk wie dem Schwarzen Krieger hätte entscheiden können, hätte sie den Schwarzen Krieger genommen. Immerhin würden Beras Kinder tapfer und ansehnlich werden, nicht so borniert, feige und grobschlächtig wie ihre eigenen – ausgenommen Alma.

Beim Gedanken an ihre Tochter befiel Diedre abermals tiefste Trauer. Ihr einziger Trost war, dass Alma durch ihren Tod wenigstens von Drust und seinem verkommenen Halbbruder erlöst worden war.

Ach, wenn sie ihrer Tochter doch nur in den Tod hätte folgen können! Diesen Wunsch hatte Diedre in den letzten grauenvollen Tagen immer wieder verspürt. Aber das wäre zu einfach gewesen; sie musste am Leben bleiben, um Drust für das, was er getan hatte, büßen zu lassen.

Ihre bitteren Gedanken wurden durch Malisandes unverkennbares Klopfen an der Tür unterbrochen.

»Herein!«

Still und unaufdringlich wie immer schlüpfte die Zofe in das Zimmer, das sie in den letzten elf Jahren mit ihrer Herrin geteilt hatte. Sie war außer Atem, denn sie hatte ein gutes Stück Wegs hinter sich, und ihr Gesicht war von der Kälte gerötet.

»Hast du dich um alles gekümmert?«, fragte Diedre, obwohl sie wusste, dass diese Frage unnötig war – auf Malisande war bisher stets Verlass gewesen. Aber Diedre traute ihr ebenso wenig, wie sie einem Wolf als Haustier getraut hätte.

»Jawohl.« Malisandes Miene war unbewegt. Sie verbeugte sich tief wie eine reuige Sünderin, die vom Priester den Segen erbittet.

Doch von Diedre war kein Segen zu erwarten, und Malisande war keine reuige Sünderin. Lug und Trug waren ihr Geschäft, und ebenso gern hantierte sie mit Gift, vor allem wenn Männer ihre Opfer waren.

»Keine Überraschungen? Keine Probleme?«

»Nein.« Malisande erhob sich. »Alles ist genauso erledigt worden, wie Ihr, Hoheit, es befohlen habt.«

Das bedeutete, der Kerkermeister und die Wachen am Tor waren tot.

Männer! In einer kalten Nacht würde kein Mann einen Becher warmen Met verschmähen.

»Der Ruf ›Feuer‹ kam genau in dem Moment, als der letzte Wächter zu Boden ging«, erklärte Malisande ungefragt. »Man wird sie bestimmt erst finden, wenn der Brand gelöscht ist.«

»Und wo brennt es?«, fragte Diedre, auch wenn es ihr ziemlich gleichgültig war.

»Im Kornspeicher, Hoheit.«

Noch vor drei Tagen hätte Diedre vor Wut getobt, wenn die kostbaren Lebensmittel der Burg bedroht gewesen wären. Jetzt hoffte sie, dass alles bis aufs letzte kleine Korn verbrannte.

»Du kannst gehen.«

»Soll ich Euch nicht beim Zubettgehen helfen?«, fragte die Dienerin.

»Nein.« Diedre starrte wieder auf die glühenden Kohlen. »Ich bleibe noch auf.« Sie wollte an Evans Flucht denken und sich Drusts Miene ausmalen, wenn er erfuhr, dass seine kostbaren Geiseln verschwunden waren.

Diedre lächelte zum dritten Mal seit Almas Tod.

Curran blickte sich immer wieder um, aber nichts deutete darauf hin, dass ihre Flucht bemerkt worden war. Hinter ihnen schlugen die Flammen aus dem Kornspeicher inzwischen so hoch, dass sie die ganze Burg erhellten. Bera und Angus waren am Wächterhaus an der oberen Palisade angekommen.

Die Tore standen offen, sodass sie sie ungehindert passieren konnten, wie Curran erstaunt feststellte.

Bera führte die Gruppe und ritt, als hätte sie den Teufel im Leib. Ohne das geringste Zaudern setzte sie über das Labyrinth von Gräben hinweg und preschte in das Dorf unterhalb der Burg. Die schwarze Kapuze war ihr vom Kopf gerutscht, die Bilder auf ihrem Mondumhang schimmerten silbern in der Dunkelheit. Offenbar hatte sie den kürzesten Fluchtweg erforscht und sich genau eingeprägt. Trotzdem war Curran beeindruckt, wie furchtlos sie die Gruppe auf dem gefahrvollen Weg leitete. Ungeachtet des Kindes, das sich an sie klammerte, ritt sie in perfektem Einklang mit ihrem Pferd, sie war an dessen Rhythmus und Bewegungen so angepasst, dass sie mit dem Tier völlig verschmolzen schien. Curran hatte noch keine Sterbliche so reiten sehen, nur seine Sturmgöttin.

Und ihre Brüder – ja, auch sie preschten in vollem Galopp hinter ihrer Schwester her, und jeder schien sich und seines Könnens so sicher wie dem seines Vordermanns. Ein einziger Fehler hätte alle Nachfolgenden zu Fall gebracht, aber die Gruppe erreichte ohne Zwischenfälle den Rand des Dorfes und die flache Ebene, die sich dahinter ausbreitete.

Vor ihnen lag nur noch ein Hindernis – die Palisade an der schmalen Stelle, welche die Halbinsel mit dem Festland verband.

Wenn sie an dieser Palisade auf einen Feind stießen, würden Curran und sein Schwert vorne an der Spitze gebraucht werden. Er scherte aus und trieb seinen Hengst an, bis er Seite an Seite mit Bera und Angus ritt.

Ein anderer Bruder kam herangaloppiert und rief Bera zu: »Gib mir dein Schwert! Du kannst nicht kämpfen, wenn du ein Kind festhalten musst!«

Zum ersten Mal, seit sie in die Sättel gesprungen waren, zögerte Bera, nicht lange. Sie warf ihrem Bruder das Schwert zu, dann ließ sie sich ein wenig zurückfallen.

Eine Fürstin, deren Stolz ihrem gesunden Menschenverstand nicht im Weg stand! Curran war zunehmend beeindruckt von der Frau, die er geheiratet hatte.

An der Palisade stießen sie tatsächlich auf Widerstand. Beim Näherkommen zählte Curran sechs, nein, sieben Wachposten, die sich ihnen in den Weg stellten.

Aus den Augenwinkeln sah er einen Reiter Richtung Dorf davonpreschen. Zwei der Brüder warfen den anderen die Zügel ihrer Ersatzpferde zu und lösten sich von der Gruppe, um den Boten abzufangen.

Die Wächter kämpften wacker, aber sie konnten es nicht mit berittenen Kriegern aufnehmen, auch wenn diese halb verhungert und nur mit Stöcken und Mistgabeln bewaffnet waren. Angus und Curran kämpften drei Wachen mit dem Schwert nieder, die anderen überwältigten die restlichen vier ohne Schwierigkeiten.

Unterdessen waren auch die zwei Brüder, die den Boten abgefangen hatten, mit einem weiteren Pferd zurückgekehrt. Sie halfen Bera, das nun unbewachte Tor zu öffnen.

Endlich schwangen die Torflügel auf, und die bunte Kriegerschar ritt hinaus, der Freiheit entgegen.

Curran warf einen letzten Blick auf den Burgberg. Die Flammen hatten mittlerweile nachgelassen, hüllten die Zitadelle und die Gebäude darum herum jedoch noch immer in einen weichen roten Schimmer.

Es würde nicht mehr lange dauern, bis Drust die Flucht bemerkt hatte und seine Männer zusammentrommelte, um ihnen nachzusetzen. Natürlich hatten sie noch Pferde, aber nicht genug, um Murdoc und all seine Leute zu versorgen. Es würde eine Weile dauern, weitere Pferde aus den Ställen außerhalb der Burg zu holen.

Curran schätzte, dass ihnen ein Vorsprung von höchstens einer Stunde blieb.

Kein sehr großer Vorsprung.

Bera ritt auf direktem Weg Richtung Strand, wo die Brandung ihre Spuren verwischen würde. Die Brüder folgten ihr in perfekter Ordnung, ganz die gut ausgebildete Kriegergemeinschaft, die sie waren.

Sie schafften etwa zehn Meilen, bevor die Kräfte der Pferde nachließen. Als sie an einen Bach kamen, bog Bera in dessen Bett ein und ließ ihr Pferd nur noch Schritt gehen. Doch erst, als sie tief im Wald angelangt waren, hielt sie an und stieg ab.

Einer nach dem anderen tat es ihr gleich. Zu entkräftet, um zu sprechen, banden sie stumm ihre Pferde fest und sanken dann, einen stinkenden Haufen bildend, auf den Laubboden.

Curran fragte sich, ob sie sich immer so nahe waren, selbst wenn sie ruhten. Oder hatten sie sich das erst im Verlies angewöhnt, um nicht zu frieren?

Auch Curran war erschöpft. Er setzte sich an den Fuß einer Eiche. Bis auf den Wind, der durch die nackten Äste pfiff und durch das trockene Laub auf dem Waldboden raschelte, war nichts zu hören.

Er sah Bera dabei zu, wie sie einen Beutel aufschnürte und mit dem Sklavenmädchen flüsterte. Dann teilten die beiden Essen und Trinken an die erschöpften Männer aus.

Nachdem sie ihre Brüder mit Nahrung versorgt hatte, umarmte Bera einen nach dem anderen. Bei diesem Anblick fühlte sich Curran so extrem als Außenseiter wie nie zuvor in seinem Leben.

Aber schließlich war das hier ihre Familie, nicht seine. Es war töricht von ihm, auf etwas anderes zu hoffen. Doch es schienen gute Männer zu sein – tapfere, erfahrene Krieger, Männer, an deren Seite man gerne kämpfte. Dafür zumindest konnte er dankbar sein. Er hatte eine Fürstin geheiratet und die Verbindung besiegelt, indem er ihre Brüder befreit hatte. Warum sich mehr wünschen?

Aber Curran hatte immer mehr gewollt. Deshalb hatte er seine Familie in der Sklaverei zurückgelassen und sie nie wieder gesehen. Es lastete wie ein Fluch auf ihm, dass ihm immer nach mehr gelüstete, auch wenn er schon alles hatte, was für andere gut genug gewesen wäre.

Das schweigsame Sklavenmädchen Osann brachte ihm einen großen Kanten Brot, aber Curran brach sich nur ein Stückchen ab, denn er dachte an die hageren Gesichter und die knochigen Hände der anderen. Die Brüder hatten Essen nötiger als er.

Bera aß überhaupt nichts, wie Curran bemerkte. Sie saß neben ihren Brüdern und fütterte die Kleine, nachdem sie sich auf ihren Schoß gelockt hatte.

»Noch zwanzig Meilen, dann sind wir am Ende dieses Firth.« Angus' laute Stimme unterbrach die Stille. »Dort werden wir unsere Pferde wechseln und dann so rasch wie möglich nach Caithness reiten.« Er blickte fragend auf Curran. »Einverstanden?«

Eine kleine, jedoch höchst bedeutsame Geste des Respekts, fand Curran. Jetzt war die Zeit gekommen, den Rest seines Planes zu enthüllen. »Im Wald hinter der nächsten Bucht habe ich drei stabile Holzboote versteckt.« Alle zeigten sich höchst interessiert und murmelten zustimmend. »Wir können den Firth überqueren und bei Nigg oder Golspie wieder an Land gehen. Selbst wenn Drust uns sieht, kann er uns auf dem Landweg nie mehr einholen.«

»Ich würde viel lieber rudern als reiten«, erklärte einer der Brüder. »Nach drei Monaten in diesem Höllenloch wissen meine Weichteile nicht mehr, wie sie sich mit einem Gaul arrangieren sollen.«

Alle kicherten zustimmend. »Aber was machen wir mit den Pferden?«, wollte ein anderer wissen. Wir könnten sie zu Hause bestimmt gut gebrauchen, vor allem, nachdem Drust unsere Tiere gestohlen hat.«

»Jawohl, man bekäme sicher auch ein fürstliches Lösegeld für sie«, meinte ein dritter zustimmend. »Es wäre eine Schande, sie nicht mitzunehmen.«

Curran dachte nicht daran, sein Pferd zurückzulassen.

Notfalls würde er das Boot mit dem stattlichen Voltan auch ganz alleine rudern.

»Kegan und ich bringen die Pferde über Land nach Hause«, meldete sich eine kräftige Stimme zu Wort.

Curran sah, dass Bera zusammenzuckte und den Sprechenden prüfend musterte. Er fragte sich, warum.

»Das ist riskant«, meinte Angus. »Drust wird euch verfolgen.«

»Wir haben Drust auch früher schon Sachen geklaut und sind ihm entwischt«, prahlte der mit der kräftigen Stimme. »Abgesehen davon, Angus, wissen wir doch alle, dass Kegan und ich erbärmliche Seefahrer sind. Wir riechen so schon übel genug, auch ohne uns die Seele aus dem Leib zu kotzen, aber ...« Der Rest ging in einer Welle scherzhafter Schläge und allgemeinem Stöhnen unter.

»Also, seid ihr einverstanden?«, fragte Angus.

Ein Anführer, der seine Männer nach ihrer Meinung fragte – das war neu für Curran. Er wusste nicht, ob ihm das gefiel.

»Ich will sie jedenfalls nicht mit in meinem Boot haben, das könnt ihr mir glauben.«

»Ich auch nicht.«

»Evan und Kegan sind die Kräftigsten. Wenn sie wollen, dann sollen sie es tun, finde ich.«

»Also gut«, beschloss Angus. »Evan und Kegan werden uns mit den Pferden folgen.«

Diese Lösung schien Bera nicht zu gefallen. Sie warf einen besorgten Blick auf den Bruder, der diesen Vorschlag gemacht hatte.

Es schien den Geschwistern nicht leicht zu fallen, sich zu trennen, aber Curran verstand, warum sie es dennoch riskieren wollten. Er bewunderte die beiden, die sich bereit erklärt hatten, den Landweg zu nehmen. Irgendwann im Laufe dieser Diskussion waren auch ihre Namen gefallen, aber Curran konnte sie sich einfach nicht merken.

Würde er noch so lange leben, bis er nicht nur ihre Stimmen, sondern auch ihre Namen kannte?

Würden die anderen so lange leben?

Nach einer nachdenklichen Stille wandte sich Angus an Curran. »Bevor wir aufbrechen, habe ich noch eine Frage an Euch, Curran.«

Aha, jetzt kam es. Curran wappnete sich. »Und das wäre?«

»Wie kommt es, dass Ihr dort drüben sitzt und Eure Braut weit weg von Euch bei uns?«

Das war nicht die Frage, die Curran erwartet hatte.

Bera meldete sich zu Wort, bevor ihm eine passende Antwort einfiel. »Es ist meine Schuld.« Sie stand auf und wandte sich an Curran. »Bitte vergebt mir, mein Lordgemahl! Ich war so damit beschäftigt, meinen Brüdern Essen zu geben, dass ich Euch sträflich vernachlässigt habe.« War das Bera, seine Bera? Er hätte erwartet, dass sie an solchen Worten eher erstickte, bevor sie sie äußerte. Doch zu seinem großen Erstaunen – und, nach deren verdutzten Mienen zu urteilen, auch zu dem ihrer Brüder – hatte sie sie tatsächlich gesprochen.

Alle beobachteten sie, wie sie sich mit dem Kind zu ihm setzte, das Inbild einer gehorsamen Ehefrau.

Curran konnte es kaum fassen. Wer war diese Frau? Ganz bestimmt nicht die verwegene, gerissene Kämpferin, die er geheiratet hatte. Natürlich hatte er nichts dagegen, respektvoll behandelt zu werden. Aber er verstand nicht, weshalb sie sich so plötzlich und so gründlich geändert hatte.

Verwirrt beschloss er, das Gespräch auf die Frage zu lenken, die er eigentlich erwartet hatte. Warum sollte er es nicht gleich hier und jetzt hinter sich bringen? Er wandte sich unumwunden direkt an den Anführer. »Eure Frage hat mich etwas überrascht. Ich hatte nämlich erwartet, dass Ihr als Familienoberhaupt etwas über meine Herkunft und meine Zunft erfahren wolltet.«

»Hah!« Angus lachte laut auf. »Ich weiß bereits alles, was ich über Euch wissen muss, Sir!« Er zählte an den Fingern ab. »Erstens: Ihr habt uns gerettet und uns in die Freiheit geführt. Zweitens: Ihr seid an unserer Seite geritten und habt wie ein großer Krieger für uns gekämpft.« Er tätschelte Currans Schwert. »Ganz zu schweigen von der Tatsache, dass Ihr diese feine Klinge mit mir, einem Wildfremden, geteilt habt. Und zu guter Letzt: Gott möge Eurer Seele gnädig sein, aber irgendwie habt Ihr es geschafft, unsere kleine Schwester dazu zu bringen, Euch zu heiraten.«

Auf diese Bemerkung hin brachen die Brüder in lautes Gejohle und Gelächter aus und rissen allerlei derbe Scherze.

Curran war froh, dass man wegen der Dunkelheit nicht sehen konnte, wie sich sein Hals und sein Gesicht schamrot färbten. Eigentlich hatte er damit gerechnet, dass sich Beras Familie eher über ihn als über Bera lustig machen würde. Dass sie nun Bera verspotteten, verdross ihn, vor allem nach all dem, was sie für ihre Brüder gewagt hatte. Er brachte sie zum Schweigen, indem er feststellte: »Nicht ich habe euch befreit, sondern Bera und ich gemeinsam. Ohne sie würden wir uns noch immer unseren Weg aus Burghead kämpfen.«

Diesmal lag es an Bera, sich zu wundern. Die Brüder verstummten beschämt. Bera betrachtete Curran, als sähe sie ihn zum ersten Mal. »Danke!«, murmelte sie. »Mein Lordgemahl ehrt mich.«

Verlegen fegte Curran die trockenen Blätter weg, die ihm in den Schoß gefallen waren. »Meine fürstliche Gemahlin gereicht sich selbst zur Ehre.«

Offenbar war Bera ebenso wenig gewöhnt, Komplimente zu bekommen, wie er, welche zu machen, denn sie stand verwirrt auf und wich vor ihm zurück. »Komm, Osann!« Sie streckte dem Kind die Hand hin. »Es wird allmählich Zeit, dass wir weiterreiten. Wir müssen uns fertig machen.«

Die Brüder nahmen das zum Anlass, sich abermals in schonungslosem Spott zu ergehen.

»Oho! Seht euch das an! Die Kleine macht endlich mal 'nen Rückzieher!«

»Was habt Ihr mit unserer Schwester angestellt und wen habt Ihr stattdessen mitgebracht?«

»Was ist los, Bera? Hast du etwa endlich einen Mann gefunden, den du nicht bezwingen kannst?«

»Bei Mutter Erde und allen Winden auf See! Sie benimmt sich wie eine richtige Frau!«

»Genug!«, rief Angus und stand auf. »Jetzt reicht es! Wahrscheinlich kann man euch grölende Idioten bis nach Burghead hören! Los, in die Sättel! Es warten Boote auf uns!«

Zum zehnten Mal in ebenso vielen Minuten fragte sich Bera, wo die verdammten Boote steckten.

Nach der viel zu kurzen Rast hatte Curran die Führung übernommen und gab nun ein unbarmherziges Tempo vor, eines, das sie nicht mehr allzu lange würde halten können, dessen war sie sicher. Am liebsten hätte sie schon jetzt langsamer gemacht, doch wenn es ihre Brüder, geschwächt, wie sie waren, schafften, dieses Tempo zu halten, dann konnte sie natürlich nicht klein beigeben.

Sie hatte es sich auf ihrem Wallach so bequem wie möglich eingerichtet, aber auf ihrem Schoß saß ja auch noch Osann, und inzwischen tat ihr der Hintern fast ebenso weh wie die empfindlichen Stellen zwischen ihren Beinen.

Um sich von den Schmerzen und der Müdigkeit abzulenken, lenkte Bera ihre Aufmerksamkeit auf das herrliche Pferd und seinen nicht minder herrlichen Reiter vor ihr. Dabei bemerkte sie eine dauernde Spannung zwischen Pferd und Reiter, aber vielleicht konnte Curran als Mann ja gar nicht anders, als seinen Hengst zu unterdrücken. Bera nahm sich vor, ihm ein paar Reitkniffe beizubringen, sobald sie heil zu Hause angekommen waren.

Dennoch bot er ein eindrucksvolles Bild mit seinem

schwarzen Umhang, der wie Flügel um seinen breiten Brustkorb flatterte. Er wirkte wie ein mythisches Wesen, das der Dunkelheit entstammte.

Sie dachte an die Anerkennung, die er ihr gezollt hatte. Dabei spürte sie, wie sie errötete und gleichzeitig ein plötzliches Verlangen den Schmerz zwischen ihren Beinen verdrängte. Doch warum hatte ihr Gemahl darauf bestanden, den Dank mit ihr zu teilen?

Zu gerne hätte Bera geglaubt, sein Lob käme von Herzen, doch das ließ ihre ausgeprägte Skepsis nicht zu. Vielleicht hatte ihn ja die Achtung, mit der sie ihm begegnet war, dazu gebracht, sie in gleicher Weise zu behandeln? Oder war es aus Berechnung erfolgt, um ihre Brüder – und auch sie selbst – für ihn einzunehmen?

Bei diesem Gedanken fühlte sie sich ein wenig in ihrem weiblichen Stolz verletzt, aber dann fiel ihr ein, dass sie wohl einfach nur dankbar dafür sein sollte, dass er sich um ein gutes Auskommen mit ihr bemühte. Und ganz unabhängig von seinen Motiven musste sie zugeben, dass es ihr gefiel, mit Ehrerbietung behandelt zu werden.

Vielleicht erging es diesem arroganten Mann aus dem Volk ja ebenso?

Und vielleicht war das, so schwer es ihr fallen mochte, sogar ihre Pflicht als Ehefrau, auch wenn nur wenige ihrer Schwägerinnen ihren Gatten einen solchen Respekt entgegenbrachten?

Plötzliche Gewissensbisse brachten sie dazu zu beten. *Du hast deinen Teil unserer Abmachung eingehalten, Gott – bislang zumindest. Ich werde meinen einhalten.*

An der Spitze des Trosses wurde Curran langsamer und studierte die Berge in der Ferne und den sie umgebenden Wald. Dann lenkte er sein Pferd in den Wald und bedeutete den anderen, ihm zu folgen.

Endlich! Offenbar kamen sie in die Nähe der Boote.

»Jetzt dauert es nicht mehr lange«, tröstete sie Osann leise,

»dann steigen wir in unsere Zauberboote, und das Meer wiegt dich in den Schlaf.«

Die Kleine nickte und kuschelte sich noch etwas enger an Bera. Die letzten Stunden mussten auch für das Kind unerträglich gewesen sein, aber ihrem Wesen entsprechend war keine einzige Klage über ihre Lippen gekommen. Sie hatte Beras Brust nur mit stillen Tränen benetzt.

Sehr zu Beras Erleichterung hielt Curran nun endlich vor den Booten an, die umgedreht und unter Laub und Zweigen versteckt in einem schmalen Graben lagen.

Er stieg ziemlich steif aus dem Sattel.

Dass sogar er, der Schwarze Krieger, vom vielen Reiten wund war, tröstete Bera ein wenig. Sie stieg ab, wickelte Osann in ihren Umhang und setzte sie in sicherer Entfernung von den Pferden auf den Boden. »Warte hier! Ich bin gleich wieder da!« Ihre Brüder waren zwar ebenso erschöpft wie sie, aber mit all den Pferden sollte es nicht zu schwierig werden, die Boote zu Wasser zu lassen.

Sie bemühte sich, ihre Schmerzen zu verbergen, als sie Curran und Airell half, die Zweige wegzuräumen, während die anderen das erste Boot, das bereits von den Zweigen befreit war, umdrehten. Dabei wurden das hohe Heck und ein ebenso hoher Bug sichtbar.

Ein Wikingerschiff!

»Sind das alles Wikingerschiffe?«, fragte sie Curran verwundert. »Wie um alles in der Welt seid Ihr denn an solche Boote gekommen?« Diese Frage war ihr einfach so herausgerutscht, sie erwartete eigentlich gar keine Antwort, denn ihre Brüder ignorierten ihre Fragen immer. Warum sollte Curran anders sein?

»Bera, du solltest den Mann nur fragen, wenn du auch bereit bist, seine Antwort zu akzeptieren!«, neckte Airell sie, denn er wusste, wie gern sie sich auf Wortgefechte einließ.

Curran warf ihm einen seltsamen Blick zu, dann wandte

er sich an Bera. »Es sind alles Wikingerschiffe. Ich habe sie einer Bande von Räubern abgenommen.«

»Drei Schiffe? Ihr allein?«, fragte Roy ungläubig. »Wikinger rücken ihre Schiffe im Allgemeinen nicht freiwillig raus.« Vielleicht hatte er Currans Geschichte gar nicht in Abrede stellen wollen, aber nun war es geschehen. Eine angespannte Stille folgte. Die Ehrlichkeit eines Kriegers in Frage zu stellen, zumal wenn noch andere anwesend waren, konnte nur mit Blut gesühnt werden. Roys Zunge hatte ihn wieder einmal in große Schwierigkeiten gebracht.

Curran richtete sich auf und starrte Roy scheinbar endlos lange an.

Wenn sie sich ihre blöde Frage doch nur verkniffen hätte!, dachte Bera. Ihr törichter Bruder hatte ja keine Ahnung, wen er da gerade beleidigt hatte. »Wen schert es schon, wie er an diese Boote gekommen ist?«, fauchte sie Roy an. »Sei froh, dass sie da sind! Und jetzt halt deine Klappe und troll dich!«

Curran war anzusehen, dass er zornig war – allerdings nicht auf Roy, sondern auf Bera, die versucht hatte, ihn vor ihrem Bruder zu retten.

Bevor sie recht wusste, wie ihr geschah, hatte Curran sie um die Taille gefasst, hochgehoben und sich unter den Arm geklemmt. »Verzeiht meiner fürstlichen Gemahlin, Bruder Roy!«, sagte er mit einer Ruhe, die sie um so mehr in Rage brachte. »Sie scheint eine krankhaft überhöhte Vorstellung von ihren eigenen Fähigkeiten zu haben und einen bedauerlichen Mangel an Wertschätzung der meinigen.«

Sofort löste sich die Spannung. Ihre Brüder brachen in schallendes Gelächter aus. Bera jedoch schäumte vor Wut. »Du aufgeblasener, arroganter, einem Schweinestall entflohener Wicht!« Sie versuchte, ihren Mann zu treten und zu schlagen, brachte sich dabei aber nur in eine noch schlimmere, schmerzhaftere Lage. »Gib mir meinen Dolch zurück, du Sohn einer Eselin!«, kreischte sie und schlug dabei ins Leere. »Kämpf wie ein Mann mit mir! Ich werde dich Mores lehren! Lass mich sofort los, du wieselgesichtige Scheunenratte!«

»Dich loslassen?« Curran sah, dass Angus grinste, und als der nickte, folgte er Beras Aufforderung prompt. Er ließ sie in das Boot plumpsen, das die Pferde gerade ins Wasser schleiften. Bera hörte, wie ihre Brüder lachten und die Pferde antrieben. Das Boot fing an zu rucken und holperte Richtung Firth, während sie wie ein Frachtgut auf dem Boden hin- und herrollte.

Als sie es endlich geschafft hatte, ihren Schock zu überwinden und sich aufzurichten, waren sie schon am sandigen Ufer angekommen. Angus und Airell, die die Pferde führten, drehten sich zu ihr um, das gleiche Grinsen im Gesicht. »Du hast eine gute Wahl getroffen, Bera«, meinte Angus.

»Jawohl«, bestätigte Airell. »Wir mögen ihn.«

»Das sieht euch ähnlich«, erwiderte sie, gekränkt, dass ihre Brüder sich so rasch auf Currans Seite geschlagen hatten.

»Du würdest ihn auch mögen, wenn du dich nur einmal länger als zwanzig Minuten benehmen könntest«, meinte Airell.

»Ich mich benehmen?« Das brachte das Fass zum Überlaufen und den kläglichen Rest ihrer Selbstbeherrschung zum Verschwinden. »Ich mag ja vor Gott versprochen haben, diesen ... diesen Sohn einer Eselin zu ehelichen«, fuhr sie ihre Brüder an, »aber ich habe nie ein Wort darüber verloren, dass ich mich benehmen würde. Darauf braucht ihr also nicht zu warten!«

Angus wandte sich an seinen Zwillingsbruder. »Vor Gott versprochen?«

»Oho! Ein Eid vor Gott!«, meinte Airell übertrieben ehrfürchtig. »Dann ist es also ernst!«

Verflixt und zugenäht! Bera konnte es kaum fassen, dass sie den beiden von ihrem Schwur erzählt hatte. Nun würden sie dafür sorgen, dass sie ihn nie mehr vergaß.

Und Gott wird es ebenso wenig vergessen, rief sie sich in Erinnerung. *Pass auf, Bera, noch sind wir nicht in Pitlanric.*

Ach, genug davon!

»Ich habe ihn nur euretwegen geheiratet«, fauchte sie und kletterte aus dem Boot. »Wegen euch allen.«

»Wegen uns!« Das Gelächter der Zwillinge wurde immer lauter. »Sie hat ihn wegen uns geheiratet!«

Tief im Innern hatte Bera gehofft, ihre Brüder würden sie endlich als eine von ihnen akzeptieren, wenn sie sie befreite. Offenbar war das nicht so. Doch sie würden schon noch einen anderen Ton anschlagen, wenn sie erst erfuhren, wovor Curran und sie sie bewahrt hatten.

Von heftigem Zorn beflügelt marschierte sie in den Wald zurück, um Osann zu holen. Einer Sache war sie sich allerdings ganz sicher: Eid hin oder her, »benehmen« würde sie sich nie!

13

Es ging auf Mittag zu. Der Wind hatte Gott sei Dank gedreht und trug sie in nordöstlicher Richtung auf Golspie zu. Doch die Küste von Caithness erschien Bera noch ebenso weit entfernt wie bei Tagesanbruch, und die beiden anderen Boote segelten so weit vor ihnen, dass sie kaum mehr zu sehen waren.

Sie, Orrin, Roy und Curran hatten ebenso lange gerudert wie die anderen, aber wegen Currans Hengst lagen sie Meilen hinter ihnen zurück.

Curran trug Handschuhe, während der Rest auf scharlachrotes Garn hatte zurückgreifen müssen, um die Hände ein wenig zu polstern. Viel hatte es nicht geholfen, aber wenigstens verbarg die Farbe das Blut.

Immerhin benahm sich der Hengst. Er hatte sich kaum vom Fleck gerührt, seit Curran ihn auf das Boot geführt hatte, und er hatte Osann gewärmt, die sich an seine Flanken geschmiegt und geschlafen hatte. Aber warum Curran darauf bestanden hatte, das Tier mitzunehmen, war Bera noch immer ein Rätsel.

Alle anderen hatten ihre Pferde Kegan und Evan übergeben. Warum nicht Curran?

Obwohl sie sich bemühte, ihre Ablehnung in eiserne Stärke zu verwandeln, wurde Bera mit jedem Ruderschlag wütender auf diesen Hengst.

Daran war Curran schuld. Seit er sie im Verlies erwischt hatte, schien ihre Selbstbeherrschung rapide zu schwinden.

Taub vor Erschöpfung blickte sie über die Schulter, an dem Hengst vorbei zum Bug des Bootes, wo Roy und Orrin ruderten. Ihre hageren Gesichter waren stark gerötet, und bei jedem Ruderschlag traten ihre verhärteten Nackenmuskeln noch deutlicher hervor. Aber die beiden beklagten sich nicht und hatten auch mit keiner Wimper gezuckt, als Curran den Hengst auf das Boot geführt hatte. Keiner ihrer Brüder hatte Einspruch erhoben.

»Du weißt ja wohl, dass das sehr selbstsüchtig ist, oder?«, fragte sie Curran, der ihr den Rücken zugewendet hatte.

»Was?« Er keuchte so heftig, als hätte er kaum genug Luft für dieses eine Wort.

»Dieses Pferd mitzunehmen.« Auch sie war außer Atem. »Es ist den anderen gegenüber unfair!« Ein weiterer Ruderschlag. »Roy und Orrin waren schon völlig erschöpft, als sie an Bord kamen.« Wieder ein Ruderschlag. »Dieses ganze zusätzliche Gewicht …«

»*Die* haben sich bislang noch nicht beschwert«, stieß er keuchend hervor. »Und es hat sie auch keiner gebeten, mit uns zu rudern.«

»Das war auch nicht nötig«, fauchte sie beleidigt. »Schließlich sind wir eine Familie!« Ruderschlag. »Wir kümmern uns um einander.« Ruderschlag. »Dort, wo Hilfe gebraucht wird …« – Ruderschlag – »wird sie gewährt.«

Darauf fiel Curran offenbar nichts mehr ein. Bera fragte sich, ob er überhaupt begriffen hatte, was sie soeben gesagt hatte. Eigentlich erwartete sie das nämlich gar nicht. Ein Mann ohne Ehre, ohne Bindungen, einer, der nur sich selbst gegenüber loyal war und sonst keinem – wie konnte der das Netz des Vertrauens verstehen, das ihre Familie zusammenhielt?

Hinter ihrem Rücken schnaubte und scharrte der Hengst ein wenig, und sie hörte auch ein Geräusch vom Bug des Bootes. Als sie sich umdrehte, sah sie, dass Orrin nicht mehr auf seinem Platz saß. Offenbar war er zusammengebrochen.

Bera zog ihre Ruder ein, nahm den Proviantbeutel und kletterte an dem Pferd vorbei nach vorne. Als sie bei Orrin angekommen war, nickte Roy dankbar, ohne einen Ruderschlag auszulassen. »Ich habe versucht, ihn zu einer Pause zu bewegen.« Ein schwaches Lächeln vertrieb ganz kurz die Anstrengung aus seinem Gesicht. »Aber immer, wenn ich ihn angestupst habe, hat der Dickkopf nicht reagiert und ist meinem Blick ausgewichen.«

Typisch Orrin! Wenn er glaubte, dass ihm die anderen etwas sagen wollten, was ihm nicht gefallen würde, tat er, als würde er wegen seiner Taubheit nichts bemerken, oder er schloss die Augen oder sah einfach an ihnen vorbei. Im Ignorieren der Außenwelt hätte selbst eine Katze noch etwas von ihm lernen können.

Bera nahm sich ihren Bruder vor. Er stank zwar erbärmlich, aber sein Atem ging gleichmäßig. Sie kämpfte gegen ein Würgen an, als sie ihn zu sich auf den Schoß zog. »Er wird gleich wieder zu sich kommen!«, erklärte sie Roy, dann tröpfelte sie ein wenig Wein in Orrins leicht geöffneten Mund.

Er machte die Augen nicht auf, schluckte jedoch.

»So ist es gut!«, schmeichelte sie, auch wenn sie wusste, dass er sie nicht hören konnte. Er schluckte mehrmals, bevor er endlich die Augen aufschlug. Sie verzog das Gesicht zu einer Grimasse, von der sie wusste, dass sie ihn damit immer zum Lachen brachte.

»Nu!« Er grinste und tätschelte ihren Arm mit seiner von Blasen übersäten, mit rotem Garn umwickelten Hand.

»Nein, du!«, entgegnete sie wie immer und legte dabei einen Finger auf seine Nasenspitze. Sie holte Brot und Käse aus dem Proviantsack und steckte ihm ein Stückchen Brot in den Mund. Dann deutete sie mit dem Zeigefinger auf ihren Mund als Zeichen für »essen«.

Orrin wollte aufstehen, doch sie schüttelte den Kopf und hielt ihn zurück, was sie nicht viel Mühe kostete. Sie legte ihre Hand ans Gesicht und neigte den Kopf ein wenig als Zeichen für »schlafen«. Aber anstatt sich hinzulegen, griff ihr erschöpfter Bruder nach ihrer Hand und drehte sie um, so dass das blutige Garn und die nässenden Blasen zu sehen waren.

»Nee«, sagte er in der schwerfälligen, gutturalen Sprache der Taubstummen. »Laa mih da tu!«

Nein, lass mich das tun.

Zur Antwort drehte Bera seine Hand, um zu zeigen, dass sich diese in einem ganz ähnlichen Zustand befand. Dann beschrieb sie mit einem ausgestreckten, hoch erhobenen Finger einen Kreis, womit sie sagen wollte, dass alle Insassen des Bootes gemeint waren, und schließlich schlug sie sich die Faust gegen die schmerzende Handfläche.

Wir alle tun das.

Orrin drückte die Augen zu und presste die Lippen fest zusammen, so dass sein Mund eine dünne Linie bildete.

Nun half nur noch eines: Bera zog mit aller Kraft an seinem hellen, zerzausten Bart.

Er riss die Augen auf. »Auaaa!«

Jetzt musste er auf sie achten.

Sie wiederholte die Zeichen für »essen« und »ausruhen«, dann schubste sie ihn grob beiseite, um ihm zu zeigen, dass sie es ernst meinte, bevor sie schließlich auf ihren Platz zurückkletterte.

Als Orrin noch immer nicht gehorchen wollte, legte Roy die Ruder kurz weg, wiederholte noch einmal die Zeichen und drohte ihm in gespieltem Zorn mit der Faust.

Orrin war überstimmt. Er gab auf und setzte sich neben den Hengst, um ein wenig zu essen und sich auszuruhen.

»Ab sofort«, befahl Curran vom Heck aus über die Schulter, »wird sich jeder nach fünfhundert Ruderschlägen ausruhen.« Er blickte an Bera vorbei auf Roy. »Einverstanden?«

»Einverstanden«, meinte Roy.

»Einverstanden«, meinte auch Bera, obwohl ihr natürlich klar war, dass Curran sie gar nicht nach ihrem Einverständnis gefragt hatte.

Ihr Gemahl hatte noch viel zu lernen, was es hieß, Teil einer Familie zu sein.

Aber auch sie musste noch viel lernen, was es hieß, eine

gute Gemahlin zu sein; darauf hatte Curran sie ja bereits hingewiesen.

Abwechselnd zu rudern war wesentlich angenehmer. Wer nicht ruderte, übernahm das Steuer. Im Lauf des Tages kamen sie dem Nordufer des Firth immer näher. Als bei Einbruch der Dunkelheit das Ufer nur noch vom schwachen Abendlicht erhellt war, das durch die Wolken drang, konnten sie ausmachen, wo sie sich befanden.

Bera glaubte, dass sie inzwischen Golspie erreicht haben müssten, aber wie lange sie noch zu rudern hatten, wollte sie sich lieber nicht vorstellen.

Sie dachte lieber an die Zeit danach. Das machte sie immer in quälenden Situationen. Bald ist es vorbei, sagte sie sich. Alles wird hinter uns liegen, und wir werden wieder alle sicher zu Hause angekommen sein, auch Evan und Kegan.

Sie stellte sich vor, wie sie in der großen steinernen Wanne im Badehaus liegen würde; die Ehefrauen würden immer wieder einen Kessel heißes Wasser nachgießen und Essen und Wein reichen. Danach würde sie sich eine saubere, warme Chainse anziehen und ins Bett krabbeln, und dann würde sie mindestens drei Tage lang schlafen.

Aber nicht allein! mischte sich ihr praktischer Verstand ein. *Dein Bett ist jetzt auch Currans Bett. Und der will wahrscheinlich …*

Nein! Bestimmt nicht! Schon beim bloßen Gedanken daran zuckte Bera zusammen. Wenn es eine Gerechtigkeit auf dieser Welt gab, dann würde Curran ebenso wenig mit ihr schlafen wollen wie sie mit ihm. Zumindest nicht gleich.

Roy hielt Wache, deshalb entdeckte er die anderen als Erster. »Ich sehe sie!« Er deutete auf die zerklüftete Küste. »Eine halbe Meile vor uns, zwischen diesen beiden Felsvorsprüngen. Dort, in der kleinen Sandbucht …«

Orrin tat es Bera und Curran gleich und legte seine Ruder beiseite, um aufzustehen und in die angewiesene Richtung zu blicken. Selbst Osann verließ ihr gemütliches Plätzchen und spähte über die Seitenwand des Bootes. Und tatsächlich – vor dem abgeschiedenen Strand, auf den Roy deutete, schaukelten zwei Boote in der Brandung.

Und auf den dahinter liegenden Hügeln war keine Spur von Drusts Rittern zu sehen. Gott sei Dank!

»Schau, Osann«, meinte Bera aufmunternd, »gleich sind wir da!«

»Wer als Letzter bei den Rudern ist, hat verloren!«, rief Roy und hastete an seinen Platz zurück.

Sie legten sich mit frischer Kraft ins Zeug, bis der Kiel endlich auf dem sandigen Boden knirschte – ein höchst willkommenes Geräusch. Die anderen erwarteten sie bereits ungeduldig. Sie zogen das Boot an Land und beeilten sich, den Neuankömmlingen beim Aussteigen zu helfen.

Airell hob Osann heraus und übergab sie Becans Obhut. Dann half er Bera beim Aussteigen. Sie sah, dass seine Hände geschwollen waren, aber nicht wund. »Wir haben uns allmählich Sorgen gemacht«, meinte er. »Wir befürchteten schon, der Hengst wäre unruhig geworden und hätte euer Boot zum Kentern gebracht.«

Bera hatte sich fest vorgenommen, mit keinem Wort über den Hengst zu klagen. Sie folgte Airell zu einem schmalen Einschnitt im Fels, wo Becan und Osann schon auf sie warteten. Kein Wort über dieses Pferd!, befahl sie sich. Es war vorbei, und sie hatten es geschafft. Jetzt noch über die Strapazen zu jammern, wäre ein Zeichen der Schwäche und unter ihrer Würde gewesen.

»Der verfluchte Gaul hat unser Boot nicht zum Kentern gebracht«, entfuhr es ihr plötzlich, »aber seinen fetten Arsch zwanzig Meilen über den Firth zu rudern hat uns fast umgebracht!«

Entsetzt rang sie nach Atem. Wie war ihr denn *das* über die Lippen gekommen?

»Na ja, es waren fast dreißig Meilen, aber wir hatten den Wind im Rücken.« Grinsend stupste ihr Airell einen Ellbogen in die Rippen. »Du hast dich wacker geschlagen, Kleine! Die meisten Männer hätten das, was du in den letzten Tagen geleistet hast, nicht geschafft – selbst wenn sie doppelt so groß gewesen wären wie du.«

»Roy und Orrin haben es geschafft«, entgegnete sie, und ungewollt stiegen ihr ein paar Tränen in die Augen. »Orrin hat gerudert, bis er umgekippt ist, und Roys Hände sind noch schlimmer dran als meine.«

Ach du meine Güte! Sie klang ja wie Roy, wie sie da unablässig weiterplapperte. Sie wollte aufhören, aber es gelang ihr nicht; die Worte strömten nur so aus ihr heraus. »Und die beiden sind so dürr und schwach, nach ihrer langen Gefangenschaft! Es war unfair, sie das tun zu lassen, richtig unfair!« Plötzlich versiegten ihre Tränen und sie starrte auf ihre offenen, blutenden Hände. »Wie sollen wir jetzt kämpfen?«, fragte sie tonlos. »Ich könnte nicht einmal einen Dolch halten, geschweige denn ein Schwert!«

Warum fühlten sich ihre Füße so bleiern an? Und warum war ihre Brust so eng?

Airell führte sie an eine windgeschützte Stelle am Rand der Felsspalte. »Wir haben uns schon einige Stunden ausgeruht, während wir auf euch gewartet haben. Jetzt seid ihr dran. Leg dich ein bisschen hin, und in der Zwischenzeit bereiten wir alles für unseren letzten Wegabschnitt vor.«

»Aber nur ganz kurz.« Bera ließ sich das nicht zweimal sagen. Nach zwanzig Meilen im Sattel und weiteren dreißig am Ruder war der raue Sand das schönste Bett, in dem sie je gelegen hatte.

Noch sieben Meilen bis Pitlanric. Nur noch sieben Meilen, bis sie endlich wieder zu Hause war.

Und dann?, meldete sich ihre praktische Seite zu Wort. *Was wirst du tun, wenn Drust vor den Toren steht?*

Doch darüber konnte, nein, wollte Bera jetzt nicht nachdenken.

Als Erstes würde sie jetzt eine kleine Pause machen.

Dann würde sie laufen, und zwar den ganzen restlichen langen, beschwerlichen Heimweg.

Und erst dann würde sie über Drust nachdenken.

»Komm, Kleine«, neckte eine bekannte Stimme. »Es ist Zeit zu gehen!«

Aber sie hatte doch gerade erst die Augen zugemacht!

Sanfte Hände hoben sie hoch und stellten sie auf die Beine.

Sie schwankte, ihr war kalt, und alles tat ihr weh. Als sie die Augen aufschlug, sah sie Becan, der sie stützte. Der nette, drahtige Becan, der so gern tanzte und so ungern kämpfte und wie ein Engel singen konnte. »Wie lange habe ich denn geschlafen?«

»Wahrscheinlich nicht lang genug«, antwortete er trocken wie immer.

Das war die nackte Wahrheit. Aber schon das Wissen, wie nah sie ihrer Heimat waren, ließ sie den Aufbruch herbeisehnen, trotz der Schmerzen, die ihr jeder Schritt bereitete.

Denk nicht an die Schmerzen, sagte sie sich, denk an zu Hause!

Zu Hause. Es kam ihr wie eine Ewigkeit vor, seit sie sich aus Pitlanric davongestohlen hatte, darauf bedacht, den Mühen und der Eintönigkeit zu entkommen, und beseelt von dem Wunsch, ihre Brüder zu retten. Und jetzt wollte sie nichts lieber, als endlich heimzukehren und dort zu bleiben. Moina, Fenella, die Ehefrauen und alles andere – nichts schien ihr jetzt erstrebenswerter, als endlich wieder in ihrem Zuhause, daheim, zu sein.

Vielleicht würde sie Moina sogar auf den Mund küssen, und sei es nur, um zu sehen, was für ein Gesicht diese schneiden würde!

Ein schmaler Arm legte sich um ihre Hüften, und Bera blickte auf ihren verlässlichen kleinen Schatten hinab. »Komm, meine Kleine«, sagte sie und setzte sich in Bewegung. »Zu unserem Zuhause ist es jetzt nur noch ein kleiner

Spaziergang!« Wenn sie gekonnt hätte, hätte sie Osann tröstlich getätschelt, aber ihre Hände waren zu Klauen verkrampft.

Zu dritt folgten sie Angus, Roy und Orrin. Fidach und Airell bildeten die Nachhut.

Plötzlich merkte sie erschrocken, dass jemand fehlte. Als sie sich suchend umblickte, wurde ihr auch klar, wen sie vermisste. »Wo steckt Donall?«

»Wo dein Gemahl ist, willst du wohl überhaupt nicht wissen?«, fragte Becan. »Hast du ihn denn wirklich so schnell vergessen?«

Zu Beras Verlegenheit gesellte sich wachsende Sorge. Ja, wo war Curran?

Als sie den Strand absuchte, sah sie, dass die Boote weg waren. Nun bekam sie es tatsächlich mit der Angst zu tun. »Mir ist nicht nach spaßen zumute«, fuhr sie Becan an. »Sag mir, wo Curran ist!«

»Beruhige dich!«, erwiderte er einigermaßen verdutzt. »Er und Donall sind schon vorangeritten, um Hilfe zu holen. Und Pferde natürlich auch.«

Ihr Gemahl hatte sie also nicht verlassen. Bera wunderte sich, wie erleichtert sie war.

Drehte sie nun völlig durch? Der Mann stammte aus dem gemeinen Volk, er war ein dahergelaufener Niemand, sie kannte ihn kaum. Warum sollte es ihr etwas ausmachen, wenn er sie verlassen hätte – sie alle, und auch sie ganz persönlich?

Und warum hatte sie sich dann gerade so gefühlt, als hätte ihr jemand die Lunge aus dem Leib gerissen? Sie begriff es nicht. Sie begriff gar nichts mehr.

»Warum bist du so still?«, fragte Becan. Wie Airell durchschaute er sie stets. Aber wie er nutzte auch Becan diese Fähigkeit nie zu ihrem Nachteil aus, wofür sie den beiden sehr dankbar war.

»Ich dachte gerade an zu Hause«, log sie. »Lavena wird

sich sehr freuen, dich wieder zu sehen. Seit wir wussten, was mit euch passiert war, war sie wie von Sinnen.«

»Lavena!« Becan sprach den Namen seiner Frau so andächtig aus wie ein Gebet, und er betete diese scheue, rundliche kleine Frau auch tatsächlich an. »Die Kinder ...«, fügte er leise hinzu, als hätte er Angst, sich nach ihnen zu erkundigen. »Geht es ihnen ... geht es allen ...?«

»Als ich weggeritten bin, ging es ihnen gut. Ja«, fügte sie rasch hinzu, um keine Zweifel aufkommen zu lassen, »es ging allen gut.«

»Gott sei es gedankt!« Sein Gang wirkte gleich etwas beschwingter.

Falls während ihrer Abwesenheit etwas Schlimmes passiert war, würden sie es bald genug erfahren. Im Moment wollte Bera jedenfalls nur an das große Wiedersehen denken.

Doch plötzlich schlich sich Diedres Stimme in ihre Gedanken, es klang wie das Zischen einer Natter auf dem Kopfkissen mitten in der Nacht: *Es gibt einen Verräter unter euch.*

»Was ist los?«, fragte Becan. »Du bist plötzlich wie versteinert.«

»Schon gut«, log sie abermals. »Nur ein kleiner Krampf.«

Bera schob Diedres Warnung beiseite, zu den Dingen, mit denen sie sich später beschäftigen wollte: die Überfälle der Wikinger, der drohende Krieg mit Drust, der Eid, den sie abgelegt hatte und den sie jetzt auch halten musste. All das steckte sie in Gedanken in eine Schachtel und machte den Deckel ganz fest zu.

Jetzt wollte sie lieber an Angenehmeres denken. »Ob Lyonesse ihr Baby schon bekommen hat?«, fragte sie. »Eigentlich wäre es jetzt so weit.«

»Ich wusste nicht einmal, dass sie guter Hoffnung war«, sagte Becan, und auch er klang froher.

»Lyonesse hat es uns erst erzählt, als ihr schon weg wart«, sagte sie. »Vielleicht weiß es Roy noch gar nicht, dabei ist er ihr Mann.«

»Wenn er es gewusst hätte, hätte er bestimmt im Verlies davon gesprochen«, meinte Becan. »Während unserer Gefangenschaft haben wir uns zum Zeitvertreib Geschichten aus der Heimat erzählt und uns gefragt, was während unserer Abwesenheit in Pitlanric wohl alles passiert ist.« Er konnte es kaum erwarten, Neuigkeiten von zu Hause zu erfahren. »Erzähl doch mal, was sich alles ereignet hat, nachdem wir Pitlanric verlassen hatten. Ich will alles wissen, und zwar ganz genau!«

Bera hatte das endlose Geplapper der Ehefrauen stets gehasst, aber in diesem Moment wurde ihr klar, wie schön es doch war, mit einem Verwandten über den Familienalltag zu plaudern.

»Die kleine Mina hat sich den Arm gebrochen, aber Lavena hat Peigi geholfen, die Knochen zu richten, und der Bruch ist bestens verheilt.« Sie kramte in ihrer Erinnerung nach Dingen, die ihr Bruder möglicherweise noch nicht wusste. »Orrins Zwillinge hatten ein schlimmes Fieber, aber sie haben es beide gut überstanden. Und Melva ist mal wieder schwanger. Natürlich.«

»Natürlich«, wiederholte Becan grinsend. »Eigentlich sollte man annehmen, dass Kegan seiner armen Frau eine kleine Pause gönnen könnte, bei all seinen Geliebten! Aber immer, wenn ich sie sehe, hat sie wiedermal ein Kind an der Brust liegen.«

Beras Herz verkrampfte sich, aber sie ging darüber hinweg und meinte leichthin: »Der Mann hat eben einen unstillbaren Appetit – und Melva sind die Geliebten egal, solange Kegan den häuslichen Garten bestellt und vergrößert. Sie liebt es einfach, Kinder zu bekommen.«

Vielleicht würde es Bera auch gefallen, wenn es ihr vergönnt wäre?

»Na ja, aber sobald die Bälger entwöhnt sind, werden sie an ein Kindermädchen weitergereicht«, stellte ihr Bruder nüchtern fest. »Und dann sollen sie sich erst wieder blicken lassen, wenn sie groß genug sind, um zu arbeiten.«

Beide lachten ein wenig und zerstreuten sich mit weiteren Geschichten von zu Hause.

Der Himmel begann sich gerade zu lichten, als sie aus der Richtung, in der sie Pitlanric vermuteten, Reiter auf sich zukommen sahen. An ihrer Spitze ritt Curran, wie Bera gleich bemerkte – seine Silhouette war einfach deutlich und unverkennbar. Unwillkürlich schwoll ihr vor Stolz das Herz in der Brust. Er hätte ja auch in Pitlanric bleiben und sich ausruhen können – aber nein, er ritt ihnen entgegen. Er ritt ihr entgegen.

»Gott sei Dank!« Osann klang wie eine Erwachsene, als sie diese Worte äußerte, die ersten seit ihrem Aufbruch von der Bucht.

Das arme kleine Ding! Für jeden Schritt, den die Großen gingen, musste Osann zwei machen. Sie hatte also den doppelten Weg hinter sich.

»Sieh nur, Osann, Curran holt uns ab!«, meinte Bera aufmunternd.

Schon bald hielt er vor ihnen und stieg aus dem Sattel. Bera starrte ihn an wie in Trance. Die hinter ihnen liegenden Strapazen schienen sein gutes Aussehen noch gesteigert zu haben. Seine blauen Augen wirkten noch dunkler, sie funkelten kobaltblau wie das Zwielicht eines Winterhimmels.

Curran nickte Becan zu. »Danke, dass Ihr Euch um meine Gemahlin gekümmert habt!« Seiner Stimme war anzumerken, wie müde er war, aber seine Arme wirkten noch immer kräftig, als er Bera hochhob, um sie zu Voltan zu tragen.

»Osann!« Als Bera nach ihr sah, merkte sie, dass die Kleine ohne Zögern nach Becans Hand gegriffen hatte.

»Keine Sorge, Bera«, sagte sie mit fester wenn auch matter Stimme. »Dein stinkender Bruder wird sich schon um mich kümmern!«

Becan lachte lauthals, doch Curran runzelte die Stirn.

»Das ist eine lange Geschichte«, meinte Bera. »Ich werde sie dir auf dem Weg nach Hause erzählen.«

»Nach Hause«, wiederholte er, und über sein verhärmtes Antlitz huschte ein Ausdruck, den Bera weder als Angst noch als Erleichterung deuten konnte.

Sie fragte sich, welches Gefühl er so angestrengt zu verbergen suchte.

Er hob sie in den Sattel und saß hinter ihr auf. »Nach Hause«, sagte er noch einmal, und dieses Mal erkannte Bera das Gefühl in seiner Stimme.

Es war Hoffnung.

14

Bera bat Curran auf dem restlichen Weg nur ein einziges Mal, schneller zu reiten, doch als er absichtlich hinter die anderen zurückfiel, sagte sie nichts mehr.

Eine einfühlsame Frau, dachte Curran. Und klug.

Er wusste nicht recht, was er davon halten sollte. Ehrlich gesagt wusste er momentan eigentlich gar nicht mehr, worauf er sich einstellen sollte. Er hatte es sich nicht gestattet, besonders weit in die Zukunft zu denken, und jetzt stand er da – als Ehemann einer Fürstin, die obendrein noch zahlreiche und teilweise recht ungestüme Verwandte hatte.

In den letzten neunzehn Jahren hatte er von einem Tag zum anderen gelebt, von Aufgabe zu Aufgabe, die er möglichst gut zu überstehen versucht hatte. Jetzt merkte er, dass das Überleben alles war, was er gelernt hatte. Vom Leben an sich verstand er nichts.

Aber bei Beras Brüdern war es anders. Das hatte er an der Art und Weise gesehen, wie sie einander geholfen und gemeinsam gekämpft hatten, um es nach Hause zu schaffen. Als er sie nun dabei beobachtete, wie sie in Pitlanric einritten, sah er es an der Stärke, die sie aus den vertrauten Anblicken und Geräuschen zogen.

Er hörte es an der Art, wie sie nach ihren Frauen riefen und ihre vielen Kinder um sich scharten. Er spürte es an dem unsichtbaren Netz, das sie aneinander und auch an diesen Ort band.

Das alles erfüllte ihn mit Angst und Unsicherheit.

Ob Bera das spürte?

Als er sie ansah, merkte er, dass stille Tränen über ihr schmuckloses, robustes Gesicht strömten.

Sein Herz verkrampfte sich. Weinte sie aus Freude, weil ihre Familie wieder vereint war, oder aus Trauer darüber, was sie das gekostet hatte?

Curran hegte den Verdacht, dass es beides war.

Mit einem Nicken deutete er auf eine einsame Frau, die ein wenig abseits stand und die anderen beobachtete. »Wer ist denn das?«

Bera wischte die Tränen weg und schluckte. »Das ist Fenella, Evans Frau.«

»Und Evan …«

»Bringt die Pferde her, zusammen mit Kegan. Sie werden bald da sein.« Sie klang so überzeugt, dass auch er schon fast daran glaubte, dass die beiden Drust entwischt waren.

Als er gestern Nacht mit Donall nach Pitlanric gekommen war, hatte Curran kaum Zeit gehabt, sich zurechtzufinden. Er hatte sich im Hintergrund gehalten, während Donall und seine drei jüngsten Brüder die Rückkehr der anderen vorbereiteten. Curran hatte nur einmal den Mund aufgemacht, als er darum gebeten hatte, ihn und sein Pferd zu versorgen, damit er rasch wieder losreiten und die anderen heimholen konnte.

Die drei Brüder hatten ihn eindringlich gemustert, als Donall ihnen von der Flucht berichtet hatte, aber sie waren zu höflich oder zu beschäftigt gewesen, um ihn mit Fragen zu löchern.

Eines hatte Curran jedoch sofort gemerkt: Sie fanden es ausgesprochen gut, dass er Bera an der Spitze und persönlich entgegenreiten wollte.

Immerhin ein guter Anfang, hatte er gedacht. Aber jetzt, inmitten des Getümmels, war er sich nicht mehr so sicher. Würde er jemals ein Teil dieser Familie werden? Wollte er es überhaupt?

Als er mit Bera über den Hof ritt, rief nur eine alte, lahme Frau nach Bera, alle anderen musterten sie schweigend – ob interessiert oder argwöhnisch, konnte Curran nicht sagen –, bevor sie sich wieder ihren jeweiligen Familien widmeten.

Bildete er sich das nur ein, oder betrachteten die Frauen Bera fast genauso zurückhaltend wie ihn?

Nun, er würde es bald herausfinden.

Curran sah sich um. Die Burg thronte stolz auf einem Hügel inmitten weiter Moore und Weiden. Innerhalb der gut bewachten Palisaden ragte ein steinerner Turm neben einem großen steinernen Gebäude auf, umgeben von gepflegten Gärten, Wegen, Ställen und ordentlichen, strohgedeckten Häusern an einem malerischen kleinen Weiher, der in der Sonne glänzte.

Und überall wimmelte es von Menschen, unzähligen Menschen. Kinder rannten aufgeregt hin und her, Sklaven eilten mit Essen und Decken beladen herbei, Ehefrauen riefen Anweisungen und bemühten sich im allgemeinen Chaos um Ordnung. Alle Anwesenden hatten aber mindestens eines gemeinsam: ein starkes Interesse an Curran, dem Fremden in ihrer Mitte.

So viel Lärm, so viel Wirrwarr. So viel Leben.

Das war jetzt auch sein Leben.

»Wohin gehen wir?«, fragte er Bera.

Sie deutete auf das steinerne Gebäude neben dem Turm. »Dorthin. Dort befindet sich mein Gemach ...« Sie stockte. »Unser Gemach«, verbesserte sie sich. »Es liegt gleich neben dem großen Saal.«

Der auffällige Gegensatz zwischen Beras Unterkunft und den eher bescheidenen Häuschen ihrer Brüder zeigte, welch hohen Status sie genoss. Curran wusste nicht, ob ihm dieses Privileg angenehm war, aber plötzlich fühlte er sich so müde, dass er kaum noch den Kopf hochhalten konnte. Er lenkte Voltan zur Tür und blieb erst einmal wie gelähmt im Sattel sitzen, während Bedienstete herbeieilten, um ihnen beim Absteigen zu helfen. »Sieh zu, dass er sorgfältig abgerieben wird!«, wies er den jungen Burschen an, der ihm die Zügel abnahm.

Er stieg ab und half Bera aus dem Sattel. Sie glitt geschmeidig in seine Arme. Das blutgetränkte Garn um ihre Hände war getrocknet und in der Kälte ganz steif geworden, ebenso wie seine Handschuhe.

Aber Curran dachte jetzt nur noch an eines. »Ich hoffe, dort drinnen gibt es ein Bett.«

»Natürlich, ein großes Bett«, sagte Bera trocken. »Und einen Nachttopf gibt es auch.«

»Ist der auch groß?«

»Das muss er sein«, meinte sie müde lächelnd. »Ich explodiere nämlich gleich.«

Diese Frau war ehrlich, das musste man ihr auf jeden Fall lassen.

»Curran! Bera!« Mit gespielter Strenge rief Boyd nach ihnen. Er kam aus dem großen Saal geeilt und drückte seine Schwester fest an sich. »Ich würde dich auf der Stelle verprügeln, wenn ich nicht so froh wäre, dich zu sehen!«

»Als ob ich mich von dir verprügeln lassen würde!«, entgegnete sie vergnügt.

Sie klopfte ihm liebevoll auf die Schulter, ehe sie sich aus seiner Umarmung befreite. »Irgendeine Spur von Drust oder seinen Leuten?«

»Nein. Nach Donalls und Currans Ankunft haben wir Späher ausgeschickt, aber sie sind noch nicht zurückgekehrt.« Er blickte auf die immer dichter werdenden Wolken über ihnen. »Es braut sich ein Sturm zusammen. Vielleicht treibt er Drust zurück nach Burghead.« Er warf Curran einen schrägen Blick zu, offenbar war es ihm unangenehm, solche Sachen vor einem Fremden zu erörtern. »Wenn es etwas Neues gibt, lasse ich es dich wissen.«

An der Art, wie Boyd mit Bera sprach, nämlich wie ein Krieger zu einem Krieger, so, als wäre sie einfach ein weiterer Bruder, wurde Curran klar, warum er keine Verbindung zwischen Bera und den Frauen von Pitlanric gespürt hatte. Ihr Platz war unter ihren Brüdern, nicht bei den Frauen.

Er rätselte, was dies wohl für ihn bedeutete.

»Wir legen unsere Schwerter bereit«, meinte Bera und humpelte erschöpft in ihr Gemach.

»Schlaf gut!«, rief Boyd ihr nach. Er grinste Curran schelmisch an. »Um mit der da zu schlafen, braucht Ihr Euer Schwert!« Doch dann wurde er sehr ernst. Er blickte seiner Schwester liebevoll, aber auch ein wenig reuevoll nach. »Es ist unsere Schuld, dass sie nichts über Frauendinge weiß. Als unsere Mutter ... starb, haben wir sie wie einen von uns erzogen.« Er blickte Curran prüfend an. »Als ihr Bruder muss ich Euch um einen Gefallen bitten: Seid geduldig mit ihr, auch, was ... was ihre ehelichen Pflichten angeht. Sie hat viel gelitten, und vielleicht fällt es ihr schwer ...« Er trat verlegen von einem Fuß auf den anderen. Curran fragte sich, welche Art von Ungemach Bera wohl erlitten hatte. »Ich bitte Euch, seid einfach geduldig mit ihr!«, wiederholte ihr Bruder.

Curran wusste nicht, was er sagen sollte. Er verbeugte sich kurz vor seinem Schwager, dann folgte er seiner Frau in ihr Gemach.

Der Raum war nicht besonders groß, aber es stand wie versprochen ein riesiges Bett darin, worüber Curran sehr froh war. Allerdings hatte Bera dieses Bett vollkommen in Beschlag genommen, indem sie sich quer darauf ausgebreitet hatte und nun bereits tief und fest schlief. Sie hatte nicht einmal den Umhang ausgezogen und auch das Schwert nicht aus der Hand gelegt.

Unbewaffnet ins Bett zu gehen war offenbar eines der weiblichen Dinge, die ihr niemand beigebracht hatte, und ebenso wenig hatte sie gelernt, dass eine Frau ihrem Mann auf dem Lager ein wenig Platz lassen sollte.

Curran konnte sich eines Grinsens nicht erwehren. Und warum in aller Welt umklammerte sie ihr Schwert? Erwartete sie einen Angriff ihres Gemahls?

Du lieber Gott – nach allem, was er durchgemacht hatte, hätte er jetzt nicht einmal ein Kätzchen angreifen können. Er wollte nur noch schlafen, sonst nichts.

Rasch legte er seinen Umhang ab, entwaffnete seine Frau, schob sie auf die linke Bettseite und deckte sie mit Fellen zu. Dann zog er sich ganz aus und schlüpfte zu ihr unter die Decke. Wie immer legte er das Schwert in Reichweite unter die Matratze. Erst dann gestattete er sich seine wohlverdiente Ruhe.

Während er sich nackt in den Fellen vergrub, war sein letzter Gedanke, dass er noch nie auf einer mit Federn gefüllten Matratze geschlafen hatte. Es fühlte sich so warm und weich an wie der Bauch einer dicken Frau.

Wie lange er geschlafen hatte, wusste er nicht, doch beim Aufwachen hatte er das Gefühl, von ganz weit unten langsam aufzutauchen. Und noch ein Gefühl machte sich in ihm breit, ein ganz seltsames Gefühl …

Als er die Augen aufschlug, stellte er fest, dass er von Fremden umringt war, die ihn neugierig anstarrten.

Instinktiv griff er nach seinem Schwert und rollte sich blitzschnell aus dem Bett, was die Beobachter in schrille Entsetzensschreie ausbrechen ließ.

Sie waren klein – es waren keine Krieger, sondern Kinder, kleine Kinder!

Abrupt richtete Bera sich auf, steif wie eine Leiche im Sarg. Sie trug nur ihre Chainse. »Was ist los?«, rief sie, die Zöpfe geöffnet, das Gesicht vom Schlaf zerknittert. »Was ist los?«

Alle erstarrten, auch Curran.

»Was zum Teufel haben diese Kinder hier zu suchen?«, fauchte er.

Bera blinzelte verschlafen, schaute die Kinder an, dann Curran, dann wieder die Kinder. Allmählich wurde ihr Blick klarer und schließlich blitzte ein Funken Heiterkeit in ihren Augen auf. »Das sind meine Nichten und Neffen«, erklärte sie. Ihre Lippen zuckten, als sie vergeblich versuchte, ein Lächeln zu unterdrücken. »Offenbar wollten sie Tante Beras Mann kennen lernen.«

Ihr Blick wanderte wie der der anderen zu der immensen Erektion, die wie ein Pfannenstiel zwischen seinen Beinen aufragte. »Und Ihr gewährt ihnen ja einen recht beachtlichen Einblick.«

Wo war er nur gelandet?

»Raus mit euch!«, schrie Curran, entschlossen, nicht zu zeigen, wie verlegen er war.

Als einige Kinder es tatsächlich mit der Angst zu tun bekamen, merkte er, wie er mit dem Schwert herumfuchtelte. Und das bei Kindern!

Erbost warf er die Waffe aufs Bett und deutete auf die offen stehende Tür. »Raus mit euch, hab ich gesagt! Und zwar sofort!«

Lachend und kreischend zogen sich die Kinder zurück. Ohne die Tür hinter sich zu schließen eilten sie durch den großen Saal davon.

»Und ihr bleibt auch erst mal draußen!«, rief er ihnen noch nach. Dann knallte er die Tür heftig zu, vor einer Gruppe aufgeschreckter Arbeiter, die ihn vom Saal aus mit großen Augen begafft hatten.

Bera ließ sich wieder aufs Bett fallen. »Ich werde mir die Kinder später vorknöpfen«, meinte sie fröhlich und gar nicht bedauernd. »Es wird nicht wieder vorkommen.«

»Sorg dafür!« Zitternd erleichterte sich Curran in den Nachttopf. Als er fertig war und sich umdrehte, stellte er fest, dass Bera ihm neugierig zugesehen hatte.

»Kann man denn als Mann hier überhaupt nie ungestört sein?«, brummte er. Zum ersten Mal in seinem Leben fühlte er sich ausgesprochen befangen. Er hatte zwar oft genug mit Kriegern zusammengelebt, doch selbst die hatten über die grundlegenden körperlichen Bedürfnisse höflich hinweggesehen.

»Tut mir Leid, ich wollte dich nicht in Verlegenheit bringen«, erklärte sie, ohne den Blick von seiner Körpermitte abzuwenden. »Ich habe nur noch nie einem Mann dabei zugesehen, wie er ... Ich meine, meine Brüder haben mir immer befohlen, mich umzudrehen, wenn sie ...« Sie lief hochrot an. »Ich weiß nicht, wie ich es sagen soll.«

»Dann behalte es am besten für dich!«, gab er schroff zurück.

Er zitterte noch immer, und seine Erektion erschlaffte. Das Feuer war längst ausgegangen, und es war kühl geworden. Wo war seine Tunika? Er entdeckte sie auf dem Boden neben dem Bett.

»Dir ist kalt.« Bera klopfte auf die Felle neben sich. »Komm ins Bett zurück. Ich sehe mal nach, ob ich etwas Essbares auftreiben kann.«

Das ließ sich Curran nicht zweimal sagen. In Windeseile schlüpfte er unter die Felle.

Beras ganzer Körper schmerzte. Sie kam sich vor wie eine alte Frau, als sie mühsam aufstand und zu einem Tisch humpelte, auf den man wohl noch am Vorabend ein Tablett mit Käse, Bohnen, Brot und Bier gestellt hatte.

Es fällt ihr sicher nicht leicht, das Tablett zu tragen, dachte Curran. Beras Hände, noch immer mit scharlachrotem Garn umwickelt, waren zu Klauen verkrampft. Doch sie beklagte sich nicht.

Ihre armen Hände ... Immerhin muss sie ab jetzt keine Männerarbeit mehr leisten, sagte er sich, denn nun war sie verheiratet. Sie konnte sich auf ihre Webarbeiten konzentrieren und das Kämpfen sein lassen; sie konnte das Schwert weglegen und sich in die Welt der Frauen begeben, die ihr bislang verwehrt geblieben war.

In der gemütlichen Federmatratze versunken und nackt unter den weichen Fellen kam ihm plötzlich in den Sinn, dass es vielleicht ganz angenehm sein könnte, sich von einer Frau umsorgen zu lassen.

Er streckte sich. Seine Muskeln fühlten sich bleischwer an, er hatte sicher sehr lange geschlafen. Sein Magen knurrte so laut, dass Bera lächelnd die Brauen hochzog, als sie das Tablett aufs Bett stellte.

»Ich könnte einen ganzen Ochsen verschlingen!« Gähnend beugte er sich aus dem Bett, um sich die Tunika vom Fußboden zu angeln. Sie fühlte sich kalt an, als er sie anzog, doch bald wurde sie warm.

Er krempelte die Ärmel hoch, setzte sich auf und nahm ein Stück Käse. »Wie spät ist es eigentlich?«

»Na ja, vielleicht sollten wir lieber fragen: Welchen Tag haben wir?«

Unbefangen setzte sich Bera Curran gegenüber im Schneidersitz hin und tunkte einen Kanten dunkles Brot in die Sauce mit den Bohnen. Genüsslich kaute sie den großen, wohlschmeckenden Bissen. »Mmmmm! Ulas Bohnen! Die sind sogar kalt noch ganz ausgezeichnet!« Sie spülte mit einem kräftigen Schluck Bier nach und wischte sich den Mund am Ärmel ihrer Chainse ab.

Von fürstlichen Manieren konnte bei Bera wahrhaftig nicht die Rede sein. Aber schließlich war sie anders als alle Fürstinnen, die Curran je getroffen hatte, und er hatte schon eine ganze Menge getroffen.

»Wer ist Ula?«, fragte er und tunkte ebenfalls ein Stück Brot in die Bohnenschüssel.

»Boyds Frau.«

Die Bohnen schmeckten köstlich, und auch das Brot war vorzüglich. »Und Boyd ist ...?«

»Der zehnte. Wir haben gestern Abend mit ihm gesprochen.«

Curran hatte ein ausgesprochen schlechtes Namensgedächtnis. Er würde es nie schaffen, diese Brüder auseinander zu halten, ganz zu schweigen von den Ehefrauen und der Horde Kinder.

Hier gab es so viel für ihn zu lernen. Er bewegte sich auf

völlig unbekanntem Terrain – ein Gefühl, das ihm ganz und gar nicht behagte.

Bera verzog das Gesicht zu einem schiefen Lächeln, als hätte sie seine Gedanken gelesen. »Keine Sorge!«, tröstete sie ihn. »Ich helfe dir schon mit den Namen. Du wirst sie rasch lernen, wenn wir uns erst einmal alle zusammen im Schwertkampf üben. Und die Ehefrauen …« Ihrer Miene nach zu urteilen hielt sie von ihnen ohnehin nicht allzu viel. »Na ja, auch sie wirst du mit der Zeit kennen lernen.« Genüsslich tunkte sie noch ein Stück Brot in die Bohnensauce. »Vorausgesetzt, Drust löscht uns nicht alle aus, bevor es so weit ist.«

»Er wird kommen«, stellte Curran nüchtern, aber seiner Sache sicher fest.

»Jawohl«, erwiderte sie gleichermaßen lakonisch. »Aber so Gott will, nicht sofort. Das Wetter hat sich zu unseren Gunsten verändert.«

Curran horchte auf. »Wie ist es denn jetzt?«

»Es schneit, und zwar ziemlich heftig.«

»Woher weißt du das?« Die Fenster in diesem behaglichen Gemach lagen sehr hoch und waren mit Pergament abgedeckt.

Sie saß ganz still da und schloss die Augen. »Vom Klang.«

Curran hatte nie lange genug an einem Ort verweilt, um solche Feinheiten wahrzunehmen. Der Gedanke, dass er die Geräusche von Pitlanric eines Tages vielleicht ebenso gut kennen würde wie Bera, gefiel ihm.

Aber erst einmal musste ein heikler Punkt angesprochen werden. »Du hast vom Üben gesprochen, vom gemeinsamen Üben im Schwertkampf«, meinte er.

»Richtig.« Bera blickte seufzend auf ihre ruinierten Hände. »Es wird zwar ein Weilchen dauern, bis ich wieder ein Schwert halten kann, aber Lavena macht eine Salbe, die die Wundheilung erstaunlich beschleunigt.« Sie versuchte vergeblich, eine Faust zu ballen. »In zwei, maximal drei Wochen werde ich sicher wieder …«

»Wir sind verheiratet, Bera«, fiel ihr Curran ins Wort. Diese Sache musste unbedingt geklärt werden.

»Stimmt.« Sie blickte ihm sehr selbstbewusst in die Augen. »Wir sind verheiratet.«

Curran erinnerte sich an die Bitte ihres Bruders, Geduld zu haben. Er versuchte, so diplomatisch wie möglich zu sein. »Es geht mich nichts an, aus welchem Grund deine Brüder beschlossen haben, mit dir zu trainieren«, sagte er. »Sie waren für dich verantwortlich, und sie haben sich dafür entschieden. Aber nun sind wir verheiratet, und ich bin für dich verantwortlich. Warum solltest du weiterhin das Leben eines Kriegers führen? Von nun an werde ich dein Beschützer sein.«

»Ach ja?« Beras Miene versteinerte sich, aber ihre Stimme bebte vor Zorn. »Und wer wird mich vor meinem Beschützer beschützen?«

Sie hat viel gelitten.

Seine Braut schleuderte einen tödlichen Blick auf ihn. »Ich werde weiterhin mit meinen Brüdern trainieren, und ich werde weiterhin an ihrer Seite kämpfen. Durch unsere Heirat hast du das Privileg erhalten, mit uns zu trainieren und zu kämpfen. Aber sie gibt dir nicht das Recht, mich vom Feld der Ehre fern zu halten!«

»Und was ist mit den Kindern, die wir haben werden?«, gab Curran zurück. »Würdest du sie in Gefahr bringen?«

Sie schnaubte verächtlich.

»Ich habe dir doch schon gesagt, dass es keine Kinder geben wird!«

»Und ich habe dir gesagt, dass ich keinen Grund für diese Annahme sehe«, entgegnete er. Allmählich wurde er ihrer abfälligen Art überdrüssig.

»Na ja, das wird sich zeigen.«

Sie sprang auf und begann in aller Eile, die Kleider einzusammeln, die sie gestern Nacht einfach neben das Bett geworfen hatte.

Als es klopfte, richtete sie sich auf und meinte hochmütig: »Herein!«

Angus öffnete die Tür. Er musste sich bücken, um hereinzukommen. Hinter ihm schien das Leben im großen Saal kurz still zu stehen; alle reckten den Hals, um einen Blick in Beras Gemach zu erhaschen, bevor sie zu ihrer Arbeit zurückkehrten.

Curran hätte die durchdringenden, ständig leicht sorgenvoll blickenden blauen Augen überall erkannt, aber alles andere kam ihm völlig fremd vor. Angus war ein neuer Mensch: sauber, eingehüllt in ein dickes Plaid, den Bart sorgfältig gestutzt, das ergrauende Haupthaar durch ordentliche Schläfenzöpfe gezähmt. »Hallo, Curran!«

»Hallo, Angus!«

Bera warf sich ihren Umhang über, eilte ihrem Bruder schnellstens entgegen und umarmte ihn herzlich. »So tritt doch näher!«

Angus erwiderte ihre Umarmung, dann blickte er seine Schwester prüfend an. »Geht es dir gut?«

»Jawohl«, antwortete sie, knapp wie immer.

Angus blickte sich um, dann rief er zum großen Saal hinüber: »Wir brauchen ein Feuer und einen Krug warmen Met für die Frischvermählten!«

»Ich würde ja schon gerne aufstehen«, meinte Curran leise, »aber …«

»Ach, Mann, bleib ruhig, wo du bist.« Angus bedachte ihn mit einem müden Grinsen. »Du hast dir ein wenig Ruhe verdient, und auch unsere Dankbarkeit.«

Vier stumme Sklaven – waren es überhaupt Sklaven? Curran konnte es nicht sagen – eilten mit Kohle, Holzspänen, Essen und Trinken herein. Wie Curran feststellte, sprach niemand, bis die vier wieder gegangen waren und die Tür hinter sich zugezogen hatten.

»Gibt es eigentlich irgend etwas Neues von Drust?«, fragte Bera ihren Bruder.

»Boyd hat Späher losgeschickt, sobald er erfahren hatte, dass wir unterwegs waren. Sie sind bis Nigg geritten, ohne Drust zu sehen. Allerdings haben sie Evan und Kegan gesehen. Die beiden werden wohl noch heute hier eintreffen.«

»So bald?«, fragte Bera.

»Bald?« Angus kicherte, als er seine zerzauste Schwester betrachtete.

»Ihr habt zweieinhalb Tage geschlafen!« Sein breites Grinsen ließ sein verhärmtes Gesicht um viele Jahre jünger erscheinen. »Seit gestern bedrängen mich die Frauen, jemanden zu euch reinzuschicken, um zu sehen, wie es euch geht. Moina war überzeugt, dass ihr euch gegenseitig umgebracht habt.« Er zwinkerte Curran wissend zu. »Meine Frau hat mich wirklich gepiesackt, aber ich wollte ihr das Vergnügen nicht gönnen, euch persönlich zu überprüfen. Deshalb habe ich den Kindern gesagt, sie sollten nachschauen, ob ihr noch atmet.«

»Also du hast sie geschickt!«, meinte Bera leise lächelnd. »Ich hatte schon befürchtet, sie seien von sich aus gekommen.«

Angus wandte sich an Curran. »Und du hast ihnen einen sehr anschaulichen Anatomieunterricht erteilt, Bruder, und auch den Arbeitern im großen Saal. Alle sind schwer beeindruckt.«

Curran wusste nicht, ob er sich jemals daran gewöhnen würde, die intimsten Details seines Lebens – und seines Körpers – vor Beras großer, neugieriger Familie ausgebreitet zu sehen.

»Danke, dass du wenigstens nicht Moina geschickt hast«, meinte Bera.

Offenbar hielt sie von Angus' Frau nicht sehr viel. »Aber Curran und ich würden uns freuen, wenn man uns noch ein Weilchen in Ruhe ließe.«

»Das sollte sich machen lassen«, meinte Angus und stand auf. »Zumindest, bis Kegan und Evan wieder heil zurück sind. Dann werden wir feiern – eure Hochzeit und unsere Heimkehr.«

»Und was ist mit Drust?«, fragte Curran.

Angus seufzte. »Der wird kommen, wann immer er kommt, und bis dahin werden wir auf der Hut sein. Aber erst einmal steht ein Fest an!«

Bera folgte ihrem Bruder zur Tür und hielt sie für ihn auf. Wie zuvor wandten sich ihnen auch diesmal wieder neugierige Gesichter zu, aber Bera schien sie gar nicht zu bemerken. »Wir müssen reden«, sagte sie halblaut zu ihrem Bruder.

Angus nickte, dann warf er einen verlegenen Blick auf Curran. »Später! Ich lasse dann nach dir rufen.«

»Danke.« Sie schloss die Tür. Nun waren sie wieder allein. So allein, wie zwei Menschen sein konnten, die von mehr als hundert anderen auf Schritt und Tritt beobachtet wurden.

Bera trug die Becher mit warmem Met ans Bett. Ein würziger Duft stieg Curran in die Nase. »Lass uns noch ein Weilchen im Bett bleiben«, schlug sie vor. Sie reichte ihm einen Becher und steckte die Füße unter die Felle. »Ich bin noch nicht für all das bereit, was auf der anderen Seite dieser Tür auf mich wartet.«

Curran stieß mit ihr an. »Ich auch nicht.«

Die süße, warme Flüssigkeit war im Nu verschwunden. Als beide Becher geleert waren, zog Curran seine Frau zu sich. »Aber ich bin jetzt für das bereit, was in diesem Bett auf mich wartet.«

Bera erstarrte, entzog sich ihm jedoch nicht. »Wenn es dir nichts ausmacht … ich fürchte, ich kann nicht … ich meine, nach diesem langen Ritt, und das, nachdem ich wochenlang auf keinem Pferd gesessen bin, und dann … na ja …«

»Du bist wund und hast Muskelkater«, stellte er fest. Ihm ging es nicht anders.

»Stimmt.« Sie entspannte sich sichtlich.

»Dann spielen wir einfach nur ein bisschen.«

»Spielen?« Sie klang skeptisch, aber auch neugierig.

»Mmmmmm.« Es war das einzige Spiel, das Curran kannte. Er streichelte den feinen Stoff, der ihren Busen bedeckte, und sofort richtete sich eine Brustwarze auf.

»Ah!«, meinte sie. »Das fühlt sich gut an!«

Er streichelte auch die andere Brust, dann erforschte er sanft die Kurven ihres Körpers unter der Chainse. Mit seinen Berührungen wurde ihr Atem heftiger, sie vergaß ihre Zurückhaltung und wurde immer empfänglicher, ja erwartungsvoll.

»Schön, dieses Spiel«, murmelte sie.

Curran streichelte ihre Beine und schob den Saum ihrer Chainse immer höher, bis er zwischen ihren zarten Beinen ankam. Schon bei der leisesten Berührung erbebte Bera vor Begierde.

Zu seiner Überraschung ahmte sie seine Liebkosungen nach, streichelte seine Beine und liebkoste auch sein Geschlecht unter der Tunika.

»Wenn du mich so anlangst, gebe ich mich vielleicht nicht damit zufrieden, nur zu spielen«, warnte er.

»Wenn du das tust, reicht es mir vielleicht auch nicht mehr, nur zu spielen«, antwortete sie mit belegter, leise hauchender Stimme.

Curran lachte leise. »Wie Eure Hoheit wünschen!«

Bera bäumte sich ihm entgegen. »Ich wünsche!«

*

»Sie sind zurück, Hoheit«, flüsterte Malisande ins Ohr ihrer Herrin.

Diedre war wie üblich mit ihrer Stickerei beschäftigt. Ob sie den Plan zur Eroberung von Pitlanric, den sie entworfen hatte, jemals brauchen würde, wusste sie nicht. Im Moment hoffte sie, sie würden nie dorthin gehen müssen. Doch etwas in ihr zwang sie, die Arbeit zu beenden, so, wie sie eigentlich immer alles beenden musste.

»Gibt es Gefangene?«, fragte sie, obgleich sie wusste, dass es so oder so keine Gefangenen geben würde.

»Nein.«

»Und die Pferde?

»Sie hatten keine zusätzlichen Pferde dabei«, meinte Malisande.

Diedre war zufrieden. Evan hatte also entkommen können. Und der Verlust von Drusts Pferden würde an ihrem Mann nahezu ebenso heftig nagen wie der seiner Gefangenen – und Diedres Anklägern.

Sie war in Sicherheit. Zumindest vorläufig.

Diedre drückte mit dem Ellbogen gegen den vergifteten Dolch, den sie in ihrer Tasche aufbewahrte. Sie zog Trost aus dem Wissen, dass sie diesen Dolch hatte. Er schenkte ihr ein Gefühl der Sicherheit.

Jetzt musste sie nur noch eines tun: Drust vernichten, bevor er sie vernichtete.

15

Am frühen Nachmittag klopfte Bera an die Tür zum Turmzimmer.

»Herein«, rief Angus geistesabwesend.

Er saß neben Airell und Boyd an dem einzigen Tisch des Zimmers über Pergamente gebeugt. Bera sah, dass es sich um Bestandslisten handelte, abgefasst in der Schrift ihrer Heimat, Ogam.

Als ihre drei nebeneinander sitzenden Brüder aufblickten, stellte Bera traurig fest, dass die letzten Monate einen hohen Tribut gefordert hatten. Angus und Airell waren nur noch ein Schatten ihrer Selbst, und die Sorgen hatten den Schalk aus Boyds Augen vertrieben. Er wirkte alt. Alle drei wirkten alt.

»Bera!«, begrüßte Boyd sie, danach standen er und Airell auf und verließen stumm den Raum.

Angus deutete auf einen Stuhl. »Als wir losgezogen sind, war die Lage ziemlich schlimm, und leider hat sie sich kein bisschen verbessert.« Er bemühte sich um ein kleines Lächeln.

»Die Pferde werden eine Hilfe sein«, meinte sie.

»Ja, eine kleine.« Er holte tief Luft. »Aber das wollte ich jetzt gar nicht mit dir besprechen.« Er neigte den Kopf zur Seite und blickte sie, die dunklen Brauen sorgenvoll zusammengezogen, prüfend an. »Wie geht es dir? Sei ehrlich! Ich weiß, was du mir vorhin gesagt hast, aber da warst du nicht allein. Er war da.«

»Er heißt Curran«, fiel sie ihm ins Wort.

»Richtig. Curran.« Angus rutschte verlegen auf seinem Stuhl hin und her. »Ich hatte gehofft, einer von uns würde mit dir reden können, bevor du heiratest. Ich glaube, meistens führen Mütter solche Gespräche.«

Aber ihre Mutter war seit zwölf Jahren tot, ihr Ende nur noch eine bittere Erinnerung.

Bera ahnte, worauf Angus hinauswollte. Einerseits hätte sie ihm gern zu verstehen gegeben, dass seine Fürsorge nicht notwendig war, andererseits war sie neugierig, was er sagen würde. Deshalb ließ sie ihn nun weitersprechen, auch wenn es ein wenig selbstsüchtig war.

»Ich dachte daran, eine der Frauen zu bitten, mit dir zu reden«, fuhr er fort. »Aber dann schien mir das nicht richtig.« Er wandte den Blick ab. »Keine von ihnen würde es verstehen. Sie waren in jener Nacht nicht dabei, sie wissen nicht, was er dir angetan hat.«

»Es ist schon in Ordnung, Angus. Ehrlich.« Es fiel ihm bestimmt nicht leicht, über diese Nacht zu reden; keiner von ihnen hatte es je getan. »Das ist doch schon lange her. Es wirkt sich nicht darauf aus, wie ich zu meinen … meinen ehelichen Pflichten stehe.«

Sie sah ihm an, dass er ihr nicht glaubte.

Wie sollte sie es ihm klar machen? Selbst sie hatte ein gewisses Schamgefühl. »Wenn ich mit Curran zusammen bin …« Himmel noch mal, es lag ihr einfach nicht, um den heißen Brei herumzureden. »Ach, zum Kuckuck, wozu diese Umstände?« Sie blickte ihren Bruder offen an und erklärte unverblümt: »Die Ehe ist vollzogen worden. Es war in Ordnung.«

Mehr als das, musste sie stillschweigend zugeben, und in ihr regte sich etwas, das sie erröten ließ wie ein junges Mädchen. »Ich habe nicht geschwindelt, als ich dir sagte, dass es mir gut geht!«

Sie spürte, wie sich die Röte in ihrem Gesicht verstärkte, und fürchtete schon, er würde sie gleich so heftig aufziehen, dass sich ihre Gesichtsfarbe nie mehr normalisieren würde.

Doch er starrte sie nur an, als kenne er seine eigene

Schwester nicht mehr. »Und du akzeptierst diese Verbindung?«

»Das tue ich«, sagte sie stoisch. Sie stützte die Ellbogen auf die Stuhllehnen und spreizte die Finger.

»Kannst du ihm vertrauen?«, fragte er. »Möglicherweise jetzt noch nicht, aber vielleicht später, wenn er sich als würdig erwiesen hat? Wirst du ihm je vertrauen können?«

»Wenn er sich als vertrauenswürdig erweist, warum nicht?«, fragte sie und überlegte, was ihren Bruder wohl zu dieser Frage veranlasst hatte.

»Weil wir dir nur beigebracht haben, wie du dich schützen kannst«, antwortete er seufzend. »Ich habe mich oft gefragt, ob dich die Brutalität unseres Vaters – das, was er dir und Mutter angetan hat – hindern würde, einem Ehemann zu vertrauen. Aber ich wusste nicht, wie ich es hätte ändern können, und ich wollte dieses schmerzliche Thema nicht ansprechen. Keiner von uns hat es ertragen, darüber zu reden. Deshalb haben wir es auch nie getan. Wir haben dich einfach weiterkämpfen und daran arbeiten lassen, dich selbst zu beschützen.«

»In diesem Licht habe ich es noch nie betrachtet«, gestand sie. »Aber wer weiß – vielleicht war das ja der Grund für meine Besessenheit, euch alle schlagen zu wollen.« Und vielleicht war es auch der Grund für ihre Entschlossenheit, das Kämpfen nicht aufzugeben.

Darüber lohnte es sich nachzudenken.

Angus brach das verlegene Schweigen. »Deine Ehe – etwas verstehe ich einfach nicht«, fing er an. »Curran behauptet, du hättest ihn geheiratet, bevor er uns befreite. Stimmt das?«

»Jawohl.«

»Aber warum?«, fragte er erstaunt. »Boyd meinte, du wärst strikt dagegen gewesen.«

Warum? Diese Frage hatte sie sich selbst schon hundert Mal gestellt. »Damals schien einiges dafür zu sprechen.« Sie verzog das Gesicht. Eigentlich wollte sie keine Ausflüchte machen, aber sie wusste selbst nicht mehr so recht, wie es gewesen war. »Ich könnte behaupten, unter Zwang gehandelt zu haben, aber das wäre Curran gegenüber unfair. Er hat mich vor die Wahl gestellt, und ich habe mich entschieden.«

Sie lächelte Angus schief an. »Vielleicht habe ich ja geglaubt, wir würden es ohnehin nicht überleben und es sei gleichgültig. Vielleicht habe ich auch so gefroren, dass ich überhaupt nicht mehr denken konnte.« Sie zitterte, als sie daran dachte, wie kalt und dunkel es in dem Brunnen gewesen war. »Vielleicht wollte ich es ja auch«, gestand sie schließlich. »Ich weiß es einfach nicht mehr. Tatsache ist, ich habe es getan.«

Angus nickte.

»Curran ist mein Gemahl.« Das zumindest entsprach der Wahrheit. Einer unverrückbaren Wahrheit. »Was hältst du von ihm?«

»Es spielt keine Rolle, was ich oder ein anderer von uns von ihm hält«, sagte er freimütig. »Jetzt ist er unser Bruder. Er ist einer von uns.«

»Vielleicht würdest du nicht so reden, wenn du wüsstest, wer er wirklich ist«, meinte sie vorsichtig.

»Bera!« Angus beugte sich leicht irritiert vor. »Ich weiß, dass du mich für einen Idioten hältst, das sagst du schließlich oft genug, aber selbst ein Idiot hätte den Schwarzen Krieger erkannt. Es war wahrlich nicht allzu schwer, in Anbetracht seiner Figur, seines Kampfgeschicks, seines schwarzen Schildes, der dunklen Kleider und obendrein seines Pferdes.« Angus lehnte sich wieder in seinem Stuhl zurück. »Natürlich wissen wir, wer er ist.«

»Und das spielt keine Rolle?« Offenbar nicht.

Bera wusste nicht, ob sie erleichtert oder gekränkt sein sollte. Curran war schließlich kaum mehr als ein dahergelaufener Habenichts.

»Es darf keine Rolle spielen«, fügte Angus hinzu. »Er hat uns befreit, er ist dein Gemahl – damit ist alles gesagt.« Er atmete tief durch. »Offen gestanden ist sein Ruf Gold wert. Ich für meinen Teil bin ausgesprochen froh, dass er auf unserer Seite steht.«

»Ich verstehe.« Es passierte zu viel auf einmal. Bera hatte das Gefühl, als hätten ihre Brüder sie bereits durch den Fremden ersetzt, den sie geheiratet hatte. Verletzt brachte sie das Gespräch auf ihr ursprüngliches Anliegen zurück. »Wir müssen noch etwas anderes besprechen. Wir haben ein Problem, Angus, ein schlimmes Problem.«

Er blickte auf die düsteren Bestandslisten. »Du meinst, noch ein Problem.«

»Es gibt einen Verräter unter uns«, teilte sie ihm mit. »Einen, der für Drust arbeitet.«

Angus erstarrte. »Was weißt du darüber, und wie bist du an dieses Wissen gekommen?«

»Fürstin Diedre hat es mir gesagt.«

Er schnaubte. »Die Frau, durch deren betrügerische Machenschaften wir zu Geiseln geworden sind? Und dieser Frau glaubst du?« Er schüttelte den Kopf. »Ich hätte dich eigentlich für schlauer gehalten, als auf eine so offenkundige List hereinzufallen.«

»Und was ist, wenn es keine List ist?«, fragte sie. »Was ist, wenn sie die Wahrheit gesagt hat? Ich glaube nämlich, dass es stimmt.«

»Und wer soll der Verräter sein?«

»Jemand, der uns sehr nahe steht, einer von uns eben.« Ihr war klar, dass sie nicht sehr überzeugend klang, aber sie musste ihren Bruder dazu bringen, den Ernst der Lage zu begreifen. »Ich kenne den Namen nicht. Die Fürstin wurde weggeschafft, bevor sie ihn mir nennen konnte.«

»Weggeschafft?« Angus wirkte skeptisch, was schließlich nicht verwunderlich war. Er stand auf und ging zwischen Tisch und Wand auf und ab. »Sehr günstig – für sie!«

»Ich weiß, dass sie nicht gelogen hat.«

»Und warum um alles in der Welt sollte sie dir so etwas

erzählen?« Er fuchtelte mit seinen langen, knochigen Armen wie wild herum.

»Sie hatte ihre Gründe.«

Angus wartete darauf, dass sie diese Gründe erläuterte.

Wie konnte sie es ihm erklären, ohne Evan in den Rücken zu fallen? »Ich kann es nicht beweisen, aber ich weiß, dass sie die Wahrheit sagt. Diese Warnung war ein Geschenk. Wir sollten sie als solches nehmen und nutzen.«

»Und wozu sollte so ein Geschenk dienen?«, fragte er aufgebracht. »Es ist schon schlimm genug, dass wir einen so starken Feind wie Drust haben. Und jetzt sollen wir auch noch einen von uns verdächtigen?«

»Aber wenn es stimmt?«, meinte sie hartnäckig. »Denk doch nur, was das bedeuten würde! Ein Verräter innerhalb unserer Verteidigungsanlagen könnte unserem Feind alles preisgeben. Er könnte ihm sagen, wo wir die Kinder, die Lebensmittel und unser Vieh verstecken. Nur *ein* Verräter – und alles wäre gefährdet. Nur einer.«

Angus' Miene verfinsterte sich. Er setzte sich wieder. »Angenommen, es stimmt – wie sollten wir deiner Meinung nach vorgehen, um diesen Verräter aufzuspüren?«

Genau hier lag das Problem. »Ich weiß es nicht. Wahrscheinlich werden wir ihn erst entdecken, wenn es zu spät ist.«

Beide wussten, dass Bera Recht hatte.

»Hast du denn irgendeinen Verdacht?«, fragte er.

»Es ist keiner von uns Geschwistern!«, meinte sie mit Nachdruck, auch wenn ein leiser Verdacht an ihr nagte, wenn sie an Evans Liebe zu Diedre dachte. »Ein Sklave?«, schlug sie vor. »Eine der Ehefrauen? Mein Mann?«

»Nicht Curran«, meinte Angus im Brustton der Überzeugung.

»Du scheinst dir wirklich sehr sicher zu sein.« Bera beneidete ihn um diese Sicherheit.

»Es würde keinen Sinn ergeben«, erklärte Angus. »Drust

hatte uns, wo er uns haben wollte. Warum hätte uns Curran zur Flucht verhelfen sollen, wenn er mit Drust unter einer Decke steckte?«

»Du hast Recht.« Bera wunderte sich, wie erleichtert sie war, doch das widerwärtige Gefühl des Misstrauens kehrte rasch zurück. »Es sei denn, er hat sich mit Diedre verbündet.«

»Und warum sollte Diedre unsere Flucht wollen?«, entgegnete er.

Bera kannte den Grund, brachte es aber noch immer nicht über sich, ihrem Bruder zu verraten, dass Evan schwach geworden war. »Tja, warum?«

Angus rieb sich das Gesicht. »Mist! Das ist wirklich eine üble Geschichte!«

Er drehte sich um und starrte gedankenverloren aus dem schmalen Fenster. Dann aber schüttelte er seine Niedergeschlagenheit resolut ab. »Kegan und Evan sind heil zurückgekehrt. Wir sollten heute Abend unser Fest feiern.« Er stand auf, ging zu seiner Schwester und umarmte sie. »Wie ich hörte, haben sich die Frauen schon so manches überlegt, was sie heute Nachmittag mit dir als Braut anstellen wollen.«

»Lavena hat mich überredet«, gab sie düster zu.

»Zu heiraten war stets deine Bestimmung, Bera«, erinnerte er sie. »Kannst du es denn jetzt nicht ein wenig genießen? Du bist eine Braut, eine Frau, eine Fürstin!«

»Ich bin eine Kriegerin, Angus«, entgegnete sie. Plötzlich fühlte sie sich alt, verhärmt und um irgendetwas betrogen. »Ihr habt mich zu der Kriegerin gemacht, die ich heute bin, ihr alle. Es hat zwölf lange Jahre gedauert. Glaubst du, ich könnte einfach über Nacht zu etwas anderem werden?«

Sie schüttelte den Kopf. »Nein, das kann ich nicht. Ich bin noch immer eure Schwester, noch immer eine Kriegerin – und trotzdem habe ich keinen Platz mehr unter euch. Wie sollte ich darüber glücklich sein?«

»Auch andere Frauen haben ihr Glück in der Ehe gefunden«, erklärte er nachsichtig. »Ich kann nur hoffen, dass es dir ebenso ergeht.«

»Die Hoffnung ist ganz meinerseits.« Sie umarmte ihren Bruder kurz, dann begann sie ihren Abstieg ins Reich der Ehefrauen.

»Aua! Hört auf!« Bera wusste nicht, warum sie sich von Lavena hatte beschwatzen lassen. Es kam ihr vor, als würde sie in Stücke gerissen.

Die Ehefrauen umschwärmten sie wie Bienen. Vier von ihnen waren eifrig – und schmerzhaft – damit beschäftigt, die eng geflochtenen winzigen Zöpfe aufzulösen, mit denen sich Osann in Burghead so viel Mühe gegeben hatte. Moina und Fenella zerrten natürlich ganz besonders eifrig an Beras Haaren; fünf der anderen nahmen Maß an der Braut und änderten eines von Fenellas abgelegten Gewändern, drei flochten den Brautkranz aus getrockneten Kräutern und Blumen. Die Kammer neben der Küche bot kaum genug Platz für alle, aber immerhin war es warm.

Beras einziger Trost war, dass Curran sich einer ähnlichen Tortur durch ihre Brüder unterziehen musste.

»Heb den linken Arm«, wies Melva sie an. Dann maß sie die Länge von der Achsel bis zum Knöchel. »Den Saum müssen wir um etwa eine Handbreit kürzen.«

Bera entging nicht, wie Fenella die makellose Stirn runzelte.

»Ihr könnt mich schrubben und polieren und in Fenellas Kleid stopfen«, schnaubte sie, »aber trotzdem werde ich noch immer wie ein Mauerblümchen aussehen, das versucht, eine Rose zu sein.«

Die boshafteren unter den Ehefrauen fanden diese Bemerkung wahnsinnig komisch, aber weder Lavena noch Ula, Melva, Olwyn oder Lyonesse lachten.

»Bera, du bist kein Mauerblümchen!«, protestierte Lavena und massierte mit ihrer Spezialsalbe Beras wunde Handflächen, nachdem sie sie gründlich eingeweicht und gereinigt hatte. »Und wie fühlen sich deine Hände jetzt an?«

Bera zuckte nur kurz zusammen, als sie eine Faust ballte. »Besser, viel besser!«

»Gut. Nach dem Baden verbinde ich sie dir noch.«

Endlich zerrte niemand mehr an ihrem Kopf. »Ich wollte immer schon mal in deinen Haaren wühlen!«, gestand Moina.

»Wer hätte gedacht, dass es so viele sind?«, meinte Fenella. »Bei der Fülle kriegen wir vielleicht sogar eine annähernd hübsche Frisur hin.«

»Schafft den Badezuber herein!«, befahl Moina. »Und das Wasser!«

»Ich bin schon tagelang verheiratet«, murrte Bera. »Ich weiß wirklich nicht, was das alles soll!«

»Hast du dir etwa eingebildet, du könntest uns so ohne weiteres auskommen?«, neckte Lyonesse. »Oh nein! Selbst unsere wilde Bera muss sich den Bräuchen unterwerfen; es nicht zu tun würde Unglück bringen!«

Bera seufzte. »Ich glaube, davon hatten wir schon mehr als genug.«

»Stimmt.«

Der Zuber wurde herbeigeschafft. Erleichtert stellte Bera fest, dass immerhin jeder dritte Eimer, der darin entleert wurde, mit heißem Wasser gefüllt war. Als das Wasser etwa zwei Fuß hoch stand, nickte Moina ihr aufmunternd zu. »Gut, zieh deine Chainse aus und steig rein!«

»Nein!« Bera hielt ihr Untergewand fest. »Ich werde mich nicht nackt von euch bearbeiten lassen!«

Moina warf einen auffordernden Blick auf Lavena, die meinte: »Aber so ist es Brauch, Bera. Wir müssen dich von Kopf bis Fuß waschen.« Sie deutete auf die Herumstehenden. »Bei uns war es genau so.«

»Du hast sogar noch Glück«, fiel Lyonesse ein. »Immerhin kennst du uns. Als ich hierher kam, um Roy zu heiraten, kannte ich niemanden. Aber auch ich habe mich der Tradition gebeugt.«

»Wir haben es alle getan«, bestätigte die sanfte, dralle Melva.

Und das von ihren Verbündeten unter den Ehefrauen!

Als Bera die zwölf Gesichter musterte, die sich um sie versammelt hatten, sah sie, dass sich die Frauen in dieser Angelegenheit endlich einmal einig waren.

Das war ein Wendepunkt, das war Bera klar. Wenn sie bei ihrer Weigerung bliebe, würde sie von ihnen niemals akzeptiert werden. Ob es denn je dazu kommen würde, wusste sie noch immer nicht, aber das Waschritual war eine wichtige Übergangszeremonie, dessen war sich Bera bewusst.

»Wenn es unbedingt sein muss ...« Sie zog die Chainse aus und stieg in den Zuber. »Na los, wascht mich!« Das warme Wasser um ihre Beine ließ sie angenehm erschauern.

Doch keine der Frauen rührte sich. Mit Waschlappen und Eimern bewaffnet standen sie reglos da und starrten Bera entsetzt an.

Bera blickte auf die rote, geschwollene Innenseite ihrer Oberschenkel und die vielen blauen Flecken. »Was habt ihr denn erwartet?«, rief sie. Sie war stolz auf jeden einzelnen Bluterguss. Doch dann wurde ihr klar, was in den Köpfen der Ehefrauen vorging. »Curran ist nicht daran schuld. Na ja, ein paar gehen vielleicht schon auf seine Kappe, aber nur, weil ich ihn angegriffen habe.« Verdammt, je mehr sie zu erklären versuchte, desto schlimmer klang es.

Sie atmete tief durch, dann deutete sie auf die Blutergüsse. »Die habe ich mir bei der Befreiung eurer Ehemänner geholt!« Sie deutete auf die Schwellungen an ihren Oberschenkeln. »Und so etwas zieht man sich zu, wenn man dreißig Meilen reitet, nachdem man mehr als einen Monat nicht im Sattel gesessen hat.« Sie funkelte die Frauen finster an. »Macht euch an die Arbeit, wenn ihr genug gestarrt habt! Mir wird kalt, wenn ich so herumstehe.«

»Oh Bera!« Die weichherzige Lavena brach in Tränen aus. »Mir war überhaupt nicht klar ... Wir haben niemals gedacht, dass ...«

Bera setzte sich züchtig in den Zuber. Das warme Wasser brannte auf ihren Oberschenkeln und den Schwellungen an ihrem Hinterteil, aber abgesehen davon fühlte es sich großartig an. »Hör auf zu heulen, Lavena, es ist doch nicht deine Schuld!« Sie blickte auf Fenella, die sich als Einzige wieder einigermaßen gefasst zu haben schien. »Schweinefürze und Hexengeifer! Macht endlich voran!«

Fenella grinste, dann leerte sie den Eimer, den sie in der Hand hielt, über Bera aus.

Natürlich war das Wasser kalt.

*

Vier Stunden später lief Bera unruhig in ihrem Gemach auf und ab. Sie hatte die Menschen in den großen Saal strömen hören, sie hatte vernommen, wie die Bänke hin und her gerutscht wurden, wie die Menschen sich begrüßten und dann angeregt unterhielten; die appetitlichen Düfte von frisch gebratenem Rindfleisch, Zwiebeln, Brot und gewürztem Wein stiegen ihr in die Nase und ließen ihr das Wasser im Mund zusammenlaufen. Inzwischen war sicher alles bereit.

Warum kam Angus nicht und holte sie?

Und warum war sie so aufgeregt? Es war ja wirklich nicht so, als sähen Curran und sie sich heute zum ersten Mal!

Sie spürte eine kleine Hand auf ihrem Arm. »Ihr seht wunderschön aus, Hoheit«, wiederholte Osann mindestens zum fünften Mal.

»Und du auch!«, entgegnete sie rasch, umarmte die Kleine und richtete die Falten des warmen Plaids, das Osann heute über ihren festen neuen Kleidern trug. Die dunklen Ringe unter ihren Augen waren kaum mehr zu sehen.

Boyd hatte angeboten, sie zusammen mit seinen Töchtern

aufzuziehen, doch Osann hatte lieber bei Bera bleiben wollen.

Bera setzte sich, auf ihre Frisur bedacht, vorsichtig hin. Es fühlte sich eigenartig an, das viele Haar, das sich heute so ungehindert über ihren Rücken wellte.

Die Frauen hatten ihr geraten, es auch offen zu tragen, wenn sie ins Bett ging. Doch Bera war überzeugt, dass sie sich im Schlaf strangulieren würde, wenn sie diesen Rat befolgte. Und wie sollte sie es am nächsten Tag je wieder entwirren?

Endlich klopfte es an der Tür.

Sie stand auf. Das Herz schlug ihr vor Aufregung bis zum Hals. »Herein!«

Angus trat ein. Er sah prächtig aus in seinen Fellen, mit seiner Festtagsbrosche und der silbernen Krone. Als sein Blick auf Bera fiel, wurden seine Züge ganz weich. »Mir war nie klar, wie sehr du Mutter gleichst.« Er streichelte ihre rotbraune Wellenpracht. »Sie war früher einmal sehr hübsch, und du erinnerst mich an sie, so, wie sie damals war.«

In Beras Erinnerung war ihre Mutter eine dürre, verhärmte Frau, die viel zu früh gealtert war. Doch die Verwunderung auf dem Gesicht ihres Bruders zeigte ihr, dass das nicht immer so gewesen war. »Danke!«

Angus lächelte. »Bist du so weit?«

»Bringen wir es hinter uns!«, antwortete sie und legte ihre Hand in die seine.

Bewaffneten Feinden war Bera mutiger begegnet als heute den Menschen im großen Saal. Wie sie befürchtet hatte, ruhten alle Augen auf ihr, als Angus sie zum langen Tisch führte, an dem Curran sie bereits erwartete. Aber es war so schön, wieder alle vereint zu sehen, dass ihr die viele Aufmerksamkeit bald ziemlich gleichgültig war. Die Familien füllten den großen Saal – Mütter, Väter, Kinder, Kleinkinder, Ammen. Selbst Pater Maclin und seine Gattin waren gekommen. Kein Platz war mehr frei.

Bera blickte wieder auf Curran. Er betrachtete sie mit einem Ausdruck verhaltenen Erstaunens, als sie sich ihm näherte.

Dieser Gesichtsausdruck löschte beinahe – nicht ganz – die Erinnerung an die Enttäuschung aus, die er bei ihrer ersten Begegnung gezeigt hatte.

Wie immer dominierte Currans Erscheinung den Tisch, an dem er saß, doch heute Abend sah er besonders stattlich aus. Sein goldenes Haar glänzte frisch und kräftig im Licht der Fackeln, und seine makellose schwarze Kleidung hob sich deutlich von den bunten, unförmigen Plaids ihrer Brüder ab.

Elegant – das war das richtige Wort für ihn.

Und gefährlich.

Die Eindringlichkeit, mit der er sie anstarrte, erregte sie auf seltsame Weise. Bera konnte nicht anders, sie musste seinem Blick ausweichen.

Sie musterte ihre Brüder einen nach dem anderen und stellte fest, dass jeder sie stolz ansah. Nur Evan wirkte etwas angestrengt; Fenella thronte, herausgeputzt wie immer, neben ihm. Alle anderen schienen froh und glücklich. Solche Momente waren selten.

Becan stimmte ein Brautlied an, und die musikalischeren Mitglieder der Familie fielen mit Laute, Dudelsack, Tamburin und Gesang ein.

In diesem Saal waren schon viele Hochzeiten gefeiert worden. Wie oft hatte sie zugesehen, wie die Ehefrauen ihrer Brüder hereingeführt wurden? Wie oft hatte sie dieses Brautlied gehört? Und nie hätte sie mit der Braut tauschen wollen. Aber heute war sie es.

Warum also fühlte sie sich wie eine Beobachterin, daneben stehend und nur zuschauend, anstatt den Augenblick mit allen Sinnen zu erleben?

Als sie Curran musterte, schien ihr, dass er sich ebenfalls distanziert fühlte. Das zumindest hatten sie gemeinsam – sie waren beide Außenseiter.

Angus, der Bera zu Curran geführt hatte, legte ihre Hand

in die ihres Gemahls. Damit hatte er die Verbindung formell abgesegnet. Nun wandte er sich den Gästen zu. Er gebot der Musik Einhalt. »Fürsten von Kaledonien, tapfere Krieger, schöne Damen, verehrte Gäste«, begrüßte er die Anwesenden mit lauter Stimme und brachte so das Gemurmel zum Verstummen. »Betet mit uns, die wir einem gnädigen Gott für die Erlösung von dem Bösen danken, für den Segen, den er dieser Verbindung spendet und für seine freigiebige Fürsorge.« Er nickte dem Priester zu. »Pater?«

Pater Maclin war von diesem feierlichen Anlass vollkommen überwältigt. Seine Predigt geriet derart lang, dass seine Frau ihm schließlich auf den Oberschenkel schlug und ihm laut zuflüsterte, endlich aufzuhören, bevor das gute Essen kalt würde. Er tat wie geheißen, und dann konnte das Fest wirklich beginnen.

Im Lärm der einsetzenden Gespräche und des Gelächters schafften Diener, Sklaven und einige der älteren Kinder Speisen und Getränke in einer Fülle herbei, die Bera seit dem Überfall nicht mehr erlebt hatte. Sie hatte schon fast ein schlechtes Gewissen, dass sie der Anlass für einen solchen Überfluss war, aber dann fiel ihr ein, dass ja auch die unversehrte Rückkehr ihrer Brüder gefeiert wurde und nicht nur ihre Hochzeit.

Airell reichte Curran eine Platte mit gebratenem Rindfleisch. »Bei uns gibt es den Brauch«, erklärte er schelmisch, »dass Braut und Bräutigam auf ihrer Hochzeit die heilige Pflicht haben, sich nicht anzulügen. Schon eine einzige Lüge könnte ihre Verbindung mit einem Fluch belasten. Also seid vorsichtig, welche Fragen ihr euch stellt.« Augenzwinkernd fügte er hinzu: »Und doppelt vorsichtig mit euren Antworten!«

Bera hätte ihren Bruder für die Erinnerung an diese Tradition am liebsten erwürgt.

»Stimmt das?«, fragte Curran. Seine blauen Augen funkelten interessiert, was Bera ein wenig beunruhigte.

»Jawohl«, erwiderte sie, leicht besorgt, was er wohl als Nächstes fragen würde. »Das ist bei uns der Brauch.«

»Glaubst du denn daran?«

Bera zuckte die Schultern. »Meine Brüder und ich hatten genug Pech. Ich würde das Schicksal nur ungern herausfordern.«

Angus reichte ihr eine Platte mit gekochten Rüben und Zwiebeln. Um das Brautpaar herum wurden die üblichen Geschichten über allerlei Hochzeitsmissgeschick immer lauter und derber.

Curran dachte über Beras Antwort nach, dann blickte er ihr forschend ins Gesicht. »Glaubst du, unsere Ehe ist Teil dieses Pechs?« Er neigte den Kopf. »Denk an den Fluch, wenn du mir antwortest!«

Sie überlegte sich ihre Antwort lange und sehr gründlich. »Anfangs war ich dieser Meinung«, gestand sie schließlich. »Aber inzwischen habe ich festgestellt, dass sie auch ihr Gutes hat.«

»Zum Beispiel?« Der Mann war wirklich unverschämt!

Zu allem Überfluss musste sich jetzt auch noch Airell einmischen. »Dein Gemahl hat dich etwas gefragt, Bera. Du solltest ihm die Wahrheit sagen!« Zum Glück wandte er sich gleich wieder seiner Frau Gitta zu und fuhr fort, sie mit den gleichen unpassenden Geschichten zu beglücken, die er auf jeder Hochzeit zum Besten gab.

Doch Curran hatte trotz dieser Unterbrechung den Faden nicht verloren. »Du wolltest mir gerade etwas über die guten Seiten erzählen, die du an unserer Ehe siehst.«

Bera hatte nicht vor, seine Arroganz zu fördern und ihm zu gestehen, wie gut er ihr gefiel. Deshalb suchte sie fieberhaft nach etwas anderem. »Du bist ein hervorragender Krieger, du bist gesund und stark. Das wird unserer Familie zum Vorteil gereichen«, sagte sie, und das entsprach ja auch der Wahrheit. »Du redest nicht zu viel, und soviel ich weiß trinkst du auch nicht zu viel.« Sie überlegte weiter. »Du bringst ein ausgezeichnetes Pferd und gute Waffen in unsere Verbindung ein.«

»Und was noch?« Er genoss es sichtlich, dieser Schuft!

Sie beschloss, ihm eine Lehre zu erteilen und schonungslos ehrlich zu sein. »Ich mag es, wie du mich berührst, wenn wir nackt sind«, sagte sie laut und deutlich. »Und vor allem mag ich deinen Schwanz!«

Wie es das Schicksal wollte, waren just in diesem Moment die Gespräche in ihrer Umgebung abgeflaut, so dass im Umkreis von zehn Fuß alle vernahmen, was Bera gesagt hatte.

In der kurzen Stille, die darauf folgte, wünschte sich Bera, der Boden würde sich auftun und sie verschlucken. Dann setzte ein schallendes Gelächter ein.

Na großartig!

An einem der niedrigeren Tische sah sie, wie einer ihrer Neffen auf Curran deutete und eine riesige Pastinake an seinen Schoß drückte, die überraschende Einführung des neuen Onkels in das Familienleben demonstrierend.

»Das darf ja wohl nicht wahr sein!«, schimpfte sie halblaut.

Es hätte sie nicht gewundert, wenn Curran jetzt zu toben begonnen hätte; doch als sie es schließlich wagte, ihn anzusehen, stellte sie zu ihrer großen Erleichterung fest, dass er lachte. Er tat nicht nur so, nein, er lachte von ganzem Herzen. Und dann stand er auf und verneigte sich in alle Richtungen, sehr zum Vergnügen von Beras Verwandtschaft.

Damit war er zu einem Teil der Familie, einem Teil der Feier geworden; plötzlich war er kein Fremder mehr in ihrer Mitte.

Als Bera diese Verwandlung bemerkte, packte sie die Eifersucht, denn sie kam sich vor, als stecke sie irgendwo weit weg in einer Luftblase. Wie schnell ihr Gemahl es geschafft hatte, das zu bekommen, was ihr nach wie vor fehlte!

Sie hoffte, dieser peinliche Vorfall würde Curran wenigstens dazu bringen, keine weiteren Fragen zu stellen, doch sobald sich alle wieder beruhigt hatten, kam schon die nächste. »Wie machst du das bloß?«, wollte er wissen.

»Was mache ich?«, fragte sie.

Er überflog die lachende, scherzende Menge. »So allein zu bleiben inmitten all dieser Leute.«

»Ich bin nicht allein!«, protestierte sie und glaubte es auch im ersten Moment, doch dann merkte sie, dass es eigentlich gelogen war. Dennoch bekräftigte sie noch einmal: »Ich bin nie allein gewesen. Das hier ist meine Familie!«

Ihre Stimmen füllten den Saal und hallten von den steinernen Wänden und Fußböden. Die Wärme ihrer Körper wärmte den ganzen Raum. Becan sang mit seiner vollen, klaren Stimme gerade eine Liebesballade.

»Und trotzdem bist du allein«, beharrte Curran.

Woher wusste er das?

»Ich bin ein Teil von ihnen!« Sie deutete auf den vollen Saal. »Überlege doch nur einmal, was wir für unser Überleben brauchen. Wir haben alle unseren Platz. Von der Wiege bis zur Bahre nimmt jeder im Leben von Pitlanric seinen Platz ein.«

»Und wo ist deiner?«, fragte Curran.

Bera schloss kurz die Augen. Die letzten zwölf Jahre hatte sie ihrer wahren Pflicht – zu heiraten und für den Fortbestand der Familie zu sorgen – den Rücken gekehrt, aber jetzt konnte sie es nicht länger leugnen. »Ich habe mich in der Kampfkunst geübt, um meine Leute zu beschützen; ich habe für sie gekämpft; ich habe gejagt und gefischt, also für Nahrung gesorgt, und ich habe mich um die Herden gekümmert.«

»Und mit den Frauen hast du nichts gemacht?«, fragte Curran.

»Ich webe«, verteidigte sie sich.

»Deine Webarbeiten haben einen ganz besonderen Zauber«, sagte er, »und ich weiß, dass sie dir sehr wichtig sind, sonst hättest du deine Ausrüstung in Burghead gelassen und dich auf unserer Flucht nicht damit belastet.«

»Ich habe drei Jahre an dem tragbaren Webstuhl und den Spulen gearbeitet«, erklärte sie. »Diese Sachen hätte ich nie zurückgelassen!«

Angus reichte ihr ein Tablett mit frischen Brötchen, süßer Butter und gekochten Eiern. Bera nahm sich davon, bevor sie es Curran anbot.

Er tunkte ein Brötchen in die weiche Butter und nahm einen herzhaften Bissen. »Mmmm! Köstlich!«

»In den Brötchenteig kommt Honig«, erklärte sie ihm, dann gab sie das Tablett an Airell weiter.

Wieder kehrte Curran zu dem Thema zurück, über das sie vorher gesprochen hatten. »Du webst also. Aber das Weben ist eine einsame Arbeit. Zwar Frauenarbeit, aber keine, die im Kreis der Frauen gemacht wird.«

Als er sah, wie unwohl sie sich bei diesen Fragen fühlte, nahm er einen Schluck Wein und wechselte das Thema. »War es schwer, als einzige Tochter aufzuwachsen?«

»Was soll ich dazu sagen?«, antwortete sie offen. »Ich kannte es nicht anders.«

Er blickte auf die Diener, die von den Kochfeuern immer wieder mit frisch gefüllten Platten zu den Tischen eilten. »Erzähl mir doch ein wenig von euren Sklaven!«

Eine seltsame Bitte. Seine Fragen klangen, als seien sie ihm gerade in den Sinn gekommen, aber Bera wusste ganz genau, dass das nicht stimmte. »Wir haben nicht sehr viele, kaum ein Dutzend«, gestand sie. »Meine Brüder haben mit Eroberungen nichts im Sinn, sie haben mit Pitlanric genug zu tun.«

Auf der anderen Seite des Raums kreischte Cusantins Frau Graine gerade vor Lachen, dann rückte sie wieder nah an ihre Schwester Lynet heran, die mit Connal verheiratet war. Zwei Schwestern, die mit Zwillingsbrüdern verheiratet waren. Bera hielt dieses Arrangement von Angus noch heute für einen Fehler.

Curran folgte dem Gelächter und Beras Blick, dann schüttelte er den Kopf. »Können die beiden ihre Männer überhaupt auseinander halten?«, fragte er. »Ich kann es leider überhaupt nicht!«

»Aus sicherer Quelle weiß ich, dass Connal und Cusantin schon tageweise getauscht haben, ohne dass ihre Frauen es merkten«, vertraute sie ihm an. »Aber wie ich Graine und Lynet kenne, wussten die es ganz genau und taten nur so, als würden sie nichts merken, um ihre Beobachtungen zu vergleichen.«

»Eine ziemlich beängstigende Aussicht«, meinte Curran grinsend.

»Meine Brüder sind selbst daran schuld.«

Curran überflog noch einmal die Versammlung. »Deine Brüder scheinen gute Männer zu sein«, meinte er. »Was für ein Mann war dein Vater? Erinnerst du dich noch an ihn?«

Bera erstarrte. Hatte ihm jemand etwas erzählt? Ihre Brüder hätten es sicher nicht gewagt.

»Dein Vater«, lieferte Curran noch einmal das wohl überlegte Stichwort.

Natürlich wäre dieses Thema unweigerlich früher oder später zur Sprache gekommen, dessen war sich Bera klar, aber sie hatte auf später gehofft. Auf ihrem Hochzeitsfest darüber zu sprechen war ein böses Omen, aber sie durfte auch jetzt nicht lügen. »Er war ein Mann«, sagte sie. »Ich war vierzehn, als er starb.« Sie schickte ein stummes Stoßgebet zum Himmel, dass die Toten tot und begraben bleiben mochten.

Doch sie konnte den Spieß ja auch einmal umdrehen. »Und wie steht es mit dir und deiner Familie?«

Currans Gesichtszüge gefroren. »Früher hatte ich einmal eine Familie.«

Plötzlich schienen all der Trubel und die Festivität um sie herum in den Hintergrund zu treten.

Als er nichts weiter sagte, fragte sie: »Mutter? Vater? Geschwister?«

Curran blickte auf seinen Becher. »Mutter. Vater. Drei Schwestern. Zwei Brüder.«

»Und?« Sie musterte die eleganten Hände, die den silbernen Hochzeitskelch umfassten. »Was ist aus ihnen geworden?«

Er blickte sie scheel an, als wäre sie eine Gefahr. »Was meinst du damit?«

»Du sagtest, du hättest früher eine Familie gehabt. Was ist aus ihnen geworden?«

Längst begrabenes Leid trat auf Currans Gesicht. Er nahm einen großen Schluck Wein, dann sagte er: »Ich weiß es nicht.«

Das konnte doch wohl nicht sein Ernst sein! »Sag es mir ruhig, wenn du nicht darüber reden willst.«

»Ich will nicht darüber reden«, entgegnete er relativ gelassen, »aber du hast mir eine Frage gestellt, und ich habe sie ehrlich beantwortet. Ich weiß nicht, was aus meiner Familie geworden ist.«

»Aber bitte, wie ist das denn nur möglich?«, fragte Bera ungläubig.

»Ich bin weggegangen, und als ich zurückkam, waren sie weg.«

»Alle?«

»Ja.«

Bera blickte auf ihre Brüder und deren Familien und versuchte, sich vorzustellen, wie es wäre, wenn sie nach Pitlanric zurückkehrte und alle weg wären. »Es ist sicher sehr schwer für dich, nichts über ihr Schicksal zu wissen.«

»Das Leben geht weiter«, entgegnete er lakonisch.

Sie hatte ihn betrübt, was sie bedauerte, besonders, nachdem sie ihn hatte lachen sehen. »Vielleicht ist es das Beste für uns beide, die Vergangenheit ruhen zu lassen.«

»Jawohl«, pflichtete ihr Gemahl ihr bei.

Neben ihnen stand Angus auf und hielt seinen Becher hoch. »Fürsten von Kaledonien, tapfere Krieger, schöne Damen, verehrte Gäste! Ich erhebe mein Glas auf die Braut und den Bräutigam, Fürstin Bera und ihren Gemahl Curran, der von nun an unser Bruder ist!«

Alle standen mit erhobenen Bechern auf. »Auf Fürstin Bera und ihren Gemahl Curran, der von nun an unser Bruder ist!«

Bera blickte auf den Mann, den das Schicksal benutzt hatte, um sie in ihre rechtmäßige Bestimmung zu zwingen. »Jetzt hast du eine Familie«, meinte sie. »Und obendrein eine zahlreiche. Damit wirst du alle Hände voll zu tun haben«, fügte sie noch hinzu.

Er nickte. »Das Gleiche gilt auch in Bezug auf dich!«

16

Eine Woche später in Burghead

»Hoheit!« Murdoc, der sich offenkundig unbehaglich fühlte, weil ihn Diedre hatte rufen lassen, verneigte sich vor seiner Herrin.

Es freute sie, ihn so zu sehen. Nervöse Männer offenbarten mehr, als sie wollten. Sollte er sich ruhig den Kopf zerbrechen, warum sie erst jetzt nach ihm geschickt hatte.

Sie bedachte ihn nur mit einem kurzen Blick, bevor sie sich wieder ihrer Stickerei zuwandte, die sie zum Gedenken an Alma anfertigte. »Ich danke Euch, dass Ihr meinem Ruf so rasch gefolgt seid!« Es spielte keine Rolle, dass Malisande ihr schon vor mehreren Tagen von Drusts Rückkehr und seiner Krankheit berichtet hatte. Sie wusste, sie würde eine Ausgestoßene bleiben, solange Drust lebte. »Bitte nehmt Platz!« Sie deutete mit einem Nicken auf den leeren Stuhl gegenüber ihrem eigenen.

Murdoc setzte sich schweigend auf die Stuhlkante. Seine Nervosität hatte nicht im mindesten nachgelassen.

»Kann ich Euch etwas zu trinken anbieten? Einen Wein vielleicht? Oder lieber Met an so einem regnerischen Tag?«

»Ein Schlückchen Wein sehr gerne.«

Nachdem ihm Malisande ein Glas eingeschenkt hatte, entließ Diedre ihre Zofe. »Warte draußen. Sieh zu, dass Lord Murdoc und ich nicht gestört werden!«

Als sie alleine waren, ließ sie Murdoc noch ein Weilchen schmoren, bevor sie weitersprach. Früher hatte sie ihm einmal einige beträchtliche Gefälligkeiten erwiesen. Jetzt würde sich gleich herausstellen, ob er bereit war, sich zu revanchieren. »Mir wurde berichtet, dass mein Lordgemahl von einem Fieber gepackt wurde, als der Sturm ihn von Pitlanric wegtrieb«, sagte sie, wobei in ihrer Stimme so viel Besorgnis mitschwang, als habe sie gerade erst von der Krankheit ihres Mannes erfahren. »Selbstverständlich kann ich es kaum erwarten zu hören, wie es ihm geht.«

»Selbstverständlich.« Auf Murdocs Gesicht zeigten sich die Strapazen der letzten Tage, aber ansonsten war es ausdruckslos. »Er ist sehr krank. Ein Geringerer als er wäre schon längst gestorben. Lord Drust schwinden immer wieder die Sinne. Ich weiß nicht, wie lange er noch so weitermachen kann.«

»Mein Lordgemahl schafft es immer zu überleben«, sagte sie, wobei die Ironie in ihrer Stimme nicht zu überhören war. »Und was ist mit den Gefangenen?«

Murdoc rutschte hin und her. »Wir konnten sie nicht einholen. Der Sturm ...«

»Ja, natürlich«, tröstete Diedre ihn. »Der Sturm.« Dank Malisande wusste sie es besser. Sturm hin oder her, Evan und seine Brüder – und Bera – waren für die Leute aus Burghead zu schlau gewesen.

Diedre freute sich für Bera. Die Ärmste tat ihr zwar Leid, weil sie jetzt an diesen Söldner gebunden war, aber wenigstens sah er gut aus. Vielleicht würde er Bera ja doch zu ein paar Freuden verhelfen.

Doch momentan hatte sie andere Probleme. »Und was ist mit meinen Pferden?«

»Als Lord Drust unterwegs krank wurde«, erklärte Murdoc, »bot ich ihm an, unsere Krieger nach Pitlanric zu führen, um die Pferde zu holen, aber er wollte nichts davon wissen. Er wollte uns unbedingt selbst anführen und will es noch immer.«

Diedres Lächeln war nicht geheuchelt. Hier hatte der Starrsinn ihres Gemahls wenigstens einmal sein Gutes. Jeder Tag der Verzögerung gab Evan und seinen Brüdern Zeit, stärker zu werden und sich auf den Angriff vorzubereiten. Der Gedanke, dass Drust Evan töten könnte …

Sie erbebte innerlich und kämpfte gegen die Furcht an, die sie beschleichen wollte. Nur, weil ihr Evan am Herzen lag, hatte sie Angst um ihn; fast wünschte sie, sie könnte ihn dafür hassen, dass er Gefühle in ihr weckte.

Doch warum kümmerte sie sich überhaupt um das Schicksal von Pitlanric? Sie und Evan würden sich ohnehin nie mehr sehen. Ihre verbotene Liebe war nur ein übler Streich des Schicksals gewesen; ein Streich, der ihr fast ebenso große Qualen bereitet hatte wie Almas Tod.

»Aha«, meinte sie, »Ihr werdet also nicht gegen Pitlanric antreten, solange Lord Drust nicht mit Euch reitet.«

»So lautet der Befehl meines Herrn«, erwiderte Murdoc schroff. Seine Haltung und seine Miene zeigten, wie verärgert er darüber war.

Nun, da sie Murdocs Standpunkt kannte, beschloss Diedre, ihm zu eröffnen, warum sie ihn heute gerufen hatte. »Gestern erreichte uns eine dringende Botschaft von Kenneth MacAlpin aus Scone.« Sie holte das Dokument aus ihrer Handarbeitstasche und reichte es ihm. »Da mein Lordgemahl so krank war, nahm ich mir die Freiheit, die Nachricht zu lesen.« Diese Freiheit nahm sie sich eigentlich immer; viele in Burghead konnten zwar Ogam lesen und schreiben, doch nur sie und Murdoc beherrschten die lateinische Sprache.

Sie sah, dass der Clanchef Schwierigkeiten hatte, die lange Nachricht zu verstehen.

Murdoc war der Einzige von Drusts Clanchefs, der so viel Verstand besaß, dass man ihn nicht übergehen durfte. Er war stark, verschlagen und klug – eine Mischung, die bei einem Verbündeten äußerst wertvoll war, bei einem Feind jedoch gefährlich sein konnte. Deshalb hatte Diedre immer sehr darauf geachtet, Murdoc in ihrer Schuld zu halten.

Würde er sich nun auf ihre Seite stellen?

Als er fertig war, seufzte er nachdenklich. »Kaledonien

und Dalraida«, überlegte er, »vereinigt unter MacAlpin, dem Sohn einer kaledonischen Fürstin und eines Königs von Dalraida.«

»Was haltet Ihr davon, Murdoc?«

»Vielleicht sollte die Frage lieber lauten: Was haltet Ihr davon, Hoheit?«, konterte er schlau.

Es war kein Geheimnis, dass sie Drusts Anspruch auf den Thron von Kaledonien hatte unterstützen wollen. Aber seit Almas Tod ...

»Ich halte es für eine sehr günstige Entwicklung«, erwiderte sie, erfüllt von Vorfreude auf Drusts Reaktion, wenn er erfuhr, dass ein Dalraider es wagte, sich zum Herrscher über die sieben Könige und die ihnen direkt unterstehenden Fürsten von Kaledonien aufzuschwingen.

Drust würde vor Wut schäumen. Wenn es MacAlpin gelang, Kaledonien und Dalraida zu vereinen, würde er die Chancen der Bestie auf den Thron von Kaledonien vereiteln. Diedre wusste, wie erpicht ihr Gemahl darauf war; sie selbst hatte ihm diese Gier vor vielen Jahren eingeimpft und seitdem eifrig gepflegt. Jetzt würde dieses Verlangen zu einem Instrument ihrer Rache werden.

Sie nahm das Dokument und las es noch einmal aufmerksam durch. Würde Murdoc den Köder schlucken und merken, was ein geheimes Bündnis mit MacAlpin ihm und seinen Häuptlingen nutzen könnte? Wenn er Drust in den Rücken fiele und sich mit MacAlpin verbündete, würde er dann zu mächtig werden?

Bevor Evan in ihr Leben getreten war, hatte sie es geliebt, Ränke und Intrigen zu schmieden. Sie hatte es genossen, die Gier und den Machthunger der Männer um sie herum anzustacheln. Aber jetzt war dieses Spiel kein Spiel mehr, es war zu einem erbitterten Überlebenskampf geworden.

Sie hielt Murdoc die Botschaft noch einmal hin. »MacAlpin bietet allen, die ihm die Treue schwören, seinen Schutz an.«

»Richtig. Aber die meisten Stämme im Norden werden kämpfen«, sagte Murdoc im Brustton der Überzeugung.

»Die meisten?« Sie hob das Kinn und musterte ihn forschend. »Es gibt also auch welche, die es nicht tun werden?«

»Die es vielleicht nicht tun werden«, verbesserte er sie. »Unsere Geiseln aus Pitlanric zum Beispiel.«

Evan, der Mann, den sie liebte, und Bera, die einzige Frau, die sie je als ebenbürtig betrachtet hatte. »Sie sind nicht in der Lage, einen Krieg zu führen«, sagte sie gleichmütig, darum bemüht, ihre wahren Gefühle zu verbergen. »Weder gegen uns noch gegen sonst jemanden.«

Wenn sich Pitlanric mit MacAlpin verbündete, würde dieser sie dann vor Drust schützen? Konnte er das überhaupt?

»Und wie steht es mit uns?«, fragte sie Murdoc mit einer Stimme, die rauer klang als beabsichtigt. »Würdet Ihr kämpfen, wenn Ihr die Wahl hättet?«

In Burghead gab es keine Geheimnisse vor Diedre. Sie wusste, dass Murdoc unzufrieden war. Aber konnte sie auf seine Hilfe zählen?

»Die Entscheidung liegt nicht bei mir, Hoheit, sondern bei meinem Herrn.« Murdoc war kein Tor.

»Und wenn er Euch um Rat fragen würde?«

»Dann würde ich ihm möglicherweise raten, Frieden in Betracht zu ziehen und seine Macht in den nördlichen Gebieten unter MacAlpin zu konsolidieren.«

»Diesen Rat würde auch ich ihm geben.« Zum ersten Mal in ihrem Leben sehnte sie sich nach Frieden und nicht nach Macht. Sollte MacAlpin ruhig das Spiel um Gier und Macht spielen, ihr war die Freude daran vergangen. »Aber Lord Drust hört leider nicht mehr auf meine Ratschläge.«

»Auf meine auch nicht, Hoheit«, meinte Murdoc. »Er wird kämpfen. Die Frage ist nur, wann.«

»Und wo.« Diedre reichte ihm die Botschaft. »Bringt sie meinem Gemahl, und überbringt ihm auch meine von Herzen kommenden Wünsche für seine baldige Genesung.« Sie blickte ihm direkt in die Augen. »Ich würde sehr gerne erfahren, wie er darauf reagiert. Und was er zu tun gedenkt.«

Murdoc dachte darüber nach, dann nickte er zustimmend. Er würde ihr helfen, und sie würde MacAlpin helfen.

Acht Wochen nach der Flucht, auf Pitlanric

Gegen den feuchten Märzwind ankämpfend erreichte Curran mit einem weiteren Bündel Stroh das Ende der Leiter. »Das ist der Rest von dem, was wir geholt hatten.«

Airell blickte von der Stelle hoch, an der er gerade arbeitete. »Das sollte reichen.«

Als Curran sich nach vorne beugte, um ihm das Bündel zu reichen, begann die Leiter auf dem vom Regen schlüpfrigen Reetdach seitwärts zu rutschen. Ihm blieb fast das Herz stehen. »Fang!«, rief er, warf Airell das Bündel zu und klammerte sich am Dachrand fest, um die Leiter und sich selbst am Fallen zu hindern.

Um Currans Stolz nicht zu verletzen, arbeitete Airell weiter, bis Curran wieder alles im Griff hatte, wie es auch die anderen Brüder getan hatten, wenn Curran ein Fehler unterlaufen war. Einer nach dem anderen hatte an seiner Seite gearbeitet, ihn zu sich nach Hause eingeladen und seiner Familie vorgestellt. Acht Wochen lang hatten die Brüder Curran in Aufgaben eingeführt, die ihm völlig unbekannt gewesen waren. Er hatte sich in den unterschiedlichsten Tätigkeiten versucht: in der Schmiede geholfen, Ställe ausgemistet, Holz gefällt, Wände repariert, Zäune errichtet, Abwasserkanäle gegraben, Kälber zur Welt gebracht. Jetzt half er, das Strohdach von Airells Haus auszubessern. Und wenn etwas schief ging, was ziemlich oft vorkam, übersahen es die Brüder geflissentlich.

»Wie schafft man es, auf diesem Zeug nicht auszurutschen?«, wollte Curran wissen, als er und die Leiter wieder sicher standen. Hoffentlich erfuhr Bera nichts davon, es wäre ihr sicher schrecklich peinlich gewesen, einen solchen Tollpatsch als Ehemann zu haben.

»Das lernt man alles mit der Zeit«, versicherte ihm Airell.

Curran hatte in den letzten zwei Monaten viel gelernt. Am meisten hatte ihn erstaunt, dass in Pitlanric alle zusammenhalfen, um ihr Überleben zu sichern. Die Brüder waren höchst unterschiedlich – manche sehr umgänglich, andere ein wenig schwierig –, doch alle akzeptierten klaglos ihren Platz in der Ordnung der Burg.

Wo Currans Platz sein würde, wusste er noch nicht.

Selbst bei den Frauen und Kindern rangierte das Pflichtgefühl vor dem Stolz und individuellen Eigenheiten. Immer wieder beobachtete Curran die anderen verstohlen, während er seine Arbeit erledigte, und erkannte, dass ihr Leben von einem subtilen Rhythmus bestimmt wurde, der allen große Sicherheit verlieh. Die Arbeit war das Band, das alle zusammenhielt. Sie stand an oberster Stelle, weit vor persönlichen Wünschen, Konflikten, Eifersüchteleien und all den anderen unvermeidlichen menschlichen Schwächen.

In letzter Zeit hatte sich Curran nur an einem einzigen Ort nicht fehl am Platze gefühlt: im Bett, das er und Bera teilten. Dort war er wirklich zu Hause.

Er beneidete die anderen, die alle zu wissen schienen, was gebraucht und erwartet wurde. Und er freute sich auf die Zeit, wenn es ihm ebenso gehen würde.

Falls es je dazu kommen würde.

Drust hatte sie bestimmt nicht vergessen – und seine Pferde auch nicht. Warum er sich so lange zurückhielt, wusste Curran nicht. Er wusste nur, dass er für diese Zeit sehr dankbar war.

»Das wär's!« Airell klopfte das Stroh noch einmal gründlich fest. »Das sollte eigentlich genügen.« Er nickte Curran zu. »Klettere runter und halte die Leiter fest!«

Curran tat, wie ihm geheißen.

Als Airell neben ihm stand, legte er den Arm um Currans

Schulter. »Gut gemacht! Du wirst im Handumdrehen ein hervorragender Dachdecker werden!«

»Falls man das nur vom Zuschauen lernt«, witzelte Curran.

»Es ist immerhin ein Anfang.« Airell klopfte ihm noch einmal auf die Schulter, dann deutete er auf sein Haus. »Komm doch rein und schau es dir an!«

Abgesehen von Angus' Haus war Airells das einzige, das Curran noch nicht kannte.

Airell machte die Tür auf. »Gitta, wir hätten gern etwas Warmes zu essen.«

Curran folgte ihm. Wie bei den anderen Häusern der Brüder wunderte er sich auch hier, wie primitiv diese strohgedeckten Behausungen im Vergleich zu seinem und Beras Gemach waren. Aber das schien den anderen egal zu sein. Er musterte den schlichten, aber sehr gemütlichen Raum. Die Wände waren mit breiten Torfbahnen verkleidet; es gab Podeste, auf denen Felle und Decken lagen und die wahlweise als Schlafstätte, Sitzfläche oder Tisch dienten. In der Mitte stand ein langer Tisch mit Bänken, dort nahm Airell nun Platz.

Gitta wirkte verdrossen, als sie von ihrem Kochfeuer an der gegenüberliegenden Stubenseite aufblickte. Curran wollte sich erst gar nicht setzen, doch dann fiel ihm ein, dass Gitta meistens etwas missmutig wirkte. Er dankte dem Schicksal, dass er nicht mit einer solchen Frau leben musste. Bera konnte zwar aufbrausen, aber immerhin war sie nicht ständig schlechter Laune.

»Es wurde auch langsam Zeit, dass du das Loch im Dach repariert hast!«, brummte Gitta und rührte in ihrem Kessel, in dem etwas brodelte, das ziemlich gut roch. »Nur Gott weiß, was alles ins Essen gefallen ist, bis das gemacht wurde.« Sie füllte eine Holzschüssel bis zum Rand und knallte sie vor Curran auf den Tisch. »Hier, bitte!«

Curran spähte in die Schüssel, bemüht, seine Bedenken

nicht zu zeigen. Während Gitta ihren Mann bediente, suchte er in seiner Suppe nach Dingen, von denen nur Gott etwas wusste. Leider sah alles aus, als wüsste nur Gott, was es war. Schließlich gab er es auf und beschloss, lieber höflich als heikel zu sein. Er führte tapfer den Löffel zum Mund – und stellte überrascht fest, dass es vorzüglich schmeckte. »Gute Suppe, Gitta, ganz hervorragend!«

Sie lächelte und wurde dabei richtig hübsch. Airell blickte mit unverhohlener Zärtlichkeit auf seine Frau, und Curran sah, wie gefestigt die Ehe der beiden durch die gegenseitige Fürsorge war. Warum nur war Gitta so traurig, dass sie so selten lachte?, fragte er sich und beschloss, ihr bei der nächsten Gelegenheit die Antwort zu entlocken.

Immerhin hatten diesmal schon ein paar lobende Worte genügt, um Gitta aufzuheitern.

Auch das hatte Curran inzwischen gelernt: die Macht des Lobs. Beras Brüder setzten sie häufig ein, und auch Bera geizte nicht damit.

»Und welche Arbeit wartet als Nächstes auf uns?«, fragte er seinen Schwager.

»An den Palisaden muss noch etwas ausgebessert werden«, erwiderte Airell. »Boyd und Fiddach sind schon seit heute früh damit beschäftigt. Ich habe ihnen gesagt, dass wir ihnen helfen, sobald wir hier fertig sind.«

Curran nickte. »Stets zu deinen Diensten, Bruder«, sagte er lächelnd.

Er wunderte sich, wie viel diese Männer so bald nach ihrer langen Gefangenschaft leisteten. Es waren wahrlich zähe Burschen. Und ihre Frauen standen ihnen in nichts nach. Die meisten Frauen, Bera eingeschlossen, arbeiteten fleißig und ohne Murren.

»Und wenn es dunkel wird«, sagte Airell gutmütig, »essen wir und legen uns schlafen, und am nächsten Morgen legen wir gleich wieder los.«

Curran war es recht. Bislang war es ihm sogar sehr recht.

Vielleicht würde er eines Tages die Nase voll haben, wenn alle Aufgaben zu Routine geworden waren und keine Herausforderung mehr darstellten. Vorläufig aber war er höchst zufrieden, tagsüber neben den Brüdern zu arbeiten und nachts neben Bera in ihrem gemütlichen Bett zu schlafen.

Er war zufrieden.

Ein neues Gefühl für ihn – und schön, wie er feststellte.

Bera saß gedankenverloren an ihrem Webstuhl, als Osann ins Webhaus stürmte. »Hoheit!«, rief sie. »Soeben ist ein Bote nach Pitlanric gekommen.«

Kein Grund zur Sorge, sagte sich Bera, aber ihr Herzschlag beschleunigte sich dennoch. »Wo ist er?«

»Im großen Saal«, erwiderte Osann. »Er ist ziemlich verdreckt«, fügte sie hinzu. »Lady Lavena hat gesagt, dass er aus Scone kommt.«

Scone? Also ging es um Angelegenheiten des Königs?

Bera legte das Weberschiffchen weg und stand auf. »Dann mache ich mich gleich auf den Weg. Such meinen Lordgemahl und sag ihm, dass er zu uns ins Turmzimmer kommen soll.« Sie dachte an ihr morgendliches Gespräch mit Curran. »Ich glaube, er arbeitet an Lord Airells Dach. Sag den beiden, dass sie sofort kommen sollen!«

Bestimmt war die Nachricht schlecht, denn nur eine solche Nachricht rechtfertigte es, einen Reiter von der Hauptstadt hierher zu schicken.

Heute früh hatte es noch geregnet, doch jetzt schien zum ersten Mal nach drei Wochen die Sonne, sie wärmte die Mauern von Pitlanric und kündete den nahenden Frühling an. Unter anderen Umständen hätte sich Bera beim Gang über den Hof viel Zeit gelassen, doch heute eilte sie auf direktestem Weg in den großen Saal.

Sie war nicht die Einzige, die sich beeilt hatte, den Boten zu treffen. Um in den großen Saal zu gelangen, in dem sich die Erwachsenen bereits versammelt hatten, musste sie sich den Weg durch ein dichtes Knäuel alberner, lachender und neugieriger Kinder bahnen.

Im Saal herrschte gespanntes Schweigen. Bis auf Angus, der sich gerade mit dem Boten unterhielt, sprach niemand ein Wort. »Und Ihr seid sicher, dass Ihr auf Eurem Weg nach Nigg und Chadbol niemanden gesehen habt?«, fragte Angus soeben den verschwitzten, abgekämpften Mann.

»Niemanden«, bestätigte der Bote. Er biss herzhaft in einen großen Kanten Brot und spülte durstig mit großen Schlucken Bier nach. »Kein Rauch, keine frischen Spuren. Und die Dörfer waren alle abgeriegelt. Man wollte mir nirgends Einlass gewähren, sondern hat immer nur einen Dorfbewohner herausgeschickt, der meine Nachricht in Empfang nehmen sollte.«

Kein Wunder. Die ganze östliche Provinz Caithness war auf einen Angriff von Drust vorbereitet.

Angus nickte Moina zu. »Sieh zu, dass man sich um ihn kümmert!«

Bera folgte seinem Blick, mit dem er die Versammelten musterte. Alle bis auf Curran und Airell hatten sich eingefunden. Angus wandte sich an die zwei Brüder in seiner unmittelbaren Nähe. »Boyd und Roy, ihr stellt Wachen auf und kommt dann zu uns. Wir treffen uns im Turm.« Auf dem Weg zur Tür warf er einen warnenden Blick auf ein aufgeregtes Häufchen Ehefrauen – Graine, Peigi, Olwyn und Lynet, die geborenen Schwarzseherinnen. Die vier stellten wüste Mutmaßungen über bevorstehende Katastrophen an, und zwar so laut, dass auch die Kinder es mitbekamen. »Hört mit diesem Unsinn auf und geht wieder an die Arbeit!«, befahl Angus. »Ihr jagt den Kindern ja Angst ein.«

Unter nervösem Lachen und mürrischen Erwiderungen löste sich der Haufen auf.

Bera schickte sich an, den Männern zu folgen, als plötzlich Fenella hinter ihr auftauchte. »Wohin wollt Ihr denn, Schwester?«

»Meine liebe Fenella«, erwiderte Bera so höflich sie nur konnte, »das geht dich überhaupt nichts an.«

»Da irrt Ihr Euch!« Fenella nahm sie am Arm. »Ihr gehört jetzt zu uns. Es ist töricht, so zu tun, als ob dem nicht so wäre.«

»Ich bin verheiratet«, gab Bera zu, »aber das macht mich noch lange nicht zu einer von euch.« Sie befreite sich aus dem Griff ihrer verhassten Schwägerin. »Ich bin noch immer die Fürstin, und Pitlanric gehört noch immer mir. Ich werde also weiterhin mit meinen Brüdern in der Ratsversammlung sitzen.«

»Möglicherweise habt Ihr Euren Brüdern geholfen, aus Burghead zu fliehen, und mich damit für immer und ewig an diesen Ort gefesselt«, zischte Fenella. »Aber Ihr habt auch Euch selbst gefesselt. Ihr seid jetzt eine von uns.«

»Ich bin die, die ich immer war«, entgegnete Bera, wobei sie sich fragte, was ihre Schwägerin wohl mit dieser Bemerkung gemeint hatte.

Fenellas makelloses Antlitz verzerrte sich zu einer hasserfüllten Grimasse des Triumphs. »Ihr könnt sagen, was Ihr wollt, aber die Wahrheit bleibt davon unangetastet. Und die lautet: Ihr seid eine Ware wie wir alle; königliche Ware vielleicht, aber doch Ware. Eure geliebten Brüder haben Euch für ihre Freiheit verschachert. An einen Söldner, einen Mann ohne Ehre und ohne Familie. Einen Mann …«

Was immer sie hatte sagen wollen, ein scharfes »Deine Brüder warten auf dich, Bera!« unterband es. Plötzlich, wie aus dem Nichts aufgetaucht, stand Curran neben seiner Gemahlin, den Blick eisig und bedrohlich auf Fenella gerichtet.

Fenella erstarrte. Bera fürchtete schon, sie würde in Ohnmacht fallen. Doch so leicht warf Fenella nichts aus der Bahn. Sie machte nur den Mund zu, drehte sich um, trat den Rückzug an.

»Gott sei Dank!«, rief Bera hoch erfreut und zutiefst erleichtert. Vor den Kindern und all den anderen fiel sie ihrem

Gemahl um den Hals und drückte ihm einen Kuss mitten auf die Lippen. »Danke! Vielen Dank!« Eigentlich wollte sie ihn mit der wunderbaren Nachricht belohnen, die bislang nur sie kannte, doch dann beschloss sie zu warten, bis sie mit ihrem Mann alleine war.

»Bera!« Curran lief dunkelrot an; doch er wirkte nicht nur überrascht und verlegen – nein, Bera war sicher, auch einen Anflug von Stolz über die öffentliche Zurschaustellung ihrer Zuneigung entdeckt zu haben.

Sie trat zurück, richtete ihren Umhang, nahm seinen Arm und ging mit ihm zusammen zum Turmzimmer. »Du hast mich vor den Ehefrauen gerettet«, sagte sie halblaut. »Das hat noch niemand für mich getan. Niemals.«

Curran runzelte die Stirn, was er immer tat, wenn er etwas nicht recht begriff. Er fragte sich wohl, warum sie vor ihrer eigenen Familie in Schutz genommen werden musste. »Sie hat dich beleidigt – und mich auch«, meinte er.

»Fenella beleidigt mich andauernd«, gestand sie. »Aber diesmal hat mich zum ersten Mal jemand verteidigt.«

»Ich habe dir doch gesagt, dass du jetzt einen Beschützer hast«, erklärte er ernst.

»Als du mir das sagtest, dachte ich, du wolltest mich mit deinem Schwert beschützen.« Bera blickte ihren Gemahl an, und dabei wurde ihr plötzlich etwas klar. »Es ist mir nie in den Sinn gekommen, dass du mich vor meiner Familie beschützen könntest«, erklärte sie. Sie musste den Blick abwenden, so gerührt war sie. »Ich bin dir wirklich dankbar dafür, Curran. Mach bitte weiter so!«

Sie war tatsächlich dankbar, aber auch etwas beschämt, was Currans Ehre betraf. Er hatte ihre Ehre gegen Fenella verteidigt, aber was hatte Bera zur Verteidigung seiner Ehre getan? Sie hatte Moinas und Fenellas endlose hämische Bemerkungen über Curran einfach ignoriert. Und auch als Graine und Lynet hinter vorgehaltener Hand über Bera und Curran getuschelt hatten, war sie nicht eingeschritten. Bera wurde gewahr, dass sie bisher rein gar nichts getan hatte, um die Ehre ihres Mannes zu verteidigen.

Das sollte sich von nun an ändern.

Curran folgte ihr die Treppe hinauf zum Turmzimmer. Auf der Hälfte des Wegs blieb sie stehen und drehte sich zu ihm um. »Eine Frage«, meinte sie. »Haben dich meine Brüder wirklich losgeschickt, um mich zu holen, oder hast du das nur gesagt, um Fenella den Wind aus den Segeln zu nehmen?«

Ihr Gemahl betrachtete sie mit dem ihm eigenen ernsten Blick. »*Ich* wollte, dass du zur Ratsversammlung kommst«, meinte er. »Da gehörst du schließlich hin.«

Zu ihrer Überraschung stiegen ihr die Tränen in die Augen. Sie atmete tief durch, dann setzte sie den Weg hoch erhobenen Hauptes fort. Zum ersten Mal in ihrem Leben ging sie mit dem Gefühl, einen Verbündeten zu haben, zu einer Beratung mit ihren Brüdern.

Wie ihre Brüder auf Currans Anwesenheit reagieren würden, wagte sie sich kaum vorzustellen. Doch keiner erhob Einspruch, als sie mit ihrem Gemahl das Turmzimmer betrat.

Angus nickte Curran zu. »Wir heißen unseren Bruder Curran in diesem feierlichen Rat willkommen.«

Curran führte Bera an ihren Platz, dann wandte er sich noch im Stehen an die Versammelten. »Bevor ich als einer von euch in eure Runde trete, möchte ich euch noch um etwas bitten.«

Bera spürte, wie sich ihre Brüder verkrampften.

Was hatte Curran vor?

Sie sah ihn nach seinem Dolch greifen und erstarrte. Wenn unter Kriegern eine Waffe gezogen wurde, floss unweigerlich Blut. In dem Moment, in dem er seinen Dolch aus der Scheide zog, griffen auch Beras Brüder nach ihren Waffen.

Doch noch bevor jemand etwas tun konnte, ritzte sich Curran rasch ins Handgelenk, legte den Dolch auf den Tisch und hob den blutenden Arm. »Ich schwöre bei meinem Blut, meiner Waffe, meinem Körper und meiner Seele, die Ehre und das Wohl meiner fürstlichen Gemahlin zu verteidigen. Und ihre fürstlichen Brüder sowie die Familie, die jetzt auch meine Familie geworden ist.«

Beras und sein Blick trafen sich, und eine machtvolle Energie entstand zwischen ihnen. Beras Herz schwoll vor Stolz auf diesen Mann und darauf, seine Frau zu sein.

Currans so edle wie gefährliche Geste beeindruckte die Versammelten zutiefst. Die Anspannung wich rasch einem Gefühl der Anerkennung.

Als Zeichen ihres Vertrauens nahm Bera Currans Dolch und brachte sich ebenfalls einen kleinen Schnitt am Handgelenk bei. Dann stand sie auf und vermischte ihr Blut mit dem seinen.

Sie hoffte, dass Currans Tun ihm zur Ehre gereichen würde.

In einer feierlichen Prozession standen ihre Brüder auf und folgten Beras Beispiel. Es fiel kein Wort, bis alle wieder auf ihren Plätzen saßen.

Angus brach die versiegelte Botschaft. »Verdammt«, fluchte er, »es ist auf Latein!« Er reichte Evan, der es als Einziger der Brüder geschafft hatte, diese Sprache zu meistern, das Dokument.

Evan nahm sich viel Zeit. Auf sein Gesicht trat ein gequälter Ausdruck, und schließlich schob er das Schreiben in die Mitte des Tisches. »Die Botschaft stammt von Kenneth MacAlpin. Er erhebt Anspruch auf die Krone von Kaledonien und Dalraida.«

Diese Nachricht löste einen Schwall von Fragen aus.

Ein vereintes Reich, dachte Bera. Es war nicht das erste Mal, dass sie von so etwas gehört hatte, aber soviel sie wusste, das erste Mal, dass ein König tatsächlich Anstrengungen unternahm, die beiden Reiche zu vereinen. Der Gedanke gefiel ihr, vor allem jetzt. Sie hatte nämlich einen zwingenden Grund, an die Zukunft zu denken.

Curran saß stumm da, während die Brüder weiterhin lautstark ihre Mutmaßungen zum Besten gaben.

»Ruhe jetzt!«, brüllte Angus schließlich. »Alle sollen zu Wort kommen, aber bitte einer nach dem anderen!«

»Wer ist dieser Kenneth MacAlpin?«, verlangte Fidach zu wissen, während die anderen allmählich verstummten. Fidach stellte nie einfach nur Fragen, er verlangte Antworten.

»In diesem Schreiben heißt es, er sei der legitime Sohn aus der Ehe zwischen Alpin, einem König von Dalraida, und dessen Gemahlin, Fürstin Tagreth von Kaledonien. Es heißt auch, dass er vor zwei Jahren in Dalraida die Wikinger in die Flucht geschlagen hat und seitdem dort regiert.«

»Seine Mutter ist eine Fürstin?«, fragte Becan. »Dann hätte er das Recht, Anspruch auf den Thron von Kaledonien zu erheben.«

»Er kann es zumindest versuchen«, meinte Angus.

Evan blickte auf das Schreiben und schüttelte den Kopf. »Mein Latein ist ziemlich eingerostet. Ich würde dieses Schreiben gern noch Pater Maclin zeigen. Aber die wichtigsten Punkte sind klar: MacAlpin verspricht, die Regenten, die seine Herrschaft anerkennen, zu unterstützen.«

»Und was bietet er als Gegenleistung?«, fragte Boyd. »Steht das auch da?«

»Ach«, warf Airell ein, »was da steht, bedeutet ohnehin nichts. Es wird immer mehr gewollt, als dann dafür geboten wird.«

Evan überflog die Nachricht noch einmal. »Einheit, Frieden unter den Stämmen. ›Einen angemessenen Tribut‹.«

»Seine Vorstellung von angemessen«, meinte Connor, »geht zweifellos weit über das hinaus, was wir dafür halten würden.«

Bera hörte stumm zu und wog alles gegen das Wohl von Pitlanric ab. Curran hörte ebenfalls zu, ohne sich an der hitzigen Diskussion zu beteiligen.

Es dauerte eine gute Stunde, bis alle ihre Fragen gestellt

und Redebeiträge geleistet hatten. Dann lehnten sie sich zurück und überdachten jeder für sich die Bedeutung von MacAlpins Botschaft.

Nach einem sehr langen nachdenklichen Schweigen ergriff Evan das Wort. »Curran, bist du jemals in Dalraida gewesen?«

Alle Augen richteten sich auf das neue Mitglied des Familienrats.

»Jawohl«, kam die Antwort.

Angus beugte sich vor. »Hast du schon einmal von diesem MacAlpin gehört?«

»Jawohl.«

Evan lachte. »Wenn du ihm weiter Fragen stellst, die er nur mit ›ja‹ oder mit ›nein‹ beantworten kann, werden wir die ganze Nacht hier herumsitzen.« Er wandte sich an Curran. »Sag uns, was du über diesen Mann weißt!«

Allein Currans angespannte Kiefermuskeln zeigten, wie unwohl er sich als Mittelpunkt der Aufmerksamkeit fühlte. Doch er zögerte nur kurz.

»Ich habe mit ihm gegen die übermächtigen Wikinger gekämpft. Er ist ein großer Krieger – geschickt und wagemutig. Unnachgiebig und erschreckend hart, wenn nötig, aber nicht brutal. Damals hat er uns erklärt, dass weder Dalraida noch Kaledonien je von den Wikingern verschont würden, solange wir uneins wären und uns gegenseitig bekämpften.« Er fuhr sich mit der Hand durch die goldene Mähne. »Offenbar hat er beschlossen, die Sache der Einigung jetzt in die Hand zu nehmen.«

»Was für ein Mensch ist er?«, fragte Angus.

»Ich habe ihn im Umgang mit Fürsten und Verbündeten genau beobachtet, und ich war immer sehr beeindruckt«, antwortete Curran. »Wer ihn kennt, respektiert ihn vorbehaltlos. Ich habe nie persönlich mit ihm gesprochen, aber ich bin in Ratsversammlungen oft neben ihm gesessen. Auf all meinen Reisen habe ich keinen so weisen Mann getroffen, und auch keinen, dem so viele Menschen gern ihre Treue schwören.«

»Und seine Gegner?«, fragte Airell.

»Die vernichtet er«, erwiderte Curran lakonisch.

»Schafft er das?« Diese Frage kam von Roy. »Kaledonien ist dreimal so groß wie Dalraida. Viele werden sich für das Schwert entscheiden. Könnte er eine so große Gegnerschaft bezwingen?«

Curran nickte. »Er ist der Einzige, den ich kenne, der das könnte.«

»Die Frage ist nur: Wird es ihm gelingen?«, wollte Fidach wissen.

»Nichts ist sicher«, entgegnete Evan. »Wenn es sein Schicksal ist, wird er sich durchsetzen.«

»Wie schätzt du seine Chancen ein?«, fragte Angus Curran.

»Evan hat Recht: Nichts ist sicher«, erwiderte Curran. »Doch manche Menschen nehmen ihr Schicksal selbst in die Hand, und ich glaube, MacAlpin gehört zu ihnen.«

Wieder senkte sich eine nachdenkliche Stille über den Raum.

Schließlich brach Angus das angespannte Schweigen. »Wir haben Beras Meinung noch nicht gehört.« Alle Augen wanderten erwartungsvoll zu Bera. »Sag uns, was du denkst!«

Wie immer freute sich Bera, dass ihre Brüder ihren Rat schätzten, doch sie brauchte noch mehr Informationen, bevor sie sich festlegen wollte. »Was ist mit Drust?«, fragte sie Curran. »Wird er kämpfen?«

»Drust will Kaledonien für sich«, erwiderte Curran. »Er wird nur äußerst unwillig jemanden über sich akzeptieren, vor allem jemanden aus Dalraida.«

Diese Antwort hatte Bera erwartet. »Dann könnten wir doch zwei Fliegen mit einer Klappe schlagen: Wir könnten Drust und die Angreifer von den Orkneys loswerden.« Sie blickte von Bruder zu Bruder. »Ihr seid in der friedlichen Absicht zu Drust gekommen, euch mit ihm zu verbünden. Ihr habt ein Risiko auf euch genommen, er aber hat das Gesetz der Gastfreundschaft und den Ehrenkodex gebrochen und euch hintergangen. Er hat euch an seinem eigenen Tisch mit Gift betäubt und euch gefangen genommen.« Sie deutete auf das Dokument. »Dieser König hat sich an uns gewandt. Ein König, der auf unserer Seite gegen Drust und gegen die Wikinger kämpfen könnte. Ich finde, wir sollten auf alle Fälle darüber nachdenken.«

»Dieser Meinung bin ich auch«, meinte Angus. »Wir treffen uns morgen Vormittag wieder, nachdem wir über die Sache geschlafen haben. Doch ich halte es für ratsam, die Wachen zu verdoppeln.«

Bera pflichtete ihm bei, und auch die anderen Anwesenden hielten seinen Vorschlag für klug. Darin zumindest waren sich alle einig.

Curran ging im Chor der vielstimmigen Zustimmung fast unter. »Drust wird noch vor MacAlpin hierher kommen«, sagte er, ohne die Stimme zu erheben.

Schlagartig verstummten die Brüder.

»Er wird zuerst hierher kommen«, wiederholte Curran. »Ich kenne ihn. Solange MacAlpin nicht vor Burghead steht, wird Drust zuerst uns angreifen. Um MacAlpin wird er sich später kümmern.«

Angus runzelte die Stirn. »Warum bist du dir da eigentlich so sicher?«

Auch Bera fragte sich, woher Curran seine Sicherheit nahm; aber schließlich hatte er mehrere Monate in Burghead gearbeitet und ihren Feind gründlich und erschreckend genau kennen gelernt.

»Ich bin mir sicher.« Curran faltete die Hände. »Wir haben ihm zwanzig seiner besten Streitrösser geraubt, damit ist ein Zehntel seines Heeres unversorgt. Drust braucht diese Pferde, um gegen MacAlpin zu kämpfen. Außerdem wird er uns angreifen wollen, solange wir uns noch nicht vollständig erholt haben und MacAlpin noch nicht weit genug nach Norden vorgerückt ist, um uns zu helfen.« Er atmete geräuschvoll aus. »Offen gestanden bin ich überrascht, dass er es bislang noch nicht getan hat.«

Bera ging es nicht anders. Alles, was Curran gesagt hatte, erschien ihr höchst einleuchtend.

»Wir haben alle erwartet, dass Drust uns früher angreift«, pflichtete Evan ihm bei. »Es muss etwas passiert sein. Aber was?«

»Das ließe sich leicht herausfinden«, deutete Curran an.

Beras Herz setzte kurz aus und begann dann heftig zu klopfen. Hatte er etwa vor …?

»Was willst du damit sagen?«, fragte Angus.

»Ich könnte nach Burghead zurückreiten und heimlich in die Burg eindringen.« Curran vermied es, seine Gemahlin anzusehen.

Weg von Pitlanric? Nach Burghead? Instinktiv legte Bera eine Hand auf ihren Bauch. Niemand sagte ein Wort, doch sie bemerkte die Spuren von Misstrauen auf den Gesichtern ihrer Brüder.

Schließlich sah Curran sie doch an, doch seine Miene war ausdruckslos und verschlossen.

Es war der Schwarze Krieger, nicht Curran, ihr Gemahl, der sie anblickte.

»Warum solltest ausgerechnet du nach Burghead reiten?«, fragte sie. Ihr Argwohn wurde von dem Schmerz geschürt, den sie darüber verspürte, dass er sie ausgeschlossen hatte.

»Ich habe mich ja nur als Freiwilliger angeboten!«, entgegnete er scharf. »Ich habe viel Erfahrung damit, im Verborgenen zu agieren. Ich kenne die Burg in- und auswendig – die Verteidigungsanlagen und auch ihre Schwachstellen, die Zeiten für die Wachablösungen und so weiter.«

Stichhaltige Punkte, die Curran da vorbrachte. Dennoch sträubte sich etwas in Bera bei der Vorstellung, dass er Pitlanric verlassen und zu Drust zurückkehren würde ... und damit auch zu Diedre.

Dass er sie verlassen würde – sie und sein ungeborenes Kind.

Sie hätte es ihm schon vor mehreren Tagen sagen sollen, sofort, als sie es festgestellt hatte. Jetzt brachte sie es nicht mehr über die Lippen. Er saß zwar neben ihr, aber er hätte genauso gut meilenweit weg sein können.

»Wir schicken nie einen allein auf eine Mission«, erklärte Angus.

»Dann schickt doch noch einen mit«, schlug Curran vor. Er runzelte die goldenen Brauen. »Ich kann euch keinen Vorwurf machen, wenn ihr meinem Angebot mit Argwohn begegnet.« Er musterte die Brüder. »Ihr kennt mich noch nicht so gut, ich muss mich noch bewähren. Wenn ihr mich schickt, habt ihr euren Beweis.«

»Du hast uns befreit«, meinte Airell. »Das reicht doch als Beweis.«

»Nein, das tut es nicht, und das wissen wir alle«, sagte Curran gelassen. »Lasst mich nach Burghead gehen. Ich kann es schaffen.«

»Ich komme mit«, erklärte Evan.

Evan!

Warum wollte Evan nach Burghead? Sicher nur, um die Fürstin wiederzusehen.

Es wäre schon schlimm genug, wenn Curran ginge. Aber wenn Evan mitkam, war die Gefahr riesengroß, dass das Ganze in einer Katastrophe endete.

Sie hatte eigentlich nicht gedacht, dass es noch schlimmer kommen könnte, aber Evans Angebot hatte die Sache wirklich noch komplizierter gemacht. Die Brüder wussten zwar von Evans Treffen mit Diedre, doch nur Bera wusste, wie vernarrt er in diese Frau war. Dennoch schienen auch einige der anderen über Evans Angebot sehr verwundert. Vielleicht ahnten sie ja die Wahrheit.

Bei diesem schrecklichen Durcheinander wurde ihr ganz flau im Magen.

»Burghead ist eine völlig andere Sache.« Angus starrte eine Weile finster auf den Tisch, bevor er den Blick wieder auf die Versammelten richtete. »Ich halte es für das Beste, erst einmal über MacAlpins Angebot zu entscheiden. Sobald wir eine Entscheidung getroffen haben und ein Bote unterwegs ist, können wir überlegen, ob wir jemanden nach Burghead schicken. Einverstanden?«

Einer nach dem anderen nickte.

Bera hätte Angus gleich berichten sollen, was zwischen Evan und Diedre vorgefallen war, als sie sich das erste Mal über einen Verräter unterhalten hatten. Jetzt würde sie wenigstens die Gelegenheit bekommen, dieses Versäumnis zu korrigieren.

Doch sie konnte Curran nichts von dem Kind erzählen, das sie erwartete. Nicht momentan, nicht, bis die ganze Sache komplett geklärt war.

Ein Kind. Sie konnte es noch immer kaum fassen. Aber dass ihr dieses Geschenk ausgerechnet jetzt zuteil wurde, wo so viel Unruhe herrschte … Meistens amüsierte sich Bera über die Ironie des Schicksals, aber es amüsierte sie ganz und gar nicht, wenn sie selbst davon betroffen war.

Wenn Curran in Pitlanric blieb, würde sie ihm auf jeden Fall erzählen, dass sie schwanger war. Wenn er nach Burghead ging, dann – dann würde sie vielleicht nie die Gelegenheit dazu haben.

»Nun gut«, beendete Angus die Versammlung und damit auch Beras Grübeln, »wir treffen uns morgen Vormittag wieder hier, um uns über MacAlpin zu einigen.«

Während ihre Brüder den Raum verließen, meldete sich wieder einmal Beras praktischer Verstand zu Wort. *Nun, das war aber eine rasche Kehrtwendung! Auf dem Weg hierher hast du noch geschworen, die Ehre deines Mannes zu verteidigen, und schon auf dem Weg nach draußen verdächtigst du ihn des doppelten Spiels, vielleicht sogar des Ehebruchs. Und sogar dein eigener Bruder bleibt davon nicht verschont!*

Aber ich habe gute Gründe dafür, verteidigte sie sich im Stillen. Was sollte sie sonst tun? Schließlich ging es um das Wohl von Pitlanric.

Er weiß ganz genau, dass du ihn verdächtigst, argumentierte ihr praktischer Verstand augenblicklich. *Er mag nach außen hin unverwundbar wirken, aber du weißt, dass das nicht stimmt. Vor allem du hast die Macht, ihn zu verwunden, ihn zu zerstören. Denk daran!*

Das würde Bera sicher tun, aber zuallererst musste sie an Pitlanric denken. Das war ihre oberste Pflicht.

17

Drei Tage später lag Curran wach im Bett, noch lange, nachdem es im Haus ruhig geworden und auch Bera eingeschlafen war. Seit seinem Angebot, nach Burghead zu reiten, wirkte sie sehr in sich gekehrt. Sie verbarg etwas vor ihm, etwas Wichtiges. Auch wenn er es nicht gerne zugab – das mangelnde Vertrauen seiner Gemahlin machte ihm schwer zu schaffen.

Sie mussten sich noch aneinander gewöhnen, gab er sich zu bedenken. Vielleicht würde ihr Vertrauen mit der Zeit wachsen. Aber er spürte, dass Beras Zurückhaltung auf etwas tief in ihr gründete, und fragte sich, was es wohl war.

»Kannst du nicht einschlafen?«, murmelte sie und schmiegte sich näher an ihn.

Er erwartete, dass sie sich wieder wegdrehte, und sagte nichts. Doch sein Schweigen hatte den umgekehrten Effekt.

Sie richtete sich auf und streichelte das Haar an seinen Schläfen. »Sag mir, was los ist!«

Was sollte er ihr sagen? Sie war ja der Hauptgrund für seine Schlaflosigkeit!

Einerseits hätte er gerne mit ihr geredet, aber andererseits warnte ihn etwas. Die warnende Stimme, geschult durch jahrelanges Wirken im Verborgenen, siegte.

»Ich lasse dich nicht in Ruhe, bis du mir erzählst, was los ist«, erklärte sie. Curran wusste, dass sie es ernst meinte. »Es geht nicht um das Bündnis mit MacAlpin, oder?«

»Nein«, brachte er mühsam heraus. »Ich war ja voll und ganz dafür, das weißt du doch.«

Gemeinsam mit Angus hatten sie zwei Tage gebraucht, um die anderen Ratsmitglieder zu überzeugen.

»Aha. Dann geht es also um Burghead«, folgerte sie. »Wir haben dich beleidigt, stimmt's?« Er spürte, wie sie ihn im Dunkeln anstarrte. »Ich habe dich beleidigt.«

Sie hatte wieder einmal seine Gedanken gelesen. Wie schaffte sie das bloß? Es beunruhigte ihn, mit einer Frau verheiratet zu sein, die die Fähigkeit hatte, sich in sein innerstes Denken und Fühlen einzuschleichen.

»Curran, mit unseren Bedenken wollten wir dich nicht in deiner Ehre verletzen«, erklärte sie, klang dabei jedoch so herablassend, dass er sich erst recht verletzt fühlte.

»Aber genau das tut ihr«, erwiderte er schroff. »Von dem Moment an, als ich mein Angebot gemacht hatte, seid ihr argwöhnisch gewesen.«

»Willst du uns das zum Vorwurf machen?« Immerhin hatte sie nicht versucht, es abzustreiten. »Versuch doch einmal, die Sache von unserer Warte aus zu sehen. Du hast für Drust gearbeitet, bevor du uns befreit hast …«

»Ich habe für mich gearbeitet«, unterbrach er sie. »Drust hatte mich beauftragt, seine Männer auszubilden. Zumindest dachte ich, dass er mein Auftraggeber sei. Erst kurz vor unserer Flucht stellte ich fest, dass Fürstin Diedre hinter der Sache steckte.«

Er musste erst einmal seinen Ärger unter Kontrolle bringen, bevor er fortfahren konnte. »Ich war bereits einige Monate in Burghead, bevor deine Brüder gefangen genommen wurden. Die Sache hat mir überhaupt nicht gepasst. Ich wollte weg, aber ich wusste, dass man sich einen Mann wie Drust lieber nicht zum Feind machen sollte. Als er jemanden suchte, der eine wichtige Botschaft nach Scone bringen sollte, meldete ich mich in der Absicht, nie mehr zurückzukehren.« Er wunderte sich, wie gut es sich anfühlte, Bera die Sache ausführlich zu erklären; aber noch lieber hätte er sie ihren Brüdern erklärt. »In Scone kam mir dann das Angebot deiner Brüder zu Ohren, und alles – die Umstände, die Zeit, meine Beziehung zu Drust – passte. Ich erkannte, dass das

Schicksal mir die perfekten Mittel geliefert hatte, die Geiseln zu befreien und eine fürstliche Ehefrau zu gewinnen.«

Als er spürte, wie Bera sich versteifte, bedauerte er seine Offenheit. Natürlich war Bera inzwischen viel mehr für ihn als nur ein Preis, aber er wusste nicht, wie er ihr das erklären sollte. »Es war ein ehrenhaftes Unterfangen mit einer ehrenhaften Belohnung.« Er kehrte ihr den Rücken zu. »Ich bin dein Gemahl. Du könntest dich auch dafür entscheiden, mir zu glauben und mich bei deinen Brüdern zu unterstützen.«

Bera sah keinen Grund, sich zu entschuldigen. »Und was ist mit Diedre?« Sie schlug ihm auf die Schulter. »Du hast zugegeben, dass sie der Grund für deine Anwesenheit in Burghead war. Willst du etwa abstreiten, dass du direkt für sie gearbeitet hast?«

Curran drehte sich um, so dass er ihr wieder direkt ins Gesicht blicken konnte. Wie um alles in der Welt hatte sie davon Wind bekommen? »Woher hast du das?«

»Von dort, wo ich alles herhabe«, entgegnete sie schroff. »Nun?«

Er hatte es ihr nicht gesagt, weil er gedacht hatte, es wäre nicht weiter wichtig, doch nun wurde ihm klar, dass es für sie sehr wichtig war. »Einige Wochen nach deiner Ankunft in Burghead rief sie mich zu sich.« Ihm fiel ein, dass Bera damals ebenfalls in Diedres Gemach gewesen war. »Du wolltest gerade gehen, wenn ich mich recht entsinne.«

»Ja, richtig. Und weiter?«

»Sie sagte mir, dass jemand den Gefangenen Essen brächte und vielleicht an ihrer Befreiung arbeitete. Es war klar, dass sie wusste, wer dieser jemand war. Aber Diedre ist viel zu schlau, sich eines Gegners zu entledigen, wenn sie ihn zum Verbündeten machen kann.« Sein Stolz, der schon so viele Wunden davongetragen hatte, musste eine weitere Verletzung hinnehmen, als Curran daran dachte, was als Nächstes passiert war. »Weil ich ein Söldner war, nahm sie an, ich würde mich an den Meistbietenden verkaufen. Deshalb hat sie mir Land und Vieh geboten, wenn ich denjenigen aufhielte, der versuchte, deinen Brüdern zu helfen.«

»Und du hast dich darauf eingelassen?« Es klang eher wie ein Vorwurf als eine Frage.

»Natürlich habe ich das«, erwiderte er. »Was blieb mir denn anderes übrig?« Sein Atem ging schwer, er wollte sie unbedingt überzeugen, doch gleichzeitig ärgerte er sich darüber, dass das überhaupt notwendig war. »Das heißt nicht, dass ich für sie gearbeitet habe. Ich wollte sie nur in dem Glauben wiegen, dass dem so wäre.«

»Aha, ich verstehe.« Ganz offensichtlich tat sie das nicht.

»Und du?«, konterte er. »Du schienst ja recht gut mit der Hoheit befreundet zu sein.«

Bera zögerte.

»Ich war ehrlich zu dir«, meinte er scharf. »Willst du mir diese Ehrlichkeit nun verweigern?« Er wusste, dass sie dieses Argument überzeugen würde.

»Am Anfang habe ich mich möglichst oft in Diedres Nähe aufgehalten, um zu erfahren, wie es in der Burg zuging«, erklärte sie. »Und ich habe rasch begriffen, dass Diedre diejenige war, die in Burghead das Sagen hatte. Aber ich habe auch gesehen, wie Drust sich gegen sie stellte.«

»Und?«

»Was er Alma angetan hat …« Sie rückte wieder nahe an ihren Gemahl und streichelte – offenbar unbewusst – seine Schläfe, so, wie sie es oft tat, wenn sie vor dem Einschlafen noch ein wenig miteinander sprachen. Diese Berührung tat ihm ausgesprochen gut. »Diedre veränderte sich«, fuhr sie fort. »Von da an hat sie sich völlig gegen ihn gestellt.«

»Und was hatte das alles mit dir zu tun?« Er wusste, dass Almas Tod auch Bera entsetzt hatte, aber warum er ihr so nahe gegangen war, wusste er nicht.

»Sie gab mir zu verstehen, dass sie entdeckt hatte, wer ich wirklich bin.«

Curran wollte seinen Ohren kaum trauen. »Wie bitte?«

»Sie wusste, wer ich war. Und sie wollte, dass meine Brüder flohen.«

Er konnte es nicht glauben. »Woher wusste sie das denn?«

Bera betrachtete ihn schweigend, dann meinte sie: »Diedre ist der klügste Mensch, den ich je getroffen habe. Aber dennoch kam es mir unwahrscheinlich vor, dass sie es ganz alleine herausgefunden hatte.« Er spürte, wie die Spannung zwischen ihnen wuchs, und fragte sich, warum. »Aber dann fand ich heraus, dass du es wusstest. Deshalb nahm ich an, dass sie es entweder dir oder du es ihr verraten hattest.«

Kein Wunder, dass sie bei seinem Angebot, nach Burghead zu reiten, misstrauisch geworden war. »Ist dir denn nie in den Sinn gekommen, dass ich der Letzte gewesen wäre, dich an eine Frau wie Diedre zu verraten, wenn ich doch vorhatte, dich zu heiraten?«

»Na ja, aber da ist einfach dieses ›Wenn‹.«

Er konnte ihr wahrhaftig keinen Vorwurf machen, dass sie ihm damals misstraut hatte. Allerdings waren inzwischen zwei Monate verstrichen, doch offenkundig hatte er bei Bera noch nicht die erhofften Fortschritte erzielt. »Bei meinem Angebot, nach Burghead zurückzukehren, dachtest du also, ich wollte mich mit Diedre treffen?«

»Ich wusste nichts von der Belohnung, die sie dir in Aussicht gestellt hatte, aber ich machte mir natürlich so meine Gedanken, was sie dir wohl alles versprochen hatte.«

Schwang da etwa Eifersucht in ihrer Stimme mit? Im ersten Moment konnte er sich überhaupt nicht vorstellen, warum Bera auf Diedre eifersüchtig sein sollte. Doch dann wurde ihm klar, wessen ihn seine Gemahlin abgesehen von Betrug noch verdächtigte: Sie hatte große Angst, dass die Fürstin ihn auf dieselbe schreckliche Weise am Haken hatte wie Evan!

Wie um alles in der Welt war Bera nur auf eine derart absurde Vorstellung gekommen? In Curran regte sich Empörung, doch er war klug genug, nicht mit seiner Gemahlin zu schimpfen. Sie war eifersüchtig – das bedeutete, dass er ihr wichtig war.

»Und es war wenig hilfreich, dass ausgerechnet Evan angeboten hat, mich zu begleiten«, überlegte er laut.

»Ja«, gab sie zu und entspannte sich etwas. »Nach seinen ... seinen Treffen mit Diedre war sein Eifer, nach Burghead zurückzukehren, ziemlich besorgniserregend.«

Erneut hatte er das unbestimmte Gefühl, dass sie ihm etwas verheimlichte. Etwas, das mit Evan und Diedre zu tun hatte.

»Ich weiß, was zwischen den beiden lief«, sagte er leise und zog sie näher zu sich.

»Alle wissen, dass er mit ihr geschlafen hat, und auch warum, aber ...«

»Ich weiß, dass er in sie vernarrt war. Das war überdeutlich.« Seufzend streichelte er ihren Oberarm. »Deine Brüder wissen es höchstwahrscheinlich auch, aber sie sind zu loyal, um etwas zu sagen. Dir geht es ja genauso.«

Nun wollte er noch etwas wissen, was ihn in den letzten Tagen sehr beschäftigt hatte. »Warum hat der Rat schließlich eingewilligt, dass wir gehen?«

»Nicht alle haben eingewilligt«, erinnerte sie ihn.

Das stimmte. Bera war bis zum Schluss dagegen gewesen. Sie hatten einen ganzen Tag um die Entscheidung gerungen; immer wieder waren mehr oder weniger unwichtige Argumente vorgebracht worden, nie aber das wichtigste – die Frage des Vertrauens. Schließlich hatte Angus seine – entscheidende – Stimme zu den sechs Ja-Stimmen in die Waagschale geworfen.

»Aber warum haben sich sieben dafür ausgesprochen?«, wollte Curran wissen.

Bera seufzte matt. »Ich kann nur vermuten, warum es dazu kam.«

»Du kennst doch deine Brüder«, beharrte er. »Sag mir, warum.«

»Weil wir erfahren müssen, was mit Drust los ist. Weil sie euch beiden die Gelegenheit geben wollten, eure Loyalität unter Beweis zu stellen, um dem Argwohn ein Ende zu setzen.« Zitternd kroch sie tiefer unter die Felle. »Argwohn höhlt Beziehungen aus. Er hat bereits das Vertrauen zerstört, das unsere Familie einte.«

Und auch das Vertrauen, das zwischen ihnen entstanden war.

»Und du?« Curran zog sie wieder an sich. Er hätte sie nur zu gern vor all diesem Ungemach beschützt. »Wie geht es dir mit der Entscheidung des Rates?«

»Ich habe Angst«, flüsterte sie mit belegter Stimme.

Er streichelte ihren Rücken. »Wovor?«

»Dass du oder Evan uns hintergeht.« Sie klang ruhig, trotz der warmen Tränen, die seine Schulter benetzten. Curran erstarrte vor Empörung, auch wenn er gleichzeitig froh war, dass sie ihm die Wahrheit anvertraut hatte. »Aber am meisten Angst habe ich davor, dass du nicht mehr zurückkehrst.«

Das hatte er nicht erwartet. »Ich werde zurückkommen. Und ich werde euch nicht hintergehen, weder dich noch deine Familie.«

Sie nickte, doch er wusste, dass die Angst sie noch nicht verlassen hatte.

Um sie zu trösten, küsste er sie sanft auf die Augen und auf die Lippen, aber sie versteifte sich in seinen Armen.

Ihre Zurückweisung verletzte ihn. »Wie oft muss ich mich noch bewähren, Bera?«, fragte er traurig. »Werde ich jemals dein Vertrauen gewinnen?«

Nach einer langen Pause erwiderte sie: »Du gehst davon aus, dass ich Vertrauen habe, das ich einem Mann schenken kann.«

»Soll das heißen, du hast keines?«, fragte er. Was mochte sie so schrecklich verletzt haben, dass sie nicht einmal ihrem eigenen Mann vertrauen konnte?

»Ich weiß es nicht – mehr habe ich nicht gesagt.« Eine weitere ehrliche Antwort, aber eine, die zugleich beunruhigend war.

»Warum?«

»Vor langer Zeit sind schlimme Dinge vorgefallen.« Sie erbebte und Curran überfiel eine düstere Ahnung. »Eines Tages werden wir darüber sprechen, aber nicht heute.« Er spürte, wie ihre Hand an seinem Bauch entlangglitt und verführerisch mit seinem Geschlechtsteil spielte. Ihre Berührungen lösten ein brennendes Verlangen aus, das seine Männlichkeit sofort zum Leben erweckte. »Heute Nacht«, murmelte sie, »möchte ich, dass du mich festhältst und mich so lange liebst, bis ich nicht mehr denken kann.«

»Bis wir beide nicht mehr denken können«, sagte er. Seine Hände streichelten bereits die Stellen, an denen ihre Lust entfacht wurde.

Er richtete sich auf und zog die Felle weg, so dass nichts mehr seinen Blick auf ihren schlanken, eleganten nackten Körper behinderte. Wortlos spreizte sie die Beine und lud ihn ein, den Raum dazwischen zu erobern. Sein Verlangen wurde fast schmerzhaft intensiv. Er kniete zwischen ihre Beine und erforschte mit den Händen ihren längst vertraut gewordenen Körper, ihre Rippen, ihre Brüste, ihre Schenkel.

Beras Augen verdunkelten sich, als er sie berührte, und sie begann, auch ihn zu streicheln. Sie ließ ihre Hände über die starken Muskeln an seinen Schenkeln wandern und schließlich zog sie seinen Kopf zu ihren Brüsten herab. Stöhnend bäumte sie sich ihm entgegen, als er an ihren Brustwarzen sog, bis sie sich aufrichteten. Dann glitten ihre Hände wieder zu seiner Männlichkeit, streichelten und neckten sie.

»Du gehörst mir!«, erklärte er wild, als er sich in sie versenkte.

Stoß für Stoß bäumte sie sich ihm entgegen. Ihre Nägel vergruben sich in seinen Po, als sie ihn immer tiefer in sich hineinpresste. »Und du gehörst mir!« Sie klang so wild, dass ihm klar war, dass sie nicht nur seinen Körper meinte. »Mir und sonst keiner!«

Sie liebten sich leidenschaftlich, ungestüm und besitzergreifend. Dennoch war es zum ersten Mal nicht genug. Curran brachte seine Gemahlin zum Höhepunkt und erreichte ihn auch selbst, aber seine Seele war noch nicht befriedigt. Er wollte mehr. Er wollte ihren Respekt, ihr Vertrauen. Ihr Herz.

Keuchend brach er neben ihr zusammen und hielt sie ganz fest, verwundert darüber, dass er irgendwann im Lauf ihrer Bekanntschaft sein Herz an die Frau in seinen Armen verloren hatte.

Bera brachte es nicht über sich, Curran und Evan zu verabschieden. Alle würden da sein und sie beobachten, und sie befürchtete, sie könnte ihnen womöglich den verzweifelten Plan verraten, den sie mitten in der Nacht gefasst hatte.

An diesem Morgen war sie im Bett geblieben, während Curran die wenigen Dinge packte, die er mitnehmen wollte. Dann hatte sie ihm einen Abschiedskuss gegeben, und er war gegangen.

Sobald die Tür hinter ihm ins Schloss gefallen war, stand sie auf und bat Osann, ihr zu helfen, ihr Haar zu einem festen Knoten zu binden.

Osann blieb stumm, bis sie damit fertig waren. Dann kramte Bera in ihrer Hochzeitstruhe nach Dingen, die sie mitnehmen wollte. »Hoheit, plant Ihr auszureiten?«, fragte das kleine Mädchen beunruhigt. »Wohin reiten wir?«

»Nicht wir, mein Schätzchen«, erklärte Bera so sanft wie möglich, »nur ich. Ich reite nach Burghead.«

»Burghead?« Entsetzt packte Osann Beras Hand. »Bitte, Missy!«, bettelte sie, in ihre frühere Vertrautheit zurückfallend, »geh nicht dorthin! Sie werden dich töten, und ich werde dich nie wiedersehen.« Sie begann zu weinen. »Bitte geh nicht! Ich liebe dich doch!«

Bera setzte sich auf die Bettkante und zog Osann zu sich auf den Schoß. »Ist ja schon gut! Mir wird nichts passieren. Lord Curran, Lord Evan und ich werden aufeinander aufpassen. Vielleicht gehe ich ja gar nicht in die Burg, sondern warte nur in der Nähe, bis Lord Curran herausgefunden hat, was los ist.« Sie streichelte Osann über das feine, seidige Haar. »Aber ich muss in seiner Nähe blieben. Ich habe keine Ruhe, wenn ich es nicht tue.«

»Und ich habe keine Ruhe, wenn du nicht hier bleibst!«, schluchzte Osann.

Kummer und Schuldgefühle stürmten auf Bera ein, aber sie hatte keine Wahl. Sie musste die Wahrheit über Curran und Diedre herausfinden, nicht nur Pitlanric zuliebe, sondern auch um ihrer selbst und ihres Kindes willen.

Hatte sich Curran so gefühlt, als sie ihn angefleht hatte, nicht zu gehen?, fragte sie sich. Es war ein elendes Gefühl.

Langsam verebbten Osanns Schluchzer. Sie blickte Bera aus verquollenen Augen an und schniefte. »Warum seid Ihr nicht mit Lord Curran zusammen aufgebrochen?«

Bera zuckte zusammen. Sie konnte nicht gut lügen, und wenn sie in dieses kleine, betrübte Gesichtchen blickte, wollte sie es auch gar nicht. »Es ist sehr wichtig, dass ich mitkomme. Aber Männer können so stur sein – sie hätten es nie erlaubt. Deshalb muss ich ihnen so lange heimlich folgen, bis sie mich nicht mehr zurückschicken können. Dann zeige ich mich und bitte sie um Verzeihung.«

Osanns Mund verzog sich zu einem matten Lächeln. »Das ist aber nicht schön von Euch!« Doch offenbar billigte sie diesen Plan.

Bera grinste. »Mag sein, aber es wird funktionieren.« Sie wurde wieder ernst. »Aber das bleibt unser Geheimnis! Bis morgen Mittag darf niemand erfahren, dass ich weg bin!«

Osanns Miene verdüsterte sich wieder. »Aber man wird Euch schon viel früher vermissen.«

»Nicht, wenn ich sage, dass ich ausruhen möchte und

heute nicht gestört werden will. Morgen früh kannst du allen, die fragen, erklären, dass ich noch immer ruhe. Versuche, es so lange wie möglich hinauszuzögern, bis sie es entdecken, am besten bis zum Nachmittag. Aber mach dir keine Sorgen, wenn sie es früher herausfinden; tu einfach dein Bestes.« Sie schubste Osann sachte weg und ging zu ihrem Schreibtisch. Rasch kritzelte sie ein paar Zeilen auf ein Stück Pergament, dann faltete und versiegelte sie es und adressierte es an Angus. »Hier!« Sie glaubte nicht, dass ihre Brüder ihr nachreiten würden, denn in deren Augen musste sich jetzt Curran um sie kümmern und nicht mehr sie.

Sie zeigte Osann das Schreiben und steckte es ihr in die Tunika. »Halte es gut versteckt, solange du kannst. Und dann gibst du es Lord Angus. Er wird dich nicht dafür bestrafen, dass du meinen ausdrücklichen Befehl befolgt hast.«

Um Osanns wachsende Besorgnis zu zerstreuen, drückte Bera die Kleine noch einmal ganz fest an sich. »Und jetzt komm und hilf mir beim Packen!«, sagte sie schließlich.

Gemeinsam stopften sie ein paar Dinge für unterwegs in einen festen Wollbeutel. Eine Bettrolle, in der ihre Waffen verborgen waren, und ein zweiter Beutel mit Lebensmitteln und Wein vervollständigten die Ausrüstung. Diesmal würde sie Pitlanric gut vorbereitet verlassen, und noch dazu auf Tundarr, einem hervorragenden Pferd.

Currans und Evans Aufbruch lag eine gute Stunde zurück, als Bera endlich alles zusammenhatte. Sie schickte Osann los, um die Bündel in Tundarrs Stall zu verstecken, und erklärte einigen Ehefrauen und Dienstboten, sie wolle den Rest des Tages ungestört in ihrem Gemach verbringen.

Dann machte sie sich auf den Weg zu den Ställen. Sie kam bis zum Webhaus, ohne jemandem zu begegnen. Doch dann entdeckte Airell sie und änderte seine Route, um mit ihr zu reden.

»Du wirkst ungewöhnlich ernst«, stellte er fest. »Machst du dir noch immer Sorgen um Curran und Evan?«

»Ja«, gab sie zu. Dann fiel ihr plötzlich Osann ein und wie sehr die Kleine geweint hatte. »Aber nicht nur um die beiden«, meinte sie deshalb.

»Um wen denn noch?«

»Es ist zwar ziemlich albern, denn eigentlich gibt es gar keinen Grund zur Sorge. Aber ich überlege mir immer wieder, was wohl aus Osann würde, wenn mir plötzlich etwas Schlimmes zustieße.«

Airell musterte sie verwundert. »Angus meinte, du hättest ihn gebeten, sie wie eines unserer eigenen Kinder großzuziehen. Und wir haben alle eingewilligt.«

»Richtig. Aber ich mache mir Sorgen, wer sie zu sich nehmen würde. Lavenas Kinder sind schon groß, sie braucht keine mehr. Ula hat zu viele eigene Kinder, um die sie sich kümmern muss. Lyonesse meint es zwar nicht böse, aber ihre Temperamentsausbrüche würden Osann zu Tode ängstigen. Und Olwyn hat alle Hände voll mit Orrin und ihren Jungs zu tun.«

»Aber warum zerbrichst du dir ausgerechnet jetzt den Kopf darüber?«, fragte er mit einem scheelen Blick. »Was ist los, Bera?«

Bera fürchtete, dass es ein Fehler gewesen war, dieses Thema zur Sprache gebracht zu haben. »Nichts. Lass es gut sein!« Sie raffte die Röcke und wollte weiter Richtung Webhaus eilen, doch Airell hielt sie zurück.

»Wenn dir etwas zustößt, werden wir alle auf Osann aufpassen und dafür sorgen, dass sie genügend Liebe bekommt.«

Bera entdeckte in Airells Augen eine tiefe Zuneigung, zu ihr und zu Osann. »Egal was passiert – ich hätte es gern, dass sie eine Mutter bekommt, die sie so liebt, wie ich sie liebe.«

»Das wird sie. Ich schwöre es dir!«

Sie trennten sich. Bera ging zum Webhaus und wartete eine Weile, bis sie sich sicher genug fühlte, um zu den Ställen zurückzugehen.

Es war gar nicht so einfach, Tundarr ohne Hilfe zu satteln, aber schließlich schaffte sie es doch. Ihre Bündel an den Sattel zu binden war nicht mehr so schwierig. Nun galt es nur noch, ungesehen wegzukommen.

Sie führte Tundarr hinter das Waschhaus und dann am Fuß der Palisaden weiter bis zum Wächterhaus. Erst dort stieg sie in den Sattel.

Zum Glück versah der vierzehnjährige Parrus, einer von Becans Söhnen, gerade den Wachdienst. »Hallo, Tantchen«, rief er zu ihr hinunter.

»Mach das Tor auf, Parrus! Es ist ein schöner Tag, und ich bin ganz verrückt nach einem schönen langen Ausritt.«

Parrus runzelte die Stirn und beäugte die Bündel an ihrem Sattel misstrauisch.

»Ich habe mir etwas zum Essen mitgenommen und eine Decke, um gemütlich in der Sonne zu speisen.«

»Na ja ...« Parrus kratzte den Flaum an seinem Kinn. »Ich weiß nicht ...« Musste er ausgerechnet jetzt Schwierigkeiten machen?

»Ich weiß, dass man dir gesagt hat, Frauen dürften die Burg nicht verlassen«, sagte sie. »Aber eigentlich habe ich doch nie so richtig zu den Frauen gehört, oder?« Sie grinste ihn an.

»Nein, das nicht.« Aber restlos überzeugt war er noch nicht. Unentschlossen rieb er sich die Wange.

»Ach, nun komm schon, Parrus«, schmeichelte sie. »Weißt du noch, wie ich dir einmal geholfen habe, nach einem Jahrmarkt frühmorgens in die Burg zurückzuschleichen? Und wie das Fass Malzschnaps verschwunden war und ich keiner Menschenseele verraten habe, dass ich gesehen hatte, wie du ...«

»Schon gut, schon gut.« Parrus sah sich noch einmal rasch um, dann öffnete er das schwere Holztor.

»Danke!«, rief sie ihm von der anderen Seite zu. »Das werde ich dir nicht vergessen.«

»Vergiss es lieber recht schnell!«, rief ihr Parrus nach, während sie davonritt. »Ich habe es schon vergessen.«

Die Hufspuren von Currans und Evans Pferden waren in dem weichen Boden nicht zu übersehen. Sie waren zwar recht flott geritten, aber Bera glaubte nicht, dass es ihr schwer fallen würde, sie einzuholen. Sie wollte allerdings warten, bis sie die Mündung des Firth hinter sich gelassen hatten, bevor sie sich ihnen zeigte. Dann, dachte sie, wäre es sicher zu spät, sie wieder zurückzuschicken.

Auf dem langen, abfallenden Weg nach Nigg und Cadboll machte sie es sich möglichst gemütlich und beschloss, den Ritt zu genießen. Sie wollte nach Möglichkeit nicht daran denken, was wohl daheim passieren würde, wenn ihr Verschwinden bemerkt worden war.

* * *

Curran breitete seine Decke in der Nähe des Feuers aus und legte sich gleich hin. Er freute sich auf seinen Schlaf, denn am Vorabend hatte er noch lange mit Bera geredet.

Seltsam, wie sehr er sich bereits daran gewöhnt hatte, sein Lager mit ihr zu teilen. Er vermisste sie.

»Wie hast du einen Ort wie diesen gefunden?«, fragte Evan und betrachtete die Decke der kleinen Höhle, in der sie sich vor neugierigen Blicken versteckt hatten.

»Jemand aus Nigg hat mir einmal vor langer Zeit davon erzählt.« Curran zog die von Bera gewebte dicke Wolldecke bis ans Kinn. Er dachte an die Sturmgöttin, die er im letzten Sommer von dieser Stelle aus gesehen hatte. »Ich habe im Sommer auf meinem Weg nach Burghead hier Halt gemacht.«

Auch Evan zog sich die Decke bis ans Kinn. »Aber auf dem Weg nach Burghead liegt die Höhle nicht gerade.«

Früher hätte sich Evan mit seinem Widerspruch ein Duell eingehandelt. Doch Curran hatte rasch erkannt, was der Bruder mit diesen kleinen Widerreden beabsichtigte – für ihn war es ein spielerischer Streit, ein gutmütiger Zank, keine ernste Auseinandersetzung. »Sie liegt auf dem Weg«, erwiderte er deshalb ruhig, »wenn man von der Nordwestküste her kommt.«

»Aber an dieser Küste gibt es doch gar keinen Ort«, entgegnete Evan.

»Dort waren Wikinger«, informierte ihn Curran. »Zumindest, bis ich dorthin kam.«

»Immer diese Wikinger«, meinte Evan. Dann gähnte er. »Glaubst du, wir werden sie jemals los?«

»Das werden wir, wenn MacAlpin es schafft, die Stämme zu vereinen.«

»Und was wird dann passieren?«

Das war eine gute Frage. Curran dachte an Bera und fragte sich, ob es stimmte, dass sie keine Kinder bekommen konnte. Doch in diesem Fall könnten sie welche adoptieren, vielleicht sogar aus der Sklaverei retten, so wie Bera Osann gerettet hatte. »Dann haben wir möglicherweise Frieden«, sagte er bedächtig. »Und Zeit, unsere gemeinsamen Kinder großzuziehen, unsere Äcker zu bestellen und uns um unser liebes Vieh zu kümmern.«

Das Lagerfeuer erstarb allmählich, die Höhle wurde nur noch von der Glut erhellt.

»Du klingst, als ob dir das gefallen würde«, sagte Evan schläfrig.

»Das würde es in der Tat.« Curran schloss die Augen und sehnte sich nach Bera an seiner Seite. »Es ist ein Traum, den ich schon lange hege.«

»Ein Krieger wie du?« Evan klang erstaunt. »Würdest du denn den Nervenkitzel einer Schlacht nicht vermissen? Die Chance, dich als größter Krieger von ganz Kaledonien zu erweisen?«

»Ein solches Leben ist leer und einsam«, gestand Curran. »Um jede Ecke, hinter jedem Horizont, jeder Mauer lauert der Tod.« Er seufzte. »Ich würde lieber etwas mehr über das Leben erfahren.«

»Und was ist mit Drust?«

»Ein letzter Tanz mit dem Tod«, murmelte Curran, dann drehte er sich um und schlief ein.

Eine halbe Meile entfernt lag Bera im schützenden Dickicht einer Gruppe Lärchen, warm eingehüllt in Felle, satt und zufrieden nach einer ausgiebigen Mahlzeit mit gutem Käse und herzhaftem Brot. Sie hatte eine Weile gebraucht, um einen guten Schlafplatz zu finden, zumal es bereits zu dunkeln begann, als Curran und Evan in der Höhle verschwanden. Aber die Bäume boten ausreichend Schutz, so dass sie hier beruhigt ruhen konnte.

Sie schlief mit einem Lächeln auf den Lippen ein, während sie sich vorstellte, was die beiden anderen wohl für ein Gesicht machen würden, wenn sie sich zu ihnen gesellte.

18

Currans und Evans männliche Arroganz spielte Bera in die Hände. Am darauffolgenden Tag sah es nicht danach aus, als hegten die beiden auch nur den geringsten Verdacht, von jemandem beobachtet zu werden.

Männer waren so berechenbar.

Bera wusste, dass ihr Gemahl und ihr Bruder überzeugt waren, sie sei in Pitlanric und könnte von dort auch nicht entweichen. Wahrscheinlich war ihnen nie in den Sinn gekommen, dass sie ihnen folgen könnte.

Sie wartete, bis Evan und Curran ihr Lager aufgeschlagen und ein Feuer entzündet hatten. Dann ritt sie durch den Felseinschnitt, der zu ihrem Versteck führte.

Die Pferde, die Tundarrs und Beras Geruch erkannten, verhielten sich ruhig, so dass das Geräusch von Tundarrs Huftritten auf dem felsigen Boden Curran und Evan kalt erwischte. Bera hörte, wie sie hastig aufsprangen, und als sie aus der Dunkelheit auftauchte, standen die beiden mit gezückten Schwertern da.

»Bera!«, fauchte Curran durch zusammengepresste Lippen.

Evans Überraschung währte nicht lange.

»Mist, Bera, jetzt bist du wirklich zu weit gegangen!«, polterte er los, nachdem er sich von seinem Schock erholt hatte. Doch als sie ihn nur anlächelte, stieß er einen ihr sehr vertrauten Seufzer aus, mit dem er grummelnd sein Einverständnis ausdrückte.

Curran war vor Zorn geladen.

»Von all den hirnrissigen, saublöden, idiotischen Dingen, die du tun konntest …«

»Ich freue mich auch, Euch zu sehen, mein Lordgemahl!«, unterbrach sie ihn mit einem winzig kleinen Anflug von Sarkasmus.

In der Tat schienen die beiden ihr Auftauchen besser zu verkraften, als sie erwartet hatte.

»Verdammt noch mal!« Curran warf sein Schwert auf sein Lager, dann ließ er sich neben der Waffe zu Boden sinken. »Also gut!«, meinte er mit finsterer Miene. »Erzähl uns, was los ist!«

Evan bedachte die beiden mit einem Blick, dem abzulesen war, dass er jetzt gerne ganz weit weg gewesen wäre. Er verzog den Mund, atmete tief aus und setzte sich dann möglichst weit entfernt auf sein Lager.

»Ich wollte gerne bei euch sein«, sagte sie und knotete die Fellrolle vom Sattel los.

»Das merke ich«, entgegnete Curran scharf. »Die Frage ist nur: warum?«

Bera fegte mit den Füßen ein paar Kieselsteine beiseite und breitete ihre Felldecke neben dem Lager ihres Gemahls aus. Nachdem sie damit fertig war, ließ sie sich möglichst anmutig nieder. »Ich konnte vor Sorge um euch zwei keinen klaren Gedanken fassen. Deshalb musste ich kommen. Das ist doch ganz einfach.«

»Nein, das ist es nicht«, knurrte Curran. »Wir sind durchaus in der Lage, auf uns aufzupassen, Bera. Dafür brauche ich keine Gemahlin!«

Wie um alles in der Welt war er auf diesen verqueren Gedanken gekommen?

»Das hatte ich auch nicht angenommen«, entgegnete sie finster. »Aber ich könnte mir vorstellen, dass ihr vielleicht für ein weiteres Schwert dankbar seid.« Sie sah ihn so hoheitsvoll wie möglich an. »Ich bin gekommen, um mit euch zusammen zu sein.«

»Um mit uns zusammen zu sein«, meinte Curran, an Evan gewandt, und beide verdrehten die Augen.

Männer waren so kindisch! Als Ehefrau missfiel ihr Currans Haltung, als Kriegerin konnte sie sie einfach nicht dulden. Ihr Schwert war immer von Nutzen. Aber Männer hatten natürlich ihren Stolz.

»Wenn ihr nicht wollt, dass ich euch nach Burghead begleite«, schlug sie als Kompromiss vor, »dann werde ich es auch nicht tun. Ich suche mir ein sicheres Plätzchen in der Nähe von Burghead und warte dort auf euch.«

»Du begleitest uns nirgendwohin«, beschied ihr Curran kurz und bündig. »Morgen früh reitest du sofort nach dem Aufstehen zurück nach Pitlanric, Ende der Debatte – Schluss, so wird es geschehen!«

Evan, der wusste, wie sie sich stets gegen Ultimaten sträubte, zuckte zusammen und schürzte die Lippen.

Bera blieb gelassen, auch wenn es ihr sehr schwer fiel. Curran musste noch eine Menge lernen. Sie blickte ihrem Mann fest in die Augen und erklärte: »Ich reite nirgendwohin, und du kannst mich auch nicht dazu zwingen.«

»Ich kann das nicht?«, schrie Curran, und seine helle Haut färbte sich rot. Er sprang auf. »Das werden wir ja sehen!«

Er hatte also tatsächlich vor, ihren Willen zu brechen! Nun, Bera hatte anderes im Sinn.

Die Empörung brachte ihr Blut zum Kochen. Sie sprang auf, zückte zwei Dolche und stellte sich breitbeinig hin, zum Kampf bereit. »Ich wusste, irgendwann würdest du versuchen, mich einzuschüchtern, genau, wie mein Vater es getan hat. Ihr seid alle aus demselben Holz!«

Verblüfft blieb Curran stehen. Sie starrte in seine kalten blauen Augen. »Na, komm schon! Versuch es! Ich bin nicht so hilflos wie meine Mutter. Ich kann dich vielleicht nicht aufhalten, aber ich werde dich mit Sicherheit verletzen!« Der Griff um ihre Dolche wurde fester.

»Reagiert sie immer so heftig, wenn ihr jemand sagt, was sie tun soll?«, fragte Curran Evan verdutzt.

Evan musste grinsen. »Nur, wenn sie es nicht tun will.«

Wenn es etwas gab, das sie mehr hasste als ein Ultimatum, dann, wenn man über sie statt mit ihr sprach, so, als wäre sie eine Sklavin oder ein kleines Kind. »Sprich nicht über mich, als ob ich nicht genügend Grips hätte, für mich selbst zu sprechen!«, fuhr sie ihren Gemahl an.

»Wie geht ihr mit so etwas um?«, fragte Curran Evan.

»Mehr schlecht als recht«, entgegnete Evan verlegen. »Anfangs haben wir versucht, es auszukämpfen, aber das führte immer dazu, dass einer fast dran glauben musste – in der Regel einer von uns.« Er zuckte die Schulter. »Aber es ging nie um etwas so Wichtiges, um sein Leben dafür zu lassen. Wir wollten sie ja nicht umbringen, wir wollten nur, dass sie sich benahm.«

»Benehmen?« Bera sah rot. Ihr Bruder hatte das Wort benutzt, das sie unweigerlich aus der Fassung brachte. »Ich beschließe, wie ich mich zu benehmen habe! Niemand hat mir zu sagen, dass ich mich benehmen soll!«, kreischte sie.

»Siehst du jetzt, was ich meine?« Evan schüttelte den Kopf. »Ich vergesse immer wieder, dass ich dieses Wort nicht benutzen soll.« Er sah Curran schief an. »Es ist einfach nicht gut, es vor Bera auszusprechen. Tu es niemals!«

»Frauen!« Curran sah sie an, als sei sie eine Verrückte, allerdings eine von der harmlosen Sorte.

»Tja, Frauen«, pflichtete Evan ihm bei. »Bei denen geht es immer gleich auf Leben oder Tod. Sie kapieren es einfach nicht.«

Bera tänzelte näher. In ihr tobten Enttäuschung, Kummer und Wut. Sie war hergekommen, um die Wahrheit herauszufinden, aber die Wahrheit, die Curran ihr gezeigt hatte, war bitter. Sie würde ihm schon beibringen, ihr nie wieder mit Gewalt zu drohen, und wenn es das Letzte war, was sie in ihrem Leben tat. Sie würde für keinen Mann, vor allem nicht für ihren Ehemann, ein willfähriges Opfer sein.

»Ich glaube, sie meint es ernst«, bemerkte Curran, noch

immer an ihren Bruder gewandt, als er sah, wie sehr es in ihr rumorte. »Was tun wir jetzt?«

Evan runzelte die Stirn. »Ich glaube, das musst du alleine mit ihr regeln.«

»Hört endlich auf, ständig über meinen Kopf hinweg zu reden!«, warf Bera ein. »Redet mit mir, nicht über mich, sonst werdet ihr es noch bereuen!«

»Ich bereue es jetzt schon«, brummte Curran, aber immerhin wandte er sich nun an sie.

»Ach, zum Teufel noch mal!« Er kehrte ihr wieder den Rücken zu. »Damit wird nichts gelöst.« Er ließ sie einfach samt ihren gezückten Dolchen stehen und legte sich verärgert auf sein Lager.

»Was glaubst du eigentlich, was du da machst?«, fuhr sie ihn an.

Curran wickelte sich in seine Decke und drehte ihr den Rücken zu. »Schlafen!«, erwiderte er schroff.

»Wir sind noch nicht fertig!«, protestierte sie. So hatte sie sich das wahrhaftig nicht vorgestellt.

»Ich schon.« Er zog die Knie an und schien fest entschlossen einzuschlafen.

Bera drehte sich um und stellte fest, dass Evan es Curran gleichgetan hatte. Diese Feiglinge! Mitten im Streit einfach aufzuhören!

Sie atmete tief durch und senkte ihre Dolche.

»Es wäre gut, wenn du auch ein bisschen Schlaf bekämst, Bera. Nach Burghead ist es noch ein anstrengenden Ritt.«

Sie hatte also gewonnen!

Triumphierend kroch sie unter ihre Felle. Kurz vor dem Einschlafen ging ihr noch durch den Kopf, dass ihr Gemahl ja gar nicht versucht hatte, sie zu schlagen.

Hatte sie ihn falsch eingeschätzt? Hatte sie tatsächlich zu heftig reagiert, wie er gesagt hatte?

Bera beschloss, es herauszufinden. Wenn sie sich getäuscht hatte, würde sie sich bei ihm entschuldigen. Aber die verängstigte Vierzehnjährige in ihr beharrte darauf, dass sie sich nicht getäuscht hatte.

Als Curran am nächsten Vormittag Richtung Burghead galoppierte, war er froh, als er eine lange, ebene Fläche vor sich auftauchen sah. Bera nutzte das flache Terrain jedoch nicht, um ihr Pferd laufen zu lassen, sondern galoppierte zu ihm und rief: »Du würdest dich viel leichter tun und auch schneller sein, wenn du mit deinem Pferd mitgehen würdest, anstatt dagegen anzukämpfen!«

Curran, dem der Streit vom Vorabend noch in den Knochen saß, funkelte sie erbost an.

»Danke für den Ratschlag«, meinte er sarkastisch, »aber ich bin bislang ganz gut zurecht gekommen, indem ich so geritten bin, wie es mir passte!«

Evan lachte. »Sie weiß, wovon sie redet, Bruder. Wir haben uns anfangs alle gewehrt, aber sie hat nicht locker gelassen und einen nach dem anderen umgestimmt. Und das, was sie uns beibrachte, hat sich bewährt.«

Wenn ihre Brüder es getan hatten … »Du glaubst also, du könntest mir etwas beibringen, eh?«, fragte er. Seine düstere Stimmung hellte sich nur zögerlich auf, doch als er sah, wie sie zu strahlen anfing, verflüchtigte sich der Rest seines Zorns.

»In der Tat!« Ihr Lächeln war stark und warm wie die Sommersonne. »Schließ die Augen und spüre den natürlichen Rhythmus deines Pferdes! Entspann dich und lerne, seine Bewegungen zu fühlen.«

»Die Augen schließen?« Curran schüttelte den Kopf. »Nur ein Narr würde im gestreckten Galopp die Augen schließen!«

»Vertrau deinem Pferd!«, schalt sie ihn. »Voltan weiß schon, was er tut. Wenn du ihm vertraust, wird er dich respektieren.«

»Voltan ist ein Pferd«, erwiderte er. »Pferden kann man Gehorsam beibringen, aber doch keinen Respekt!«

»Da irrst du dich, Curran. Sieh mir zu!« Sie lenkte ihr Pferd ein wenig von ihm weg, dann befestigte sie die Zügel am Sattel, ließ Tundarr frei laufen und zog die Füße aus den Steigbügeln. Geschmeidig sprang sie hoch und stand dann, die Arme seitwärts gestreckt, im Sattel.

»Grundgütiger Gott!« Currans Herz schlug ihm bis zum Hals. »Evan, wie kann ich sie dazu bringen, endlich damit aufzuhören?«

»Das schaffst du nicht.« Evan grinste nur. »Genieße es lieber. Beobachte sie. Sie weiß, was sie tut.«

»Siehst du mir zu?«, rief Bera. Sie blickte stur geradeaus.

»Ja, ich sehe dich«, schrie er wütend. Das eine musste man ihr lassen, verwegen war sie.

»Dann ist es ja gut«, sagte sie.

Curran beobachtete sie angsterfüllt, doch auch bewundernd, als sie sich sichtlich entspannte, die Augen schloss und den Kopf der Frühlingssonne entgegenstreckte.

Plötzlich durchfuhr ihn wie ein Blitzschlag die Erinnerung an eine andere Reiterin, die in dieser Weise dahingaloppiert war – die Augen geschlossen, das Gesicht dem Regen zugewandt, das lose rotbraune Haar in dicken Strähnen an ihrem festen, muskulösen, nackten Körper klebend.

Beras Körper!

Beras fürstliche Halskette.

Beras kraftvoller Hengst in gestrecktem Galopp.

Bera war seine Sturmgöttin! Sie war diejenige, die er in seiner Phantasie sah, während er Bera liebte!

Diese Ironie erfüllte ihn mit einer unermesslichen Heiterkeit. Er musste lauthals loslachen.

Bera war seine Sturmgöttin! Er hatte sie die ganze Zeit gehabt und es nicht gewusst.

Als sie ihn lachen hörte, setzte sich Bera wieder rittlings in den Sattel, nahm die Zügel auf und galoppierte an seine Seite. »Was ist denn so komisch?«, fragte sie erstaunt, aber auch leicht irritiert.

Auch Evan schien den Grund für Currans Heiterkeitsausbruch wissen zu wollen, aber er war zu taktvoll, um danach zu fragen.

Curran wischte sich die Tränen aus den Augenwinkeln und atmete noch einmal tief durch. Er konnte sich nicht daran erinnern, jemals so heftig gelacht zu haben. Na ja, einmal vielleicht, auf ihrer Hochzeit. Und auch damals war Bera der Anlass seiner Heiterkeit gewesen.

Kein anderer hatte es je geschafft, ihn so zum Lachen zu bringen. Es war ein echtes Geschenk, dieses Talent seiner Frau, ein kostbares Geschenk, das ihn freier machte.

Und er war mit einer Göttin verheiratet!

»Es tut mir Leid«, meinte er, »ich wollte dich nicht beleidigen. Als ich dich eben so reiten sah, ist mir etwas eingefallen. Aber keine Sorge, ich habe nicht über dich gelacht, sondern über mich.«

Bera war noch nicht überzeugt. »Dann sag mir doch bitte, worum es ging!«, forderte sie ihn kühl auf.

»Das werde ich nicht tun«, erklärte er feixend in denselben Worten, die sie ihm gestern an den Kopf geworfen hatte. »Und du kannst mich auch nicht dazu zwingen!«

»Dann stell dich schon mal darauf ein, dass ich dich nicht in Ruhe lassen werde, bis du es tust!«, fauchte sie. »Und wenn ich den Rest des Wegs nach Burghead dazu brauche.«

* * *

Aber sie kamen nicht bis Burghead. Kurz nachdem sie Culbin Forest erreicht hatten, hob Curran die Hand und blieb stehen.

Sie hörten es alle drei: Aus der Ferne näherte sich ein Heer.

Curran deutete nach Süden, weg von diesem Geräusch, und sie beeilten sich, ihre Pferde in Sicherheit zu bringen. Dann schlichen sie zu Fuß wieder näher, um das Geschehen genauer zu beobachten.

»MacAlpin?«, flüsterte Bera, die sich hinter einer großen Eiche versteckt hatte.

Currans Miene war gespannt und grimmig. »Oder Drust.«

Sie verharrten in quälender Spannung, bis sie durch die Bäume hindurch endlich Drust am Kopf des Zuges ausmachen konnten.

Bera schloss die Augen und fluchte leise. Wäre es doch nur MacAlpin gewesen!

Als sie spürte, wie Evan zu ihr kroch, öffnete sie die Augen wieder und folgte seinem Blick. Gleich hinter Drust kam Diedre. Ihre Hände waren mit einem Lederriemen zusammengebunden, und sie war mit einer silbernen Kette an ihren Gemahl gefesselt. In ihrem Mund steckte ein Knebel. Kein Wunder – die schneidende Zunge der Frau war gefährlich wie ein Dolch.

Drust hatte also genug von seiner fürstlichen und geliebten Gemahlin.

In Bera regte sich tiefes Mitleid für Diedre – und für Evan.

Sie lehnte sich näher an Curran und fragte flüsternd: »Wie weit, glaubst du, werden sie reiten, bevor sie ein Lager aufschlagen?«

»Drusts Männer sind abgehärtet«, erwiderte er, ebenfalls flüsternd. »Vielleicht machen sie gar keine Rast. Sobald sie an uns vorbei sind, folgen wir ihnen.« Er wandte sich an Evan. »Pitlanric muss gewarnt werden. Willst du losreiten?«

Evans Blick haftete noch immer auf Diedre. Er schüttelte den Kopf. »Ich kann sie nicht alleine lassen«, meinte er entschlossen.

Curran blickte erst auf die Fürstin, dann stirnrunzelnd auf Evan. »Kannst du ihn nicht überreden?«, fragte er Bera. »Ich fürchte, wenn er bleibt, könnte das für uns alle böse Folgen haben.«

»Ich kann ihn dazu ebenso wenig überreden wie du mich gestern Nacht«, erwiderte sie. »Ich fürchte, er ist verhext.«

»Und du? Reitest du zurück, um die anderen zu warnen?«

Eigentlich wäre das am vernünftigsten gewesen. Aber Evans Weigerung hatte Beras Argwohn nur noch verstärkt, und sie wollte unbedingt bei Curran bleiben. Was sollte sie bloß tun?

»Sie scheinen keine Eile zu haben. Gib mir bis zum Einbruch der Dunkelheit Zeit«, schlug sie vor. »Wenn sie dann immer noch nicht halten, reite ich los und warne unsere Leute.«

Als er sie zweifelnd ansah, versuchte sie es mit Logik. »Es ist ja nicht so, als wäre Pitlanric völlig unvorbereitet. Drusts Heer kommt nur langsam voran, ich erreiche unsere Burg also mindestens drei Stunden vor ihnen. Dann ist noch genug Zeit, um Kinder und Lebensmittel in unserem unterirdischen Gewölbe außerhalb der Palisaden zu verstecken. Das Vieh und die Pferde schaffen wir zu den Höhlen am Meer, die Siedlung riegeln wir ab.«

»Wie ich sehe, hast du dir das Ganze bereits gründlich überlegt.« Misstrauen verdunkelte seine strahlend blauen Augen. »Aber warum willst du bei uns bleiben?«

»Wenn das Heer heute Nacht ein Lager aufschlägt«, meinte sie, »und ich glaube, das werden sie, hätten wir vielleicht die Chance, Drust und Diedre gefangen zu nehmen.«

»Glaubst du, das macht einen Unterschied?« Curran schüttelte den Kopf. »Murdoc wäre hocherfreut, an Drusts Stelle zu treten. Er arbeitet seit Jahren daran.«

»Dann schnappen wir uns den auch«, schlug sie vor. »Oder wir bringen ihn um.«

Evan hatte sie sicher gehört, aber er ließ sich nichts anmerken.

Curran dachte über Beras Vorschlag nach. »Drei gegen drei«, flüsterte er gedankenverloren.

Nach einem langen Schweigen hellte sich seine Miene auf. Er nahm Beras Gesicht in beide Hände und drückte ihr zu ihrer größten Überraschung einen dicken Kuss auf die Lippen. »Bera«, flüsterte er, »ich hätte nie gedacht, dass ich das sagen würde – aber ich bin wirklich froh, dass du mitgekommen bist!«

Die untergehende Sonne berührte gerade die Berge im Westen, als Drusts Heer in einer Senke, in der der Ness in den Firth mündete, sein Lager aufschlug.

Curran stand neben Bera auf einem nahen Hügelkamm und musterte das feindliche Heer. »Du hattest Recht«, meinte er. Er blinzelte in die Abenddämmerung. »Jetzt müssen wir sie nur noch gefangen nehmen, ohne uns dabei erwischen zu lassen.«

»Nichts leichter als das«, meinte Evan nun bestimmend und trocken.

Stillschweigend waren sie übereingekommen, dass Curran die Planung in die Hand nehmen sollte, und Bera hatte ein paar recht nützliche Vorschläge beigesteuert. Alle drei hatten beobachtet, wo Drusts und Diedres Zelte aufgeschlagen wurden. Merkwürdigerweise – aber sehr vorteilhaft für sie – befand sich Diedres Zelt am Rand des Lagers genau gegenüber von Drusts Zelt. Die Proviantkarren standen in der Mitte, dahinter waren die Pferde angebunden, gesattelt und bereit, im Notfall sofort loszutraben.

Kein Mond erhellte den Nachthimmel. Curran, Evan und Bera versuchten, sich die Aufstellung des Lagers genau einzuprägen, während sie darauf warteten, dass sich das Heer endlich zur Ruhe begab. Sie besprachen ihr Vorgehen so lange, bis sie jeden Schritt in- und auswendig kannten. Curran zählte verschiedene Komplikationen und entsprechende Lösungsmöglichkeiten auf. Bera sprach sie mit ihm durch, während Evan ihnen düster zuhörte. Beras Auffassungsgabe und ihre Strategien waren auch hier wieder brillant, und Curran staunte einmal mehr über die Kriegerin, die er geheiratet hatte.

Aus dem Lager zu ihren Füßen schallte Drusts Stimme bis zu ihnen herauf. Er unterhielt die Häuptlinge in seinem hell erleuchteten Zelt. An den umliegenden Feuern lagerten die Krieger und die Fußsoldaten. Es wurde gewürfelt, getrunken oder auch schon geschlafen. Bis auf zwei gelangweilte Wachen am Eingang zu Diedres Zelt schien keiner auch nur das geringste Interesse an der Fürstin zu haben. Der Bereich um ihr Zelt war völlig verlassen.

Curran wartete, bis sich fast alle zweihundert Mann in ihre Decken gewickelt hatten, dann führte er seine Begleiter den Hügel hinab und über den sumpfigen Boden der Senke. Die Pferde hatten sie zurückgelassen. Wie geplant machten er und Evan kurzen Prozess mit den beiden Wachen am Rand des Lagers. Sie zogen die Kleider der beiden an und versteckten die Leichen. Curran wartete noch eine Weile, bis er sich sicher war, dass sie von niemandem beobachtet worden waren, dann gab er Bera ein Zeichen, sich ihnen anzuschließen.

Er und Evan hielten sie zwischen sich wie eine Gefangene und führten sie direkt zu Diedres Zelt.

Die beiden Wächter erschraken, als sie sie kommen sahen. »Wer ist denn das?«, fragte einer der beiden.

Bera war klug genug, den Kopf zu senken. »Noch eine Gefangene«, erklärte Curran mit gespielter Gereiztheit und dem Akzent eines Kriegers aus dem Norden. »Lord Drust meint, sie könnte Ihrer Hoheit Gesellschaft leisten.«

Der Wachtposten zögerte, dann entspannte er sich. »Der Herr fasst Frauen gern grob an.«

Das waren seine letzten Worte.

Evan und Curran standen so nahe bei den Männern, dass sie sie fast lautlos erdolchen konnten. Während Bera ins Zelt schlüpfte, zerrten sie die Leichen auf die andere Seite des Zeltes, nahmen ihnen Plaids und Waffen ab und steckten sie unter die Zeltplane, wo sie bis zum nächsten Morgen niemand finden würde.

Im Inneren des Zeltes brannte nur eine Lampe, doch diese gab genug Licht, dass Bera Diedre entdecken konnte. Sie lag auf einer Daunenmatratze dem Eingang gegenüber. Der Boden war mit dicken Fellen bedeckt.

»Wer ist da?«, fragte Diedre und setzte sich auf. Bera hörte die Kette und die Handfesseln rasseln.

Sie trat nach vorne und betete leise, dass das Ganze keine Falle war. »Ich bin es.«

»Du?« Dieses eine Mal schien es Bera tatsächlich gelungen zu sein, Diedre zu überraschen. »Wie kommst du denn hierher? Und warum?«

Bera trat mit gezücktem Dolch näher. Handfesseln hin oder her, nur ein Narr würde vor Diedre in seiner Wachsamkeit nachlassen. »Um den Angriff aufzuhalten.« Sie holte einen Seidenschal, der auf einem Kleiderhaufen lag.

»Indem ihr mich gefangen nehmt, werdet ihr den Angriff nicht aufhalten«, argumentierte Diedre flüsternd. »Drust hat mich nur deshalb noch nicht getötet, weil er will, dass ich zusehe, wie er Pitlanric zerstört und Evan zu Tode foltert.«

Eine düstere Vorahnung lief kalt und gespenstisch durch Beras ganzen Körper. *Evan, Evan, warum hast du nur darauf bestanden mitzukommen*?

Hatten sich die Mächte des Schicksals verschworen, den Untergang ihres Bruders zu besiegeln?

Bera wagte es nicht, Diedre ihre Furcht zu zeigen. »Ich muss dich knebeln«, sagte sie, trat hinter Diedre und band den Seidenschal vor ihren Mund. Diedre wirkte nicht, als ob sie an Gegenwehr dächte, aber als Bera ihren Dolch kurz weglegte, um den Knebel festzuziehen, drehte sich die Gefangene blitzschnell um, schlug ihre Handfesseln an Beras Kopf und wollte sich auf den Dolch stürzen.

Bera sah sofort Sterne, schaffte es aber schnell, aus Diedres direkter Reichweite zu gelangen und nach ihrem Dolch zu hechten.

Curran und Evan mussten den Tumult gehört haben, denn sie stürmten herein und warfen sich sofort auf Diedre.

Bera legte die Hand schützend auf ihren Bauch. Jetzt, in der Gefahr, schien ihr das Baby so real wie noch nie.

Evan und Curran konnten die ungestüme Fürstin kaum bändigen, doch als Diedre einen Blick auf Evans Gesicht erhaschte, erstarrte sie.

Selbst in dem schwachen Schein der Lampe konnte Bera erkennen, welcher Sturm der Gefühle auf Diedres Gesicht tobte, als sie ihrem Geliebten in die Augen blickte.

»Nein!«, stöhnte sie. »Bist du es wirklich? Das kann doch nicht sein! Er weiß alles über uns. Er hat vor, dich zu foltern und zu ermorden.« Furcht verzerrte ihre madonnenhaften Gesichtszüge. »Du musst sofort weg, solange du noch kannst.«

»Ich kann jetzt nicht weg«, entgegnete er mit rauer Stimme. »Das kann ich erst, wenn wir Drust und Murdoc gefangen haben. Ich kann nicht zulassen, dass sie Pitlanric zerstören.«

»Aha«, meinte sie, und ihre Stimme wurde schneidend. »Du beschützt also deine liebe Gemahlin Fenella?«

»Ich beschütze meine Familie«, berichtigte er. Er kniff die Augen zusammen. »Woher kennst du den Namen meiner Frau? Von mir jedenfalls nicht!«

»Ich habe mitbekommen, wie Drust über sie gesprochen hat«, erklärte Diedre. »Sie hatte uns benachrichtigen lassen, dass sie bereit sei, euch zu verraten, wenn auch zu einem hohen Preis: Sie forderte dreihundert Silbermünzen.«

Fenella! Sie war die Verräterin! Erleichterung und Bestürzung kämpften in Bera um die Oberhand.

»Fenella?« Evan sah aus, als wäre ihm ein Dolch in den Leib gerammt worden. Bera wusste, dass die Liebe zwischen ihm und seiner Frau längst erloschen war, aber dennoch musste die Schande eines solchen Verrats schrecklich für ihn sein.

Ihr fiel wieder ein, wie Fenella am Abend des ersten Familienrats zu ihr gesagt hatte. *»Möglicherweise habt Ihr Euren Brüdern geholfen, aus Burghead zu fliehen, und mich damit für immer und ewig an diesen Ort gefesselt ...«*

Das also hatte sie gemeint. Sie hatte die Brüder an Drust verraten in der Hoffnung, sich von Evan und Pitlanric zu befreien.

Und jetzt wartete sie in Pitlanric, um sie abermals zu verraten.

Der Schmerz dieses Wissens wurde nur durch die Erkenntnis gemildert, dass weder Evan noch Curran Verräter waren.

Bera hätte es wissen müssen, sie hätte ihrem Gemahl und ihrem Bruder vertrauen sollen.

»Das hättest du mir auch sagen können«, erklärte Evan Diedre in einem stockenden Flüstern.

»Was hätte es dir als Geisel meines Gemahls genutzt?«, fragte Diedre düster. »Es hätte dich nur verletzt und du bist schon genug verletzt worden. Vor allem durch mich.« Sie legte die Hände vors Gesicht. »Ich habe versucht, es Bera zu sagen, aber Murdoc hat mich weggezerrt, bevor ich den Namen sagen konnte.«

»Das stimmt, Evan«, bestätigte Bera. »Sie hat es wirklich versucht. Und ich fürchte, es stimmt auch, was sie über Fenella behauptet. Es passt alles zusammen. Nach unserer Rückkehr sagte Fenella einmal etwas zu mir …«

Es fiel ihr unendlich schwer, näher auf den Verrat ihrer Schwägerin einzugehen. »Es passt jedenfalls leider alles sehr gut zusammen.«

»Einer von uns muss sofort zurück und Fenella daran hindern, noch mehr Schaden anzurichten«, meinte Curran.

Als er sah, dass sich Bera und Evan gequälte Blicke zuwarfen, beugte er sich zu Bera und flüsterte ihr ins Ohr: »Was passiert mit Fenella, wenn wir mit dieser Anklage kommen?«

»Unsere Bestrafung für Verrat ist schrecklich«, erwiderte Bera leise. »Ich habe es nur einmal erlebt, es dauerte tagelang. Verräter werden nackt ausgezogen, ausgepeitscht und vor ihren Opfern gefoltert, bis sie halbtot sind. Schließlich ertränkt man sie und wirft ihre Leichen den Hunden zum Fraß vor.«

»Du brauchst nicht zu flüstern«, sagte Evan. Seine Stimme bebte vor unterdrückten Gefühlen. »Ich weiß, was du soeben gesagt hast. Und ich weiß, dass sie schuldig ist.« Er schloss die Augen. »Ich werde gehen«, krächzte er verzweifelt. »Aber erst, wenn wir Drust erwischt haben.«

Bera blickte auf Curran, der schließlich aussprach, was sie beide dachten. »Ich fürchte deinen Hass, Evan. Hass kann einen Mann dazu verleiten, schreckliche Dinge zu tun.«

»Ihr könnt euch auf mich verlassen«, erklärte Evan ernst. »Und ich werde erst gehen, wenn wir Drust haben.«

Diedres Augen wurden schmal. »Schickt doch sie!« Sie blickte auf Bera. »Sie hat hier ohnehin nichts verloren. Vielleicht denkt sie ja nicht an ihr Kind, aber ich werde keine Schuld auf mich nehmen, wenn ihr etwas zustößt.«

Verblüfft wich Bera vor der Fürstin zurück. Woher wusste Diedre von dem Kind? War sie eine Hexe?

»Was für ein Kind?«, wollte Curran stürmisch wissen.

»Das Kind, das sie unter dem Herzen trägt«, erklärte Diedre süffisant. »Deines.«

Curran packte Bera am Arm. Seine blasse Haut färbte sich zornesrot. »Stimmt das?«

»Ich weiß es ja selbst erst seit kurzem.« Warum musste er es ausgerechnet von Diedre erfahren? »Ich wollte es dir sagen, aber dann hast du dich für diese Aufgabe gemeldet.« Würde er ihr glauben? »Ich hatte Angst, du wärst der Verräter, Angst, was möglicherweise zwischen dir und Diedre passiert sein könnte. Deshalb musste ich mitkommen, ich musste die Wahrheit erfahren.«

»Nun gut, jetzt kennst du sie. Aber welches Risiko hast du deshalb in Kauf genommen?«

Sie merkte, dass ihr Argwohn Curran zutiefst verletzt hatte. Sie konnte den Schmerz in seinen Augen kaum ertragen. Am liebsten hätte sie sich in Luft aufgelöst. Doch er war auch wütend, dass sie ihrer beider Kind gefährdet hatte.

»Du gehst«, befahl er und deutete auf die Zeltöffnung. »Und zwar sofort!«

»Curran, ich kann nicht.« Sie versuchte, an seine Vernunft zu appellieren. »Wir haben doch alles genau geplant. Ich sollte hier mit Diedre warten und dann würden wir uns mitsamt unseren Geiseln aus dem Staub machen.«

»Wir schaffen erst dich hier heraus, dann kommen wir zurück und holen uns Drust und Murdoc.«

»Und ich soll mich solange alleine durchschlagen? Das ist unvernünftig, Curran, das weißt du genauso gut wie ich. Selbst wenn wir davon ausgehen, dass Diedre nicht flieht und Alarm schlägt ...«

»Das würde ich nie tun!«, fiel Diedre hastig ein. »Ich würde nie etwas tun, was Evan gefährlich werden könnte.« Doch keiner war so unklug, jetzt, in diesem Moment, auf Diedre zu hören.

»Wenn ich tatsächlich gehe und ihr Drust und Murdoc wie geplant gefangen nehmt«, fuhr Bera, an Curran gewandt, fort, »dann sag mir doch bitte, wie du gedenkst, die drei Geiseln aus dem Lager zu schmuggeln.«

Das war der entscheidende Punkt, das konnte auch Curran nicht bestreiten. Wenn nicht alle drei in ihren Händen waren, würde das feindliche Heer wahrscheinlich weiter Richtung Pitlanric vorrücken.

»Wenn wir zu dritt sind, kann jeder einer Geisel einen Dolch an den Hals halten«, erinnerte sie die anderen. »Aber zu zweit schafft ihr es nie im Leben.«

»Sie hat Recht«, meinte Evan grimmig. »Ich denke, angesichts der Risiken sind wir sicherer, wenn wir uns an den ursprünglichen Plan halten.«

Bera würde also bei Diedre bleiben, während Curran und Evan Murdoc von den Häuptlingen weglocken und ihn gefangen nehmen würden. Dann würden sie ihn herschaffen und Drust benachrichtigen lassen, dass Murdoc ihn in Diedres Zelt unter vier Augen zu sprechen wünschte. Wenn sie alle drei Geiseln in ihre Gewalt gebracht hatten, konnten sie Pferde fordern und es schaffen, heil aus dem Lager zu fliehen.

Curran war hin- und hergerissen, doch nach reiflicher Überlegung willigte er – wenn auch widerstrebend – ein. »Also gut, wir gehen wie geplant vor.«

Er funkelte Bera zornig an.

»Aber nur, wenn du schwörst, dich und mein Kind keiner unnötigen Gefahr auszusetzen!«

Bera konnte seine Angst verstehen. »Das schwöre ich bei allem, was mir heilig ist«, erklärte sie.

»Na, dann können wir ja beruhigt sein«, meinte Evan sarkastisch. Er wusste nur zu gut, dass sie schon so manches Versprechen gebrochen hatte.

Bera senkte beschämt den Kopf und versicherte Gott insgeheim, diesen Schwur unbedingt halten zu wollen.

Curran und Evan fesselten und knebelten Diedre, legten sie auf die Daunenmatratze und deckten sie mit Fellen zu. Sie schoben ein paar Truhen zusammen, hinter denen sich Bera versteckte, dann zogen sie los.

Beras Herz war verkrampft aus Sorge um ihren Gemahl und ihren Bruder. Sie hoffte inständig, dass ihre verzweifelte Mission gelingen möge.

Diedre lag eine Weile still, dann drehte sie sich wütend auf den Rücken.

»Woher wusstest du von dem Kind?«, fragte Bera leise und rückte so nah wie möglich an Diedre heran.

»Ich wusste es eben«, schaffte Diedre trotz Knebel zu murmeln.

Bera verschob den Knebel etwas, damit Diedre reden konnte. Sie stellte sich jedoch darauf ein, ihn sofort wieder zurückzuschieben, falls die Fürstin Anstalten machte zu schreien.

»Es stimmt aber«, murmelte ihre Geisel. »Ich kann solche Dinge spüren.«

»Jetzt bist du also auch noch eine Seherin, nicht nur eine Verführerin und eine Strippenzieherin«, meinte Bera skeptisch. »Entschuldige, aber das glaube ich dir einfach nicht.«

»Glaube, was du willst«, entgegnete Diedre heftig. »Aber ich sehe es an deinem Gesicht, es ist runder als sonst.«

»Und warum hast du es meinem Mann gesagt?«, wollte Bera wissen.

»Er hat ein Recht darauf, es zu erfahren.«

Das war natürlich richtig. Bera bedauerte nur zutiefst, dass er es von Diedre erfahren hatte. Sie hätte es ihm sagen sollen, sobald sie es selbst gewusst hatte, aber der Argwohn hatte sie vergiftet, wie er alle vergiftet hatte, die mit der Drachenfürstin in Berührung gekommen waren.

In Bera stieg ein bitteres Gefühl von Reue auf. »Ich bin keine gutgläubige Närrin, Diedre. Was war dein wahrer Beweggrund, es ihm zu sagen?«

Diedre zog eine Braue hoch. »Weißt du, dass wir uns sehr ähnlich sind?«

»Nein, bestimmt nicht!« Doch die Vorstellung war gar nicht so abwegig, wie Bera im ersten Moment gedacht hatte.

»Es stimmt sehr wohl«, meinte Diedre. »Wir beide sind Frauen, die versuchen, ihren Weg in einer Welt der Männer zu finden. Wir sind beide in Ehen mit Partnern gezwungen worden, die weit unter uns stehen.«

Eine schlaue Taktik, die Bera wahrscheinlich ablenken sollte, aber sie war nicht gewillt, Diedre auf den Leim zu gehen. Sie war viel zu klug, um persönliche Dinge mit einer so gerissenen Gegnerin wie Diedre zu besprechen. Und sie hatte von Curran gelernt, wie man eine solche List vereitelte. »Du hast mir meine Frage noch immer nicht beantwortet. Warum hast du Curran von dem Kind erzählt? Was wolltest du damit erreichen?«

Diedre seufzte.

»Es ist immer ratsam, seine Gegner zu spalten und sie dazu zu bringen, sich zu streiten.« Ihre Lippen kräuselten sich zu einem schwachen Lächeln.

»Es hat ja auch beinahe funktioniert. Beinahe wäre ich einen von euch losgeworden.«

»Willst du denn, dass sie es nicht schaffen?« Bera verstand nicht, was in Diedres Kopf vorging. »Wenn Drust vorhat, dich zu töten, dann sollte es dir doch eigentlich recht sein, wenn er gefangen genommen würde.«

»Ich will seinen Tod«, entgegnete Diedre kühl.

»Und wenn er tot ist, was dann?«, fragte Bera nachdenklich. Sie hatten den Ehrenkodex der Krieger bereits verletzt, indem sie hinterrücks zwei Wachposten getötet hatten – warum nicht auch Drust?

»Ich habe es mir noch nicht gestattet, über diese wunderbare Aussicht hinaus zu planen«, meinte Diedre.

»Würdest du Pitlanric dann immer noch angreifen wollen?«

»Ihr habt mir zwanzig Pferde gestohlen«, warf Diedre ihr vor.

»Und ihr habt die Rösser meiner Brüder gestohlen, neun an der Zahl«, entgegnete Bera ungerührt. Und sie selbst an eurem Tisch mit Gift außer Gefecht gesetzt, dachte sie traurig bei sich.

Wenn es doch nur einen Weg gäbe, Frieden zu schließen! Bera zerbrach sich den Kopf, aber ihr fiel nichts ein. »Meine Brüder haben in eurer Gefangenschaft schrecklich gelitten, ganz zu schweigen von der vielen Arbeit, die in Pitlanric liegen geblieben ist. Ein Ausgleich erscheint mir mehr als angebracht. Wie wäre es, wenn wir euch acht Pferde zurückgäben? Wäre die Schuld damit getilgt?«

»Ach, wir sind uns doch sehr ähnlich!« Diedres Lächeln wirkte aufrichtig, aber sie wurde rasch wieder ernst. »Elf«, hielt sie dagegen.

»Zehn!«, bot Bera an.

Diedre zögerte nur kurz. »Abgemacht.«

»Also gut. Und dann würdest du den Angriff abblasen?« Bera wusste, dass auf Diedres Versprechen nichts zu geben war, aber das Gespräch spendete ihr trotzdem einen gewissen Trost.

»Jawohl, ich würde den Angriff abblasen. Und der Allianz zustimmen, nach der ihr trachtet.«

Als ob diese Vereinbarung irgendeinen Wert hätte! Drust war noch am Leben, erst mussten sie ihn und Murdoc gefangen nehmen und aus dem Lager entkommen.

In dem Moment, in dem Bera an Murdoc dachte, wurde dieser durch den Zelteingang geschubst.

Bera schob Diedres Knebel wieder an Ort und Stelle, dann erhob sie sich, um den anderen zu helfen.

Curran hatte Murdocs Helm unter dem Arm. »Gab es Probleme?«, fragte er.

»Keine«, antwortete Bera. Ihr zitterten die Knie vor Erleichterung, ihn heil wiederzusehen. »Wir haben uns ein wenig unterhalten. Ich berichte dir später davon.«

Evan sagte nichts, aber Bera wusste, dass es nicht den geringsten Zweck hatte, ihn jetzt anzusprechen. Sie hatte ihren Bruder noch nie so grimmig erlebt, auch wenn er sich ebenso unter Kontrolle hatte wie seinen Gegner. Er presste seinen Dolch an Murdocs Hals.

Currans Dolch war, zum tödlichen Stoß bereit, mit der Klinge nach oben knapp unterhalb der letzten Rippe an Murdocs Rücken angesetzt.

»Hört gut zu, wenn Ihr am Leben bleiben wollt!«, flüsterte er in Murdocs Ohr. »Ich werde Euch jetzt vor den Zelteingang schubsen. Ihr ruft nach einem Boten, gebietet ihm aber, stehen zu bleiben, bevor er zu nahe kommt. Sagt ihm, Ihr müsstet auf der Stelle mit Drust reden – und zwar allein. Es ginge um eine wichtige neue Entwicklung.« Er presste seinen Dolch so fest an Murdocs Rücken, dass dieser zusammenzuckte. »Wenn Ihr gehorcht, dann lebt Ihr weiter und behaltet den Oberbefehl über Eure Männer. Wenn Ihr irgendeine krumme Sache versucht, dann töte ich Euch, ziehe mir Eure Kleider an und mache allein weiter.« Er zog eine seiner goldenen Brauen hoch. »Nach unserer langen Zusammenarbeit glaube ich, dass ich problemlos als Euch durchgehen könnte«, meinte er und imitierte dabei überraschend genau Murdocs Stimme.

Dieses unerwartete Talent ihres Gemahls erstaunte Bera. Sie hätte Curran nie für einen guten Schauspieler gehalten, aber soeben hatte er eine beeindruckende Kostprobe seines Könnens abgegeben.

Welche anderen Gaben steckten wohl noch in ihm?

An Murdocs Schläfen traten die Adern hervor, doch schließlich willigte er ein. »Gut, ich tue es.« Seinem gespannten Körper war allerdings anzusehen, dass er noch nicht bereit war aufzugeben.

»Sei auf der Hut!« Bera packte Curran am Arm. »Ich traue ihm nicht.«

»Ich auch nicht«, entgegnete er. »Aber ein Dolch im Rücken fördert die Bereitschaft zur Zusammenarbeit ungeheuer.«

Beras Griff wurde fester. Sie spähte forschend in seine Augen, auch wenn im spärlichen Licht der einzigen Lampe nicht viel zu erkennen war. »Würdest du es tun? Ihn von hinten erdolchen?«, fragte sie, auch wenn sie die Antwort schon kannte. Curran war nie an einen Ehrenkodex gebunden gewesen. Warum sollte sie es jetzt von ihm erwarten?

»Ich würde ebenso wenig zögern wie er, wenn er jetzt an meiner Stelle wäre«, erklärte Curran mit schneidender Stimme, und dieselbe Schärfe spiegelte sich in seinem Blick. »Ich spreche keine leeren Drohungen aus, Bera. Ich tue das, was ich sage.«

Es war dumm von ihr gewesen zu erwarten, dass der Schwarze Krieger einzig deshalb, weil er sie geheiratet hatte, den Ehrenkodex ihrer Brüder übernehmen würde – genauso dumm, wie es von ihrer Familie war zu erwarten, dass sie sich einzig deshalb, weil sie geheiratet hatte, über Nacht in die Reihe der Ehefrauen einordnen würde.

»Ich stelle mich vor das Licht«, bot sie an. »Dann kann man dich nicht so gut sehen.«

Sie hatte Angst, vor allem um ihr ungeborenes Kind, aber dank ihrer jahrelangen Ausbildung blieb sie dennoch kühl und überlegt. Wachsam beobachtete sie, wie ihr Bruder und Curran Murdoc am Zelteingang in Position brachten.

In diesem Moment trat kaum zwölf Schritt entfernt ein Fußsoldat hinter die Reihe der Karren, um Wasser zu lassen.

»Du da!«, rief Murdoc mit heiserer Stimme. »Ich brauche einen Boten. Komm her!«

»Nicht zu nahe!«, warnte ihn Curran von hinten.

»Das ist nah genug!«, rief Murdoc dem Mann zu. »Geh sofort zu Lord Drust und richte ihm aus, dass ich ihn unverzüglich sprechen muss. Es hat sich etwas Unvorhergesehenes ereignet, etwas, was ich hier unter vier Augen mit ihm erörtern muss.« Curran gab ihm noch einen kleinen Stoß, so dass er hinzufügte: »Wenn du ihn nicht schleunigst herschaffst, schneide ich dir eigenhändig die Eier ab!«

»Jawohl, Sir!« Der Soldat hatte wohl bemerkt, dass die Wachtposten nicht mehr vor dem Zelt standen, denn er fragte noch: »Soll ich zusehen, dass eine Wache für das Zelt hergeschickt wird? Lord Drust bestand darauf, dass Ihre Hoheit …«

»Glaubst du etwa, ich könnte sie nicht gut genug bewachen?«, fauchte Murdoc aufrichtig erbost. »Nun verschwende keine Zeit und wiederhole die Botschaft, die ich dir aufgetragen habe!« Dieser Befehl war bei wichtigen Botschaften üblich. Der Soldat gehorchte und Murdoc nickte. »Also los, und spute dich! Wie schon gesagt, die Sache ist brisant!«

Evan spähte in die Dunkelheit hinaus. Es kam Bera wie eine Ewigkeit vor, bis er Murdoc wieder ins Zelt zerrte. »Er ist weg.« Er blickte auf Curran. »Alles verläuft nach Plan.«

Curran und auch Bera machten eilig eine Handbewegung gegen den bösen Zauber, den eine solche hochmütige Aussage unweigerlich nach sich zog; dann nickte Curran Evan zu. »Hilf mir, Murdoc an den Füßen zu fesseln und ihm seine

Kleider auszuziehen. Danach fesseln wir ihn auch an den Händen und stopfen ihm einen Knebel in den Mund.« Er zog an Murdocs Plaid. »Wir verstecken ihn und die Fürstin hinter den Truhen.«

»Gemeinsam?«, fragte Evan misstrauisch. »Hältst du das für klug?«

»Es ist einfacher, als sie zu bewachen.« Curran zog das Plaid des Wachtpostens aus und begann, es in lange Streifen zu schneiden. »Damit sollten wir ihn eigentlich fesseln können.«

Die Weberin in Bera krümmte sich beim Geräusch des reißenden Stoffes, aber sie holte auch das andere Plaid, das sie den Wachtposten abgenommen hatten, und riss es ebenfalls in Streifen. Drust war ein kräftiger Mann. Um ihn bewegungsunfähig zu machen, waren viele Wollstreifen nötig.

Curran deutete mit dem Kopf auf die Truhen, hinter denen Bera sich vorher versteckt hatte. »Wir fesseln ihn, und sobald wir das geschafft haben, schiebt Evan ein paar Truhen nach vorne neben den Eingang und versteckt sich dahinter. Ich tue, als wäre ich Murdoc, und kehre Drust erst einmal den Rücken zu. Ich möchte, dass er im Zelt ist, bevor wir zuschlagen.« Er blickte auf Bera. »Du kriechst unter die Decken und tust, als wärst du Diedre.«

Dieser Plan war brillant, das war mit Sicherheit nicht zu leugnen.

»Und dann?«, fragte Bera.

»Dann warten wir darauf, dass uns die Bestie in die Falle geht.«

Bera hatte schreckliche Angst um Curran, denn seine Lage war höchst gefährlich. Instinktiv legte sie eine Hand auf ihren Bauch und bat Gott um Schutz für ihren Gemahl und ihr ungeborenes Kind. »Hoffen wir, dass wir Drust überwältigen können, ohne das halbe Lager durch diese Tat aufzuwecken.«

»Er kommt bestimmt«, meinte Curran mit fester Stimme. Er warf sich Murdocs Plaid um und bauschte es ein wenig auf, um den Bauchumfang des stämmigeren Mannes anzudeuten. Dann setzte er Murdocs Helm auf und machte sich etwas kleiner. Die Verwandlung war so überzeugend, dass es fast schon unheimlich war. »Wir werden die Bestie fangen«, sagte er mit Murdocs Stimme. »Es bleibt uns nichts anderes übrig. Denn wenn wir es nicht schaffen, sind wir alle des Todes.«

Bera nickte. Sie wusste nur zu gut, was auf dem Spiel stand: nicht nur ihr Leben, sondern auch das der Menschen in Pitlanric.

19

Curran wusste aus Erfahrung, dass etwas schief gehen musste.

Trotz Murdocs Helm hörte er deutlich, wie Drust näher kam. Die schweren Schritte der Bestie und sein Murren hallten immer lauter, bis schließlich die Zeltleinwand beiseite gezerrt wurde und Drust eintrat.

»Murdoc!«, grollte der Regent und stapfte auf Curran zu. »Wo zum Teufel stecken die Wachen? Und was ist so verflucht wichtig, dass Ihr mich von meinen Häuptlingen fortholen lasst, mit denen ich gerade den Angriff plante?«

Curran erhob sich und richtete sich in etwa zu Murdocs Größe auf, darauf bedacht, dass nicht zu viel Licht auf sein Gesicht fiel. Hinter Drust stand Evan leise auf und trat nach vorne.

Und dann passierte es: Der Bote kam herein! Als er Evan sah, zückte er sofort sein Schwert und einen Dolch.

»Hinter dir!«, rief Curran.

Drust, der meinte, die Warnung gelte ihm, zog ebenfalls sein Schwert aus der Scheide. Als er sich umdrehte, sah er Evan mit dem Boten kämpfen.

Curran zielte mit seinem Schwert auf Drusts Rücken. Er wollte mit ihm wie zuvor mit Murdoc verfahren, aber seine Klinge stieß auf Widerstand. Der Mann trug einen Brustpanzer! Im Bruchteil der Sekunde, den er brauchte, um seinen Dolch hervorzuholen, hatte sich Drust schon umgedreht und ging mit seinem Schwert auf ihn los.

Doch jetzt tauchte Bera lautlos aus ihrer Deckung auf und sprang Drust wie eine Wölfin an die Gurgel, so, wie sie es einmal bei Curran versucht hatte.

Zum Glück war Drust langsamer als Curran. Bera hatte ihren Dolch an seinem Hals, bevor er eine weitere Bewegung machen konnte

»Ruf ihn zurück!«, fauchte sie in Drusts haariges Ohr. Als er zögerte, biss sie ihm ins Ohrläppchen. »Ruf ihn zurück, hab ich gesagt!«

»Halt!«, schrie Drust. Aus der Bisswunde strömte Blut, Bera spuckte es aus, als hätte sie Gift im Mund. Aber die Klinge ihres Dolches zielte noch immer auf Drusts Hals.

Der Soldat hielt kurz inne – wollte er es sich anders überlegen? – doch das reichte Evan, um seinen Schwertknauf mit einem dumpfen Knall auf seinen Schädel zu donnern.

Der Mann verdrehte die Augen und sank zu Boden.

Curran nahm Drust die Waffen ab, Evan dem unerwarteten Eindringling. Nach getaner Arbeit zogen er und Evan Drust den Brustpanzer aus und fesselten ihn an Händen und Füßen. Bera drückte währenddessen weiterhin einen Dolch an seinen Hals und einen weiteren an sein Auge.

»Das war tollkühn!«, schalt Curran sie, während er und Evan sich bemühten, den sich heftig wehrenden Drust zu fesseln. »Du hast mir geschworen, dass …«

»Aber es hat funktioniert!«, konterte sie, ohne viel Reue zu zeigen. »Und es geht uns gut.«

Ihr versteckter Hinweis auf das Kind besänftigte ihn kaum.

Sobald Drusts Hände gefesselt waren, setzte sich Curran auf den Oberkörper des Kriegsherrn, um sich ein wenig auszuruhen. Evan setzte sich neben ihn; auch er keuchte von der schweren Arbeit. Die Bestie hatte ihrem Namen alle Ehren gemacht; ungeachtet des Dolchs an seiner Gurgel hatte Drust bis zum letzten Moment gekämpft.

Bera sammelte die übrig gebliebenen Wollstreifen ein. »Ich fessle und kneble den Eindringling.«

So ungern er es zugab, Curran war froh, dass sie hier war. Bera hatte Recht gehabt, ohne sie hätten sie es nicht geschafft. Auch wenn es ihm einen kleinen Stich versetzte und er ihr noch immer böse war, dass sie ihr gemeinsames Kind einer Gefahr ausgesetzt hatte, so war er doch stolz auf sie.

»Was nun?«, fragte Evan.

»Hilf mir bei den anderen!«

Curran wunderte sich nicht, dass sich Evan geradewegs zu Diedre begab und nicht zu Murdoc. Er half ihr beim Aufstehen und sie lehnte sich wie ein schwaches, krankes Kind an ihn.

»Dieser Knebel ist zu fest!«, sagte er. »Sie kann ja kaum atmen. Ich werde ihn entfernen.«

Curran gefielen weder Evans Tonfall noch sein Argument. »An deiner Stelle würde ich das nicht tun.«

»Nun, du bist aber nicht an meiner Stelle!« Sobald Evan den Seidenstoff entfernt hatte, küsste er Diedre leidenschaftlich, und sie erwiderte seinen Kuss mit demselben Verlangen.

Curran war froh, dass Drust sie nicht sehen konnte, denn der hätte sonst möglicherweise seine Fesseln gesprengt und sich auf Evan gestürzt. Aber um ganz sicherzugehen, stopfte er etwas Stoff in Drusts Ohren und verband ihm die Augen. Jetzt konnte die Bestie weder sehen noch hören oder sprechen.

Als Curran sich aufrichtete, sah er, dass Bera sich abgewandt hatte. Offenbar schämte sie sich für ihren Bruder.

Evan legte seine Wange an Diedres Gesicht und hielt sie fest, als wollte er sie nie mehr loslassen. »Wir brauchen Pferde und sicheres Geleit aus dem Lager«, sagte er. »An wen sollen wir unsere Forderungen richten?«

Diedre erstarrte und zog sich zurück. Ihre verhärmte Miene zeigte tiefe Besorgnis. »An niemanden! Drust hat seinen Männern befohlen, unverzüglich und mit aller Härte anzugreifen, wenn er gefangen genommen wird – selbst wenn sein Leben auf dem Spiel stünde.«

»Glaub ihr kein Wort!«, warnte Curran. »Sie benutzt dich doch nur wie alle anderen.«

»Ich liebe Evan!«, protestierte Diedre. »Ich würde mit Freuden mein Leben für ihn opfern.« Als sie sah, dass Curran ihr noch immer nicht glaubte, fügte sie hinzu: »Ich würde euch ja höchstpersönlich Pferde besorgen, aber ich kann es nicht. Alle wissen, dass ich eine Gefangene bin, und sie wissen auch, warum.«

Curran starrte nachdenklich in die Kerzenflamme. Was sollte er tun? Vielleicht hatte Drust nach ihrer Flucht ja tatsächlich so einen Befehl erlassen. Falls Diedre die Wahrheit sagte ...

Das Gefühl der Enge in seiner Brust wurde immer stärker. Sie waren ihrem Ziel so nahe; sollten sie am Ende doch noch verlieren? Er dachte an Bera und sein ungeborenes Kind, an Pitlanric und das Leben, das ihm inzwischen so kostbar geworden war. Es stand viel auf dem Spiel.

Zu viel. Es musste einen Ausweg geben, er musste ihn nur finden.

»Wie viele Wachen stehen bei den Pferden?«, fragte er die Fürstin.

»In der Regel nur zwei«, erklärte Diedre. »Aber ich bin mir nicht sicher. Vielleicht hat Drust sie verdoppelt oder sogar verdreifacht, nachdem ihr uns so viele Pferde gestohlen habt. Ich kann mich über solche Dinge nicht mehr informieren.«

Plötzlich blähten sich die Zeltwände mit einem lauten Rascheln, und alle bis auf Drust zuckten zusammen.

Einige Momente verstrichen, in denen alle höchst angespannt waren, doch schließlich brach Evan das Schweigen. »Es war nur der Wind.«

»Warum bringen wir sie nicht zu Fuß aus dem Lager«, schlug Bera vor, »und reiten dann zu zweit auf unseren Pferden nach Pitlanric?«

»Zu langsam«, meinte Evan. »Sie würden uns im Handumdrehen einholen.«

»Evan hat Recht«, bestätigte Diedre.

Gerade, als Curran dachte, dass Drust eigentlich viel zu ruhig war, rollte sich der Fürst herum, sprang mit einem unterdrückten Röhren auf, riss sich die Augenbinde vom Gesicht und schnitt die Fußfesseln mit einem winzigen Dolch durch, den sie übersehen hatten.

Bera wich zurück, war aber nicht schnell genug. Drust erwischte sie mit seinen langen Armen an der Tunika und zerrte sie zu sich. Kräftig, wie er war, kostete es ihn nicht die geringste Mühe, ihr den Dolch zu entwinden und ihn an ihren Hals zu drücken.

Curran erstarrte. Er wollte Drust auf keinen Fall provozieren. Es drückte ihm zwar das Herz ab, als er die Klinge an Beras Hals sah, doch er wusste, er musste Drust mit Worten dazu bringen, von Bera abzulassen. Das war ihre einzige Chance.

Aus den Augenwinkeln sah er, dass Diedre kurz mit Evan kämpfte. Der Kampf endete damit, dass sie Evans Schwert und Dolch in den Händen hatte. Mit dem Dolch befreite sie sich in aller Eile von ihren Fesseln. Evan war zu überrascht, um auch nur einen Finger zu rühren. Er stand da, weiß wie die Wand, wie gelähmt.

»Auch ich beherrsche dieses Spiel!«, knurrte Drust. Curran sah, wie Bera vor seinem fauligen Atem zurückwich.

Geh behutsam vor, befahl er sich. Beruhige ihn, versuche, seine Aufmerksamkeit von Bera abzulenken. Drust würde Bera ohne zu zögern die Gurgel durchschneiden, das wusste Curran ganz genau.

»Tu es nicht!«, warnte Diedre ihren Gemahl. Sie hatte Evans Schwert in der Linken, und die Klinge des Dolches in der Rechten, bereit, ihn auf Drust zu schleudern. Sie kam ihm näher. »Lass sie los!«

Drusts Lachen klang wie das Grunzen eines wilden Tieres. »Ah, meine geliebte Gemahlin!«, fauchte er verächtlich. »Euer Wunsch, dass ich diesen lästigen kleinen Floh verschone, macht es mir nur umso vergnüglicher, ihn zu töten.«

»Meine Gemahlin ist nur eine Frau«, sagte Curran so beiläufig wie möglich, auch wenn ihm das Herz bis zum Hals schlug.

Bera bedachte Curran mit einem Blick, in dem neben Verzweiflung auch Vertrauen lag. »Denk an unsere Leute, Curran!«, mahnte sie ihn heiser, denn Drusts Klinge war noch immer an ihren Hals gepresst. »Tu, was du tun musst, um Pitlanric zu retten, selbst wenn das meinen Tod bedeuten sollte!«

Curran tat ihre Worte mit einer Handbewegung und einem Kopfschütteln ab. »Was für eine Ehre findet Ihr darin, sie zu töten? Kämpft mit mir, Krieger gegen Krieger!«, forderte er Drust heraus und betete, dass dessen berüchtigter Stolz ihn verleiten würde, nach dem Köder zu schnappen. »Lasst das Schicksal entscheiden, wer der bessere Mann ist. Lasst sie los, sie ist nur eine Frau!«

»Nur eine Frau?«, rief Bera mit einem zornigen Funkeln in den Augen.

Er hatte an Beras Ehrgefühl gerührt, doch Drust blieb völlig kalt.

Vedammt! Würde Bera nie lernen, den Mund zu halten! Curran wollte Drusts Aufmerksamkeit, nicht die seiner Frau.

»Hütet Eure Zunge, Gemahlin!«, sagte er so ruhig er konnte. »Das hier ist Kriegersache!« Er wandte sich wieder an Drust. »Was ist los? Ich habe geglaubt, Ihr würdet Euch über die Gelegenheit freuen, einen Mann meines Rufes zu schlagen! Oder habt Ihr etwa Angst?« Er schüttelte überheblich den Kopf. »Eigentlich hatte ich Euch für deutlich härter gehalten!«

»Ha!« Drusts runde kleine Augen funkelten boshaft. »Ich werde mich mit dem berüchtigten Schwarzen Krieger schlagen, und ich werde gewinnen. Sobald ich …«

Er hatte den Dolch an Beras Hals nur ganz sacht bewegt, aber Curran sah Blut aus dem kleinen Schnitt quellen. »Bera! Nein!« Er wollte sich auf die Bestie stürzen, doch noch ehe er dazu kam, zischte ein Dolch wie der Blitz an ihm vorbei und bohrte sich in Drusts Auge.

Diedre.

Mit einem Satz war Curran bei Bera und zog sie aus dem leblosen Arm ihres Angreifers. Drust sackte langsam nach hinten um, aber Curran sah nur das Entsetzen auf Beras Gesicht und das Blut. Er konnte es riechen, er sah, wie es aus dem dunklen Schnitt unterhalb ihres Kiefers quoll und über ihren Hals hinabfloss.

Bera blickte ihn ungläubig an. »Er hat mir in den Hals geschnitten. Der Bastard hat mir in den Hals geschnitten!«

Immerhin konnte sie reden, ihre Luftröhre war also unverletzt.

Evan und Diedre eilten herbei.

»Lasst mich nur machen!« Kundig untersuchte Diedre die Wunde, dann befeuchtete sie einen Stofffetzen und legte ihn auf den Schnitt. »Bewege dich so wenig wie möglich! Das kalte Wasser wird die Blutung bald stoppen. Der Schnitt ist nicht tief, es ist kein großer Schaden entstanden.«

»Gott sei Dank!«, stieß Curran erleichtert aus.

Diedre blickte ihn verächtlich an, dann wandte sie sich an Bera. »Wir können auch Murdoc töten und es auf ihn schieben.« Sie deutete auf Curran. »Meine Häuptlinge werden ihn hinrichten, und dann sind wir beide frei.«

»Bist du verrückt?« Bera schüttelte angewidert den Kopf.

»Du bist doch gezwungen worden, diesen ... diesen Söldner zu heiraten«, meinte Diedre. »Nicht anders ist es mir mit Drust ergangen. Ich biete dir die Freiheit. Ein Wort von dir, und du bist Witwe.«

Beras Griff um Currans Arm wurde fester. »Er ist mein Gemahl! Ich liebe ihn.«

Curran blickte sie ungläubig an. »Wie bitte?«

»Ich liebe dich.« Warum hatte sie das nicht schon längst gemerkt? Es war doch so einfach!

Sie liebte ihn tatsächlich. Als ihr das bewusst wurde, ließ

auch der Schmerz in ihrem Hals nach. Tief in ihrem Inneren fand etwas an seinen angestammten Platz zurück wie ein verirrtes Kind, das nach langem Suchen endlich wieder nach Hause gefunden hat.

Trotz der immensen Gefahr, in der sie noch immer schwebten, wiederholte Bera fast staunend: »Ich liebe dich!« Curran starrte sie nach wie vor ungläubig an. War er jemals in seinem Leben aufrichtig geliebt worden?

»Sie liebt ihn wirklich, Diedre«, bestätigte auch Evan. »Bera kann nicht lügen. Wenn sie sagt, dass sie ihn liebt, dann stimmt das auch.«

Diedre zuckte zusammen, als wäre ihr die Todesfee begegnet. »Aber warum? Er steht doch weit unter ihr!«

Bera spürte, wie Curran sich verkrampfte.

»Curran steht nicht unter ihr«, erklärte Evan standhaft. »Die Ehre eines Mannes fällt ihm nicht durch Geburt zu, er erwirbt sie sich. Curran ist vielleicht nicht von adligem Blut, aber er hat ein edles Herz und ich bin stolz darauf, ihn meinen Bruder nennen zu dürfen.« Seine Stimme wurde sehr fest. »Bera und ich würden mit Freuden sterben, um ihn zu schützen. Für ihn würden wir sogar töten.«

»Soll das eine Drohung sein?« In Diedres Stimme schwang eine Warnung mit.

»Nur eine Feststellung«, entgegnete Evan.

Verwirrt stand Diedre auf und trat neben Drusts Leiche. Als Erstes entwaffnete sie ihn, dann nahm sie ihm einen Schlüssel ab, den er an einer Kette getragen hatte.

»Lass mich dir helfen«, bot Evan an und schloss ihre Fußfesseln auf.

»Du kannst sie behalten«, meinte Diedre. »Sie sind aus Silber. Sehr wertvoll!« Sie gab Bera ihren Dolch zurück.

Evan runzelte die Stirn. »Vergiss das Silber.« Er warf die Fesseln auf Diedres Lager, dann umfasste er ihre Schultern und blickte sie traurig an. »Drust ist tot. Das ist die Chance für dich, mit all der Ränke und den Intrigen aufzuhören.« Er blickte ihr forschend ins Gesicht. »Kannst du das? Bist du fähig, dich zu verändern? Gib mir eine ehrliche Antwort!«

»Ich möchte es sehr gerne.« Diedre legte die Arme um Evan und zog ihn an sich. »Was wäre es für ein Segen, einfach nur zu leben – sich nicht mehr ständig zu sorgen, wer wohl gerade wieder gegen einen arbeitet.« Sie schloss die Augen. »Du kannst dir gar nicht vorstellen, was es für eine Last ist, niemandem vertrauen zu können, nie einfach nur zu glauben.« Sie stöhnte laut auf. »Ich bin eine Gefangene meiner selbst gewesen. Zu gerne würde ich damit aufhören!«

»Dann hilf uns bei der Flucht!« Evan drückte sie an sich. »Wenn wir dich und Murdoc hier herausbekommen, kann zwischen unseren Leuten endlich Frieden einkehren.«

Bera beobachtete eine erstaunliche Wandlung – bei der früher so zynischen Fürstin schien der Friede einzukehren, von dem Evan gesprochen hatte. Ihre Haltung, ihre Miene und ihr Blick veränderten sich, die tiefen Furchen um ihren Mund wurden weicher. Sie wirkte um Jahre jünger. Sie war nicht mehr die Drachenfürstin.

»Ich werde euch helfen«, erklärte sie. »Vertraue mir, Evan. Lass mich all den Kummer und das Leid, das ich dir und deiner Familie zugefügt habe, zumindest ein klein wenig vergelten. Gib mir die Chance, mich zu bewähren.«

»Tu es, Evan!« Bera war überrascht, von Curran diese Worte zu hören. »Auch sie verdient eine Chance, Buße zu tun.«

Evan wandte sich Curran zu. »Du würdest also unser aller Leben riskieren und ihr vertrauen?«

»Du und deine Familie, ihr habt mir die Möglichkeit gegeben, mich zu bewähren.« Curran blickte zu Bera. In seinem Gesicht spiegelte sich Hoffnung. »Und auch du hast das getan, meine ungestüme Gemahlin, trotz deines Argwohns, dass ich ein Verräter sein könnte.«

Er sorgte sich um sie. Das las sie in seinen Augen, das hörte sie an dem zarten Ton, mit dem er zu ihr sprach. Freudentränen trübten ihren Blick. »Dann werde ich ihr ebenfalls vertrauen – auch wenn es mir sehr schwer fällt.«

»Das ist immerhin ein Anfang«, meinte Curran. Er drückte liebevoll ihren Arm, dann wandte er sich wieder Evan zu. »Zuerst brauchen wir drei Pferde. Wenn wir die haben, müssen wir sie auf diese Seite des Lagers bringen, und dann gilt es, Murdoc und Diedre unbehelligt zu unseren Pferden schaffen.«

»Aber wenn wir Drusts Leiche zurücklassen«, warnte Bera, »würde man wahrscheinlich vermuten, dass Diedre und Murdoc ihn umgebracht haben und geflohen sind.«

»Das ist richtig«, pflichtete Evan ihr bei. Er wollte Diedre nicht diesem Risiko aussetzen. »Wir können den Leichnam nicht hier liegen lassen.«

»Dann nehmen wir ihn eben mit«, meinte Curran.

Ein Windstoß blähte das Zelt erneut wie der Atem eines riesigen nächtlichen Untiers.

»Ich habe Stift und Pergament, ich könnte eine Nachricht hinterlassen«, bot Diedre an. Sie dachte kurz nach, dann fuhr sie fort: »Ich könnte schreiben, wir hätten erfahren, dass MacAlpin unterwegs sei, um Burghead zu unterwerfen. Deshalb seien wir drei nach Pitlanric, um über eine Einigung zu verhandeln. Und dem Heer befehle ich, unverzüglich umzukehren und Vorbereitungen zur Verteidigung von Burghead zu treffen.«

»Diedre!«, warnte Evan, der bemerkt hatte, dass sie wieder in ihr früheres Ich zurückzufallen drohte.

Curran mischte sich ein, bevor Evan weitere Einwände erheben konnte. »Eine ausgezeichnete Strategie, Diedre. Aber werden Euch die Clanoberhäupter glauben und tun, was Ihr ihnen befehlt?«

Diedre nickte. Ihr Gesicht wirkte hart wie Stein. »Bestimmt! Zwischen Drust und MacAlpin herrscht böses Blut, das wissen alle. Unsere Krieger werden ihre Familien beschützen wollen.«

»Also gut.« Curran wandte sich an Bera. »Fühlst du dich stark genug, um hier zu blieben und auf Murdoc aufzupassen, während wir drei die Pferde besorgen?«

»Jawohl.« Die Schnittwunde an ihrem Hals blutete zwar noch, aber nicht mehr sehr stark. »Das schaffe ich schon. Zieht los!« Während Evan und Curran Murdoc zu Diedres Lager schafften und ihn zudeckten, stand Bera vorsichtig auf. Ihr wurde schwindelig, aber sie achtete nicht weiter darauf.

Curran war schon zum Ausgang unterwegs, doch er machte noch einmal kehrt, schloss Bera in die Arme und küsste sie. »Ich liebe dich auch!«, flüsterte er ihr ins Ohr.

Bera hielt ihn fest, bis er sich von ihr losriss.

»Wir sind bald wieder da!«, versprach er, bevor er, gefolgt von Evan und Diedre, aus dem Zelt ging.

*

Diedre hielt ihr Versprechen. Zwei Stunden später waren sie nach Pitlanric unterwegs, ohne dass jemand ihre Flucht bemerkt hätte. Als sie anhielten, um die Pferde zu tränken, kam Evan zu Bera und Curran.

»Ich muss voranreiten«, erklärte er so gedrückt, als laste eine ganze Burg auf seinen Schultern. »Ich muss noch etwas erledigen.«

»Nimm Bera mit«, meinte Curran. »Diedre und ich können uns um Murdoc kümmern.«

Diese Bitte überraschte Bera, doch dann verstand sie, woran Curran gedacht hatte: Er wollte nicht, dass sich Evan alleine mit Fenellas Verrat auseinander setzte. So ungern sie ihren Gemahl allein ließ, verstand sie doch, dass seiner Bitte ein tiefes Mitgefühl zugrunde lag. »Gute Idee. Ich reite mit Evan vor und kümmere mich darum, dass alles für eure Ankunft bereit ist.«

»Das ist nicht nötig«, meinte Evan. »Bleib bei den anderen. Ich kann mich genauso gut darum kümmern.«

»Ich möchte aber mit dir reiten«, sagte Bera. »Bitte, Bruder, lass mich an deiner Seite sein, wenn du …«

»Na gut!«, erwiderte er schroff. »Komm mit, wenn du willst. Aber ich möchte nicht darüber reden.«

Sie wussten beide, worüber er nicht reden wollte. »Einverstanden«, meinte sie. »Wir werden nicht reden, wenn du es nicht willst.«

Armer Evan. Beras Herz verkrampfte sich, wenn sie an sein Leid dachte, aber niemand, auch sie nicht, konnte ihm diese Sache ersparen.

*

Bera konnte sich kaum mehr rühren, als sie den letzten Hügelkamm erreicht hatten und endlich Pitlanric sahen. Sie ritten so rasch sie konnten; Evan war mit jeder Meile grimmiger geworden.

»Gott sei Dank!«, stieß sie hervor, als sie sich auf den letzten Wegabschnitt machten.

»Gott?«, murmelte Evan. Er sah aus wie ein Mann auf dem Weg zu seiner Hinrichtung. »Glaubst du, Gott hat Anteil an dem, was sie mit Fenella tun werden?«

»Es ist gerecht, ein derart schweres Vergehen zu bestrafen, und Gott ist gerecht«, erinnerte sie ihren Bruder. »Er lässt Sünden nicht ungestraft.«

»Ich habe eine größere Sünde auf mich geladen als sie. Fenella ist meine Gemahlin, aber ich habe sie nie geliebt. Ich habe mein Herz einer anderen geschenkt, einer verheirateten Frau und obendrein der Gemahlin eines Feindes! Wiegt dieser Verrat geringer, nur weil ich ein Mann bin?«

»Das kann man nicht vergleichen, Evan.« Bera suchte nach den richtigen Worten. »Ehebruch ist zwar eine schwere Sünde, aber eine, die sich nur gegen deine Gemahlin und deinen eigenen Körper richtet, und natürlich gegen Drust und Diedre. Aber Fenella hat uns alle betrogen. Sie hätte uns ohne mit der Wimper zu zucken unseren Schlächtern zugeführt – unsere ganze Sippe.«

»Wer ohne Sünde ist, werfe den ersten Stein«, meinte Evan.

»Wenn es nach mir ginge, würde ich es anders machen. Aber unsere Brüder ...« Bera seufzte, sie konnte vor Müdigkeit kaum noch klar denken. »Wenn sie herausfinden, was Fenella getan hat – und wir müssen es ihnen sagen, sie haben ein Recht darauf, es zu erfahren –, dann werden sie verlangen, dass die Tradition befolgt wird. Fenella hat sie an eine Bestie verraten und damit ihre Familien in Gefahr gebracht, Evan. Auch die Kinder.«

Er blickte auf Pitlanric hinab. »Ich bin ihr Gemahl. Ich werde tun, was getan werden muss.« Er verlangsamte das Tempo, als ob ihm davor graute, die Tore und die unausweichliche Konfrontation, die ihn dahinter erwartete, zu erreichen.

»Evan, tu es nicht!« Bera hatte ihren Bruder noch nie so gequält erlebt. »Kannst du denn noch in Frieden mit dir selbst leben, wenn du ihr etwas antust?«

»Ich könnte nicht mehr im Frieden mit mir selbst leben, wenn ich untätig daneben stünde, während die anderen sie foltern«, ächzte er. »Ich, der ich ebenso schuldig bin wie sie. Ich handle aus Mitleid und Barmherzigkeit.«

»Evan ...«

Er fiel wie ein wildes Tier über sie her. »Misch dich nicht ein, Bera! Und kein Wort zu den anderen! Ich bin ihr Gemahl, und ich bin es, der es den anderen sagen wird. Aber erst, wenn sie nicht mehr Hand an sie legen können. Das bin ich ihr schuldig.«

»Ich muss es den anderen sagen, Evan. Aber ich werde sie bitten, deinen Willen zu achten. Wenn sie damit einverstanden sind, warten wir, bis du uns Bescheid gibst, wie weiter mit Fenella zu verfahren ist.«

In angespanntem Schweigen ritten sie weiter, bis Bera es nicht mehr aushielt. »Nach all dem Leid, das sie dir angetan hat, hatte ich eigentlich vermutet, dass du nicht allzu gnädig mit ihr umspringen würdest.«

»Du irrst dich.« Evan starrte düster auf die vor ihnen liegende Burg. »Sie war am Boden zerstört, als sie feststellte, dass sie unfruchtbar war. Ich habe ihr gesagt, dass es mir gleichgültig sei und ich sie nicht verstoßen würde. Aber ich fürchte, dafür hat sie mich nur umso mehr gehasst.« Er blickte Bera an. »Kannst du dir vorstellen, was es bedeutet, in einer Sippe wie der unseren unfruchtbar zu sein? Auf Schritt und Tritt begegnen dir Kinder und hochschwangere Frauen. Kein Wunder, dass sie verbittert war.«

»Ich kann es verstehen, ob du es glaubst oder nicht«, entgegnete Bera tonlos. »Jahrelang war ich ja überzeugt davon, dass ich die Chance, Kinder zu bekommen, verstreichen lassen hatte.«

»Ich habe oft bemerkt, wie sehr du die Kleinen liebst«, räumte Evan ein.

»Aber nur, weil ich keine Kinder bekommen konnte, habe ich noch lange nicht unsere Familie verraten«, sagte sie. »Und auch Fenella hatte andere Gründe. Sie hat uns verraten, weil sie uns hasst.«

»Du bist immer stärker gewesen als sie«, konterte er. »Sie ist so schrecklich einsam. Ich glaube, wenn sie ein einziges Kind bekommen hätte, wäre alles anders geworden.«

»Anders?«, meinte Bera höhnisch, wobei sie den Zorn in ihrer Stimme fast schon bedauerte. »Das Einzige, was sich geändert hätte, wäre, dass Fenella dann eine selbstsüchtige, eitle, betrügerische Verräterin mit einem Kind gewesen wäre!«

»Spielt das jetzt noch eine Rolle?«, fragte er völlig erschöpft. »Sie hat getan, was sie getan hat, und dafür wird sie mit dem Tod bestraft.«

»Gib ihr die Gelegenheit, sich zu der Anklage zu äußern!«, bat Bera, wobei sie sich über sich selbst wunderte. »Vielleicht lügt Diedre ja.«

»Nein, sie lügt sicher nicht!«, entgegnete Evan stürmisch.

Der nächste Gedanke war sehr heikel, aber sie musste ihn klären. »Glaubst du Diedre, weil sie die Wahrheit sagt? Oder weil du dann frei wärst, sie zu heiraten, jetzt, wo Drust tot ist?«, fragte Bera.

Die Frage traf genau ins Schwarze. Wütend, ja fast schon hasserfüllt entgegnete Evan: »Du bist eine harte Frau, Bera. Zu hart!«

»Ich habe das nicht aus Härte gesagt«, entgegnete sie. »Sondern weil ich dich liebe. Ich will nicht, dass du das tust, ohne zumindest in Erwägung gezogen zu haben, dass Diedre dich möglicherweise benutzt – so, wie sie alle anderen benutzt hat.«

»Sie liebt mich, und ich liebe sie«, sagte er, klang dabei aber wenig überzeugt. »Sie würde mich nie auf diese Weise benutzen.«

»Ich wollte ja nur, dass du es dir gut überlegst, bevor du Hand an Fenella legst.«

»Also gut, ich denke darüber nach.« Er schloss die Augen. Plötzlich wirkte er sehr alt.

Bera trieb Tundarr neben Evans Pferd und legte eine Hand auf den Arm ihres Bruders. »Es tut mir so Leid, Evan.«

Tränen stiegen ihr in die Augen. Stumm wandte er den Blick ab.

Als sie in Pitlanric ankamen, stand das Tor offen, und die ganze Familie erwartete sie auf der Wiese vor der Burg und begrüßte sie lautstark.

Bera bemühte sich, ihre Sorgen nicht zu zeigen, als sich alle um sie drängten und sich zahllose Hände zu ihr emporreckten, um ihr aus dem Sattel zu helfen. Sie wurde sofort mit Fragen bestürmt. »Ich bin losgezogen, weil ich mit meinem Gemahl zusammen sein wollte«, erklärte sie dem finster dreinblickenden Airell. »Curran geht es gut«, versicherte sie Lavena. »Er kommt nach, und er bringt eine große Überraschung mit.«

»Was ist mit Evan los?«, fragte Angus. »Ich habe ihn noch nie so – so bedrückt gesehen.«

»Darüber müssen wir reden. Kann der Rat sich versammeln?«

»Möchtest du nicht zuerst etwas essen?«, fragte Angus. »Und dich ein wenig ausruhen?«

Bera blickte zu Evan und sah, dass er auf die Fragen des Bruders nicht eingehen wollte. »Nein. Es muss gleich sein.«

Angus folgte ihrem Blick und sah, dass Evan Moina zur Seite nahm. »Ich sehe meine Frau nirgends«, sagte er. »Wo ist sie?«

»Ich habe ihr gesagt, dass du kommst«, erwiderte Moina und klang dabei ziemlich vorwurfsvoll. »Aber sie wollte sich nicht aus dem Haus rühren. Sie habe Kopfschmerzen, meinte sie.«

Evan hob die Hand. »Entschuldigt mich!«, rief er so laut, dass er das Willkommensgeschnatter übertönte. »Ich bin vollkommen erledigt und möchte meine Gemahlin alleine sprechen.«

Bera sah ihm schweren Herzens hinterher.

Gerechtigkeit und Gnade lagen in seinen Händen.

Sie wünschte, Curran wäre heil zurück und würde ihr in dem Sturm, der sicherlich bald losbrechen würde, beistehen.

»Lass den Rat zusammentreten!«, bat sie Angus. »Es gibt viel zu berichten. Und wenn ich nicht bald dazu komme, dann, fürchte ich, schlafe ich ein, bevor ich damit fertig bin.«

Sie wollte ihren Brüdern alles berichten – was aus Drust geworden war, Diedres Wandlung, die Vorwürfe, die sie gegen Fenella erhoben hatte – alles eben. Und dann würde sie ihr müdes Haupt aufs Kissen betten und auf Curran warten.

Er würde bald kommen. Sie wünschte es sich so sehr.

20

Curran hatte vermutet, dass Diedre ihr madonnenhaftes Gehabe aufgeben würde, sobald Drust tot war. Und er sollte Recht behalten.

Gebieterisch und beharrlich hatte sie verlangt, so schnell wie möglich nach Pitlanric zu reiten. Curran war versucht gewesen, sie wieder zu knebeln, doch weil Bera ihn gebeten hatte, es nicht zu tun, ertrug er Diedres Arroganz.

Bera. Er sandte ein Stoßgebet gen Himmel, dass sie und Evan heil in Pitlanric angekommen waren.

Sie waren nun seit zwölf Stunden unterwegs und hatten nur kurze Pausen eingelegt, um die Pferde zu tränken und sie ein wenig ausruhen zu lassen.

Zweifellos war Evan der Grund, weshalb Diedre es kaum erwarten konnte, nach Pitlanric zu kommen. Wenn dies zutraf, dann mussten sie noch vor ihrer Ankunft darüber reden.

»Warum drängt Ihr so?«, fragte er bestimmt schon zum zwanzigsten Mal. »Wir sind doch fast da.«

Und zum zwanzigsten Mal tat Diedre, als habe sie ihn nicht gehört.

»Ihr habt gesagt, Drusts Leute würden nach Burghead zurückkehren«, rief Curran mit lauter Stimme, um den Lärm der donnernden Pferdehufe zu übertönen. Bei diesem Tempo war es gar nicht so einfach, ein Gespräch zu führen. »Befürchtet Ihr etwa, dass sie uns doch nachreiten?«

»Nein!«, rief sie heiser und einigermaßen zermürbt von seiner Hartnäckigkeit. »Ohne Drust und ohne Murdoc werden sie bestimmt nach Burghead zurückreiten.«

»Warum habt Ihr es dann so eilig?«, fragte er. »Ihr seid doch genauso erschöpft und wund vom Reiten wie wir.«

Murdoc, der gefesselt auf einem der beiden Pferde saß, die Curran mitführte, brummte zustimmend.

»Ja, ich bin erschöpft«, erklärte die Fürstin. »Und wund.« Ihr wollten die Tränen in die Augen steigen, doch sie hielt sie zurück. »Aber das ist mir gleichgültig. Evan braucht mich. Fenella ... er braucht meinen Trost bei dieser schrecklichen Geschichte.«

Curran staunte, dass die Lust eine solch kluge Frau gegenüber dem Nächstliegenden blind machen konnte. »Möglicherweise kann Evan Euren Trost gebrauchen«, rief er. »Aber wenn wir nach Pitlanric kommen, wird es für ihn zunächst am wichtigsten sein, dass Ihr Euch von ihm fern haltet.«

Eine hässliche Wahrheit, doch Diedre musste sie gesagt bekommen. Curran hoffte nur, dass sie Evan aufrichtig liebte und dass sie das, was er ihr nun noch sagen wollte, nicht benutzen würde, um Evan und die Einheit der Familie zu zerstören.

»Das Beste, was Ihr jetzt für Evan tun könnt, ist, ihm aus dem Weg zu gehen. Seine Brüder wissen, dass Ihr mit ihm geschlafen habt, aber sie vermuten, dass Ihr ihn verhext habt. Ihr tut dem Mann keinen Gefallen, wenn Ihr die Befürchtungen der anderen bestätigt. Sie würden Euch nie mehr trauen.«

Curran ignorierte die Pein, die sich in ihrem Gesicht spiegelte. Evan war jetzt sein Bruder. Er musste ihn beschützen und sei es vor seiner eigenen Vernarrtheit in diese Frau.

»Warum sollten sie ihn verurteilen?«, fragte sie laut. »Ist es ein Verbrechen, jemanden zu lieben?«

»Wenn es sich um einen Feind handelt, ja. Denkt doch einmal darüber nach!«, forderte Curran sie auf. »Wegen Eurer Vorwürfe wird Fenella gefoltert und hingerichtet. Wie würde Evan dastehen, wenn Ihr die verbotene Liebe, die ihr füreinander empfindet, offen zur Schau stellen würdet?« Er hatte absichtlich den Begriff »Liebe« benutzt.

»Gütige Mutter Gottes«, stöhnte sie zerknirscht. »So hatte ich es überhaupt noch nicht gesehen! Ihr habt Recht.« Sie zügelte ihr Pferd, und Curran tat es ihr dankbar gleich. Auch die Pferde, die Murdoc und den Leichnam Drusts trugen, waren für das ruhigere Tempo dankbar.

»Ihr wolltet doch versuchen, Euch anders als früher zu verhalten, das habt Ihr Evan versprochen«, erinnerte er sie. »Hier habt Ihr die Gelegenheit, es zu beweisen. Haltet Euch ihm zuliebe fern von ihm, zumindest bis diese elende Sache bereinigt ist.«

Diedres weiblicher Stolz regte sich mit aller Macht. »Und was ist, wenn er gar nicht will, dass ich mich von ihm fern halte? Wenn ich nicht zu Evan komme, kommt er zu mir.«

»Er denkt mit seinem Schwanz, so viel ist klar«, meinte Curran und starrte Diedre finster an. »Sagt ihm nicht, was Ihr tut und warum Ihr es tut. Haltet Euch fern. Behandelt ihn nicht anders als die anderen Brüder. Bittet Ula, Olwyn oder Lavena, Euch ständig zu begleiten, so dass er Euch nicht alleine sehen kann.«

»Ula, Olwyn, Lavena«, wiederholte sie.

»Richtig. Sie werden Euch diese Bitte nicht abschlagen, die anderen vielleicht schon.«

Diedre sank in sich zusammen und ließ ihr Pferd im Schritt gehen. Curran glich sein Tempo an. »Ich werde Eurem Vorschlag folgen«, erklärte sie matt. »Aber nur Evan zuliebe und nicht, weil Ihr es mir befohlen habt.«

Curran musste daran denken, dass Diedre gemeint hatte, sie und Bera seien sich ähnlich. In einer Hinsicht hatte sie bestimmt Recht: Diese Fürstinnen ließen sich weder von ihrem Gemahl noch von sonst jemand herumkommandieren. »Es ist nicht mehr weit bis nach Hause«, tröstete er sie. »Und in dem Tempo, das wir vorgelegt haben, sind wir wahrscheinlich nur ein paar Stunden hinter Evan und Bera.«

Nach Hause. Bera. Curran wurde von einer schmerzlichen Sehnsucht nach ihrem gemeinsamen Bett überfallen, danach, seine Sturmgöttin in den Armen zu halten und mit ihr über die schicksalhaften Ereignisse der letzten Tage zu reden.

Vor ihrer Hochzeit hatte er nur höchst ungern mit anderen Menschen über wichtige Angelegenheiten gesprochen. Er hatte ständig befürchtet, eine Kleinigkeit preiszugeben, die ihn das Leben kosten könnte. Aber jetzt konnte er kaum erwarten zu erfahren, was Bera über die Geschehnisse der letzten Zeit dachte, und ihr seine Sichtweise der Dinge mitzuteilen.

Sicherheit. Ihr Bett war ein Hort der Sicherheit geworden, eine Zuflucht in den Stürmen und Ungewissheiten des Lebens, ein Ort, an dem man lieben und geliebt werden konnte.

Als er darüber nachdachte, kam es ihm vor, als hätte etwas tief in seinem Inneren endlich das Schwert beiseite gelegt.

Wenn er nur Bera endlich dazu bringen könnte, dasselbe zu tun – Frieden zu schließen.

*

»Sie kommen!«

Als Bera den Ruf hörte, zwang sie sich dazu, sich aufzurichten. Ihr Körper fühlte sich zwar noch ziemlich müde an, aber auch warm, denn sie hatte gerade vom Liebesspiel mit Curran geträumt.

Langsam begann sie wieder klar zu denken. Sie lächelte, als sie an die Ratsversammlung dachte und an die Überraschung, die Curran bei seiner Heimkehr erwartete.

Osann eilte an ihr Bett. »Soll ich Hoheit mit Eurem Haar helfen?«, bot sie an und lächelte breit, wobei in ihren Wangen zwei köstliche Grübchen auftauchten. »Ich weiß, dass Hoheit schön sein möchte, wenn Lord Curran heimkehrt.«

Bera gähnte und zog die Kleine an sich. »Wenn wir in meinem Gemach sind«, erinnerte sie Osann, »wäre die Hoheit lieber Missy!«

Das Kind erwiderte die Umarmung. »Es tut mir Leid. Ich habe mich so daran gewöhnt ...«

»Es braucht dir nicht Leid zu tun«, unterbrach Bera sie sanft. »Ich werde dich einfach immer wieder daran erinnern.« Sie gähnte noch einmal laut und ausgiebig.

Osann erstarrte. »Es heißt, Fürstin Diedre ist bei Lord Curran«, sagte sie mit zitternder Stimme. »Stimmt das?«

»Jawohl.« Bera seufzte und hielt Osann ganz fest.

»Wird sie mich nach Burghead zurückbringen?«

»Nein!«, erwiderte Bera im Brustton der Überzeugung. »Das würde ich nie zulassen!« Sie schob die Kleine ein wenig von sich und blickte ihr fest in die Augen. »Fürstin Diedre ist unsere Gefangene. Sie kann dich gar nicht zurückbringen. Und selbst wenn sie keine Gefangene wäre, würde ich sie daran hindern.«

»Gut.« In Osanns Lächeln spiegelte sich ihr Vertrauen zu Bera. Sie entwand sich den Armen ihrer Herrin und holte Kämme und Bürsten. »Wir müssen uns beeilen. Lord Curran will Euch bestimmt am Tor sehen.«

»Ach so, will er das?«, neckte Bera und stand auf. Sämtliche Muskeln ihres Körpers schmerzten, aber am schlimmsten war es in den Beinen. »Und woher weißt du das?«

»Weil er Euch liebt«, entgegnete die Kleine mit der Weisheit der Unschuld. Sie holte einen Stuhl, um besser an Beras Haare zu kommen, und diese setzte sich behutsam. »Er liebt dich, er liebt dich«, sang Osann, während sie das Haar ihrer Herrin bürstete.

»Hat Lord Curran dir das gesagt?«, fragte Bera. Eigentlich reichte es ja, dass er es ihr gesagt hatte, aber sie war neugierig.

»Nein, Dummerchen!«, entgegnete Osann. »Das sieht man doch an der Art, wie er dich mustert, wenn er glaubt, dass niemand zusieht.«

Tränen traten Bera in die Augen, bevor sie sie zurückhalten konnte.

»Oh, Missy! Ich wollte dich nicht traurig machen!« Osann hörte mit dem Bürsten auf und blickte ihre Herrin besorgt an. »Ich dachte, du würdest dich darüber freuen.«

»Das tue ich auch«, versicherte Bera und lächelte durch die Tränen hindurch, die ihr die Wangen hinabströmten. »Das sind Freudentränen, keine Kummertränen.«

»Dann ist es ja gut.« Osann reichte ihr ein Leinentüchlein. »Aber Freude hin oder her – du musst jetzt aufhören zu weinen, Missy! Sonst bekommst du ganz rote Augen, und was soll Lord Curran dann denken?«

Bera kicherte und wischte sich die Augen. Weil Bera der Kleinen so viel Nähe zugestanden hatte, war Osann ganz schön frech geworden, doch Bera war das egal. Das Kind würde sie zwar herumkommandieren, bis das Heidekraut Rosenknospen trieb, aber Bera gehorchte ja ohnehin nur, wenn es ihr passte.

Osann war mit dem Bürsten fertig. Sie flocht zwei dünne Zöpfe und band sie am Hinterkopf mit einer Schleife zusammen. »Fertig. Ihr seht wie eine Braut aus. Aber jetzt müsst Ihr Euch rasch anziehen!«

Nachdem sich Bera rasch ihren besten Bliaut und eine Tunika übergezogen hatte, legte sie sich noch das schönste Plaid um die Schultern und eilte zum Tor. Vor freudiger Erregung schlug ihr das Herz bis zum Hals. Ihr Gemahl kehrte heim.

Als Curran sich dem Tor näherte, beschlich ihn eine seltsame Empfindung. Beim letzten Mal war er als Fremder durch dieses Tor geritten, nun kehrte er heim, heim zu Bera und ihrer Familie. Er war überrascht, wie heftig die Gefühle waren, die diese Vorstellung in ihm auslöste.

Diedre strich ihre staubigen Kleider glatt und bemühte sich, so hoheitsvoll wie möglich zu wirken.

Curran hoffte inständig, dass sie sich Evan und der Familie zuliebe so verhalten würde, wie sie es versprochen hatte.

Die ganze Sippe hatte sich auf der Wiese eingefunden, um

sie zu begrüßen. Doch die Versammlung wirkte bedrückt. Die Brüder standen in vorderster Reihe, dann kamen die flüsternden Ehefrauen, dahinter die Kinder. Aber Curran hatte nur Augen für seine Gemahlin.

Bera stand still neben ihren Brüdern. Strahlend blickte sie auf ihren Gemahl. Sie sah nicht nur wie eine Fürstin aus, sondern wie eine richtige Königin. Ihr rotbraunes Haar funkelte wie Feuer in der Sonne, und der Wind blies so, dass sich ihr Bliaut und ihre Tunika eng an ihren muskulösen Körper schmiegten. Doch am auffälligsten war die Freude, die ihr Gesicht erhellte.

Er starrte sie mit großen Augen an. Früher hatte er sie für unscheinbar gehalten. Jetzt sah er ihre Schönheit von innen heraus leuchten, ihren Mut, ihre Stärke und die Liebe, die sie für ihn empfand. Er war seinem Schicksal, das ihn zu ihr geführt hatte, zutiefst dankbar.

Als er sein Pferd anhielt, kam sie zu ihm und streckte sich, um seinen Arm zu berühren. »Und? Willst du deine Gemahlin nicht begrüßen?«, fragte sie halb spöttisch, halb ernst.

»Hallo, Gemahlin!« Als er in ihr Gesicht blickte, erfüllte ihn ein unglaublicher Frieden. Er schwang sein schmerzendes Bein über den Sattel und ließ sich zu Boden gleiten. Ungeachtet des Staubs der letzten dreißig Meilen umarmte er sie und presste sie ganz fest an sich. »Bei allen Heiligen, es ist einfach wunderbar, dich festzuhalten!«, murmelte er.

»Mir geht es genauso, aber noch besser wird es sich anfühlen, wenn wir im Bett liegen. Ich könnte tagelang schlafen.«

Er schloss die Augen und nickte. »Ich auch.«

»Seid gegrüßt, Hoheit!«, hörte er Angus sagen. Curran blickte sich um und sah, dass die Brüder einen Halbkreis um Diedre gebildet hatten. Der Rest der Familie stellte halblaut Vermutungen über Diedre, Drusts Leichnam und das Clanoberhaupt an, das noch immer gefesselt und geknebelt im Sattel saß. »Im Namen meiner Familie heiße ich Euch auf Pitlanric willkommen!«, meinte Angus mit einem leicht ironischen Unterton.

Diedre wahrte ihre würdevolle Haltung, doch ihr Blick schweifte immer wieder über die Menge. Als Curran es ihr gleichtat, merkte er, dass Evan fehlte.

Und Fenella.

Ihre Abwesenheit ließ eine düstere Vorahnung in ihm aufsteigen. Doch dieses Gefühl konnte nicht die Oberhand gewinnen über den Frieden, den er mit Bera in seinen Armen empfand. Er küsste sie lang, heftig und begierig, und sie schmolz dahin.

Da Diedre keine Anstalten machte abzusteigen, wandte sich Angus an Curran und hieb ihm freundschaftlich auf den Rücken. »Willkommen zu Hause, Bruder! Wie ich sehe, hast du deine Frau vermisst.«

Curran musste sich zwingen, von Bera abzulassen. Er hielt sie noch immer in den Armen, als er sich zu Angus hinüberbeugte und vertraulich murmelte: »Es wäre ratsam, Murdoc gut zu behandeln. Vielleicht können wir ihn später noch gebrauchen.«

Angus nickte. »Einverstanden.« Er winkte Connal und Cusantin herbei und befahl ihnen, auf die Sicherheit und das Wohlbefinden des Gefangenen zu achten.

Nun richtete Curran sein Augenmerk auf Diedre, die nach wie vor auf ihrem Pferd thronte, wahrscheinlich, um ihren überlegenen Rang herauszustellen.

Als Angus wieder neben ihn trat, erklärte ihm Curran leise: »Die Fürstin sollte sehr gut bewacht werden, am besten in einem fensterlosen Raum.« Er musterte sie noch einmal misstrauisch. »Es ist gefährlich, sie auch nur für einen Moment allein zu lassen. Glaubst du, Ula, Lavena oder Olwyn könnten sich um sie kümmern? Am besten wären zwei Frauen.«

»Sie hat bereits darum gebeten«, offenbarte ihm Angus. Er blickte Curran respektvoll an. »Ihrer Zurückhaltung nach zu urteilen hast du wahrscheinlich schon einiges mit ihr besprochen.«

Also wusste auch Angus Bescheid.

Er umfasste Currans Oberarm. »Danke, dass du das getan hast. Und auch für alles Übrige. Wir alle sind dir wirklich sehr dankbar!« Seine Stimme klang belegt vor Rührung. »Ich bin sehr stolz darauf, dich Bruder nennen zu dürfen!«

Das allein hätte schon gereicht, um Currans Herz schwellen zu lassen. Aber Angus war noch nicht fertig.

»Seht alle her!«, rief Angus, nahm das silberne Band von seinem Kopf und hob es hoch. »Der neue Regent von Pitlanric!« Er drückte dem verdutzten Curran, der völlig sprachlos dastand, den Reif auf den Kopf.

Bestimmt würden die anderen Einwände dagegen haben, dass ...

»Ein Hoch auf Curran, den Regenten von Pitlanric!«, riefen die Brüder wie aus einem Mund, und ihre Mienen bestätigten Angus. Die Kinder jubelten, und die meisten Ehefrauen applaudierten, am lautesten Gitta. Nur Moina hielt sich zurück. Ihr gefiel es ganz offensichtlich nicht, dass ihr Gemahl von seiner Stellung abgelöst wurde.

»Du hast es verdient, Curran!«, meinte Bera stolz. »Von diesem Tag an werden wir dich als Burgherrn ehren. Und ich ehre dich als meinen Gemahl.«

Freudentränen schlichen sich in Currans Augen. Die Fürstin ehrte ihn. Seine Göttin. Seine Gemahlin.

Und seine Familie. Nicht mehr Beras Familie, sondern seine.

Doch Currans Triumph war nicht von langer Dauer. Der allgemeine Frohsinn erstarb abrupt, als Diedre, die über die Menge hinweg geblickt hatte, einen markerschütternden Schrei ausstieß.

Alle drehten sich um. Ein eisiges Schweigen machte sich breit, und die Menschen formten eine Gasse für Evan, der mit einem blutigen Schwert in der Hand angestolpert kam.

Currans zärtlicher Griff um Beras Schultern wurde fester.

»Guter Gott!«, ächzte sie. »Was hat er getan?«

Curran wusste es. Er betrachtete Evan mitfühlend und respektvoll.

Als Evan bei ihnen angekommen war, kniete er sich mit gesenktem Haupt nieder und streckte Curran sein blutiges Schwert entgegen. »Die Verräterin ist gerichtet. Fenella ist tot.«

Moina kreischte auf, und überall erhob sich erregtes Flüstern.

Zwei eherne Traditionen waren an diesem Tag verletzt worden. Currans Führerschaft wurde gleich zu Beginn einer schweren Prüfung unterzogen. Bedächtig nahm er das blutbesudelte Schwert in Empfang. »Evan, es hat keine Verhandlung gegeben.«

»Das war auch nicht nötig.« Evan blickte resigniert zu ihm auf. »Als ich sie befragte«, meinte er verbittert, »hat sie sofort gestanden. Sie hat es mir ins Gesicht geschleudert.«

Bera stöhnte auf und wich vor ihrem Bruder zurück, doch Curran war erleichtert.

Als erste Amtshandlung in seiner Regentschaft hob er das blutige Schwert und brachte die Menge mit dem lauten Ruf: »Hört alle her!« zum Schweigen. Das Raunen erstarb. »Nachdem sie bereitwillig gestanden hat, ist die Verräterin Fenella von ihrem Lord und Gemahl Evan hingerichtet worden. Mit diesem Gnadenakt hat er seiner Gemahlin Folter und Schande erspart.«

Er gab Evan das Schwert zurück und half ihm beim Aufstehen. »Ich lobe die Milde und Weisheit meines Bruders in dieser Angelegenheit.« Curran blickte streng auf die Menge. »Wer Lord Evans Tun missbilligt, möge mir hier und jetzt seine Beschwerde vortragen – und zwar mir allein!«

Die Brüder einschließlich Orrin nickten ernst und zustimmend.

»Wer diesen Befehl missachtet«, stellte Curran streng fest,

»wird einen Monat lang öffentlich und privat zum Schweigen verurteilt. Habt ihr verstanden?«

Damit war Moina gemeint.

»Ja«, riefen die Versammelten im Chor, auch wenn ihre Überraschung mitschwang. Am lautesten erklärten die Brüder ihr Einverständnis.

Evan drückte Currans Arm. »Ich … ich weiß gar nicht, wie ich dir danken soll …«

»Ich schulde dir meinen Dank, Bruder«, entgegnete Curran so überzeugt und laut, dass alle es hören konnten. »Du hast der Familie eine schlimme Prüfung erspart und ein bewundernswertes Beispiel von Mitleid gegeben. Mein Lob war ehrlich gemeint.« Er legte eine Hand auf Evans Oberarm und fuhr etwas leiser fort: »Ruh dich aus! Wir werden uns um alles Weitere kümmern.«

»Werft sie nicht den Hunden vor«, bat Evan. »Ich könnte es nicht ertragen zuzusehen, wie ihr Leichnam in Stücke gerissen wird.«

Angus trat dazwischen. »Ich beerdige sie.« Er umarmte seinen Bruder herzlich. »Airell und ich werden gleich dafür sorgen, dass in deinem Haus alles gerichtet wird. Dann kannst du dorthin zurück und dich ausruhen. Wir sagen einem Sklaven, dass er sich um dich kümmert.«

»Nein«, wandte Bera ein. Sie blickte auf Curran. »Mit der Erlaubnis meines Lords würde ich mich gern selbst um Evan kümmern.«

»Natürlich«, stimmte Curran rasch zu.

Nun brauchte sie noch das Einverständnis ihres Bruders. »Evan?«

»Du verstehst immer, was in mir vorgeht«, sagte er dankbar. »Gerne.« Er war zutiefst erschöpft.

Bera legte den Arm um seine Hüfte. »Ich brauche jetzt erst einmal etwas zu trinken. Wie sieht es mit dir aus?« Als er nickte, meinte sie zu Angus: »Ich bringe ihn in etwa einer Viertelstunde zu seiner Hütte. Reicht euch das?«

»Jawohl. Wir schaffen sie auf die Heide und beerdigen sie an einer Stelle, wo sie niemand finden wird.«

Bera blickte sehnsüchtig auf Curran. »Ruh dich aus, Gemahl. Ich werde mich bald zu dir gesellen.«

So sehr er sich auch danach sehnte, seine Gemahlin in ihr gemeinsames Bett zu bringen und sich neben sie zu legen, war Curran doch froh, dass sie so viel Mitgefühl für ihren Bruder aufbrachte.

»Weck mich auf, falls ich schon schlafe«, rief er ihr nach, als sie Evan Richtung Küche führte.

Dann wandte er sich wieder an die Versammelten, die noch immer herumstanden. »Ihr könnt jetzt gehen. Wegen des Verrats, der in unserer Mitte stattgefunden hat, soll dieser Tag ein Tag der Trauer sein.«

Während die Sippe sich zögerlich zerstreute, wandte sich Curran der Fürstin zu, die Evan mit starrem Gesicht hinterher sah. Er hob den Arm, um ihr aus dem Sattel zu helfen. »Hoheit?« Als Burgherr oblag es nun ihm, sich um Diedre zu kümmern.

Die Fürstin sackte in sich zusammen. Sie glitt als gebrochene Frau in seine Arme.

»Das ist der Preis für deine Spiele, Diedre!«, murmelte er ihr ins Ohr, bevor er sie Roy und Orrin übergab. »Unterlass deine Intrigen und Machenschaften, solange du in Pitlanric weilst! Burgherr hin oder her – kein Ehrenkodex wird mich davon abhalten, dir die Gurgel durchzuschneiden, wenn du meiner Familie Probleme bereitest. Hast du mich verstanden?«

Diedre riss sich von ihm los. »Verstanden!«, erwiderte sie mit einem Anflug ihres alten herrischen Jähzorns. »Aber auch wenn du jetzt Regent bist, gibt dir dein Amt nicht das geringste Recht, mich zu duzen! Untersteh dich ja nicht noch einmal! Hast du mich verstanden?«

Curran bedachte sie mit einer knappen Verbeugung. »Verstanden.« Er konnte nicht umhin, Diedres Haltung zu bewundern. Selbst in der Niederlage war ihr Stolz ungebrochen.

Aber seiner Bera konnte sie nicht das Wasser reichen. Sie war eine wahre Fürstin!

Curran sah Roy und Orrin nach, die Diedre zwischen sich genommen hatten und wegführten, dann trottete er langsam Richtung Bett. Bald. Bald würde Bera in seinen Armen liegen.

Als Bera in ihr Gemach zurückkehrte, schlief ihr Gemahl bereits tief und fest. Er rührte sich nicht einmal, als sie ihn auszog, auf seine Bettseite schob und mit einem sauberen Leintuch und einem warmen Fell zudeckte.

Bera schielte schon fast vor Müdigkeit, doch sie überreichte Osann ein paar getrocknete Rosenblüten und meinte: »Geh in die Küche, weiche die Blüten in etwas warmem Wasser ein und bring mir die Schüssel!«

Osann verbeugte sich und machte sich auf den Weg.

Unterdessen entkleidete sich Bera schon einmal bis auf ihre Chainse und benutzte den Nachttopf. Dann aß sie etwas Brot und Käse. Evan hatte wie ein Geist gewirkt, aber sie hatte es geschafft, ihn mit ein paar Brocken warmem Brot und Schnaps zu füttern. Danach hatte sie ihn nach Hause gebracht und noch so lange gewartet, bis er ins Bett gekrochen war. Mit etwas Glück würde er die nächsten paar Tage durchschlafen.

Und zwar so fest, wie Curran jetzt schlief.

Ihr Gemahl lag so reglos da, dass sie anfing, sich Sorgen zu machen. Sie legte ein Ohr auf seine Brust. Sein großes Herz schlug langsam, kräftig und gleichmäßig.

Als Osann leise klopfte, ging Bera zur Tür und nahm der Kleinen die dampfende, wohlriechende Schüssel ab. »Danke! Ich lasse dich rufen, wenn ich dich wieder brauche. Du kannst solange bei Lord Boyds Mädchen bleiben.«

Osanns Gesicht begann zu strahlen. Wie immer freute sie

sich darauf, mit Boyds Familie zusammen zu sein. »Möge Gott dir einen guten Schlaf bescheren, Missy!«, flüsterte sie, dann eilte sie hurtig davon.

Bera drückte die Tür mit dem Ellbogen zu und stellte die dampfende Schüssel auf den kleinen Tisch an Currans Bettseite. Sanft und dennoch gründlich wusch sie ihren Gemahl mit warmem Rosenwasser, dann trocknete sie ihn mit einem weichen Tuch ab. Er rührte sich nicht einmal, als sie sein Geschlecht wusch; dieses wachte zwar auf, der Rest aber hatte offenbar beschlossen, weiterzuschlafen.

Enttäuscht drehte sie ihn auf den Bauch und wusch auch noch seine Hinterseite vom Nacken bis zu den Zehen. Noch immer regte sich Curran nicht.

Bera gab auf. Sie deckte ihn warm zu und trug die Schüssel mit dem inzwischen abgekühlten Wasser auf ihre Seite des Bettes. Nachdem sie ihre Chainse ausgezogen hatte, wusch auch sie sich und trocknete sich ab. Dann stellte sie die Schüssel weg und kroch zu ihrem Mann unter die Decke. Sie kuschelte sich an ihn und dachte über all das nach, was in letzter Zeit passiert war. Sie war so stolz auf Curran. Er war mehr als nur der Mann, den sie liebte; er war ein großartiger Mensch, den sie bewunderte und als ihrem Gemahl von ganzem Herzen vertraute.

Curran war nicht wie ihr Vater. Er war völlig anders; er war ein Mann, den auch ihre Kinder lieben und auf den sie stolz sein würden.

Ihre Kinder. Bera legte eine Hand auf ihren Bauch und gestattete sich endlich, sich über das Wunder, das in ihr wuchs, zu freuen. Beim Einschlafen wünschte sie sich, dass es ein Mädchen werden möge.

Mitten in der Nacht träumte sie, es sei Sommer. Um sie herum blühten Rosen und erfüllten die warme Luft mit ihrem köstlichen Duft. Und Curran liebte sie, er streichelte sie und …

Als Bera die Augen aufschlug, stellte sie fest, dass sie in ihrem Bett in Pitlanric lag. Das warme, wundervolle Gefühl von Currans Händen auf ihrem Körper aber war real.

»Ich bin aufgewacht«, sagte er. Er kniete zwischen ihren ausgebreiteten Beinen und streichelte ihren nackten Oberkörper.

Dann neckte er ihre Brustwarzen sanft mit den Zähnen und saugte an ihnen, während seine Hand die verborgenen Stellen seiner Gemahlin erforschte und den magischen Punkt fand, an dem jede Berührung köstliche Erschütterungen durch ihren Körper schickte.

»Steh auf, meine Sturmgöttin!«, bat er sie heiser. »Lass mich dich anbeten!«

»Ich bin keine Göttin«, meinte sie, tat ihm jedoch den Gefallen.

»Doch, das bist du.« Er küsste ihr Geschlecht und streichelte ihren Po.

Bera stöhnte und durchwühlte seine dichten goldenen Haare.

»Ich habe dich im Sommer nackt reiten sehen«, murmelte er. Sein warmer Atem fühlte sich herrlich an auf ihrer nackten Haut. »Ich dachte, du seist eine Sturmgöttin, und ich begehrte dich wie noch keine Frau in meinem ganzen Leben.«

»Ach, du warst das?« Sie erinnerte sich an den dunklen Fremden, der sie so erschreckt hatte.

Ihre Leidenschaft war entfacht. Sie forderte ihn auf, sich zu erheben, und umfasste sein pulsierendes, glattes Glied. »Ich glaube, ich finde es schön, eine Göttin zu sein«, sagte sie mit rauer Stimme. »Verehre mich!« Ihr Griff wurde fester. »Damit!«

Curran hob sie hoch und stieß sein steifes Glied in ihr heißes, begehrendes Geschlecht.

Bera packte ihn an den Oberarmen und lehnte sich zurück. Sie genoss jeden langsamen, bewusst geführten Stoß, bis sie es nicht mehr länger ertragen konnte und ihren Gemahl mit den Beinen anspornte, das Tempo zu steigern.

Das Bett protestierte mit lautem Knarzen. Curran kniete sich hin, legte sie jedoch nicht aufs Bett, sondern spreizte die Beine und balancierte sie auf den Oberschenkeln. Er legte den Kopf in den Nacken und seine Bewegungen wurden immer schneller und fester. Mit jedem Stoß stöhnte er laut auf vor Lust.

Bera grub ihre Nägel in die harten Muskeln seiner Oberarme und bäumte sich ihm entgegen, bis ihre Leidenschaft explodierte. Nur wenige Momente später stöhnte auch Curran befriedigt auf.

In eben diesem Augenblick brach das Bett entzwei; der Rahmen splitterte, die Matratze landete auf dem Boden, Curran und Bera purzelten übereinander.

Zuerst stieß Bera einen Schreckensschrei aus, doch gleich darauf fing sie unbändig zu lachen an. Sie befreite sich aus dem Durcheinander von Armen und Beinen und ließ sich auf die Daunenmatratze zurückplumpsen.

»Wir haben das Bett ruiniert!«, stieß sie zwischen unkontrollierten Lachsalven aus, und auch Curran bekam kaum noch Luft vor Lachen.

»Jawohl«, keuchte er. »Wir haben ganze Arbeit geleistet!«

Doch plötzlich wurde er wieder sehr ernst. Er nahm sie in die Arme. »Du glaubst doch nicht, dass unserem Kind etwas passiert ist, oder?«

»Nein, nein, dem Kind geht es gut.« Bera streichelte die Schläfen des Gesichts, das sie so liebte. »Uns beiden geht es gut.«

Beruhigt legte er sich wieder hin. Zum Glück bildete die Matratze eine ebene Fläche, es waren keine zerbrochenen Holzteile darunter gerutscht.

»Vergiss das Bett.« Bera küsste seine Brust und kuschelte sich zufrieden in seine Arme. »Hier auf dem Boden ist es genauso gut. Ich werde jetzt nicht aufstehen und versuchen, den Rahmen wieder zusammenzubasteln.«

»Ich auch nicht.« Curran zog die Decken hoch und achtete darauf, dass seine Frau gut eingepackt war, bevor er sie wieder an sich zog. »Ich möchte reden.«

Ein Mann, der reden wollte – ein wahres Wunder! »Worüber denn?«

»Über meine Vergangenheit«, sagte er leise.

»Darüber möchte ich gerne mehr erfahren«, meinte sie. Sie war tief bewegt von dem bedeutenden Geschenk, das er ihr machen wollte. »Deine Geheimnisse sind bei mir gut aufgehoben.«

»Das freut mich.« Er küsste sie auf den Scheitel. Sie spürte, wie er zögerte und sich verkrampfte; doch als er zu sprechen begann, verstand sie den Grund. »Ich wurde als Sklave geboren, Bera.«

»Na und?« Bera musste nicht einmal so tun, als wäre es ihr gleichgültig – es war tatsächlich so, auch wenn sie sich darüber wunderte.

»Du hast einen Sklaven geheiratet«, erklärte er verbittert.

Sie umarmte ihn fester. Zwar wollte sie auf keinen Fall seinen Stolz verletzen, aber sie wollte doch die Scham erträglicher machen, die er sicher empfand. »Ich habe dich geheiratet. Das ist das Einzige, was zählt. Du zählst als der Mann, der du bist. Deine Herkunft spielt für mich keine Rolle, und auch nicht, was du getan hast, bevor Gott dich mir gesandt hat.«

»Meinst du das wirklich?«, fragte er erstaunt.

»Das meine ich von ganzem Herzen, Curran«, versicherte sie ihm. »Und ich vertraue dir auch von ganzem Herzen.«

»Du vertraust mir?« Obwohl es dunkel war, richtete er sich auf, um sie anzusehen. »Hast du nicht gesagt, du hättest kein Vertrauen, das du einem Gemahl schenken könntest? Ich sei wie dein Vater …«

Bera legte einen Finger auf seine Lippen, um ihn am Weiterreden zu hindern. »Ich habe mich geirrt. Ich habe mich in vielem geirrt.«

Curran ließ sich wieder auf den Rücken fallen und starrte

in die Dunkelheit. »Aber was hat sich denn inzwischen geändert? Das war doch erst vor zwei Nächten.«

»In dieser kurzen Zeit ist viel passiert, das weißt du doch.« Sie suchte nach den richtigen Worten. »Ich habe endlich begriffen, was wirklich wichtig ist. Vielleicht war es die Gefahr – ich habe gemerkt, wie schrecklich es wäre, wenn dir etwas zustieße. Vielleicht war es dein Mut, und der Anstand, mit dem du dich geschlagen hast.«

»Der Anstand?« Curran lachte verächtlich. »Ich habe doch fast jede Regel des Kriegerkodex gebrochen, der dir so wichtig ist.«

»Genauso wie die Krieger, die gegen uns gekämpft haben«, beeilte sich Bera festzustellen. »Du hast dich richtig verhalten, Curran. Du hast getan, was nötig war.« Wie konnte sie sich ihm nur verständlich machen? »Als ich mit Evan heimkam, habe ich mich lange mit meinen Brüdern unterhalten. Ich habe ihnen berichtet, was du alles für uns und für mich getan hast. Sie haben einstimmig beschlossen, dich zu unserem Regenten zu machen.« Zärtlich streichelte sie den goldenen Flaum an seinem Unterarm. »Ich bin in meinen Rang hineingeboren, aber du hast dir deinen verdient, indem du dich ehrenhaft verhalten hast. In meinen und den Augen meiner Brüder ist dein Rang bedeutender als der unsere. Sie schmiegte sich enger an ihn an. »Ich bin stolz darauf, dich zu lieben; stolz darauf, deine Frau zu sein!«

Curran streichelte seine Gemahlin stumm. Als er schließlich wieder etwas sagte, war seine Stimme belegt vor Rührung. »Ich bete zu Gott, dass er mir die Stärke und die Weisheit schenkt, mich eines solchen Vertrauens würdig zu erweisen.«

»Das wird er sicher tun.«

Curran hatte seine heimliche Schande offenbart. Jetzt war die Reihe an Bera. Sie rüstete sich, um sich den Geistern – und den Schuldgefühlen – zu stellen, die sie vor zehn Jahren tief vergraben hatte. »Es gibt auch etwas, was du wissen solltest.« Sie suchte nach den richtigen Worten, doch schließlich sagte sie geradeheraus: »Ich habe meinen Vater getötet.«

Currans Atem stockte. Nach einer Pause, die ihr wie eine Ewigkeit vorkam, meinte er: »Wie ich dich kenne, kannst du sicher auf mildernde Umstände plädieren. Möchtest du es mir erzählen?«

»Ja.« Sie holte tief Luft. »Mein Vater war ein schlechter Mensch. Er trank zu viel, und er hat meine Mutter ständig geschlagen und beleidigt, indem er ihr ungerührt seine Huren vorführte. Mit vierzehn war ich noch nicht verheiratet. Meine Mutter hatte meinen Vater jahrelang zu überreden versucht, eine Ehe für mich zu arrangieren, doch er wollte sich nicht von meiner Mitgift trennen, und ich drängte auch nicht darauf. Ich sah ja, wie er unsere Mutter behandelte, und hatte Angst davor, was für einen Mann er wohl für mich aussuchen würde.

Er hatte den ganzen Abend getrunken und war besonders schlechter Laune.« Wie immer, wenn sie an diese Nacht dachte, stürmten von allen Seiten Dämonen auf sie ein. Doch diesmal fühlte sie sich vor ihnen sicher, sie konnten ihr nichts anhaben; denn Currans Arme boten ihr Schutz und Geborgenheit. »Er meinte, ich würde ihm seinen Schnaps nicht rasch genug bringen. Als ich ihm einen neuen Krug reichte, schlug er mir fluchend den leeren an den Kopf.«

Zitternd erinnerte sie sich an die panische Angst, die sie damals verspürt hatte. »Ich schrie, und Mutter eilte herbei, um mir zu helfen. Unterwegs befahl sie den Dienern, meine Brüder zu holen. Als sie versuchte, sich zwischen mich und meinen Vater zu werfen, schleuderte er sie weg und trat mir gegen die Brust. Dabei hat er mir vier Rippen gebrochen.« Auch der Schmerz wurde in ihrer Erinnerung wieder lebendig. Sie atmete tief durch. »Mutter schrie ihn an, sie versuchte, ihn aufzuhalten. Aber er war wie von Sinnen, er schlug und trat mich immer weiter, bis sie ihm schließlich ein Schüreisen auf den Kopf drosch.«

Sie sah es, hörte es, roch es noch immer ganz deutlich – das Blut, den sauren Geruch von Wut und Verfall, den ihr Vater verströmte.

»Das brachte ihn nicht zur Vernunft, lenkte ihn aber von mir ab. Ich war zu diesem Zeitpunkt schon fast bewusstlos. Er entriss meiner Mutter den Schürhaken und begann, damit auf sie einzuprügeln. Er schlug ihr ins Gesicht ...« Bera presste ihr Gesicht an Currans Schulter.

»Ich hätte nicht schreien dürfen. Er hätte sie nicht umgebracht, wenn ich ...«

»Er hätte dich umgebracht und wahrscheinlich auch deine Mutter«, meinte Curran standhaft. »Männer wie er sind Mörder, Bera. Du hast nichts Falsches getan. Nicht du bist schuld daran, sondern er.«

Bera merkte, dass ihr die Tränen über die Wangen strömten, doch sie konnte nicht aufhören zu weinen. »Ich habe versucht, ihn aufzuhalten. Ich bin an ihm hochgesprungen, ich habe ihn gebissen und getreten, ich habe alles getan, um ihn dazu zu bringen, meine Mutter nicht mehr zu schlagen. Aber er hat mich nur beiseite geschleudert. Inzwischen war Angus gekommen und sah alles.« Bei dem Gedanken an die Scham und die Wut im Gesicht ihres Bruders spürte sie noch heute, wie ihr das Blut in den Adern gerann. »Er hat mein Gesicht gesehen und meine blutbesudelten Kleider, und wie Vater auf Mutter einschlug. Er tat sein Bestes, um sie zu retten, doch Vater war wie ein wildes Tier. Er schleuderte auch Angus beiseite wie ein kleines Kind und prügelte immer weiter auf Mutter ein. Überall war Blut. Er schlug ihr ins Gesicht, auf ihren Kopf.«

Zum Glück unterbrach Curran sie mit festen, wenn auch sanften Worten. »Denk nicht mehr daran! Lass es hinter dir! Erzähl mir lieber, was dann passiert ist.«

»Angus stach Vater ein Messer in den Rücken. Zweimal. Bis ans Heft. Dann stand er da, den Dolch in der Hand.« Eine schreckliche Taubheit kam über sie, aber sie kämpfte darum, weiterzureden. »Endlich hörte Vater auf, Mutter zu schlagen. Den Schürhaken noch immer in der Hand drehte er sich um und starrte Angus überrascht an. Dann brach er zusammen, er fiel auf den Rücken. Die Geräusche, die er machte …«

»Das ist jetzt vorbei«, tröstete Curran sie. »Sag mir, was danach passiert ist.«

Bera bebte. »Meine Brüder … sie kamen alle und sahen, was passiert war. Airell ging zu Angus und nahm den Dolch …« Ihr war kalt, und sie war müde, schrecklich müde – eine unnatürliche Müdigkeit kroch ihr in die Knochen.

Curran schüttelte sie sanft. »Bleib bei mir, Bera!«, bat er. In seiner Stimme schwang Furcht mit. »Sag mir, was dann geschah.«

»Airell nahm den Dolch. Er sagte nichts, er sah nur mich und die anderen an. Seine Augen …« Sie erbebte erneut. »Er beugte sich über Vater und stach ihm in die Brust. Dann stand er auf und hielt den Dolch hoch. Als Nächstes kam Orrin, dann Evan, Becan und Roy. Dann Boyd und Donall.«

Seufzend schloss sie die Augen. »Dann Kegan und Fidach. Connal und Cusantin waren die Jüngsten, sie kamen zum Schluss. Aber es war noch nicht vorbei. Auch ich musste meinen Teil dazu beitragen. Ich nahm den Dolch, kniete mich neben meinen Vater und stach ihm in die Brust, wieder und immer wieder.« Sie hieb mit der Faust auf Currans Brust, so heftig, wie sie damals die tödlichen Bewegungen ausgeführt hatte.

Endlich. Sie hatte es endlich gestanden – und die Welt war nicht untergegangen.

Currans Hand schloss sich um ihre, hielt sie fest, brachte sie zur Ruhe. »Oh, Bera.« Sie hörte die Besorgnis in seiner Stimme. »Meine Liebe!« Er wiegte sie sanft wie ein Kind.

»Wir haben nie mehr darüber gesprochen«, murmelte sie. »Sie haben Vater in ungeweihter Erde irgendwo auf der

Heide verscharrt, so, wie sie es jetzt mit Fenella tun wollen. Mutter haben wir in geweihter Erde bestattet, gleich neben der Kapelle. Vom darauffolgenden Tag an haben meine Brüder mich bei ihren Kampfübungen teilnehmen lassen. Sie wollten, dass kein Mann mir jemals würde antun können, was mein Vater mir angetan hatte.«

»Jetzt verstehe ich alles«, meinte Curran. Er hielt sie ganz fest und wiegte sie sanft. »Und ich liebe dich, Bera, ich liebe dich mehr denn je. Jetzt bist du in Sicherheit. Du hast mich. Du kannst dein Schwert endlich weglegen!«

Das waren die letzten Worte, die sie hörte, bevor sie sich dem Schlaf des Vergessens überließ.

* * *

Curran beugte sich über seine Frau und murmelte zum hundertsten Mal: »Komm zurück, Bera! Ich liebe dich! Verlass uns nicht! Ich brauche dich. Das Kind braucht dich.«

Er legte seine Stirn an ihren starren Arm und kämpfte gegen die Tränen der Reue an, die ihm in den Augen brannten. Zum tausendsten Mal verfluchte er sich, dass er seine Gemahlin zu dem Geständnis gebracht hatte, nach dem sie in einen Zustand schierer Bewusstlosigkeit gefallen war.

Er spürte nicht, wie sie sich zu bewegen begann, bis sie ihm schließlich über das Haar strich. Curran murmelte ein Dankgebet. Als er den Kopf hob und sie anblickte, sah er einen fragenden Ausdruck auf ihrem noch immer wachsbleichen Gesicht.

»Was ist los?«, wollte sie wissen. »Was ist passiert?«

Er setzte sich auf die Bettkante und schloss sie in seine Arme. »Ich dachte, du hättest mich verlassen.«

Sie erwiderte seine Umarmung, schwach zwar, aber doch bestimmt. »Wie lange habe ich denn geschlafen?«, fragte sie. »Es kommt mir vor, als sei ich von den Toten auferstanden.«

»Ich glaube, das stimmt auch.« Curran küsste sie auf die

Augen, die Wangen, die Nase, das Kinn. »Du warst drei Tage lang bewusstlos. Ich bin vor Angst schier wahnsinnig geworden.«

»Nun, jetzt bin ich wieder da.« Sie streckte sich und gähnte herzhaft. Er ließ sie sanft auf die Kissen zurückgleiten. »Mmmm.« Ihr Magen knurrte so laut, dass es fast schon ein Echo gab. »Ich habe Durst. Und einen Bärenhunger!«

»Kein Wunder.« Er reichte ihr einen Kelch mit Wein und ein Stück Käse. »Da, trink, iss! Du wirst bald wieder zu Kräften kommen.«

Curran staunte, wie widerstandsfähig sie war. Er wusste nicht, wo sie gewesen war oder was sie zurückgebracht hatte, aber sie hatte es ziemlich eilig, völlig wach zu werden.

»Was ist mit Murdoc und Diedre passiert?«, fragte sie.

»Der Rat hat beschlossen, die beiden – und auch Drusts Leichnam – zu MacAlpin zu bringen und ihn eine Lösung finden zu lassen.«

Bera nickte zustimmend. Ihre Augen wurden schmal. »Das ist brillant! Darauf wäre ich nie gekommen.« Sie neigte den Kopf. »Es war deine Idee, oder?«

Er freute sich, dass sie das erkannt hatte. »Jawohl. Wir haben uns darauf geeinigt, mit MacAlpin ein Bündnis einzugehen. Da war es am gerechtesten, diese Sache ihm zu überlassen.« Er brach ein Stück Käse ab und aß es bedächtig. »Er ist ein kluger und gerechter Mann. Ich vertraue darauf, dass er die richtige Entscheidung trifft.«

Bera rutschte mit dem Hintern hin und her und krümmte sich. »Arme Diedre. Wieder im Sattel, und noch dazu so ein langer Ritt! Ich persönlich werde um jedes Pferd einen großen Bogen machen – mindestens einen Monat lang.« Sie legte eine Hand auf ihren Bauch und lächelte. »Na ja, am besten gleich sieben Monate.«

»Heißt das, du willst mit deinen Kampfübungen aufhören?«

»Wer begleitet die Geiseln zu MacAlpin?«, lenkte Bera ab.

»Fidach, Angus, Roy und Becan. Einen Sarg für Drust zu zimmern und einen Karren umzubauen, um den Sarg zu transportieren, hat einen ganzen Tag gedauert. Deshalb konnten sie erst gestern aufbrechen.«

»Machst du dir Sorgen, dass ihnen unterwegs etwas zustoßen könnte?«, fragte Bera leise.

Curran schüttelte den Kopf. »Sorgen wären die reine Zeitverschwendung. Ich vertraue deinen Brüdern. Und ich vertraue darauf, dass Gott über sie wacht. Über uns hat er jedenfalls gewacht.«

»Jawohl, das hat er.« Sie machte eine nachdenkliche Pause. »Ich weiß, worüber wir uns unterhalten haben, bevor ich eingeschlafen bin.«

Curran wurde flau im Magen.

Sie blickte ihm in die Augen und streichelte zärtlich seine Wange.

»Es ist vorbei, Curran. Endlich kann ich die Vergangenheit ruhen lassen. Und du auch. Lass uns in der Gegenwart und für die Zukunft leben. Und was immer uns die Zukunft bringen mag – wir haben uns!«

Curran verschlug es die Sprache, so sehr wühlten ihn ihre Worte auf.

Bera nahm seine Hand. »Und jetzt hilf mir beim Aufstehen, Gemahl! Der Tag ist wunderschön, und ich möchte, dass du mich nach draußen begleitest.«

»Woher weißt du, dass wir heute schönes Wetter haben?«, fragte er, als er ihrer Bitte nachkam und sie ein wenig stützte. »Und sag nicht, du kannst es hören!«

»Da kommt einiges zusammen: das Licht, der Geruch der Sonne auf der Heide, die warme Luft, das Gefühl von Frühling.« Sie lächelte still in sich hinein. »Ich weiß es eben. So, wie ich weiß, dass du mich liebst. Ich merke es am Licht in deinen Augen, am Duft deiner Haut, der Wärme in deiner Stimme ...« Sie legte eine Hand auf ihren Bauch. »Und an dem Gefühl, wie dein Same in mir wächst.«

Er küsste sie zart und ausgiebig und genoss den Frieden, der ihn dabei erfüllte.

Schließlich entzog sich Bera ihm. »Und bei dieser Ratsversammlung«, meinte sie schelmisch, »hast du den anderen auf dieser Versammlung erklärt, dass ich eine Göttin bin?«

»Nein«, meinte Curran lachend.

Bera zog ihre Chainse aus und stand vor ihm in ihrer ganzen Schönheit, ganz die Sturmgöttin. Ihre Augen funkelten sinnlich. »Na, dann erzählst du es ihnen eben das nächste Mal.

»Könnte unser Spaziergang nicht noch ein wenig warten?«, schlug Curran vor. Seine Männlichkeit regte sich heftig. »Ich denke, ich bin etwas im Rückstand, was das Verehren meiner Göttin angeht.«

Epilog

Acht Monate später sah Bera Curran dabei zu, wie er ihre Tochter in den Armen wiegte. »Ja, sie ist ein starkes kleines Mädchen, und so tapfer!«

Katlan war tatsächlich ausgesprochen kräftig. Bei ihrem ersten Atemzug hatte sie lauthals losgebrüllt, und in den letzten vier Wochen war sie mit jedem Tag kräftiger geworden. Und sie sah aus wie ihr Vater – sie hatte Currans strahlend blaue Augen, seinen hellen Teint und sein goldenes Haar. Allerdings waren ihre Haare nicht gelockt, sondern standen ihr vom Kopf ab wie die Federn eines jungen Vögelchens.

Curran verschränkte seine Finger mit ihren winzigen Fingerchen, und sie hielt dagegen, als er zog. »Was für ein Griff! So stark wie die Mama!«, verkündete er stolz in der herrlichen, wenn auch etwas lächerlichen Art eines völlig vernarrten jungen Vaters. Er hielt seine kleine Prinzessin hoch und schwenkte sie hin und her. »Sieh nur, sie kann fliegen! Papas Prinzesschen kann fliegen!«

Bera, der bei Currans Zuneigung ganz warm ums Herz wurde, blickte von ihrer momentanen Beschäftigung – sie flocht sich soeben Zöpfe – auf. »Wenn ich du wäre, würde ich das nicht tun ...; schaukel sie nicht so. Sie hat gerade getrunken, und ...«

»Huch!« Mit knapper Not entging er dem Schwall, den die Kleine beim Aufstoßen von sich gab. »Katlan, was machst du mit deinem Papa?«

»Das hat sich Papa selbst zuzuschreiben«, erklärte Bera ruhig. Sie wand die Zöpfe um ihren Kopf und befestigte sie mit silbernen Haarnadeln. Für die Brautbräuche, die an diesem Nachmittag stattfinden sollten, wollte sie besonders hoheitsvoll aussehen. »Pass bitte auf Katlan auf, Curran. Ich bin bei den Ehefrauen.«

»Warte!« Curran hielt Katlan ein Stückchen weg, nur für den Fall, dass noch ein Rülpser kam. »Ich kann nicht auf sie aufpassen, ich bin bei den Brüdern. Auch für den Bräutigam gibt es Bräuche.«

»Das weiß ich schon«, meinte sie belustigt. »Ich wollte nur sehen, wie du in Panik ausbrichst.« Sie nahm ihm die Kleine ab. »Komm zu Mama, meine kleine Pusteblume.« Sie überprüfte Katlans Tücher. Als sie feststellte, dass sie trocken waren, wickelte sie ihr Töchterchen in eine warme, selbst gewebte Decke und legte sie in den mit weichen Fellen ausgepolsterten Tragekorb. »Ich staune immer noch, dass Diedre eingewilligt hat, bei den Bräuchen mitzumachen. Als Witwe hätte sie sich auch weigern können.«

»Das hat sie nur getan, weil sie so klug ist wie du«, erklärte Curran. »Und wahrscheinlich hat sie sogar aus den gleichen Gründen eingewilligt.«

»Ich mag Diedre. Sie ist ein völlig neuer Mensch, offenbar hat sie ihren Frieden gefunden.«

»Ja, das ist mir auch schon zu Ohren gekommen.«

»Du magst sie auch. Gib es ruhig zu!« Bera hob den Korb hoch und streckte Curran das Gesicht für einen Kuss entgegen.

Er legte seine starken Arme um sie. »Jawohl, Weberin. Ich mag sie auch.«

Als er sie küsste, machte sein Herz einen kleinen Sprung, so wie bei ihrem allerersten Kuss. »Wir sehen uns dann bei der Hochzeitsfeier wieder.«

Am Abend saßen sie Seite an Seite in der Mitte des höchsten Tisches. Links neben Bera saßen Angus und Moina, danach kamen Murdoc und seine junge Braut, Kenneth MacAlpins Nichte Sine. Zu Currans Rechten saß Diedre, die heute eine Brautkrone über ihrem fürstlichen Silberreif trug, und Evan lächelte stolz an ihrer Seite.

Alle waren guter Dinge und aßen und tranken nach Herzenslust. Becan und Boyd sangen Hochzeitslieder zu Laute, Dudelsack und Tamburin. Platten mit gebratenem Rindfleisch und Honigkuchen wurden herumgereicht, und der Wein floss in Strömen.

Unter dem Tisch griff Bera nach Currans Hand und der drückte sie fest. »Denkst du gerade an unsere Hochzeit?«, fragte er.

»Ja.« Sie lächelte ihr stilles Lächeln. »Es ist fast dasselbe. Nur hängt heute kein Schwert über uns und Pitlanric muss sich vor keinem Mangel fürchten. Diedres Mitgift wird uns gut über den Winter bringen.«

Curran nickte. »Ist es nicht komisch, dass wir im gleichen Monat geheiratet haben wie Evan und Diedre?«

»Wir haben jetzt November, Curran!« Bera versetzte ihm einen kleinen Klaps und tat so, als sei sie böse. »Wir haben im Januar geheiratet, am zwanzigsten Januar!«

»Na ja, ich war jedenfalls ziemlich nahe dran.« Currans Grinsen zeigte keine Spur von Reue. »Es war kalt, das zumindest stimmt.«

»Das musst du wieder gutmachen«, neckte sie ihn. »Bei der nächsten Ratsversammlung musst du es ihnen sagen.«

Curran lachte laut. »Sag es ihnen doch selbst!«, konterte er gutmütig, wie immer, wenn sie ihn aufforderte, ihren Brüdern zu sagen, dass sie eine Göttin sei. »Ich werde dein Geheimnis jedenfalls nie preisgeben.«

Bera bedachte ihn mit einem hoheitsvollen Blick, dann wandte sie sich an Angus. Sie hatte noch gar keine Gelegenheit gehabt, mit ihm zu reden, seit er, Becan, Roy und Fidach endlich wieder heimgekehrt waren und Diedre für die Hochzeit mitgebracht hatten. »Angus«, rief sie laut, um das Gelächter und die Gespräche zu übertönen. Er entschuldigte sich bei Murdoc, mit dem er sich gerade unterhalten hatte, und rutschte zu ihr.

»Ich habe dich vermisst, Kleine!« Er legte den Arm um sie

und drückte sie fest an sich. »Was hältst du davon«, fragte er und deutete auf die Festgäste.

»Ich glaube, Kenneth MacAlpin ist ein sehr kluger Mann.« Sie rutschte noch ein wenig näher zu ihrem Bruder.

»Richtig.« Angus prostete Murdoc und dessen schüchterner junger Frau zu. »Diese Verbindung war der reine Geniestreich«, erklärte er. »Wir alle, auch MacAlpin, wussten, dass Murdoc Diedre heiraten wollte, sobald Drust aus dem Weg war. Aber MacAlpin war schlau. Er forderte alle auf, mit ihm zu kämpfen, auch Murdoc. Als er sah, was für ein geschickter und kluger Krieger Murdoc ist, stellte er dem großen, tapferen Helden seine hübsche kleine Nichte vor. Und ehe wir uns versahen, hatte er seine Zustimmung zu ihrer Heirat gegeben. Mittlerweile hatten Drusts Häuptlinge Zeit, den Tod ihres Herrschers und Diedres Bündnis mit MacAlpin zu verdauen. Erst dann verfügte MacAlpin, dass Diedre und Evan heiraten sollten.« Angus schüttelte bewundernd sein ergrauendes Haupt. »Wie du schon sagtest – ein kluger Mann.«

»Du hättest uns aber ein wenig früher benachrichtigen können«, schalt sie ihn. »Eine Woche ist recht knapp, um eine königliche Hochzeit vorzubereiten.« Das Getreide, der Wein und der Käse aus Diedres Mitgift hatten die Vorbereitungen allerdings wesentlich erleichtert, ebenso die vierzig Hochlandrinder.

»Ich weiß noch, dass wir kaum mehr als einen Tag hatten, um dein Hochzeitsfest vorzubereiten«, erinnerte er sich liebevoll. »Du und Curran habt damals offenbar wirklich nur die Wahrheit gesagt, denn ihr zwei wirkt sehr glücklich. Und Katlan ist ein Segen!«

»Ein größerer, als ich mir je hätte träumen lassen.« Bera blickte auf Evan. »Und wie, glaubst du, wird es den beiden ergehen?«

»Es ist eine echte Liebesheirat«, erwiderte Angus. »Ich habe Diedre bei MacAlpin ziemlich gut kennen gelernt. Sie ist eine tapfere, kluge Frau. Mit der Zeit habe ich sie richtig bewundert, und jetzt verstehe ich auch, warum Evan sie liebt. Sie haben beide etwas Glück verdient.« Er lächelte. »Diedre hält große Stücke auf dich.«

»Das hat sie mir heute Nachmittag allerdings nicht gesagt, als ich ihr den Rücken schrubbte«, meinte Bera lächelnd. Dann wurde sie ernst. »Ich werde Evan schrecklich vermissen.«

»Das geht uns allen so.« Angus drückte mitfühlend ihre Schulter. »Aber Burghead ist ja nicht so weit weg. Sie werden uns besuchen und wir sie.«

Eine düstere Vorahnung stieg in Bera auf. »Ich habe diesen Ort verflucht, Angus, und auch den Brunnen. Ich wusste ja nicht, dass Evan eines Tages der Herr dieser Burg sein würde.«

Angus lachte. »Wenn Flüche in Erfüllung gehen würden, dann wärst du längst tot, genauso wie wir Brüder und unsere Frauen.« Er tätschelte ihr liebevoll die Wange. »Du bist nicht die Einzige, die den einen oder anderen Fluch ausgestoßen hat. Zum Glück ignoriert unser Herrgott das meistens.«

Bera drückte ihrem Bruder einen Kuss auf die Wange, dann wollte sie sich wieder ihrem Gemahl zuwenden.

»Bera!«, rief in diesem Moment Evan laut über das Getöse hinweg. »Hast du vor, wieder bei unseren Kampfübungen mitzumachen, jetzt, wo dein Kind auf der Welt ist?«

Diedre lächelte und zwinkerte Bera zu. Sie wirkte zwanzig Jahre jünger als noch vor gar nicht allzu langer Zeit in Burghead. Bera erwiderte ihr Zwinkern.

»Na klar!«, rief sie scherzhaft. »Zumindest so lange, bis die nächste kleine Fürstin unterwegs ist.«

Curran zuckte zusammen, was die allgemeine Heiterkeit verstärkte.

»Sorge dafür, dass sie beschäftigt ist, Curran!«, rief Becan.

Airell stimmte mit ein. »Kette sie an ihren Webstuhl!«

»Tu alles, damit sie uns nicht verprügeln kann«, fügte Cusantin lachend und ausgelassen hinzu.

Curran zog seine Gemahlin an sich und musterte sie forschend. »Das war nicht dein Ernst, oder?«

»Nein«, tröstete ihn Bera. »Nicht wirklich.«

»Was meinst du damit?«, fragte er misstrauisch.

»Na ja, Diedre und ich haben uns heute Nachmittag ein wenig unterhalten. Sie hat von MacAlpin erfahren, dass sich die Wikinger in einigen Verstecken an der Küste verkrochen haben. Wenn wir unsere Streitkräfte vereinigen, könnten wir die Vorräte der Wikinger konfiszieren und die Höhlen verbarrikadieren. Es würde nur ein paar Wochen dauern. Wenn wir nächsten Monat um das Fest der Saturnalien herum losziehen, werden sie nicht mit uns rechnen.«

»Du ziehst nirgendwohin, kleine Mutter«, beschied Curran kurz und bündig. »Du bleibst, wo du hingehörst, nämlich zu Hause.«

»Oh nein, das tue ich nicht«, widersprach sie. Ihr alter Kampfgeist regte sich.

Angus und Evan tauschten bedeutsame Blicke aus, dann prusteten sie los.

»Oh ja, das tust du wohl«, fauchte Curran durch zusammengepresste Lippen.

Bera lächelte. »Ihr vergesst Euch, Sir«, schnurrte sie. »Denkt daran, ich bin eine Göttin!« Liebevoll streichelte sie ihm über das Kinn und besänftigte seinen Zorn. »Wir werden ja sehen, wer nächsten Monat gegen die Wikinger zieht.«

Curran bemühte sich nach Kräften, sich als Regent und Gemahl durchzusetzen, doch offenbar verlor er den Kampf gegen die Lust und seinen Stolz auf die Beharrlichkeit seiner Frau. Er zog sie heftig an sich. »Jawohl, wir werden sehen, wer nächsten Monat loszieht!« Und dann küsste er sie leidenschaftlich vor allen Anwesenden, die in laute Zurufe und Gelächter ausbrachen.

Als er von ihr abließ, wirkte sie einigermaßen benommen, doch trotz allem noch immer sehr entschlossen. »Nur dieses eine letzte Mal«, sagte sie, »dann werde ich richtig häuslich.«

Currans Kopf sank auf den Tisch, als wollte er ihn dagegen schlagen. »Verflucht nochmal, Bera, du bist die starrsinnigste, verrückteste Frau der ganzen Christenheit!«

»Nur, wenn ich im Recht bin!« Sie fuhr ihm durch das dichte, goldene Haar und zog ihn daran hoch, um in das Gesicht zu sehen, das sie so sehr liebte. »Hättest du es denn gerne anders?«

»Das musst du mich in zwanzig Jahren fragen«, konterte er ironisch; sein Groll war verflogen.

»Das werde ich«, erwiderte sie. »Und dieses eine letzte Mal werde ich an deiner Seite gegen die Wikinger ins Feld ziehen.« Bevor er Einspruch erheben konnte, küsste sie ihn wild, mit all ihrem Feuer und ihrer Willenskraft.

Oh, es war wundervoll, am Leben zu sein!

Sie würde seinem Wunsch entsprechen und das Schwert niederlegen. Aber erst, nachdem sie ihren Teil dazu beigetragen hatte, die Wikinger von ihren Küsten zu vertreiben.

Jawohl. Und danach würde sie sich verhalten, wie es von einer anständigen Ehefrau erwartet wurde.

Vielleicht.

Nachwort

Bis auf König Bred und Kenneth MacAlpin sind die Personen, die in diesem Buch vorkommen, das Produkt meiner Phantasie. Ich habe mich aber sehr bemüht, die Kultur und die zahlreichen Stammesfehden darzustellen, die es im neunten Jahrhundert in der Gegend des heutigen Nordschottland gab. Nicht zu vergessen verheiratete Priester, die Hinrichtungsrituale mit ihren heidnischen Wurzeln und der Ehrenkodex, der häufiger gebrochen als eingehalten wurde.

Heute greifen Historiker den Ehrwürdigen Bede und seine schottische Geschichte des frühen Mittelalters immer wieder an, aber ich sehe keinen logischen Grund, seine detaillierten Berichte über die Kulturen Kaledoniens und Dalraidas anzuzweifeln. Deshalb habe ich Kaledonien (bei den Römern das Land der Pikten) so dargestellt, wie er es getan hat: als eine in Stämme unterteilte Kriegerkultur, in der das Vermögen und der königliche Status über die weiblichen Mitglieder vererbt wurden. Fasziniert erfuhr ich, dass Frauen in der frühen Geschichte Schottlands eine derart prominente Rolle gespielt haben und oft Seite an Seite mit ihren kriegerischen Ehemännern kämpften, um ihr Land und ihre Familien zu beschützen. In Kaledonien herrschten zwar keine Königinnen, aber nur die Söhne von Fürstinnen durften Anspruch auf eine der Kronen der sieben kleineren Königreiche, die dieses Land umfasste, erheben. Die Königswürde erhielt der Stärkste und Fähigste der Bewerber, aber sie ging nicht automatisch an die Erben des Königs.

Im benachbarten Königreich Dalraida konnten mehr als tausend Jahre lang nur die Söhne der Könige und nicht die der Fürstinnen Anspruch auf die Krone erheben. Die beiden

Reiche bekämpften sich, bis Constantine und sein Bruder Oengus Anfang des neunten Jahrhunderts über die beiden rivalisierenden Regionen herrschten. Das vereinte Land nannten sie Fortren. Aber wie so oft in der schottischen Geschichte führten Stammesrivalitäten und Angriffe der Wikinger zu einem Zerfall der noch schwachen Einheit – bis Kenneth MacAlpin kam, der legitime Spross einer Ehe des Königs von Dalraida und einer kaledonischen Fürstin. Dieser Mann, der einen rechtmäßigen Anspruch auf die beiden Throne hatte, war ein brillanter Krieger und Politiker. Ihm gelang es, Kaledonien und Dalraida endgültig zu vereinen. Er herrschte sechzehn Jahre lang und beendete die Epoche der Fürstinnen.

Doch das hinderte die Frauen von Kaledonien nicht daran, wie die kämpferischen Heldinnen Bera und Diedre weiterhin an der Seite ihrer Männer für Freiheit, Heim und Herd zu kämpfen.